BASTEI LÜBBE

Von Jonathan Kellerman
ist außerdem als Bastei-Lübbe Taschenbuch erschienen:

TB 10844 – Blackout

Jonathan Kellerman

FLÜCHTIG!

Aus dem Amerikanischen von
Friedrich A. Hofschuster

BASTEI
LÜBBE

BASTEI-LÜBBE-TASCHENBUCH
Band 11277

Deutsche Erstveröffentlichung
Titel der amerikanischen Originalausgabe:
BLOOD TEST

Printed in West Germany, Juli 1988
Einbandgestaltung: Klaus Blumenberg, Köln
Titelfoto: Jellybean Photo Service
Satz: Kremer-Druck-Hartegasse GmbH, Lindlar
Druck und Bindung: Ebner Ulm
ISBN 3-404-11277-6

Der Preis dieses Bandes versteht sich einschließlich
der gesetzlichen Mehrwertsteuer

1

Ich saß als Zeuge im Gerichtssaal und mußte miterleben, wie Richard Moody von der Richterin die unangenehme Nachricht erfuhr.

Moody war zu der Gelegenheit in einem schokoladenfarbenen Polyesteranzug erschienen, mit einem kanariengelben Hemd, einer Schnürsenkelkrawatte und Stiefeln aus Alligatorleder. Er schnitt eine Grimasse, biß sich auf die Lippen und versuchte, mit der Richterin Augenkontakt herzustellen, aber sie starrte ihn so unverwandt an, daß er zuletzt den Blick senkte und seine Hände betrachtete. Der Justizbeamte an der Rückseite des Saals ließ Richard Moody nicht aus den Augen. Aufgrund meiner Warnung hatte er sorgfältig darauf geachtet, die Moodys den ganzen Nachmittag über nicht zusammenkommen zu lassen, und war dabei so weit gegangen, Richard ausführlich zu filzen, ob er nicht etwa bewaffnet war.

Die Richterin hieß Diane Severe und wirkte für ihre fünfzig Jahre recht jugendlich, mit aschblondem Haar und einem ausgeprägten, gütigen Gesicht; ihre Stimme war leise und angenehm, der Tonfall streng beruflich. Ich hatte sie bis dahin noch nie bei einer ihrer Verhandlungen erlebt, kannte aber ihren Ruf. Sie war Sozialarbeiterin gewesen, bevor sie Jura studierte, und nach einer Dekade beim Jugendgericht und sechs Jahren Tätigkeit als Familienrichterin war sie eine der wenigen unter ihren Kollegen, die mit Kindern zurechtkamen und auf sie einzugehen wußten.

»Mr. Moody«, sagte sie, »ich möchte, daß Sie dem, was ich jetzt zu sagen habe, sehr genau zuhören.«

Moody nahm eine etwas aggressive Haltung an, zog die Schultern dabei nach vorn und die Lider seiner Augen zu engen Schlitzen zusammen wie ein Schläger in einer Bar, aber sein Anwalt gab ihm einen Rippenstoß, worauf er sich wieder lockerte und zu einem Lächeln zwang.

»Ich habe die Aussagen von Doktor Daschoff und Doktor Delaware gehört, und beide haben sich vor diesem Gericht als hervorragende Experten erwiesen. Ich habe auch in meiner Kanzlei mit Ihren Kindern gesprochen. Ich habe Ihr Verhalten am heutigen Nachmittag beobachtet und gehört, was Sie gegen Mrs. Moody vorzubringen hatten. Ich weiß, daß Sie die Kinder angestiftet haben, von ihrer Mutter fortzulaufen, damit Sie in der Lage seien, sie zu ›retten‹.«

Sie legte eine Pause ein und beugte sich vor.

»Sie haben ganz offensichtlich mit schweren emotionellen Problemen zu kämpfen, Mr. Moody.«

Das spöttische Grinsen auf Moodys Gesicht verschwand so schnell, wie es gekommen war, doch die Richterin hatte es keineswegs übersehen.

»Ich bedauere, daß Sie das für komisch halten, Mr. Moody, weil es in Wirklichkeit leider tragisch ist.«

»Euer Ehren«, begann Moodys Anwalt mit einer seiner Einlassungen.

Sie klopfte mit ihrem goldenen Füllfederhalter auf den Tisch und schnitt ihm das Wort ab. »Nicht jetzt, Mr. Durkin. Ich habe mir heute schon genug Wortklaubereien anhören müssen. Das ist jetzt meine Zusammenfassung, und ich möchte, daß Ihr Mandant mir seine volle Aufmerksamkeit schenkt.«

Danach wandte sie sich wieder an Moody.

»Ihre Probleme mögen heilbar sein. Ich hoffe aufrichtig, daß sie es sind. Und ich zweifle nicht daran, daß dazu eine ausführliche Psychotherapie notwendig ist. Möglicherweise auch eine Behandlung mit Medikamenten. Um Ihrer selbst und Ihrer Kinder willen hoffe ich, daß Sie die in Ihrem Fall nötige Behandlung erhalten und daß sie zum Erfolg führt. Aber zugleich ordne ich an, daß Sie keinerlei weiteren Kontakt zu Ihren Kindern aufrechterhalten dürfen, bis Sie den psychiatrischen Beweis erbracht haben, daß Sie weder für sich selbst noch für andere eine Gefahr darstellen – das heißt auch, daß die körperlichen Bedrohungen und das Gerede über Selbstmordabsichten ein Ende haben und Sie wieder in der Lage sind, Mrs. Moody bei der Erziehung der Kinder beizustehen. Wenn dieser Punkt erreicht ist – und Sie können sich denken, Mr. Moody, daß ich mich dabei nicht allein auf Ihre Versicherung verlassen kann –, wird sich das Gericht an Doktor Delaware wenden, damit dieser zunächst einen begrenzten und kontrollierten Besuchsplan aufstellen kann.«

Moody brauchte ein paar Sekunden, um das Gehörte zu verdauen, dann plötzlich machte er eine Bewegung in Richtung auf die Bank. Der Justizbeamte war schon aufgesprungen und in einer Sekunde an seiner Seite. Moody sah ihn, zeigte ein schiefes Grinsen und schlaffte ab. Tränen liefen ihm über die Wangen. Durkin zog ein Taschentuch heraus, gab es ihm und erhob dann Protest gegen diesen Eingriff des Richters in die Persönlichkeitsrechte seines Mandanten.

»Es steht Ihnen frei, gegen meinen Spruch Berufung einzulegen, Mr. Durkin«, sagte sie gleichmütig.

»Frau Richter ...« Das war Moody. Seine tiefe Stimme klang trocken und angestrengt.

»Ja, Mr. Moody?«

»Sie verstehen das alles nicht.« Er rang die Hände. »Die Kinder, die sind mein ein und alles.«

Einen Moment lang dachte ich, sie würde mit einer

tüchtigen Standpauke beginnen. Statt dessen betrachtete sie ihn voller Mitleid.

»Das kann ich durchaus verstehen, Mr. Moody. Ich glaube Ihnen, daß Sie Ihre Kinder lieben. Daß Ihr Leben zerbrochen ist. Und Sie tun mir leid deshalb. Aber andererseits müssen Sie einfach begreifen – denn das ist das eindeutige und ausdrückliche Ergebnis der psychiatrischen Untersuchungen –, daß man Kinder nicht für das Leben eines anderen, und sei es das ihres Vaters, verantwortlich machen kann. Das wäre eine zu große Last, als daß ein Kind sie tragen könnte. Sie können nicht erwarten, daß Ihre Kinder *Sie* erziehen, Mr. Moody. Umgekehrt müssen Sie sich erst als fähig zur Erziehung Ihrer Kinder erweisen. Derzeit sind Sie dazu nicht in der Lage. Sie brauchen Hilfe, aber nicht von Ihren Kindern, sondern von erfahrenen Experten, die die Kraft dazu besitzen.«

Moody wollte etwas sagen, schluckte es aber hinunter. Dann schüttelte er niedergeschlagen den Kopf, gab Durkin das Taschentuch zurück und versuchte, einen Rest von Würde zu bewahren.

In der darauffolgenden Viertelstunde ging es um die Regelung der Vermögensverhältnisse. Ich brauchte nicht zuzuhören, was mit dem spärlichen gemeinschaftlichen Besitz von Darlene und Richard Moody zu geschehen hatte, und hätte wohl auch den Gerichtssaal verlassen, aber Mal Worthy hatte erklärt, daß er danach unbedingt noch mit mir sprechen wollte.

Als die finanziellen Angelegenheiten geregelt waren, nahm Richterin Severe die Brille ab und beendete die Sitzung. Dann schaute sie zu mir herüber und lächelte.

»Ich möchte Sie einen Augenblick in meiner Kammer sprechen, wenn Sie noch so viel Zeit haben, Doktor Delaware.«

Ich erwiderte das Lächeln und nickte dazu. Dann stand sie auf und verließ mit raschen Schritten den Gerichtssaal.

Durkin brachte Moody unter den wachsamen Blicken des Justizbeamten nach draußen.

Am anderen Tisch sprach Mal der verwirrten Darlene Moody Mut zu, klopfte ihr auf die plumpen Schultern und packte zwischendurch ganze Hände voll Dokumente in einen der zwei Koffer, die er bei sich hatte. Mal war in diesem Punkt geradezu zwanghaft: Wenn andere Anwälte sich mit einem kleinen Aktenköfferchen begnügten, karrte er Kisten und Koffer voller Dokumente herum, auf einem Gepäckkarren aus Chromstahl.

Die ehemalige Mrs. Moody blickte zu ihm hoch, perplex, die Wangen fiebrig gerötet, und nickte immer wieder zustimmend. Sie hatte ihre Milchmädchenfigur in ein leichtes Sommerkleid gezwängt, welches mit so viel Rüschen besetzt war, daß es an eine Sturmflut erinnerte. Das Kleid war für eine mindestens zehn Jahre jüngere Frau gedacht, und ich fragte mich, ob sie ihre neugewonnene Freiheit mit der Rückkehr in die Jungmädchenzeit verwechselte.

Mal trug die klassische Montur des Beverly-Hills-Anwalts: einen italienischen Anzug, Seidenhemd und Seidenkrawatte, dazu schicke Kalbslederschuhe mit angedeuteten Quasten. Das Haar trug er modisch lang und gelockt, den Bart ganz kurz geschnitten. Er hatte polierte Fingernägel, ein perfektes, leuchtendweißes Gebiß und die dazu passende Malibu-Bräune. Als er mich sah, blinzelte er mir zu, winkte dann und gab Darlene einen letzten gutmütigen Klaps. Anschließend nahm er ihre rechte Hand in seine beiden Hände, sprach noch ein paar Worte mit ihr und brachte sie zur Tür.

»Danke für deine Hilfe, Alex«, sagte er, als er zurückgekommen war. Stöße von Papieren lagen immer noch auf dem Tisch, und er packte sie ein.

»Es war mir kein Vergnügen«, erwiderte ich.

»Nee. Bei so scheußlichen Geschichten kann von Vergnügen wirklich nicht die Rede sein.« Er meinte es aufrichtig, doch in seiner Stimme lag ein seltsames, leichtes Lispeln.

»Aber du hast ja schließlich gewonnen.«

Er hörte einen Moment lang auf mit dem Einräumen der Akten. »Ja. Weißt du, das ist eben mein Geschäft. Es ist wie beim Turnier. Ich muß siegen, um nicht unterzugehen.« Er schob seine Manschetten zurück und schaute auf eine waffeldünne Goldscheibe, die Armbanduhr. »Und ehrlich gesagt, es tut mir nicht gerade leid, mir und ihr einen Trottel wie diesem Mr. M. vom Hals zu schaffen.«

»Glaubst du, daß er sich daran hält? Einfach so?«

Er zuckte mit den Schultern.

»Wer weiß? Wenn nicht, müssen wir schwereres Geschütz auffahren.«

Zum Preis von zweihundert Dollar in der Stunde, dachte ich.

Er stellte die Aktenkoffer auf den Gepäckkarren.

»Weißt du, Alex, andererseits war es ja auch kein faules Ei, oder? Sonst hätte ich dich da nicht hineingezogen – ich habe schließlich noch meine bewaffneten Hilfstruppen. Ich meine, das war doch eine anständige Sache, oder?«

»Sagen wir so: Wir haben auf der richtigen Seite gestanden.«

»Precissimo. Nochmals vielen Dank. Und Grüße an die Richter-Lady.«

»Was, glaubst du, kann sie von mir wollen?« fragte ich ihn.

Er grinste und schlug mir auf den Rücken.

»Vielleicht gefällt ihr die Art, wie du dich verhältst – oder was weiß ich. Sie sieht ja nicht gerade schlecht aus, was? Und sie ist noch zu haben.«

»Eine sitzengebliebene Jungfer?«

»Von wegen. Geschieden. Ich hab' damals den Prozeß geführt.«

Ihre Kammer war mit Mahagoni- und Rosenholz ausgestattet und von Blumenduft getränkt. Sie saß hinter einem mit Schnitzwerk verzierten Schreibtisch, dessen Oberfläche eine Glasplatte schützte. Auf dem Schreibtisch stand eine geschliffene Kristallvase mit langen Gladiolenstielen. An der Wand hinter dem Schreibtisch hingen mehrere Fotos von zwei stämmigen blonden Jungen im Teenageralter – im Footballdreß, in Surfanzügen aus Gummi und in eleganter Ausgehkleidung.

»Meine zwei Racker«, sagte sie, nachdem sie meinem Blick gefolgt war. »Der eine studiert in Stanford, der andere verkauft Feuerholz oben in Arrowhead. Man kann nie wissen, was einmal aus ihnen wird, nicht wahr, Doktor?«

»Sie haben recht: Man kann nie wissen.«

»Bitte setzen Sie sich.« Sie deutete auf eine samtbezogene Couch. Als ich mich niedergelassen hatte, sagte sie: »Tut mir leid, daß ich Sie ein bißchen hart angepackt habe, dort drüben.«

»Kein Problem.«

»Ich wollte wissen, ob die Tatsache, daß unser Mr. Moody Damenunterwäsche trägt, etwas mit seinem Geisteszustand zu tun hat, und Sie wollten sich dabei nicht festnageln lassen.«

»Ich finde, die Wahl der Unterwäsche hat wenig zu tun mit der Frage des elterlichen Sorgerechts.«

Sie lachte. »Ich begegne immer wieder zwei verschiedenen Typen von psychologischen Gutachtern: die aufgeblasenen, selbsternannten Kapazitäten, die so von sich eingenommen sind, daß sie ihre Meinung auf allen Gebieten der Psychologie für sakrosant halten, und die Vorsichtigen, zu denen Sie gehören, und die grundsätzlich keine Meinungen wiedergeben, es sei denn, daß sie durch eine kontrollierte Doppelblindstudie untermauert wären.«

Ich zuckte mit den Schultern. »Von mir bekommen

Sie andererseits auch keine Verteidigungsrede für Bekleidungsfetischisten zu hören.«

»*Touché*. Ein Schluck Wein?« Sie öffnete die Türen einer Kredenz, deren geschnitzte Verzierungen zu denen des Schreibtischs paßten, und nahm eine Flasche und zwei hochstielige Gläser heraus.

»Mit Vergnügen, Euer Ehren.«

»Innerhalb dieser Wände Diane, bitte. Und Sie? Alexander?«

»Alex ist mir lieber.«

Sie schenkte Rotwein in die Gläser. »Das ist ein sehr guter Cabernet, den ich für das Ende von unangenehmen Prozessen bereithalte. Positive Untermauerung, wenn Sie so wollen.«

Ich nahm das Glas entgegen, das sie mir anbot.

»Auf die Gerechtigkeit«, sagte sie, und wir tranken. Es war guter Wein, und ich sagte es ihr. Es schien ihr Freude zu machen.

Wir tranken schweigend. Sie war vor mir fertig, stellte ihr Glas auf die Schreibtischplatte.

»Ich möchte mit Ihnen über die Moodys reden. Der Prozeß ist zwar gelaufen, aber ich muß noch immer an die Kinder denken. Ich habe Ihren Bericht sehr aufmerksam gelesen und konnte mir ein gutes Bild machen von den familiären Verhältnissen.«

»Es hat eine ganze Weile gedauert, aber schließlich haben sie dann doch zu reden begonnen.«

»Alex, glauben Sie, daß das mit den Kindern gutgehen kann?«

»Die Frage habe ich mir selbst auch schon gestellt. Ich wollte, ich könnte sie mit Ja beantworten. Es kommt jetzt darauf an, ob sich die Eltern entsprechend verhalten oder nicht.«

Sie klopfte geistesabwesend mit den Fingernägeln gegen das Weinglas.

»Glauben Sie, daß er seine Frau töten wird?

Die Frage erschreckte mich.

»Und sagen Sie jetzt nicht, Sie wären selbst noch nicht auf den Gedanken gekommen. Immerhin haben Sie den Justizbeamten gewarnt, und so weiter.«

»Das habe ich getan, um eine unangenehme Szene zu verhindern«, antwortete ich, »aber um ehrlich zu sein, ja, ich glaube, daß er dazu imstande wäre. Der Mann ist instabil und zutiefst von Depressionen beherrscht. Wenn er sein Tief erreicht, wird er unangenehm, und vermutlich hat er noch nie ein solches Tief wie gerade jetzt erlebt.«

»Und er trägt Damenunterwäsche.«

Ich mußte lachen. »Das obendrein.«

»Darf ich nachschenken?«

»Gern.«

Sie stellte die Flasche zur Seite und hielt den Stiel ihres Glases mit den Fingern: eine etwas steife, aber attraktive ältere Frau, die sich nicht davor scheute, auch ein paar Falten zu zeigen, statt sie mit Schminke zuzukleistern.

»Ein echter Verlierer, unser Mr. Richard Moody. Und vielleicht ein Killer.«

»Wenn er in die entsprechende Stimmung kommt, ist die Frau natürlich das naheliegende Opfer. Und ihr Freund – Conley.«

»Dennoch bin ich der Meinung«, erklärte sie und fuhr sich mit der Zungenspitze über die Lippen, »daß man solche Dinge mit philosophischer Gelassenheit betrachten muß. Wenn er sie umbringt, dann in erster Linie deshalb, weil sie sich eben den falschen Typ fürs Bett ausgesucht hat. Hauptsache, er bringt keinen Unschuldigen um, wie zum Beispiel Sie oder mich.«

Es war schwer zu beurteilen, ob sie es ernst meinte oder nicht.

»Daran muß ich auch manchmal denken«, fuhr sie fort. »Daß irgend so ein verrückter Verlierer mich für seine Probleme verantwortlich macht. Die echten Verlierer sind nie bereit, selbst die Verantwortung für ihr jämmerliches, kleines Leben zu übernehmen. Haben Sie sich darüber schon mal Gedanken gemacht?«

»Eigentlich nicht. Als ich noch in der Klinik arbeitete und meine Praxis hatte, waren die meisten Patienten nette Kinder aus netten Familien – da gab es kaum Potential für echte Katastrophen. Und in den vergangenen zwei Jahren lebte ich sehr zurückgezogen. Man könnte fast sagen, im Ruhestand.«

»Ich weiß. Ich habe die Lücke in Ihrem Lebenslauf gesehen. Erst all die akademischen und klinischen Tätigkeiten, dann leerer Raum. War das schon vor der Sache mit der *Casa de los Ninos* oder erst danach?«

Es wunderte mich nicht, daß sie es wußte. Der Fall lag zwar schon über ein Jahr zurück, aber damals hatte es riesige Schlagzeilen gegeben, und die Leute erinnerten sich heute noch daran. Ich selbst hatte dabei eine sehr persönliche Gedächtnishilfe mitbekommen: ein mühsam zusammengestückelter Kiefer, der nicht nur beim Wetterumschlag schmerzte.

»Ein halbes Jahr davor. Und später war mir erst recht nicht mehr danach zumute, mich wieder auf meine frühere Tätigkeit zu werfen.«

»Macht es denn keinen Spaß, den Helden zu spielen?«

»Ich weiß nicht einmal, was das Wort bedeutet.«

»Kann ich mir denken.« Sie schaute mich aufrichtig an und zupfte am Saum ihrer Robe. »Und nun arbeiten Sie als gerichtlicher Sachverständiger.«

»In sehr begrenztem Umfang. Ich übernehme die Beratung von Anwälten, die ich kenne und denen ich traue, was den Arbeitsbereich stark einschränkt; den einen oder anderen Auftrag erhalte ich auch direkt von den jeweiligen Richtern.«

»Von welchen?«

»Von George Landre und Ralph Siegel.«

»Das sind beides anständige Burschen. Ich habe mit George studiert. Brauchen Sie noch mehr Arbeit?«

»Ich reiße mich nicht darum. Wenn ich irgendwo empfohlen werde, okay. Wenn nicht, finde ich immer genug zu tun.«

»Sohn reicher Eltern, wie?«

»Weit entfernt davon, aber ich habe mal ein paar gute Investitionen gemacht, die sich heute auszahlen. Wenn ich nicht plötzlich durchdrehe und den großen Mann spiele, komme ich gut über die Runden.«

Sie lächelte.

»Wenn Sie mehr Fälle haben wollen, werde ich es weitersagen. Die Leute auf den Listen der psychiatrischen Gutachter sind für Monate ausgebucht, und wir sind immer auf der Suche nach solchen, die geradeaus zu denken verstehen und ihre Weisheit in Worte kleiden, die so schlicht sind, daß sie auch ein einfacher Richter kapiert. Ihr Bericht war wirklich sehr aufschlußreich.«

»Danke. Wenn Sie mir gelegentlich den einen oder anderen Fall schicken, werde ich ihn nicht ablehnen.«

Sie trank das zweite Glas aus. »Sehr milde, wie? Kommt aus einem winzigen Weingut oben im Napa Valley. Das gibt es erst seit drei Jahren; es arbeitet noch mit Verlust, aber auf diese Weise entsteht eine begrenzte Zahl von sehr feinen Flaschen Rotwein.«

Sie stand auf und ging im Raum hin und her. Dann zog sie eine Packung Zigaretten und ein Feuerzeug aus der Tasche ihrer Robe. Schaute, während sie sich die Zigarette anzündete, auf eine Wand mit gerahmten Diplomen und Zertifikaten und inhalierte tief den Rauch.

»Die Leute schaffen es immer wieder, sich das Dasein selbst zu verpatzen, nicht wahr? Nehmen wir nur diese Mrs. Moody. Ein nettes Mädchen vom Land, zieht nach Los Angeles, um das große Leben kennenzulernen, bekommt einen anständigen Job als Kassiererin in einem Supermarkt und verliebt sich in einen

Macho mit Spitzenunterwäsche – was ist er von Beruf? Bauarbeiter?«

»Zimmermann. Bei den Aurora-Studios.«

»Richtig, jetzt erinnere ich mich. Er baut also Kulissen. Der Kerl ist der geborene Verlierer, aber sie braucht ganze zwölf Jahre, um dahinterzukommen. Jetzt hat sie sich mühsam von ihm losgemacht, und wer ist als nächster dran? Verlierer Nummer zwei, das Ebenbild des ersten.«

»Conley ist bestimmt in besserer geistiger Verfassung als Moody.«

»Mag sein. Aber betrachten wir sie einmal nebeneinander. Sie könnten Zwillinge sein. Diese Frau wird ganz offensichtlich gerade von diesem Typ angezogen. Vielleicht war Moody ganz am Anfang auch ein charmanter Kerl. Geben wir diesem Conley ein paar Jahre, wer weiß, wie er sich entwickelt! Verlierer, der eine wie der andere.«

Sie wandte sich mir zu. Ihre Nasenlöcher waren weit geöffnet, und die Hand, mit der sie die Zigarette hielt, zitterte kaum merklich: der Alkohol, die Emotion, vielleicht beides.

»Ich selbst habe mich übrigens auch mit einem Arschloch zusammengetan, und es hat mich einige Zeit und Mühe gekostet, da wieder herauszukommen, Alex, aber ich habe mich nicht umgedreht und denselben Fehler noch einmal gemacht, sobald sich die nächstbeste Chance dazu bot. Trotzdem frage ich mich, ob wir Frauen jemals klug werden.«

»Daher würde ich auch nicht befürchten, daß Mal Worthy jemals seinen Bentley aufgeben muß«, sagte ich.

»Stimmt, ich auch nicht. Mal ist übrigens ein kluger Bursche. Er hat mich bei meiner Scheidung vertreten, wußten Sie das?«

Ich spielte den Ahnungslosen.

»Es war vielleicht ein leiser Interessenkonflikt, daß ich als Richter diesen Fall verhandelt habe, aber was soll's – schließlich lag die Sache ja völlig klar. Moody ist verrückt, er ist nicht in der Lage, mit seinen Kinder umzugehen, und mein Urteil eröffnet ihm die Möglichkeit, sich den Kopf vielleicht doch noch zurechtrücken zu lassen. Glauben Sie, er wird die angeordnete Therapie durchhalten?«

»Das bezweifele ich. Er glaubt nicht, daß mit ihm etwas nicht in Ordnung sein könnte.«

»Natürlich nicht. Das glaubt keiner, und wenn er noch so verrückt ist. Der Schinken, der Angst vor dem Messer hat. Angenommen, er bringt sie nicht um: Sie ahnen vermutlich schon, wie es weitergeht, oder?«

»Sie meinen, es kommt zu weiteren Verhandlungen?«

»Zweifellos. Dieser Idiot von Durkin wird alle zwei Wochen hier auftauchen und versuchen, das Urteil revidieren zu lassen. Inzwischen wird Moody seiner Exgattin weiter zusetzen, und wenn das noch lange so geht, sind auch die Kinder irgendwann einmal total und auf Dauer geschädigt und kaputt.« Sie ging zurück zu ihrem Schreibtisch, mit langen, geschmeidigen Schritten, nahm eine Puderdose aus ihrer Handtasche und puderte sich die Nase. »So wird es weitergehen. Er wird sie fertigmachen, sie wird weinen und jammern, aber sie wird wohl keine andere Wahl haben.« Ihre Miene verhärtete sich. »Wissen Sie, mit ist es letztlich egal. In zwei Wochen kümmert mich das alles nicht mehr. Ich gehe in Pension. Habe selbst etwas Geld auf die hohe Kante gelegt, das heißt, gut investiert. Unter anderem in ein Verlustgeschäft: ein kleines Weingut im Napa Valley.« Sie grinste. »Nächstes Jahr um diese Zeit bin ich in meinem Keller und koste den jungen Wein, bis sich alles um mich dreht. Wenn Sie in die Gegend kommen, versäumen Sie es nicht, bei mir vorbeizuschauen.«

»Ich werde es mir merken.«

Sie wandte sich ab und sprach zu ihren Diplomen.

»Haben Sie eine Freundin, Alex?«

»Ja. Sie ist momentan in Japan.«

»Fehlt sie Ihnen?«

»Sehr.«

»Das ist wieder mal typisch«, beschwerte sie sich in gutmütigem Ton. »Die Guten hat einem immer schon eine andere vor der Nase weggeschnappt.« Sie stand auf, um anzudeuten, daß die Audienz beendet war. »War nett, Sie kennengelernt zu haben, Alex.«

»Es war mir ein Vergnügen, Diane. Viel Glück mit den Reben. Das, was ich davon kosten durfte, war großartig.«

»Es wird immer besser, das fühle ich.«

Ihr Händedruck war fest, kühl und trocken.

Mein Cadillac Seville kochte auf dem offenen Parkplatz vor dem Gerichtsgebäude, und ich nahm rasch die Hand wieder vom Türgriff. Während der Bewegung fühlte ich, daß jemand hinter mir war, und drehte mich um.

»'tschuldigen Sie, Doc.« Er schaute in die Sonne und blinzelte. Auf seiner Stirn standen Schweißperlen, und das kanariengelbe Hemd hatte unter den Armen die Farbe von Senf angenommen.

»Ich kann jetzt nicht mit Ihnen sprechen, Mr. Moody.«

»Nur eine Sekunde, Doc. Nur ein paar Sätze. Ein paar Punkte, auf die's ankommt. Kapieren Sie?« Er stieß die Worte sehr schnell heraus. Während er sprach, bewegten sich die Pupillen seiner halbgeschlossenen Augen hin und her, und er schaukelte auf den Absätzen vor und zurück. In rascher Folge lächelte er, schnitt eine Grimasse, nickte, kratzte sich am Adamsapfel und zog die Nase hoch. Eine dissonante Symphonie aus Bewegungen und Ticks. Ich hatte ihn noch nie so erlebt, aber in Larry Daschoffs Bericht darüber gelesen, so daß ich ziemlich genau darüber informiert war, was da vor sich ging.

»Tut mir leid, aber nicht jetzt.« Ich schaute mich auf dem Parkplatz um, doch wir waren allein. Die Rückseite des Gerichtsgebäudes grenzte an eine stille Nebenstraße in einer schäbigen Gegend. Das einzige Zeichen von Leben war ein magerer Köter, der auf der anderen Straßenseite mit der Schnauze im hoch wuchernden Gras stöberte.

»Ach, kommen Sie, Doc. Ich will Ihnen ja nur das eine oder andere klarmachen, verstehen Sie, Tatsachen, wie diese Rechtsverdreher sagen.« Er begann immer schneller zu sprechen.

Ich wandte mich von ihm ab, aber seine kräftige braune Hand schloß sich um mein Handgelenk.

»Bitte, lassen Sie mich gehen, Mr. Moody«, sagte ich mit gezwungener Geduld.

Er lächelte.

»Hey, Doc, ich will ja nur reden mit Ihnen. Über meinen Fall.«

»Es gibt keinen Fall. Ich kann nichts für Sie tun. Lassen Sie meinen Arm los.«

Er verstärkte noch seinen Griff, ohne daß sich die Anspannung auf seinem Gesicht ausdrückte. Es war ein längliches Gesicht, sonnengebräunt und ledern, mit einer gebrochenen Stupsnase in der Mitte, einem Mund mit dünnen Lippen und übergroßen Kieferknochen – eine mandibulare Mißbildung, wie sie durch zu häufiges Tabak- und Kaugummikauen oder durch Zähneknirschen entsteht.

Ich steckte meine Wagenschlüssel in die Hosentasche und versuchte dann, seine Finger von meiner anderen Hand zu lösen, doch er leistete Widerstand und entwickelte dabei eine bemerkenswerte Kraft. Auch das ergab einen Sinn, wenn meine Vermutung den Tatsachen entsprach. Es mir so vor, als ob seine Hand an meinem Arm festgeschweißt wäre, und das begann allmählich zu schmerzen.

Ich kalkulierte meine Chancen bei einer körperlichen Auseinandersetzung: Wir waren etwa gleich groß und gleich schwer. Jahre harter körperlicher Arbeit mit Balken und Brettern hatten seine Muskeln ausgebildet und trainiert, aber ich verstand genügend von Karate, um ein paar gute Griffe zu kennen. Ich hätte ihm einen Tritt gegen das Schienbein versetzen können, ihn dann auf den Solarplexus treffen, sobald er das Gleichgewicht verloren hatte, und davonfahren, während er noch auf dem Asphalt des Parkplatzes lag ... Aber ich unterbrach beschämt den Gedankengang und sagte mir, daß eine Rauferei ausgesprochen absurd wäre. Dieser Mann befand sich in einem Zustand großer geistiger Verwirrung, und wenn es jemandem gelingen würde, diese Krise auf andere Weise als durch eine Prügelei zu entschärfen, dann war dazu niemand besser geeignet als ich.

Ich ließ den freien Arm sinken.

»Okay, ich höre Ihnen zu. Aber zuerst müssen Sie mich loslassen, sonst kann ich mich nicht auf das konzentrieren, was Sie zu sagen haben.«

Er dachte einen Moment darüber nach, grinste dann breit. Seine Zähne waren in schlechtem Zustand, und ich fragte mich, wieso mir das bei der Begutachtung entgangen war, aber damals war er ganz anders gewesen in seinem Verhalten als jetzt: mürrisch und niedergeschlagen, dazu kaum bereit, den Mund auch nur für ein paar Worte aufzumachen.

Er ließ mein Handgelenk los. Dort, wo er mich festgehalten hatte, war die Manschette meines Hemds feucht und warm.

»Also gut, ich höre.«

»Okay, okay, okay.« Er nickte immer noch mit dem Kopf. »Wollte ja nur Verbindung aufnehmen mit Ihnen, Doc, Ihnen zeigen, daß ich Pläne habe und daß sie Sie genau wie mich um den kleinen Finger gewickelt hat. Bei mir im Haus gibt's böses Blut, mein Junge sagt mir, daß der Kerl ihn zwingt, alles so zu machen, wie er es will, und sie läßt es zu und sagt einfach okay, okay. Bei ihr, ja, da macht er auf feinen Maxe, und die Kinder müssen ihm alles nachräumen, weiß der Teufel, was für'n Dreck der rumliegen läßt, denn der ist ja nicht normal, klar? Er will den Herrn im Haus spielen, und da sag' ich nur haha, sag' ich.

Und wissen Sie, warum ich da nur lachen kann, Doc? Um nicht zu heulen, ja, das is' es, um nicht zu heulen. Um meine armen Babys. Der Junge und das Mädchen. Mein Junge sagt mir, die zwei schlafen miteinander, und er will jetzt den Daddy spielen in dem Haus, das ich mit diesen zwei Händen gebaut habe ...«

Er streckte mir zehn grobknochige, zerschundene Finger entgegen. An den Ringfingern trug er einen übergroßen Türkisring und einen silbernen Indianerring, der eine in der Form eines Skorpions, der andere eine zusammengerollte Schlange.

»Verstehen Sie, Doc, kapieren Sie, worauf ich hinauswill? Diese Kleinen, die sind mein Leben, und ich trage die ganze Last – wer sonst –? das hab' ich auch dieser Richterin gesagt, diesem Luder in ihrem schwarzen Fummel. Ich trage sie, wer denn sonst? Es ist alles von mir, von hier.« Dabei faßte er sich zwischen die Beine. »Mein Körper in dem ihren, als sie noch ein anständiges Weib war – sie war wirklich anständig, wissen Sie, ich hab' sie mir gegriffen, hab' mit ihr geredet, und da war sie ganz vernünftig, klar? Aber nicht, wenn dieser Conley da war, nee, da war nix drin, verdammte Scheiße, das war als einziger drin, ja. Meine Kinder, verstehen Sie, mein Leben.«

Er hielt inne, um Atem zu holen, und ich nützte die Gelegenheit.

»Sie werden immer ihr Vater sein«, sagte ich und versuchte ihn zu trösten, ohne dabei allzu herablassend zu wirken. »Das kann Ihnen keiner nehmen.«

»Richtig. Hundert Prozent richtig. Aber dann gehen Sie hinein und sagen es dem Luder in Schwarz und machen Sie es ihr klar. Sagen Sie ihr, daß ich die Kinder haben will.«

»Das geht nicht.«

Er zog eine Schnute wie ein Kind, dem man den Nachtisch verweigert.

»Sie *tun es,* und zwar *sofort!*«

»Ausgeschlossen. Sie stehen unter hohem Streß, das ist Ihnen selbst auch klar, und Sie können sich jetzt nicht um die Kinder kümmern.« Sie machen gerade eine voll ausgeprägte manische Periode durch, Mr. Moody, dachte ich. Sie sind manisch-depressiv und brauchen dringend Hilfe ...

»Ich schaff' das schon; hab' mir schon einen Plan ausgedacht. Ich nehme mir einen Wohnwagen und ein Boot und fahr mit ihnen hinaus aus der dreckigen Stadt, weg von den Rauchwolken und Auspuffgasen, fahr aufs Land ... Wir fischen in den Bächen, jagen nach Wild, und ich zeige ihnen, wie sie überleben können. Wie es bei Hank junior immer heißt, der Junge vom Land wird überleben. Ich bring' ihnen bei, wie man Mist schaufelt und gut frühstückt und nicht mehr in der Nähe von Dreckskerlen wie diesem Conley ist – so lange, bis sie zur Vernunft gekommen ist – wer weiß, eines Tages bumst sie noch mit ihm direkt vor den Kindern, eine Schande.«

»Beruhigen Sie sich doch.«

»Da, schauen Sie, wie ich mich beruhige.« Er atmete tief ein und stieß die Luft dann geräuschvoll aus. Sein übelriechender Atem schlug mir ins Gesicht. Er ließ die Fingerknöchel knacken, und die Ringe funkelten in der Sonne. »Ich bin ganz ruhig und ganz klar. Ich bin bereit zu allen, ich bin der Vater, und ich fahre mit ihnen aufs Land. Gehen Sie hinein und sagen Sie es ihr.«

»So läuft das nicht, Mr. Moody.«

»Warum nicht?« knurrte er und packte mich an den Jackenaufschlägen.

»Lassen Sie mich los! Wir können nicht miteinander reden, wenn Sie mich nicht loslassen, Mr. Moody.«

Langsam nahm er die Finger weg. Ich versuchte, einen Schritt zurückzutreten, und stieß gegen meinen Wagen. Wir waren uns so nah wie zwei Tanzende bei einer langsamen Nummer.

»Sagen Sie es ihr! Sie haben mich fertiggemacht, Sie Schädelschrumpfer!«

Seine Stimme klang jetzt drohend. Manisch-Depressive konnten genauso gefährlich werden wie paranoide Schizos, wenn sie sich erregten. Meine Überredungskünste verfehlten offensichtlich ihr Ziel.

»Mr. Moody – Richard – Sie brauchen Hilfe. Ich denke nicht daran, irgend etwas für Sie zu tun, ehe Sie sich nicht in ärztliche Behandlung begeben haben.«

Er spuckte, übersprühte mich mit Speichel und riß gleichzeitig das Knie nach oben, die klassische Bewegung des straßenerfahrenen Raufbolds. Es war genau die Art von Gambit, die ich ihm zugetraut hatte, und ich kam ihm zuvor, so daß er eben noch den Stoff meiner Hose berührte.

Der verfehlte Stoß brachte ihn aus dem Gleichgewicht. Er stolperte. Zutiefst betrübt packte ich ihn am Ellbogen und ließ ihn über meine Hüfte segeln. Er landete auf dem Rücken, blieb eine Viertelsekunde lang liegen und kam dann erneut auf mich zu, schlug dabei mit den Armen wild um sich wie ein verrückt gewordener Drescher. Ich wartete, bis er mich fast erreicht hatte, duckte mich und stieß ihm kräftig genug in den Bauch, daß ihm die Luft wegblieb. Dann wandte ich mich ab und beobachete nicht einmal, wie er umkippte.

»Bitte, Richard, beruhigen Sie sich, sonst muß ich noch einmal hinlangen.«

Seine Antwort war ein Knurren, und gleich danach

versuchte er, meine Beine zu fassen. Er erwischte das eine Fußgelenk, und ich befürchtete, im nächsten Moment ebenfalls zu Boden zu gehen. Das wäre jetzt der Zeitpunkt gewesen, um in den Wagen zu springen und davonzufahren, aber Moody war zwischen mir und der Tür auf der Fahrerseite.

Ich überlegte, ob ich hinüberlaufen sollte zur Beifahrertür, aber dann hätte ich ihm den Rücken zudrehen müssen, und er war kräftig und schnell.

Während ich überlegte, rappelte er sich auf und machte einen Satz in meine Richtung, wobei er einen zitternden, tierischen Schrei ausstieß. Mein Mitleid mit ihm hatte mich leichtsinnig werden lassen, und es gelang ihm, einen Hieb gegen meine Schulter zu landen, der meinen ganzen Körper erzittern ließ. Noch ein wenig benommen, riß ich gerade noch rechtzeitig die Augen auf, um zu sehen, was danach kam: ein linker Haken, der auf mein ohnehin mühsam zusammengeflicktes Kinn zielte. Jetzt gewann mein Selbsterhaltungstrieb die Oberhand: ich hechtete zur Seite, packte zugleich seinen Arm und stieß ihn dann mit voller Kraft gegen den Wagen. Bevor er sich etwas Neues überlegen konnte, riß ich ihn hoch, drehte ihm den Arm um, hielt ihn auf dem Rücken fest und zerrte ihn so weit nach oben, daß er beinahe aus dem Gelenk schnappte. Es mußte ungeheuer schmerzhaft sein, doch bei ihm war nichts davon zu bemerken. Manische reagierten nicht selten so, waren auf einem fortwährenden Trip, als ob sie Speed genommen hätten, unfähig, sich um kleinere Störungen und Schmerzen kümmern zu können.

Jetzt gab ich ihm einen Tritt in den Hintern, so fest ich konnte, und er segelte ein paar Meter weit über den Parkplatz. Ich hatte auch schon die Schlüssel in der Hand, saß gleich danach im Seville und brauste davon.

Bevor ich auf die Straße hinausfuhr, sah ich ihn kurz im Rückspiegel. Er saß auf dem Asphalt, den Kopf in die

Hände gestützt, schaukelte hin und her und weinte – soweit ich das erkennen konnte.

2

Der große, schwarzgoldene Koi kam als erster an die Oberfläche, aber die anderen Fische folgten seinem Beispiel, und innerhalb von Sekunden steckten alle vierzehn ihre mit Barteln versehenen Mäuler aus dem Wasser und verschlangen die Futterkörner so schnell, wie ich sie ihnen zuwarf. Ich kniete neben einem großen, glatten Felsblock, der von niedrigem Wacholder und lavendelfarbenen Azaleen eingerahmt wurde, und hielt jetzt mit den Fingern drei Futterkörner ein wenig unter die Wasseroberfläche. Der größte von den Fischen witterte den Geruch, zögerte aber noch; dann gewann die Gier die Oberhand, und sein glänzender, muskulöser Körper glitt auf meine Finger zu. Er hielt Zentimeter vor meiner Hand inne und schaute zu mir herauf. Ich versuchte, den Blick einigermaßen vertrauenswürdig zu erwidern.

Die Sonne stand dicht über dem Horizont, aber das Licht auf den Hügeln reichte noch aus, um die metallisch-glatten, goldenen Schuppen zum Erglühen zu bringen, was den Kontrast zu den samtschwarzen Flecken an seinem Rücken dramatisch verstärkte. Wirklich, ein besonders schönes Exemplar von *kin-ki-utsuri.*

Plötzlich gab sich der große Karpfenfisch einen Ruck, und die Futterkörner zwischen meinen Fingern waren verschwunden. Ich nahm neue aus dem Karton. Ein rotweißer *kohaku* kam heran, dann ein platinglänzender *ohgon,* der wie Mondlicht schimmerte. Und bald knabberten alle Fische an meinen Fingern – die

Berührungen ihrer Mäule waren so zart wie Babyküsse.

Den Teich und den ihn umgebenden Garten hatte mir Robin geschenkt, in den Monaten meiner schmerzhaften Rekonvaleszens nach der Operation meiner zerschmetterten Kieferknochen und all jener unerwünschten Publicity, die damit verbunden war. Sie hatte selbst den Vorschlag gemacht, weil sie fühlte, wie wichtig es war, mir etwas zu geben, was mich beruhigte in dieser Zeit der erzwungenen Untätigkeit, und weil sie wußte, wie tief mich gerade Fernöstliches berührte.

Zuerst hatte ich den Plan für unausführbar gehalten. Mein Haus ist eines von jenen Phantasiegebilden, wie sie für Südkalifornien typisch sind, ein Terrassenbau, der in einem kaum für möglich gehaltenen Winkel an einem Hang des Beverly Glen klebt. Zweifellos eine architektonische Besonderheit mit atemberaubendem Blick nach drei Seiten, doch mit sehr wenig brauchbarem ebenem Grund, und ich konnte mir nicht vorstellen, wie auf diesem steilen Gelände ein Teich zu realisieren sein sollte.

Aber Robin hatte sich umgetan, hatte die Idee mit einigen ihrer Freunde besprochen, die über handwerkliches Geschick verfügten, und schließlich Kontakt aufgenommen mit einem jungen Mann aus Oxnard, der äußerlich völlig stumpfsinnig wirkte und kaum den Mund aufbrachte, um auch nur ein paar verständliche Worte zu sagen. Er war eines Tages mit einer Betonmischmaschine, Verschalungsbrettern und ein paar Tonnen Felsblöcken bei mir erschienen und hatte einen eleganten, natürlich geformten Teich samt Wasserfall und Felseneinfassung gestaltet, der sich so an das Gefälle meines Grundstücks schmiegte, als ob er seit eh und je dagewesen wäre.

Nachdem der Stumme gegangen war, tauchte ein älterer asiatischer Zwerg auf und schmückte das Kunstwerk des jungen Mannes mit Bonsais, Zen-Gras, kleinen Wacholderbüschen, japanischem Ahorn, langstieligen Li-

lien, Azaleen und Bambussträuchern. Strategisch plazierte Felsblöcke boten Sitzplätze für die Meditation, und einzelne schneeweiße Kiesflecken unterstrichen die gepflegte Heiterkeit des Ganzen. Nach einer Woche sah der Garten aus, als ob er die Schöpfung mehrerer Generationen wäre.

Ich konnte auf der Terrasse stehen, welche die zwei Ebenen des Hauses miteinander verband, und hinunterschauen auf den Teich, konnte die Muster betrachten, die der Wind auf der Wasseroberfläche entstehen ließ, und die Koi beobachten, die wie lebendige Juwelen mit majestätischer Gelassenheit ihre Bahn zogen. Oder ich konnte hinuntergehen in den Garten und mich an den Rand des Wassers setzen, die Fische füttern und zusehen, wie ihre Mäuler die Oberfläche durchbrachen und das Wasser in konzentrische Kreisbewegungen versetzten.

Es wurde geradezu ein Ritual: Jeden Tag vor Sonnenuntergang warf ich den Koi Futterkörner zu, setzte mich zu ihnen und dachte darüber nach, wie schön das Leben sein könnte. Ich lernte es, ungewollte Bilder und Gedanken – von Tod, Falschheit und Betrug – zu vertreiben, und das funktionierte schon sehr bald mit der Sicherheit des Pawlowschen Effekts.

Jetzt lauschte ich auf das Gurgeln des Wasserfalls und verscheuchte die Erinnerung an Richard Moodys Erniedrigung.

Der Himmel verdunkelte sich, die pfauenbunten Fische wurden grau und verschmolzen schließlich mit der Schwärze des Wassers. Ich saß im Dunkeln, war zufrieden, und meine innere Spannung war nur noch ein besiegter Feind.

Als das Telefon zum erstenmal klingelte, war ich beim Abendessen. Ich ging nicht an den Apparat. Zwanzig Minuten später klingelte es wieder, und ich nahm den Hörer ab.

»Doktor Delaware? Hier ist Kathy von Ihrem Auftragsdienst. Ich hatte vor einer Viertelstunde oder so einen dringenden Anruf für Sie, aber niemand ist ans Telefon gegangen.«

»Was hat man Ihnen hinterlassen, Kathy?«

»Der Anrufer war ein Mr. Moody. Er meinte, daß es sehr dringend sei.«

»Scheiße.«

»Wie bitte, Doktor?«

»Nichts, Kathy. Bitte geben Sie mir die Nummer, die er hinterlassen hat.«

Sie tat es, und ich fragte, ob die Stimme von Moody seltsam geklungen habe.

»Er war irgendwie aufgeregt, ja. Hat ganz schnell gesprochen – ich habe ihn sogar bitten müssen, das Ganze noch einmal langsamer zu wiederholen.«

»Okay. Danke für den Anruf.«

»Ich habe noch einen, von heute nachmittag. Darf ich ihn gleich mit durchgeben?«

»Nur einen? Klar, rücken Sie raus damit.«

»Das war ein Anruf von einem Doktor – Moment, damit ich es richtig ausspreche: Doktor Melendrez – nein, Melen*dez*-Lynch. Mit Bindestrich.«

Wenn das keine Stimme aus der Vergangenheit war ...

»Er hat mir folgende Nummer gegeben.« Sie nannte eine Sammelnummer und eine Nebenstelle, die mir beide durchaus vertraut waren: Melendez-Lynchs Büro beim Western Pediatric Hospital. »Er meinte, er sei bis gegen elf Uhr abends unter der Nummer zu erreichen.«

Das paßte. Raoul war notorisch arbeitssüchtig in einem Beruf, der berühmt war für dieses Laster. Ich erinnerte mich daran, daß sein Volvo stets auf dem Parkplatz für Ärzte stand, ganz gleich, wie früh oder wie spät ich die Klinik betreten oder verlassen hatte.

»Ist das alles?«

»Das ist alles, Doktor D. Schönen Abend noch, und

vielen Dank für die Kekse. Ich und die anderen Mädchen hier haben sie in einer Stunde aufgefuttert.«

»Freut mich, daß sie geschmeckt haben.« Sie sprach von einer Fünfpfunddose. »Freßlust nach den Joints?«

»Was soll ich jetzt *dazu* sagen?« kicherte sie.

Eine Telefonzentrale, besetzt mit lauter Hasch-Miezen, und nie ein Fehler beim Auftragsdienst. Das wäre eine wissenschaftliche Studie wert gewesen.

Ich trank ein Bier, bevor ich mich mit der Frage befaßte, ob ich Moodys Anruf erwidern sollte oder nicht. Mir die Tiraden eines Manisch-Depressiven anzuhören war so ungefähr das Letzte, was ich mir wünschte. Andererseits konnte er sich ja inzwischen etwas beruhigt haben ... Vielleicht war er jetzt empfänglicher für meinen Rat, sich behandeln zu lassen. Unwahrscheinlich, sagte ich mir, aber ich war Therapeut genug, um optimistisch zu sein bis zu einem Punkt jenseits aller Realität. Wenn ich mich an die Rauferei auf dem Parkplatz einnerte, kam ich mir wie ein Idiot vor, aber ich wußte noch immer nicht, wie ich dem aus dem Weg hätte gehen sollen.

Ich überlegte noch eine Weile, dann rief ich an, weil ich es den Kindern Moodys schuldig war, nichts unversucht zu lassen, was ihnen helfen konnte.

Die Nummer, die er meinem Auftragsdienst genannt hatte, wies auf das Sun Valley hin – eine ziemlich wüste Gegend –, und die Stimme am anderen Ende war die des Nachtportiers im Bedabye-Motel. Moody hatte zur Unterstützung seiner Depressionen genau die richtige Unterkunft gefunden.

»Mr. Moody, bitte.«

»Sekunde.«

Es summte und klickte, dann sagte Moody: »Ja?«

»Mr. Moody, hier spricht Doktor Delaware.«

»Hallo, Doc. Weiß auch nich', was in mich gefahren ist, wollte nur sagen, es tut mir leid, und hoffentlich hab' ich Sie nicht zu sehr durcheinandergeschüttelt.«

»Mir geht es gut. Und Ihnen?«

»Ach, gut, gut. Ich hab' jetzt nachgedacht und Pläne gemacht, wie ich wieder auf die Erde komme. Wenn alle es sagen, muß ja was dahinter sein, oder?«

»Gut. Ich bin froh, daß Sie das einsehen.«

»O ja, o ja. Ich schaff' das schon, es dauert nur eben 'ne Weile. Als ich zum erstenmal eine Kreissäge gesehen habe, da hat mir der Vorarbeiter gesagt: Richard, hat er gesagt – das war, als ich noch ein Junge war und als Lehrling in meinem Job angefangen habe –, Richard, laß dir Zeit, mach langsam, konzentrier dich, sonst macht das Ding dich fertig. Und er hat seine linke Hand hochgehalten mit einem Stummel, wo der Daumen hätte sein müssen, und hat gesagt: Schau, Richard, ich hab' es auf die harte Tour gelernt.«

Er lachte rauh und räusperte sich dann.

»Ich glaub', ich lern' auch manchmal auf die harte Tour, wie? Genau wie bei Darlene. Vielleicht hätt' ich ihr mal zuhören müssen, bevor sie sich mit diesem Dreckskerl eingelassen hat.«

Seine Stimme war eine halbe Oktave höher geworden, seit er von Conley sprach, daher versuchte ich, ihn von diesem Thema abzulenken.

»Wichtig ist, daß Sie jetzt bereit sind, zu lernen. Sie sind noch ein junger Mann, Richard. Sie haben das Leben noch vor sich.«

»Ja. Aber ... Man ist immer so alt, wie man sich fühlt, was? Ich fühle mich wie neunzig.«

»Natürlich ist das eine schwere Zeit für Sie, aber von nun an kann es nur besser werden.«

»Das sagen Sie – das hat auch der Anwalt gesagt –, aber ich glaub' das nicht. Ich fühle, daß da noch viel Scheiße auf mich zukommt, erstklassige Scheiße.«

Er hielt inne, und ich dachte nicht daran, die Pause zu füllen.

»Jedenfalls, ich bin froh, daß Sie mir zuhören, und

jetzt können Sie auch mit der Richterin reden und ihr sagen, daß ich die Kinder sehen muß und eine Woche mit ihnen zum Fischen gehen darf.«

Soviel zum Thema Optimismus.

»Richard, ich bin froh, daß Sie Ihre Situation allmählich einsehen, aber Sie sind noch nicht der Lage, Ihre Kinder zu betreuen.«

»Und warum nicht, verdammt noch mal?«

»Sie müssen erst einmal versuchen, Ihre geistige Verfassung einigermaßen zu stabilisieren. Es gibt dafür wirksame Medikamente. Und Sie müssen mit einem Fachmann darüber reden, genau wie Sie jetzt mit mir reden.«

»Ach, wirklich?« zischte er spöttisch. »Und wenn er ein Arschloch ist wie Sie, einer, dem es nur auf das Geld ankommt? Dann nützt mir das ganze Gerede einen Scheißdreck. Ich sag' Ihnen, ich kann mich um meine Probleme sehr gut selber kümmern, und kommen Sie mir nicht mit solchen Mist, als ob gerade Sie sagen könnten, wann ich meine Kinder sehen darf und wann nicht.«

»Dieses Gespräch führt uns nicht weiter.«

»Da haben Sie hundertprozentig recht, Sie Schädelschrumpfer. Jetzt hören Sie, und hören Sie mir gut zu: Ihr alle werdet es teuer bezahlen, wenn ihr versucht, mich von meinem rechtmäßigen Platz als Vater meiner Kinder zu verdrängen ...«

Er kippte einen Eimer verbaler Jauche aus, und nachdem ich noch ein paar Minuten zugehört hatte, legte ich auf, weil ich es satt hatte, mich beschimpfen zu lassen.

In der Stille der Küche wurde mir bewußt, daß mein Herz heftig pochte, und ich spürte auch wieder das vertraute Gefühl von Übelkeit in meiner Magengegend. Vielleicht war ich schon zu lange aus dem Beruf und hatte den Anschluß verpaßt – die Fähigkeit des Therapeuten, Abstand zu schaffen zwischen sich und den Leidenden, um nicht selbst hineingerissen zu werden in einen psychologischen Gewittersturm.

Ich schaute auf den Block, wo ich mir die Namen und Nummern notiert hatte. Raoul Melendez-Lynch. Er wollte vermutlich, daß ich einen Vortrag hielt, für Ärzte und Studenten, über die psychologischen Aspekte chronischer Krankheiten oder die verhaltenstechnischen Möglichkeiten der Schmerzbekämpfung. Irgend etwas Hübsches, Akademisches, das mir gestattete, mich hinter Dias und Videoaufzeichnungen zu verschanzen und wieder den Professor zu spielen.

In diesem Augenblick eine höchst willkommene Vorstellung ... Ich wählte seine Nummer.

Eine junge Frau meldete sich. Sie schien außer Atem zu sein.

»Labor für Karzinogenese.«

»Doktor Melendez-Lynch, bitte.«

»Er ist nicht hier.«

»Hier spricht Doktor Delaware. Ich rufe zurück. Er hat diese Nummer bei meinem Auftragsdienst hinterlassen.«

»Ich glaube, er ist drüben in der Klinik«, sagte sie wie geistesabwesend.

»Können Sie mich dann mit der Nummer seines Funkrufempfängers verbinden?«

»Ich weiß nicht, wie das geht – ich meine, ich bin nicht seine Sekretärin, Doktor Delaware. Ich bin mitten in einem Experiment und muß mich beeilen. Okay?«

»Okay.«

Ich unterbrach die Verbindung, wählte dann die Vermittlung beim Western Pediatric und ließ ihn über Piepser ausrufen. Fünf Minuten später meldete sich die Vermittlung wieder und teilte mir mit, daß er den Funkruf bisher nicht beantwortet habe. Ich hinterließ meinen Namen und meine Nummer und legte auf; dabei dachte ich, daß sich in all den Jahren offenbar wenig geändert hatte. Die Arbeit mir Raoul war anregend und herausfordernd, aber immer mit einem gesunden Maß an Frustration verbunden. Der Versuch, ihn zu finden, war ungefähr so aussichtsreich, wie wenn man einen Schneemann aus Rasierschaum herstellen wollte.

Ich ging in die Bibliothek und ließ mich in meinen weichen, bequemen Ledersessel fallen – mit einem Thriller. Gerade als ich das Buch weglegen wollte, weil mir die Handlung allzu konstruiert und die Dialoge zu naßforsch vorkamen, klingelte das Telefon.

»Hallo.«

»Hallo, Alex!« Sein starker, südländischer Akzent machte *Ahleeex* daraus. »Prima, daß du gleich zurückrufst.« Wie immer redete er im Tempo eines Maschinengewehrs.

»Ich hab' versucht, dich im Labor zu erreichen, aber das Mädchen, das an den Apparat kam, war alles andere als hilfsbereit.«

»Mädchen? Ach so, das muß Helen gewesen sein. Meine neue Doktorandin. Brillante junge Lady, kommt von Yale. Wir arbeiten gemeinsam an einer Untersuchung, die den metastatischen Prozeß aufklären soll. Helen hat bei Brewer in New Haven gearbeitet – über die Konstruktion synthetischer Zellwände –, und wir überprüfen derzeit die relative Invasivität verschiedener Tumorformen an spezifischen Modellen.«

»Hört sich faszinierend an.«

»Ist es auch.« Er hielt inne. »Und wie geht es dir, mein Freund?«

»Gut. Und dir?«

Er kicherte.

»Es ist immerhin neun Uhr dreiundvierzig, und ich bin noch lange nicht fertig mit meinen Diagrammen. Das sagt wohl alles darüber, wie es mir geht.«

»Ach, komm schon, Raoul, du willst es doch gar nicht anders.«

»Von wegen! Aber – na ja, vielleicht hast du recht. Wie hast du mich mal genannt? Die Quintessenz aller Einser-Wissenschaftler?«

»Eins *mit Stern*.«

»Ja, ja, wahrscheinlich sterbe ich an einem Myocard-Infarkt, aber mein Papierkram wird bis dahin hoffentlich erledigt sein.«

Es war nur teilweise scherzhaft gemeint. Sein Vater, der Dekan einer Universitätsklinik im kubanischen Havanna vor Castros Zeiten, war auf dem Tennisplatz umgekippt und mit achtundvierzig gestorben. Raoul war noch fünf Jahre von diesem Alter entfernt, und er hatte sowohl die Lebensweise von seinem Vater geerbt als vermutlich auch ein paar gefährliche Gene. Ich hatte einmal gedacht, ich könnte ihn zur Vernunft bringen, aber schon vor langer Zeit aufgegeben, sein Tempo auf das Normalmaß zu bremsen. Wenn vier gescheiterte Ehen es nicht geschafft hatten, gab es nichts, was ihn noch in diesem Sinne beeinflussen konnte.

»Vielleicht bekommst du ja eines Tages den Nobelpreis«, sagte ich.

»Und der geht drauf für meine diversen Alimentenzahlungen.« Er hielt das für ungeheuer komisch. Als sein Lachen erstarb, sagte er: »Du mußt mir einen Gefallen erweisen, Alex. Ich habe da eine Familie, die uns Probleme macht – Nichteinhaltung unserer ärztlichen Anordnungen. Du solltest mal mit den Leuten reden. Vielleicht hilft es.«

»Ich fühle mich geschmeichelt, aber was ist mit euren eigenen Leuten?«

»Unsere eigenen Leute haben die Sache total verpatzt«, sagte er ärgerlich. »Alex, du weißt, wieviel ich von dir halte – warum du eine brillante Karriere abgebrochen hast, werde ich nie begreifen, aber das ist ein anderes Thema. Die Leute, die mir das Sozialamt schickt, sind blutige *Amateure,* mein Freund. Im Rang nach oben gerutschte, überbewertete Amateure. Leute, die mit starrem Blick die Rolle der geduldigen Helfer der Patienten spielen und dabei nichts weiter als Provokateure sind. Und die Kollegen von der Psychiatrie wollen nichts mit uns zu tun haben, weil Boorstin, ihr Boß, eine Todesphobie hat und beim Wort Krebs in Ohnmacht fällt.«

»Ein toller Fortschritt.«

»Alex, in den letzten fünf Jahren hat sich hier bei uns gar nichts verändert. Wenn überhaupt, ist es höchstens schlimmer geworden. Ich fange schon an, mich nach anderen Angeboten umzuhören. Letzte Woche hat man mir die Chance geboten, ein ganzes Krankenhaus zu leiten, in Miami. Als Chefarzt. Mehr Geld – und eine reguläre Professur.«

»Und – ziehst du sie in Betracht?«

»Nein. Die Forschungseinrichtungen dort sind Mikkymaus hoch drei, und ich fürchte, sie wollen mich in erster Linie haben, weil ich Spanisch spreche, nicht wegen meiner medizinischen Fähigkeiten. Na, was meinst du – willst du unserer Abteilung ein bißchen aushelfen? Du stehst bekanntlich offiziell auf unserer Beraterliste, nicht wahr?«

»Um ehrlich zu sein, Raoul: Ich möchte keinen Therapiefall übernehmen.«

»Ja, ja, das ist mir völlig klar«, sagte er ungeduldig, »aber hier geht es nicht um Therapie. Es soll nicht mehr sein als eine kurzfristige Beratung, in Verbindung mit uns. Ich will jetzt nicht melodramatisch werden, aber es geht um Leben und Tod für einen sehr kranken kleinen Jungen.«

»Und was ist das im einzelnen für ein Problem – ich meine, woran halten sich die Eltern nicht?«

»Zu kompliziert, um es am Telefon zu erklären. Ich will nicht unhöflich sein, weißt du, aber ich muß schleunigst rüber und nachsehen, wie es bei Helen steht. Wir beobachten ein Hepatoblastom *in vitro,* das sich einem pulmonaren Gewebe nähert. Es ist eine mühsame Arbeit, und sie erfordert ständige Beobachtung. Sprechen wir morgen darüber – sagen wir um neun, in meinem Büro? Ich lasse uns Frühstück raufkommen – und einen Quittungsblock. Wir sind nämlich durchaus bereit, dir ein anständiges Honorar zu bezahlen.«

»Also gut, Raoul, ich bin da.«

»Ausgezeichnet.« Er legte auf.

Wenn man ein Gespräch mit Melendez-Lynch beendet hatte, war das, wie wenn man von der Höchstgeschwindigkeit auf eine bedeutend niedrigere Gangart umschaltete. Ich legte den Hörer auf die Gabel, gewann allmählich meine Orientierung zurück und mußte unwillkürlich über die sehr verschiedenen Ausprägungen des manischen Syndroms nachdenken.

3

Das Western Pediatric Medical Center beherrscht einen ganzen Block, ein rechteckiges Areal im Herzen von Hollywood, in einer Gegend, die, früher elegant, inzwischen zum Tummelplatz für Rauschgifthändler, Huren, Transvestiten und Spinner aller Schattierungen geworden war. Die Prostituierten waren früh auf an diesem Vormittag, nur mit BHs und spärlichen Höschen bekleidet, und als ich auf dem Sunset Boulevard Richtung Osten fuhr, traten sie aus Gassen und schattigen Toreinfahrten und winkten und pfiffen mir und anderen männlichen Autofahrern zu. Die Huren gehörten mittlerweile ebenso zu Hollywood wie die Messingsterne, die in das Pflaster der Gehsteige eingelassen waren, und ich hätte geschworen, einige von den grellbemalten Gesichtern schon vor drei Jahren gesehen zu haben. Man konnte sie grob in zwei Kategorien einteilen: Ausreißerinnen mit teigigen Gesichtern, die aus Bakersfield, Fresno und den umgebenden Farmgebieten stammten, und magere, hochbeinige, verbrauchte schwarze Mädchen aus South Central Los Angeles. Und viele von ihnen schon morgens um Viertel vor neun auf Kundenfang ... Wenn das ganze Land so fleißig gewesen wäre, hätten die Japaner kaum eine Chance gegen uns gehabt.

Das riesige und wohl auch bedeutendste Kinderkrankenhaus in Südkalifornien bildete einen gewaltigen Komplex aus bedrohlich wirkenden, im Lauf der Jahre nachgedunkelten Steinbauten und einer neueren Hochhauskonstruktion aus Beton und Glas. Ich parkte den Seville auf dem für Ärzte reservierten Platz und ging dann zum Prinzley-Pavillon, dem Gebäude, in dem überwiegend Forschungslabors des Western Pediatric untergebracht waren.

Die Abteilung für Onkologie befand sich im fünften Stock. Die viel zu kleinen Räume der Ärzte waren U-förmig um das Großraumbüro der Sekretärinnen angeordnet. Als Abteilungsleiter stand Raoul viermal so viel Platz zur Verfügung wie den anderen Onkologen und dadurch auch so etwas wie Privatsphäre. Sein Büro befand sich am Ende des Korridors und war durch eine Doppeltür aus Glas von den übrigen Räumen getrennt. Ich ging hindurch und kam in den Empfangsbereich. Da ich dort niemanden antraf, ging ich weiter und betrat sein Büro durch eine Tür mit der Aufschrift PRIVAT.

Er hätte Anspruch gehabt auf eine üppige Bürosuite in der Art einer Chefetage, doch er hatte sich entschieden, den ihm zustehenden Raum weitgehend seinem Labor zur Verfügung zu stellen, so daß für ihn selbst zuletzt noch ein Raum im Format dreieinhalb mal viereinhalb Meter übriggeblieben war. Und dieser Raum war so, wie ich ihn von früher kannte: der Schreibtisch zugebaut mit Stapeln von Korrespondenz, Zeitschriften und unbeantworteten Telefonnotizen, alles ordentlich und präzise übereinandergelegt. Der Platz in den Regalen, die vom Boden bis zur Decke gingen, reichte nicht aus für die Bücher, und das, was man dort nicht mehr unterbringen konnte, stand in kleinen bis mittleren Türmen auf dem Boden. Ein Regalabteil hinter dem Schreibtisch war vollgestellt mit Fläschchen, die verschiedene Magenmittel enthielten. Rechtwinklig zum Schreibtisch verbargen ausgebleichte, beigefarbene Vorhänge das einzige Fenster des Büros und die Aussicht auf die dahinterliegenden Hügel.

Mir war diese Aussicht sehr vertraut. Immerhin hatte ich einen nicht unbeträchtlichen Teil meiner Zeit beim Western Pediatric damit vergeudet, daß ich hinausschaute auf die allmählich verfallenden Buchstaben des HOLLYWOOD-Signets und auf Raoul wartete, mit dem ich hier verabredet war, was er wieder einmal vergessen hatte, oder daß ich in seiner Anwesenheit Däumchen drehte, bis er mit einem wichtigen Ferngespräch fertig war.

Ich blickte mich nach Anzeichen menschlicher Gegenwart um und entdeckte eine Plastiktasse, die halb mit kaltem Kaffee gefüllt war , und ein cremefarbenes Seidenjackett, das jemand ordentlich über die Lehne des Schreibtischsessels drapiert hatte. Danach klopfte ich an die Tür des angrenzenden Labors, ohne Erfolg, und stellte fest, daß die Tür abgesperrt war. Ich zog die Vorhänge auf, wartete eine Weile, ließ Raoul dann über den Piepser ausrufen, ohne daß er sich meldete. Auf meiner Armbanduhr war es zehn nach neun. Altbekannte Gefühle von Ungeduld und Ärger tauchten auf und verschafften sich zunehmend Platz.

Noch fünfzehn Minuten, sagte ich mir, dann gehe ich. Genug ist genug.

Neunzig Sekunden vor dem Termin platzte er herein.

»Alex, Alex!« Er schüttelte mir heftig die Hand. »Danke, daß du gekommen bist.«

Er war gealtert. Sein Bauch hatte sich deutlich vergrößert zu einem eiförmigen Gebilde, das die Knöpfe seines Hemds spannte. Die letzten Haarsträhnen auf seinem Schädel waren verschwunden, und die dunklen Locken an den Seiten umgaben jetzt eine hohe, leicht verbeulte und glänzende Glatze. Der dichte Schnurrbart, einst schwarz wie Ebenholz, war zu einem Dickicht aus grauen, schwarzen und weißen Haaren geworden. Nur die Kaffeebohnen-Augen, wie immer lebhaft und beweglich, schienen alterslos zu sein und wiesen auf das Feuer hin, das dahinter brannte. Er war ein kleiner Mann mit einer Neigung zum Dickwerden, und seine Garderobe war nicht dazu angetan, das zu verbergen. An diesem Morgen trug er ein blaßrosa Hemd, eine schwarze Krawatte, bedruckt mit einem rosafarbenen Muster, und eine cremefarbene Hose, die zu dem Jakkett über der Sessellehne paßte. Seine Schuhe waren spiegelblank poliert, spitze, beigefarbene Slipper, mit perforiertem Leder verziert. Sein langer weißer Kittel war gestärkt, aber eine Nummer zu groß. Um den Hals hing ihm ein Stethoskop, und in den Taschen des Kittels steckten Kugelschreiber und Dokumente, die sie nach unten zogen.

»Guten Morgen, Raoul.«

»Hast du schon gefrühstückt?« Er drehte mir den Rücken zu und fuhr rasch mit den Fingern über die Stapel auf seinem Schreibtisch wie ein Blinder, der die Blindenschrift ungewöhnlich schnell zu lesen versteht.

»Nein. Du hast gesagt, du würdest ...«

»Wie wär's, wenn wir in den Speiseraum für Ärzte gingen und du dich vom Haus dazu einladen läßt?«

»Das wäre nett.« Ich seufzte.

»Großartig.« Er klopfte auf seine Taschen, suchte darin und murmelte ein paar obzöne Worte auf Spanisch. »Laß mich nur rasch zwei Anrufe hinter mich bringen, dann ...«

»Raoul, ich bin etwas in Zeitdruck. Es wäre mir lieb, wenn wir jetzt gleich gehen könnten.«

Er drehte sich um und schaute mich überrascht an.

»Was? Ach so, natürlich. Also gleich. Klar.«

Ein letzter Blick auf den Schreibtisch, ein Griff nach der neuesten Ausgabe von *Blood,* und wir waren draußen.

Obwohl seine Beine mit Sicherheit mehr als zehn Zentimeter kürzer waren als die meinen, mußte ich beinahe laufen, um mit ihm Schritt zu halten, als wir über die verglaste Brücke gingen, die den Prinzley-Pavillon mit dem alten Hauptgebäude verband. Und da er beim Laufen auch noch pausenlos redete, war es wichtig, daß ich mich nicht abhängen ließ.

»Der Name der Familie lautet Swope.« Er buchstabierte ihn. »Der Junge heißt Heywood – man ruft ihn Woody. Fünf Jahre alt. Ein Non-Hodgkin-Lymphom, lokalisiert. Ursprünglich im oberen Abdomen, mit einem regional lokalisierbaren Knoten. Das Angiogramm der Metastatik wundervoll wie im Lehrbuch, ganz sauber. Die Histologie zeigt keine Lymphoblasten, ein glücklicher Umstand, weil das Behandlungsschema für Nonlymphoblastiker gesichert ist.«

Wir erreichten den Lift. Raoul schien außer Atem zu sein, zupfte an seinem Hemdkragen und lockerte die Krawatte. Die Lifttüren glitten auf, und wir fuhren schweigend hinunter ins Parterre. Schweigend, aber keineswegs ruhig, denn Raoul konnte nicht stillstehen, trat von einem Fuß auf den anderen, trommelte mit den Fingern gegen die Wand der Liftkabine, spielte mit Strähnen seines Schnurrbarts und mit einem Kugelschreiber und drückte dabei die Mine wiederholt heraus und hinein.

Der Korridor im Parterre war ein Tunnel der Geräusche, verstopft von Ärzten, Schwestern, Technikern und Patienten. Raoul redete weiter, bis ich ihm auf die Schulter tippte und ihm zubrüllte, daß ich kein Wort verstehen könne. Er nickte kurz und ging dann, sobald sich eine Lücke bot, im Eilschritt weiter. Wir rannten im Zickzack durch die Cafeteria und erreichten schließlich die nur schwach erhellte Eleganz des Speisesaals für Ärzte.

Eine Gruppe von Chirurgen saß an einem runden Tisch, essend und rauchend, in grünen Kitteln, den Kopfschutz wie Lätzchen vor der Brust hängend; ansonsten war der Raum leer.

Raoul ging mit mir zu einem Ecktisch, winkte der Bedienung und breitete sich eine Leinenserviette über die Knie. Dann nahm er ein Päckchen Süßstoff und drehte es zur Seite, daß sich das Pulver leise raschelnd bewegte wie Sand in einer Sanduhr. Er wiederholte die Geste ein halbes dutzendmal und begann wieder zu reden, hielt nur inne, als die Bedienung kam, um unsere Bestellung aufzunehmen.

»Erinnerst du dich an das COMP-Protokoll, Alex?«

»Nur vage. Cyklophosphamid – äh – Methotrexat und Prednison, ja? Ich weiß nicht mehr, was das O bedeutet.«

»Sehr gut. Oncovin. Wir haben es inzwischen für Non-Hodgkin in einer verbesserten Form zur Verfügung. Es wirkt Wunder, wenn wir es mit intrathekal verabreichtem Methotrexat und Bestrahlung kombinieren. Einundachtzig Prozent der Patienten überleben drei Jahre und mehr ohne Beschwerden und Rückfälle. Das heißt, das ist die nationale Statistik; meine eigenen Zahlen sind noch besser, über neunzig Prozent. Ich beobachte eine wachsende Zahl von Kindern, die zwischen fünf und sieben Jahre alt sind, und es sieht sehr gut aus. Stell dir vor, Alex! Eine Krankheit, an der noch vor zehn Jahren beinahe jedes Kind gestorben ist, kann nun mit besten Aussichten geheilt werden.«

Das Feuer hinter seinen Augen verstärkte sich noch.

»Phantastisch«, sagte ich.

»Genau das richtige Wort – phantastisch. Der Schlüssel heißt *multimodale Chemotherapie.* Mehr und bessere Medikamente in den richtigen Kombinationen.«

Das Frühstück kam. Er legte zwei Brötchen auf seinen Teller, schnitt sie in kleine Stücke und steckte diese nacheinander in den Mund, und er war bereits fertig, bevor ich mein Frühstück auch nur halb gegessen hatte. Die Bedienung schenkte Kaffe ein. Er prüfte ihn, versah ihn mit Sahne, rührte ihn um und trank dann rasch. Anschließend tupfte er sich die Lippen ab und zupfte nichtvorhandene Krümel aus seinem Schnurrbart.

»Bitte merke dir, daß ich das Wort geheilt verwendet habe. Man braucht also nicht mehr schüchtern von Verlängerung der Lebensaussichten zu sprechen. Wir haben das Wilmssche Tumor besiegt, wir haben die Hodgkinssche Krankheit besiegt. Als nächstes ist das Non-Hodgkinssche Lymphom dran. Denk an meine Worte, wir werden es in naher Zukunft in den meisten Fällen heilen können.«

Ein drittes Brötchen wurde zerlegt und verschlungen. Er winkte der Bedienung nach dem Kaffee.

Als sie weg war, sagte er: »Das ist eigentlich gar kein Kaffee, mein Freund. Es ist bestenfalls ein Heißgetränk. Meine Mutter konnte noch Kaffee kochen. Damals in Kuba bekamen wir immer die erste Ernte der Kaffeepflanzen. Einer der Diener, ein alter Mann namens José, hat die Bohnen mit der Hand gemahlen – das Mahlen ist äußerst wichtig! –, und nur dabei ist echter Kaffee herausgekommen.« Er trank einen Schluck und stieß die Tasse dann weg, nahm statt dessen ein Glas Wasser und leerte es. »Komm zu mir nach Hause, dann mache ich dir richtigen Kaffee.«

Dabei fiel mir ein, daß ich drei Jahre lang mit ihm zusammengearbeitet hatte und ihn mindestens doppelt so lange kannte, ohne jemals bei ihm zu Hause gewesen zu sein.

»Vielleicht nehme ich dich eines Tages beim Wort. Wo wohnst du eigentlich?«

»Nicht weit von hier. Ich habe eine Eigentumswohnung am Los Feliz Boulevard. Ein Schlafzimmer, ein Wohnzimmer, klein, aber für meine Bedürfnisse ausreichend. Wenn man allein lebt, soll man es sich so einfach wie möglich machen, findest du nicht?«

»Ja, vermutlich.«

»Du lebst doch auch allein, oder?«

»Bis vor kurzem. Jetzt lebe ich mit einer wundervollen Frau zusammen.«

»Gut, gut.« Die dunklen Augen schienen sich zu umwölken. »Frauen. Sicher, sie haben mein Leben bereichert. Aber auch total auseinandergerissen. Meine letzte Frau, Paula, hat jetzt das große Haus in Flintridge. Eine andere ist in Miami, die übrigen zwei sind weiß Gott wo. Jorgé – mein zweitältester, der Sohn von Nina – sagte mir, daß seine Mutter in Paris ist, aber sie hat es nirgends lange ausgehalten.«

Seine Gesichtsmuskeln wirkten schlapp, und er trommelte mit seinem Kaffeelöffel auf den Tisch. Dann fiel ihm etwas ein, was seine Stimmung sichtlich aufhellte.

»Jorgé fängt nächstes Jahr mit dem Medizinstudium an, an der Hopkins-Universität.«

»Meine Gratulation.«

»Danke. Brillanter Junge, immer gewesen. Im Sommer besucht er mich und arbeitet im Labor mit. Ich bin stolz darauf, daß ich ihn dafür begeistern konnte. Die anderen sind nicht so gut drauf, weiß der Teufel, was sie einmal tun werden, aber ihre Mütter waren auch ganz anders als Nina. Du weißt, Nina war Konzertcellistin.«

»Das habe ich nicht gewußt.«

Er nahm wieder ein Brötchen und schnitt es in kleine Stücke.

»Trinkst du dein Wasser?« fragte er.

»Bitte, bediene dich.«

Er trank das Glas aus.

»Erzähl mir von den Swopes. Was gibt es da für ein Problem?«

»Von der schlimmsten Sorte, Alex. Sie verweigern die Behandlung. Das heißt, sie wollen den Jungen nach Hause nehmen und ihn weiß Gott was für einer Kur unterziehen.«

»Glaubst du, daß sie Anhänger der Ganzheitstheorie sind?«

Er zuckte mit den Schultern. »Möglich. Es sind Leute vom Land, aus La Vista, einem kleinen Kaff an der mexikanischen Grenze.«

»Ich kenne die Gegend. Ackerland und Obsthaine.«

»Ja, das stimmt meines Wissens. Aber, wichtiger, es ist nicht weit von der Grenze und damit von Laetrile entfernt. Der Vater ist eine Art Farmer oder Pflanzer. Ein derber, laut polternder Typ, stets darauf aus, andere zu beeindrucken. Ich glaube, er hat sich einmal nebenher mit wissenschaftlichen Dingen befaßt und wirft mit biologischen Begriffen nur so um sich. Ein großer, untersetzter Kerl Anfang Fünfzig.«

»Ziemlich alt für einen fünfjährigen Sohn.«

»Ja. Die Mutter ist Ende Vierzig – man fragt sich, ob der Junge nicht eine Art Unfall gewesen ist. Vielleicht ist es das Schuldgefühl, das sie verrückt macht. Du weißt schon – Vorwürfe wegen der Krebskrankheit ihres Sohnes und so weiter.«

»Das wäre nicht ungewöhnlich«, sagte ich. Es gab wenige Alpträume, die sich vergleichen ließen mit der schrecklichen Entdeckung, daß das eigene Kind Krebs hat. Und einen wesentlichen Teil dieses Alptraums bestimmte das Schuldgefühl, das sich die Eltern aufluden, die Suche nach der Antwort, die es nicht geben konnte: *Warum ausgerechnet wir?* Es war kein rationaler, kein vernunftbezogener Prozeß. Aber er lief selbst bei Ärzten, Biochemikern und anderen Leuten, die es besser wissen sollten, stets in gleicher Weise ab. Man suchte nach dem, was man falsch gemacht oder unterlassen haben könnte. Die meisten Eltern kamen mit der Zeit darüber hinweg. Diejenigen, denen das nicht gelang, trugen schwere Schäden davon, wurden zu geistigen oder sogar körperlichen Krüppeln ...

»In diesem Fall gibt es dafür sicherlich eine gewisse Grundlage«, hypothetisierte Raoul. »Überalterte Eierstöcke und so weiter ... Na schön, genug der Mutmaßungen, machen wir weiter. Wo war ich – äh, ja, Mrs. Swope. Sie heißt mit Vornamen Emma. Eine unauffällige graue Maus. Und geradezu unterwürfig. Vater ist der Boß. Ein zweites Kind, ein Mädchen, um die neunzehn, zwanzig Jahre alt.«

»Seit wann ist die Diagnose des Jungen klar?«

»Offiziell erst seit ein paar Tagen. Ein praktischer Arzt hat bei einer Untersuchung die Verhärtung im Abdomen bemerkt. Der Junge hat seit ein, zwei Wochen Schmerzen und in den letzten fünf Tagen Fieber. Der Arzt hatte einen gewissen Verdacht – nicht schlecht für einen Landarzt –, hielt nicht viel von den dortigen Kliniken und schickte ihn hierher. Wir mußten erst einmal umfangreiche Untersuchungen antstellen: Blut, Urin, Knochenmark von zwei Proben, Immundiagnosen – alles, was das Non-Hodgkin-Protokoll vorschreibt. Erst vor zwei Tagen haben wir den Tumor einwandfrei isoliert. Eine lokalisierbare Erkrankung, keine Metastasen.

Ich habe mit den Eltern ein diagnostisches Gespräch geführt, sagte ihnen, daß die Prognose gut sei, weil der Tumor nicht gestreut hatte. Sie füllten die Fragebogen mit ihrer Einverständniserklärung aus, und wir waren bereit, mit der Behandlung zu beginnen. Der Junge hat in letzter Zeit mehrere Infektionen durchgemacht, und in seinem Blut schwammen Pneumozysten, also haben wir ihn in eine unserer Strömungskammern gelegt. Dort wollten wir ihn lassen, bis die erste Runde der Chemotherapie vorbei war, dann überprüfen, wie das Immunsystem funktionierte. Es schien alles nach Plan zu laufen, da ruft mich Augie Valcroix an, mein Forschungsstipendiat in der klinischen Abteilung – zu ihm komme ich gleich noch – und teilt mir mit, daß die Eltern kalte Füße bekommen haben.«

»Aber als du zuerst mit ihnen gesprochen hast, gab es keine Anzeichen für ein derartiges Problem?«

»Eigentlich nicht, Alex. Der Vater ist derjenige, der für die ganze Familie spricht. Sie hat nur dagesessen und geheult, während ich mich bemüht habe, sie zu trösten und zu beruhigen. Er hat ein paar heikle Fragen gestellt – ich sagte ja, er hat versucht, uns zu beeindrucken –, aber es war alles ganz freundlich. Sie kamen mir wie relativ intelligente Menschen, nicht wie Spinner vor.«

Er schüttelte frustriert den Kopf.

»Nach dem Anruf von Valcroix bin ich hinübergegangen und habe mit ihnen gesprochen – in der Annahme, daß es eine momentane Besorgnis sei, du weißt schon, wenn Eltern hören, worin die Behandlung besteht, bekommen sie manchmal den Eindruck, daß wir ihr Kind quälen und so weiter. Dann suchen sie nach einfachen Dingen, die man begreifen kann wie Aprikosenkerne. Aber wenn sich der Doktor dann die Zeit nimmt und ihnen den Wert einer Chemotherapie erklärt, kehren Sie meistens zur Vernunft zurück. Leider ist es bei den Swopes nicht nach diesem Schema gelaufen. Sie waren immer noch fest entschlossen, den Jungen mitzunehmen.

Ich habe es ihnen auf einer Tafel klargemacht. Habe ihnen die Überlebenschancen dargelegt – die einundachtzig Prozent, die ich dir vorhin genannt habe für den Fall, daß die Krankheit noch im lokalisierbaren Stadium ist. Wenn sich der Tumor ausgebreitet hat, sinkt die Chance auf unter fünfzig Prozent, versuchte ich ihnen zu erklären. Es beeindruckte sie überhaupt nicht. Ich sagte ihnen, daß schnelles Eingreifen das Wichtigste sei. Ich habe meinen ganzen Charme aufgewendet, bin ihnen ums Maul gegangen, habe gebettelt und gebrüllt. Sie hatten nicht einmal irgendwelche Einwände, sondern zogen einfach ihre Genehmigung zur Behandlung zurück. Sie wollen ihn mit nach Hause nehmen.«

Er zerriß ein Brötchen und ordnete die Stücke in einem Halbrund auf seinem Teller.

»Ich bestelle mir Eier«, verkündete er.

Dazu winkte er die Bedienung zurück. Sie nahm die Bestellung entgegen und schaute mich hinter seinem Rücken an mit einem Blick, der sagte: *Das kenne ich schon.*

»Hast du eine Theorie dafür, was diese Meinungsänderung verursacht haben könnte?« fragte ich.

»Zwei. Die eine, daß Augie Valcroix Quatsch gemacht hat; und die andere, daß die verdammten Berührer den Eltern den Kopf verdreht haben.«

»Wer?«

»Die *Berührer.* So nenne ich sie. Mitglieder einer Sekte, die ihren Hauptsitz in der Nähe des Wohnorts der Eltern hat. Sie verehren einen Guru namens ›der Edle Matthias‹ – das hat mir unsere Sozialarbeiterin gesagt – und nennen sich ›Berührung‹.« Raouls Stimme klang verächtlich. »Madre de Dios, Alex, dieses Kalifornien ist zu einer Deponie für den psychischen Müll dieser Erde verkommen!«

»Sind diese ›Berührer‹ denn von der Ganzheitstheorie besessen?«

»Die Sozialarbeiterin hält es zumindest für denkbar – kein Wunder, was? Arschlöcher sind sie, nichts weiter. Kurieren Krankheiten mit Karotten und Kleie und stinkenden Kräutern, die sie sich um Mitternacht über die Schultern werfen. Der Gipfel nach Jahrhunderten wissenschaftlicher Errungenschaften – *freiwilliger* kultureller Rückschritt!«

»Was haben diese Berührer den Eltern gesagt? Weißt du das?«

»Ich kann natürlich nichts beweisen. Aber ich weiß, daß zunächst alles glatt gelaufen ist und die Einverständniserklärung bereits unterschrieben war. Dann haben zwei von ihnen – ein Mann und eine Frau – die Eltern besucht, und nun haben wir die Bescherung.«

Die Bedienung brachte einen Teller voll Rührei und eine Schüssel mit einer gelber Sauce. Ich erinnerte mich daran, daß er Sauce Hollandaise besonders liebte. Jetzt goß er die Sauce über die Eier und teilte den Berg in drei Abschnitte. Zuerst aß er das mittlere Segment, dann das rechte und zuletzt das linke. Danach wieder das Lippenabtupfen, das Zupfen im Bart nach nicht vorhandenen Krümeln.

»Und was hat dein Forschungsstipendiat damit zu tun?«

»Valcroix? Wahrscheinlich eine Menge. Laß mich dir erst einmal diesen Typ schildern. Nach der Papierform ein fabelhafter Bursche: Doktorat an der McGill – er ist Französisch-Kanadier –, dann Praktikum und Arbeit an der Mayoklinik, anschließend ein Jahr Forschungsarbeit an der Universität von Michigan. Er ist knapp vierzig, also älter als die meisten in seiner Position, daher glaubte ich, daß er ein reifer Mensch sei. Denkste! Als ich bei der Einstellung mit ihm sprach, hielt ich ihn für einen gebildeten, intelligenten Mann. Sechs Monate später hatte er sich als alterndes Blumenkind entpuppt.

Sicher, er ist nicht dumm, aber völlig unprofessionell. Er redet und kleidet sich wie ein Halbwüchsiger und versucht dabei ständig, sich auf die Ebene der Patienten zu begeben. Die Eltern können sich nicht auf ihn verlassen, und manchmal durchschauen ihn sogar die Kinder. Aber das sind noch nicht alle Probleme. Er hat meines Wissens mindestens mit einer Mutter eines Patienten geschlafen, und ich bin sicher, es gibt noch mehrere ähnliche Fälle. Ich hab' ihn daraufhin zur Rede gestellt, und er hat mich angeschaut, als ob ich verrückt wäre, wenn ich darüber auch nur ein Wort verliere.«

»Ein bißchen locker in Sachen Moral?«

»Er hat gar keine Moral. Manchmal bin ich sicher, daß er betrunken ist oder etwas genommen hat, aber ich kann es ihm natürlich nicht nachweisen. Er ist vorbereitet und hat immer die richtige Antwort parat. Trotzdem, dieser Mann ist kein richtiger Doktor, sondern ein Hippie, der sehr viel Ausbildung hinter sich gebracht hat. Zuviel vielleicht.«

»Wie ist er denn mit den Swopes ausgekommen?« fragte ich.

»Wahrscheinlich zu gut. Mit der Mutter hat er es zumindest prima gekonnt, und seine Beziehung zum Vater war nicht schlechter als die von uns allen.« Er schaute in seine leere Kaffeetasse. »Würde mich nicht wundern, wenn er mit der Schwester des Patienten schlafen wollte – das Mädchen sieht gut aus. Aber das ist es nicht, was mir Sorgen macht.«

Er verengte die Augen.

»Ich glaube, Doktor August Valcroix hat tief in seinem Herzen einen weichen Punkt, was die Quacksalberei betrifft. Er hat bei Besprechungen nicht selten geäußert, daß wir toleranter sein sollten zu dem, was er *alternative Gesundheitsfürsorge* nennt. Er hat einige Zeit in einem Indianerreservat verbracht und war von den Medizinmännern beeindruckt. Wir diskutieren über das *New England Journal,* und er redet über Schamanen und Schlangenpulver. Es ist unglaublich.«

Er schnitt eine Grimasse des Abscheus.

»Als er mir sagte, die Eltern wollten den Jungen nicht mehr länger behandeln lassen, wurde ich das Gefühl nicht los, daß er sich insgeheim darüber freute.«

»Glaubst du wirklich, daß er dich sabotiert hat?«

»Du meinst, der Feind im eigenen Nest?« Er überlegte. »Nein, nicht mit Absicht. Ich glaube nur nicht, daß er den Behandlungsplan so unterstützt hat, wie er das hätte tun sollen. Verdammt, Alex, das ist kein abstraktes Gelehrtenseminar. Hier geht es um einen Jungen mit einer schlimmen Krankheit, die ich behandeln oder sogar heilen kann, und sie wollen diese Behandlung verhindern. Das ist – *Mord!*«

»Du könntest damit vor Gericht gehen«, schlug ich vor.

Er nickte betrübt.

»Ich habe schon mit dem Justitiar der Klinik darüber gesprochen, und er meint, wir würden gewinnen. Aber es wäre ein Pyrrhussieg. Erinnerst du dich an den Fall Chad Green? Das Kind hatte Leukämie, und die Eltern holten es aus dem Kinderkrankenhaus und fuhren nach Mexiko, um dort Laetrile zu besorgen. Das Ganze wurde ein großer Medienzirkus. Die Eltern waren die Helden, die Ärzte und das Krankenhaus die heißhungrigen, bösen Wölfe. Schließlich, trotz aller Gerichtsbeschlüsse, erhielt der Junge keine sinnvolle Behandlung und starb.«

Er legte seine beiden Zeigefinger an die Stirn und preßte sie gegen die Schläfen. Unter den Fingerspitzen pochte der Puls. Raoul zuckte zusammen.

»Migräne?«

»Fängt gerade erst an. Ich werde schon fertig damit.« Er atmete tief ein. Der Bauch bewegte sich in Wellen.

»Ja, vielleicht muß ich gerichtlich gegen sie vorgehen. Aber ich möchte es vermeiden. Deshalb habe ich mich an dich gewandt, mein Freund.«

Er beugte sich vor und legte seine Hand auf die meine. Seine Haut war ungewöhnlich warm und ein klein wenig feucht.

»Rede mit ihnen, Alex. Wende jeden Trick an, den du im Ärmel hast. Abneigung, Zuneigung, was auch immer. Versuche, ihnen die Konsequenzen dessen klarzumachen, was sie da tun.«

»Ein schwerer Auftrag.«

Er zog die Hand zurück und lächelte.
»Andere haben wir hier nicht.«

4

Die Wände der Abteilung bedeckten sonnig-gelbe Tapeten mit tanzenden Teddybären und grinsenden Stoffpuppen, aber der Krankenhausgeruch, an den ich gewohnt war, als ich noch hier arbeitete – Desinfektionsmittel, Körperausdünstungen, welkende Blumen – stach mir jetzt in die Nase und machte mir klar, daß ich mittlerweile ein Fremder, ein Außenstehender geworden war. Obwohl ich tausendmal über diesen Korridor gegangen war, erfaßte mich jetzt jenes kalte Unbehagen, das Krankenhäuser bei ihren Besuchern stets hervorrufen.

Die Abteilung mit den Strömungskammern befand sich am östlichen Ende der Station, hinter einer grauen Tür ohne Fenster. Als wir uns näherten, ging die Tür auf, und eine junge Frau trat heraus auf den Gang. Sie zündete sich eine Zigarette an und wollte weggehen, aber Raoul sprach sie an. Sie blieb stehen, drehte sich um, knickte ein Knie ein und blieb in dieser Pose, wobei sie mit der einen Hand die Zigarette hielt, während sie die andere in die Hüfte stemmte.

»Nona Swope – die Schwester des Jungen«, flüsterte er.

Er hatte gesagt, daß sie gut aussah, doch das war eine Untertreibung.

Das Mädchen sah hinreißend aus.

Sie war groß, knapp einsachtzig, mit einem Körper, der sowohl weiblich als auch knabenhaft wirkte. Ihre Beine waren lang und sehnig wie die eines Fohlens, ihre

Brüste hoch angesetzt und klein. Sie hatte einen schmalen, langen Hals und elegante, schlanke Hände, die in scharlachrot lackierten Nägeln endeten. Sie trug einen weißen Hosenanzug aus dünnem T-Shirt-Material und hatte ihn mit einem Silberband gegürtet, der die schmale Taille und die flache Magenpartie betonte. Der weiche Baumwollstoff schmiegte sich an alle Kurven und Rundungen und endete in halber Schenkelhöhe.

Ihr Gesicht war oval, mit einem Grübchen im Kinn. Sie hatte hervorstehende Wangenknochen und eine hohe Kieferstruktur, die zu den Ohren ohne ausgeprägte Ohrläppchen führte. Beide Ohren waren durchstochen und geschmückt mit dünnen Ringen aus gehämmertem Gold. Ihre Lippen waren voll und deutlich gezeichnet, ihr Mund ein üppiger roter Schlitz.

Aber am aufregendsten war die Kombination der Farben.

Ihr Haar war lang, dicht, von der glatten, hohen Stirn streng nach hinten gekämmt und kupferrot. Doch im Gegensatz zu den meisten Rothaarigen hatte sie nicht die üblichen Sommersprossen und die Buttermilchhaut. Ihr Teint war fleckenlos und zeigte tiefe kalifornische Bräune. Die Augen standen weit auseinander: tintenschwarz, mit dichten Wimpern. Vielleicht benutzte sie zuviel Make-up, hatte dabei aber die Augenbrauen ausgespart. Sie waren buschig und dunkel, mit einer natürlichen Wölbung nach oben, was ihr ein apartes Aussehen verlieh. Sie war eine Frau, die kein Mann übersehen konnte, eine bemerkenswerte Mischung aus Einfachem und Auffälligem, und sie wirkte überwältigend körperlich, ohne daß sie das auch nur im geringsten zu betonen brauchte.

»Hallo«, sagte Raoul.

Sie verlagerte das Gewicht und musterte uns beide.

»Hi.« Sie sprach gedehnt und mürrisch und schaute uns dabei gelangweilt an. Als ob sie ihre Apathie unterstreichen wollte, wandte sie sich dann von uns ab und nahm einen Zug aus ihrer Zigarette.

»Nona, das ist Doktor Delaware.«

Sie nickte und zeigte sich wenig beeindruckt.

»Er ist Psychologe, ein Experte in der Betreuung krebskranker Kinder. Er hat früher hier gearbeitet, in der Abteilung der Strömungskammern.«

»Hallo«, sagte sie pflichtschuldig. Ihre Stimme war leise, fast nur ein Flüstern, ohne deutliche Betonungen. »Wenn er mit meinen Eltern sprechen will – die sind noch nicht hier.«

»Äh – ja, das wollte er eigentlich. Wann kommen sie wieder?«

Das Mädchen zuckte mit den Schultern und flippte die Asche auf den Boden.

»Sie haben mir nichts gesagt. Sie haben hier im Krankenhaus geschlafen, also sind sie wahrscheinlich in ihr Motel gefahren, um ihre Sachen zusammenzupacken. Vielleicht kommen sie heute abend noch, vielleicht morgen.«

»Aha. Und wie geht es?«

»Gut.« Sie blickte zur Decke und tippte mit einem Fuß auf den Boden.

Raoul hob die Hand, um ihr das klassische Schulterklopfen des Arztes zu verpassen, aber ihr Blick hielt ihn davor zurück, und er senkte die Hand augenblicklich.

Mit der ist nicht gut Kirschen essen, dachte ich, aber das war schließlich auch kein Freudentag für sie.

»Was macht Woody?« fragte er.

Die Frage brachte sie augenblicklich in Wut. Ihr schlanker Körper straffte sich; sie ließ die Zigarette fallen und trat sie mit dem Absatz aus. Tränen bildeten sich in den Innenwinkeln ihrer Mitternachtsaugen.

»Verdammt, Sie sind schließlich der Doktor! Warum sagen Sie nicht *mir,* wie es ihm geht!« Sie verzerrte das Gesicht, drehte sich um und lief davon.

Raoul wich meinem Blick aus. Er bückte sich, hob den zertretenen Zigarettenstummel auf und warf ihn in einen Aschenbecher. Dann hielt er sich eine Hand vor die Stirn, atmete tief ein und machte eine Migräne-Grimasse. Es sah aus, als ob die Schmerzen unerträglich wären.

»Komm schon«, sagte er. »Gehen wir hinein.«

Ein handgeschriebenes Schild vor dem Raum der Stationsschwester lautete: ›Willkommen bei der Medizin des Raumzeitalters‹.

Das Schwarze Brett war mit einem Wald von Blättern behängt: Dienstpläne, Karikaturen aus Zeitschriften, Dosierungshinweise für die Chemotherapie und das Foto eines berühmten Spielers der Dodgers mit einem Jungen in einem Rollstuhl, handsigniert. Das Kind hielt den Schläger mit beiden Händen und schaute zu dem Baseballspieler hinauf, der sich offenbar etwas unbehaglich fühlte.

Raoul nahm eine Behandlungsakte aus einem Körbchen und sah sie durch. Dann knurrte er und drückte auf einen Knopf oberhalb des Schreibtischs. Sekunden später streckte eine untersetzte Frau in Weiß den Kopf herein.

»Ja – oh, hallo, Doktor Melendez.« Sie sah mich und nickte mit einem Fragezeichen auf dem Gesicht.

Raoul machte mich mit der Schwester bekannt, die Ellen Beckwith hieß.

»Gut«, sagte sie. »Leute wie Sie können wir hier gebrauchen.«

»Doktor Delaware hat früher in dieser Abteilung die psychosoziale Fürsorge koordiniert. Er ist ein internationaler Experte für die psychologischen Wirkungen reversibler Isolation.«

»Oh, großartig! Freut mich, Sie kennenzulernen.«

Ich nahm die fleischige Hand, die sich mir entgegenstreckte.

»Ellen«, sagte Raoul, »wann kommen Mr. und Mrs. Swope zurück?«

»Keine Ahnung, Doktor. Sie waren die ganze letzte Nacht hier, dann sind sie gegangen. Meistens kommen sie im Lauf des Tages vorbei, also werden sie sicher auch heute irgendwann hier sein.«

Er biß die Zähne zusammen.

»Das hilft mir wirklich sehr, Ellen«, sagte er scharf.

Die Schwester lief rot an, und ihr fleischiges Gesicht zeigte jetzt den Ausdruck eines Tieres, das man in einen ungewohnten Pferch eingeschlossen hat. »Tut mir leid, Doktor, aber sie brauchen uns nicht mitzuteilen, wann ...«

»Schon gut. Irgend etwas Neues mit dem Jungen, was noch nicht in die Behandlungsakte eingetragen ist?«

»Nein, Sir, wir warten noch auf ...« Sie sah seine Miene und brach ab. »Doktor, ich wollte gerade die Bettwäsche auf Station drei wechseln, wenn Sie also nichts ...«

»Gehen Sie. Aber holen Sie mit zuvor noch Beverly Lucas her.«

Sie warf einen Blick auf eine Tafel am anderen Ende des Raums.

»Sie hat sich abgemeldet, auf Funkkontakt, Sir.«

»Dann lassen Sie sie kontaktieren, zum Teufel.«

Sie eilte davon.

»Und das wollen Profis sein«, sagte er. »Gleichberechtigte Partner, die mit den Ärzten Hand in Hand arbeiten! Unglaublich.«

»Nimmst du etwas gegen die Schmerzen?« fragte ich ihn.

Die Frage traf ihn unvorbereitet.

»Was? Ach so – es ist nicht so schlimm«, log er und zwang sich zu einem Lächeln. »Hier und da nehme ich etwas, ja.«

»Hast du es schon mal mit Bio-Feedback oder mit Hypnose versucht?«

Er schüttelte den Kopf.

»Das solltest du aber. Es funktioniert. Du kannst lernen, die Gefäße bewußt zu erweitern oder zu verengen.«

»Keine Zeit zum Üben.«

»Es dauert nicht lange, wenn der Patient motiviert ist.«

»Ja, nun ...« Er wurde vom Telefon unterbrochen, nahm den Hörer ab, bellte ein paar Befehle hinein, legte ihn wieder auf.

»Das war Beverly Lucas, unsere Sozialarbeiterin. Sie wird gleich hier sein, um dich zu informieren.«

»Ich kenne Bev. Sie war Studentin, als ich hier noch gearbeitet habe.«

Er hielt die Hand mit der Fläche nach unten und bewegte sie von der einen auf die andere Seite. »So, so – oder was meinst du?«

»Ich habe sie immer für ziemlich klug gehalten.«

»Wenn du es sagst.« Es klang skeptisch. »Bei dieser Familie jedenfalls war sie uns keine große Hilfe.«

»Vielleicht sagst du das in Kürze auch von mir, Raoul.«

»Du bist anders, Alex. Du denkst wie ein Wissenschaftler, aber du kannst wie ein gewöhnlicher Sterblicher mit den Patienten sprechen. Das ist ein seltenes Talent. Deshalb habe ich dich seinerzeit angefordert, mein Freund.«

Er hatte mich keineswegs angefordert, aber ich widersprach ihm nicht. Vielleicht war ihm entfallen, wie es wirklich begonnen hatte.

Vor einigen Jahren hatte er einen gutdotierten Forschungsauftrag der Regierung erhalten: er sollte den medizinischen Nutzen der Isolierung von krebskranken Kindern in keimfreier Umgebung studieren. Die künstliche Umwelt wurde ihm von der NASA geliefert: Plastikmodule, die dort dazu benutzt wurden, die vom Raumflug zurückkehrenden Astronauten zu isolieren, damit sie die Menschheit nicht mit kosmischen Krankheitserregern infizierten. Diese Module wurden fortwährend mit keimfreier, gefilterter Luft gleichmäßig in laminarer Strömung durchflutet. Die rasche und zugleich flüssige Luftströmung in mehreren Schichten war wichtig, weil sie Wirbel und Turbulenzen verhinderte, in denen sich Keime sammeln und vermehren konnten.

Die Bedeutung einer wirksamen Möglichkeit, Krebspatienten vor Mikroben zu schützen, lag auf der Hand, wenn man etwas von Chemotherapie verstand. Viele Medikamente, die dazu benutzt wurden, Tumore abzutöten, legten gleichzeitig das Immunsystem des Körpers lahm. Viele Patienten starben an Infektionen, die erst durch die Behandlung herbeigerufen worden waren, und nicht an der Krankheit selbst.

Raouls Ruf als Forscher war unangreifbar, und die Regierung stellte ihm vier Module zur Verfügung, dazu genügend Geld, um auf dieser neuartigen Klaviatur spielen zu können. Er entwarf eine zufällige Auswahlstudie und teilte die Kinder in experimentelle Gruppen und Kontrollgruppen, wobei letztere in normalen Krankenzimmern mit den üblichen Isolierungsmethoden wie Masken und Zelten behandelt wurden. Dazu engagierte er Mikrobiologen, die die Zahl der auftretendenen Keime ständig überwachen mußten. Außerdem verschaffte er sich Zugang zu einem Computer bei der technischen Universität von Kalifornien, der Cal Tech, um die Daten dort analysieren zu lassen. Nun konnte es losgehen.

Bis jemand das Thema einer denkbaren psychologischen Schädigung der Patienten durch diese Art von Behandlung in die Diskussion brachte.

Raoul versuchte zunächst, das Risiko herunterzuspielen, aber einige seiner Mitarbeiter ließen sich nicht davon überzeugen. Schließlich, meinten sie, gehe es ja darum, Kinder von zwei Jahren an in eine total gefühlsmäßige Isolation zu bringen, Monate in einer Plastikzelle, ohne Hautkontakt mit anderen menschlichen Wesen, getrennt von jeglichen normalen Lebensäußerungen. Eine zum Schutz bestimmte Umwelt, zweifellos, aber auch eine, die dem Kind schweren psychischen Schaden zufügen konnte. Also mußte man sich auch um diese Seite der Angelegenheit kümmern.

Zu dieser Zeit war ich einer der jüngeren Psychologen im Haus, und man bot mir den Job an, weil keiner der anderen Therapeuten etwas mit Krebs zu tun haben wollte. Und wohl auch, weil keiner besonders scharf darauf war, mit Raoul Melendez-Lynch zusammenzuarbeiten.

Ich sah es als eine Möglichkeit zu faszinierenden Untersuchungen und zugleich zur Verhinderung emotionaler Katastrophen. Als ich Raoul das erste Mal begegnete und ihm meine Ideen darlegen wollte, warf er mir einen kurzen Blick zu, richtete dann seine Aufmerksamkeit wieder auf das *New England Journal* und nickte geistesabwesend.

Nachdem ich mit meiner kleinen Rede fertig war, blickte er auf und sagte: »Sie werden ein Büro brauchen in dieser Abteilung.«

Es war kein sehr verheißungsvoller Beginn, aber nach und nach gingen ihm die Augen darüber auf, was den Wert einer psychologischen Konsultation betraf. Ich brachte ihn dazu, die Abteilung so zu gestalten, daß jedes Modul Zugang hatte zu einem Fenster und zu einer Wanduhr. Ich setzte ihm so lange zu, bis er die Mittel für einen vollbeschäftigten Spieltherapeuten und einen Sozialbetreuer für die Familien lockermachte. Und ich nahm ziemlich viel Computerzeit in Anspruch zur Ausarbeitung psychologischer Daten. Zuletzt zahlte es sich aus. Andere Krankenhäuser mußten die Patienten wegen psychologischer Probleme bei der normalen Form der Isolation nach Hause schicken, während sich unsere Kinder recht gut darauf einstellten. Ich sammelte Berge von Daten, schrieb mehrere Artikel darüber in wissenschaftlichen Zeitschriften und brachte außerdem eine Monographie heraus, wobei Raoul als Co-Autor mitwirkte. Die psychologischen Entdeckungen stießen auf größere Aufmerksamkeit als die medizinischen Artikel, die über das Projekt geschrieben wurden, und am Ende der drei Jahre war Raoul bereit, die psychosoziale Betreuung mit Begeisterung zu unterstützen, und hatte eingesehen, daß bei aller wissenschaftlichen Arbeit der menschliche Aspekt nicht zu kurz kommen durfte.

Wir freundeten uns an, wenn auch ziemlich oberflächlich. Manchmal erzählte er mir von seiner Kinderzeit. Seine Familie, ursprünglich aus Argentinien stammend, war in einem Fischerboot aus Havanna entkommen, nachdem Castro ihre Plantage verstaatlicht und den größten Teil ihres Besitzes beschlagnahmt hatte. Er war stolz auf eine Familientradition von Ärzten und Geschäftsleuten. Alle seine Onkel und die meisten seiner Vettern waren Mediziner, wie er behauptete, und in der Familie hatten es nicht wenige bis zu einem Lehrstuhl in dieser Disziplin geschafft. – Natürlich waren alle wahre Gentlemen, bis auf Vetter Ernesto, der sich als mieses Kommunistenschwein entpuppt hatte. Auch Ernesto war Doktor der Medizin gewesen, aber er hatte seine Familie und seinen Beruf im Stich gelassen, um das Leben eines radikalen Mörders zu führen. Kein Wunder, daß Tausende von Narren ihn als einen Ché Guevara verehrten. Für Raoul war und blieb er der verachtenswerte Vetter Ernesto, das schwarze Schaf der Familie. –

So erfolgreich er auf dem beruflichen Gebiet war, so verheerend sah es in seinem Privatleben aus. Die Frauen waren von ihm fasziniert, wurden aber zugleich durch seinen neurotischen, zwanghaften Charakter abgestoßen. Vier davon blieben bis zur Hochzeit, und er wurde Vater von elf Kindern; die meisten davon sah er jedoch fast nie.

Ein komplizierter und schwieriger Mann.

Jetzt saß er in einem Plastiksessel in einem schäbigen kleinen Büro und spielte sich als Macho auf gegenüber der Kreissäge, die seinen Schädel zu spalten drohte.

»Ich möchte den Jungen sehen«, sagte ich.

»Natürlich. Ich kann dich, wenn du willst, ihm jetzt gleich vorstellen.«

Als er aufstehen wollte, kam Beverly Lucas herein.

»Guten Morgen, Gentlemen«, sagte sie. »Alex – wie nett, Sie hier zu sehen.«

»Hallo, Bev.«

Ich stand auf, und wir umarmten uns kurz.

Sie sah gut aus, war aber beträchtlich magerer als ich sie in Erinnerung hatte. Damals, es lag nun schon Jahre zurück, war sie eine fröhliche, fast unschuldig wirkende Studentin gewesen, voller Begeisterung für ihren Beruf. Jetzt mußte sie um die Dreißig sein, und aus der damaligen koboldhaften Schlauheit war so etwas wie weibliche Entschlossenheit geworden. Sie war klein und rundlich und hell, mit rosigen Wangen und strohblondem Haar, das sie in langen, weichen Dauerwellen trug. Ihr rundes, offenes Gesicht wurde von den großen, haselnußbraunen Augen beherrscht und zeigte nicht die Spur von Make-up. Sie trug keinen Schmuck, und ihre Kleidung war einfach – ein knielanger, marineblauer Rock, eine kurzärmelige, rot-blau karierte Bluse, dazu flache Laufschuhe. Sie hatte eine übergroße Handtasche bei sich, die sie jetzt auf den Schreibtisch segeln ließ.

»Sie sind schlank geworden«, sagte ich.

»Das kommt vom Laufen. Ich laufe jetzt Langstrecke.« Sie bewegte die Beinmuskeln und lachte dazu.

»Sehr beeindruckend.«

»Ein gutes Mittel, um nicht aus dem Gleichgewicht zu

kommen.« Sie setzte sich auf die Schreibtischkante. »Was bringt Sie denn hierher nach all der Zeit?«

»Raoul möchte, daß ich ihm bei den Swopes helfe.«

Ihre Miene veränderte sich abrupt; die Züge verhärteten sich, und sie sah ein paar Jahre älter aus. In gezwungen freundlichem Ton sagte sie: »Na, dann wünsche ich Ihnen viel Glück.«

Raoul stand auf und begann mit einer seiner Lektionen.

»Alex Delaware ist Experte für die psychosoziale Betreuung von Kindern mit bösartigen ...«

»Raoul«, unterbrach ich ihn, »ich finde, Beverly sollte mich über den Fall informieren. Sie weiß, wer ich bin, und du brauchst zu diesem Thema keine Zeit zu vergeuden.«

Er schaute auf seine Armbanduhr.

»Ja, natürlich.« Und zu Beverly: »Berichten Sie ihm alles ausführlich und genau?«

»Selbstverständlich, Doktor Melendez-Lynch«, antwortete sie zuckersüß.

»Soll ich dich jetzt mit Woody bekannt machen?«

»Nicht nötig. Bev wird sich darum kümmern.«

Seine Blicke richteten sich von mir auf sie, zuletzt wieder auf seine Uhr.

»Na schön, dann haue ich jetzt ab. Ruf mich an, wenn du mich brauchst.«

Er nahm das Stethoskop vom Hals und hielt es in der Hand, als er den kleinen Raum verließ.

»Entschuldigen Sie«, sagte ich zu Beverly, als wir allein waren.

»Vergessen Sie's. Es ist nicht Ihre Schuld. Aber er ist manchmal ein furchtbares Arschloch.«

»Sie sind schon die zweite, die er heute morgen gegen sich aufgebracht hat.«

»Bis heute abend werden es noch ein paar mehr sein. Wer war die erste?«

»Nona Swope.«

»Ach die! Sie ist unzufrieden mit sich und der Welt.«

»Es ist sicher nicht leicht für sie«, sagte ich.

»Stimmt, aber ich vermute, sie war schon eine zornige junge Lady, lange bevor ihr kleiner Bruder an Krebs erkrankt ist. Ich habe versucht, eine persönliche Beziehung zu ihr herzustellen, genau wie mit den anderen, aber sie verschließt sich vor mir. Sie können das natürlich viel besser«, fügte sie in bitterem Ton hinzu.

»Bev, ich behaupte nicht, daß ich Wunder vollbringen kann. Raoul hat mich in panischer Stimmung angerufen, ohne mir auch nur anzudeuten, worum es wirklich geht, und ich habe versucht, einem Freund eine Gefälligkeit zu erweisen, das ist alles.«

Es funktionierte.

»Okay, Alex, tut mir leid, wenn ich so eklig gewesen bin. Aber man kann nun mal nicht mit ihm zusammenarbeiten; er lobt einen nicht, wenn man etwas gut gemacht hat, dafür teilt er die unglaublichsten Vorwürfe aus, falls etwas nicht ganz so klappt, wie er es sich wünscht. Ich habe um Versetzung eingereicht, doch solange man keinen Idioten findet, der bereit ist, meine Stellung hier einzunehmen, muß ich bleiben.«

»Niemand hält es bei dieser Art von Arbeit längere Zeit aus«, sagte ich.

»Als ob ich das nicht wüßte! Das Leben ist zu kurz. Sehen Sie, deshalb laufe ich – ich komme ganz ausgebrannt nach Hause, und wenn ich meinen Körper ein, zwei Stunden bis an die Grenzen der Belastbarkeit getrieben habe, fühle ich mich wieder wie neu.«

»Sie sehen jedenfalls großartig aus.«

»Meinen Sie? Ich machte mir schon Sorgen, weil ich zu mager werde. In letzter Zeit habe ich kaum noch Appetit – ach, verdammt, das hört sich an, als wäre ich total egomanisch, über so etwas zu meckern, wo ich tagtäglich Menschen in wirklichen Lebenskrisen erlebe.«

»Auch das Meckern ist ein gottgegebenes Recht.«

»Ich versuche, es so zu sehen.« Sie lächelte und zog ein Notizbuch heraus. »Ich nehme an, Sie wollen eine komplette psychosoziale Schilderung der Familie Swope hören.«

»Ich glaube, es würde mir weiterhelfen.«

»Die Überschrift dieser Schilderung könnte *Eigenartig* lauten – es sind sehr sonderbare Menschen, Alex. Die Mutter sagt kaum ein Wort, der Vater redet für alle anderen, und die Schwester kann beide nicht ausstehen.«

»Warum sagen Sie das?«

»Man braucht nur zu beobachten, wie sie ihre Eltern ansieht. Und sie ist nie gleichzeitig mit ihnen da. Es ist, als ob sie sich fehl am Platze fühlt. Sie kümmert sich auch kaum um Woody, wenn sie hier ist, und zeigt sich zu den sonderbarsten Zeiten, kommt oft spät abends oder ganz früh am Morgen. Die Schwestern von der Nachtschicht sagen, daß sie meistens nur dasitzt und den Jungen anstarrt. Er schläft sowieso fast die ganze Zeit. Manchmal steht sie auf, geht hinein und liest ihm aus einem Buch vor, aber das ist dann auch schon alles. Und der Vater tut auch nicht gerade viel, was den Jungen anregen könnte. Er flirtet mit den Schwestern und gibt sich so, als wüßte er über alles Bescheid.«

»Raoul hat mir das auch schon gesagt.«

»Selbst Raoul ist nicht vor Erkenntnissen gefeit.« Sie lachte boshaft. »Aber im Ernst, dieser Mr. Swope ist ein ziemlich komischer Vogel. Ein großer, bulliger Kerl, grauhaarig, mit Bierbauch und einem kleinen Ziegenbart. Wie Buffalo Bill ohne das lange Haar. Er ist total von seinen Gefühlen abgetrennt – ich weiß, es ist eine Art von Selbstverleugnung, und so etwas ist keineswegs unbekannt, aber bei ihm geht es weit über das hinaus, was wir normalerweise erleben. Sein Sohn erkrankt an Krebs, und er lacht und schäkert mit den Schwestern herum, versucht sich als einen Dazugehörigen auszugeben, redet über seinen Obstgarten und seine kostbaren Pflanzen und wirft mit gartentechnischen Spezialausdrücken nur so um sich. Sie wissen, was mit solchen Kerlen passieren kann.«

»Ein plötzlicher Zusammenbruch.«

»Genau. Auf einmal haut es ihn dann um – zack, weg. Eine pathologische Reaktion auf großen persönlichen Kummer.«

»Das hört sich nicht so an, als ob der Junge von der Familie viel Unterstützung bekäme.«

»Dann die Mutter: das unterwürfigste Wesen, das mir jemals begegnet ist. Garland Swope ist Herr und König in seinem Schloß. Aber sie scheint eine gute Mutter zu sein, eine Ernährerin, die viel umarmt und küßt. Sie geht oft hinein in die Kapsel, und ohne Zögern. Sie wissen, wie unheimlich dieser Weltraumanzug auf viele Eltern wirkt. *Sie* ist schon beim erstenmal richtig hineingesprungen. Die Schwestern sehen, wie sie sich in die Ekken drückt und weint, wenn sie glaubt, daß niemand zuschauen kann, aber sobald Garland auftaucht, zeigt sie ein großes, breites Lächeln. Dann heißt es ›Ja, mein Lieber‹ und ›Nein, mein Lieber‹. Wirklich, eine traurige Angelegenheit.«

»Warum, glauben Sie, wollen die Swopes das Kind mitnehmen?« fragte ich.

»Ich weiß, Raoul nimmt an, daß die Leute von dieser Berührungs-Sekte dafür in Frage kommen; er ist geradezu paranoid, was alles Ganzheitstheoretische betrifft. Aber wie kann er dessen so sicher sein? Vielleicht ist er selbst an allem schuld. Vielleicht hat *er* die Beziehung zu den Eltern verpatzt. Er ist sehr aggressiv, wenn er die Behandlungsprotokolle beschreibt, und die meisten Leute werden von seinem Verhalten abgestoßen.«

»Er scheint zu glauben, daß sein Forschungsstipendiat dafür verantwortlich ist.«

»Augie Valcroix? Ach, der marschiert auch nach seinem eigenen Trommler, aber er ist ein anständiger Kerl. Einer der wenigen Ärzte, die sich wirklich Zeit nehmen, sich mit den Familien zusammensetzen und wie normale Menschen verhalten. Er und Raoul können einander nicht ausstehen, was durchaus verständlich ist, wenn man die beiden kennt. Augie glaubt, daß Raoul ein Faschist ist, und Raoul sieht in ihm einen subversiven, zersetzenden Einfluß. Es macht wirklich ungeheuren Spaß, in dieser Abteilung zu arbeiten, Alex.«

»Und was ist mit dieser Sekte?«

Sie zuckte mit den Schultern.

»Was soll ich sagen? Auch so eine Gruppe verlorener Seelen. Ich weiß nicht viel über sie – es gibt inzwischen so viele religiös angehauchte Randgruppen, daß nur ein Spezialist genau über alle Bescheid wissen kann. Zwei Leute von der Sekte sind kürzlich hier aufgetaucht. Der Mann sah aus wie ein Lehrer: Brille, ungepflegter Bart, schwächliche Konstitution, braune Patentsandalen. Die Frau war älter, zwischen Vierzig und Fünfzig; sie sah aus wie eine, die früher mal eine heiße Nummer gewesen ist. Die beiden hatten den berühmten glasigen Blick in den Augen, dieses tranceartige ›Ich weiß alles über Gott und die Welt, aber ich sag's nicht weiter‹. Die Moon-Leute, die Krishnas, die Berührer – alles ein und dieselbe Sorte.«

»Glauben Sie, daß die zwei die Swopes beeinflußt haben?«

»Vielleicht war das der Tropfen, der das Faß zum Überlaufen brachte«, räumte sie ein, »aber sie sind sicher nicht allein dafür verantwortlich. Raoul sucht natürlich nach einem Sündenbock, nach glatten und einfachen Antworten. Das ist seine Art. Die meisten Ärzte sind so. Eine Sofortlösung, selbst für die kompliziertesten Probleme.«

Sie verschränkte die Arme und wandte den Blick ab.

»Ich habe es wirklich satt«, sagte sie dann leise.

Ich steuerte sie wieder in Richtung auf die Swopes.

»Raoul hat sich gefragt, ob es vielleicht etwas damit zu tun hat, daß die Eltern nicht mehr jung waren, als das Kind geboren wurde. Haben Sie irgendwann einen Hinweis aufgeschnappt, daß der Junge eigentlich ein Betriebsunfall gewesen sein könnte?«

»Ich bin ihnen leider nicht so nahe gekommen, um solche Dinge auch nur berühren zu können. Ja, ich hatte Glück, daß ich wenigstens die nackten Fakten aus ihnen herausbekommen konnte. Der Vater hat gegrinst und mich ›meine Liebe‹ genannt, und dabei hat er darauf geachtet, daß ich nie lange genug mit seiner Frau allein war, um eine engere Beziehung knüpfen zu können. Diese Familie hat sich regelrecht verschanzt. Vielleicht gibt es eine Menge Geheimnisse, doch die kommen nicht ans Tageslicht.«

Vielleicht. Oder sie waren eingeschüchtert durch die fremde Umgebung, so weit von zu Hause entfernt, mit einem schwerkranken Kind. In solchen Situationen war nicht jeder dazu imstande, sich gegenüber Fremden zu öffnen. Vielleicht hatten sie etwas gegen Sozialarbeiter. Oder sie waren einfach Leute, die ihr Privatleben für sich behielten. Es gab eine ganze Menge von Möglichkeiten ...

»Und wie ist Woody?«

»Ein reizendes Kerlchen. Er ist krank, seit ich ihn kenne, also kann man nicht ohne weiteres sagen, wie er wirklich ist. Aber er scheint sehr lieb zu sein. Und außerdem: Es sind doch immer die Netten, die Braven, die am meisten leiden müssen, nicht wahr?« Sie nahm ein Papiertaschentuch heraus und schneuzte sich. »Die Luft hier drinnen ist furchtbar. – Woody ist ein netter kleiner Junge, sehr anständig und äußerst passiv. Einer, der es den anderen recht machen will. Er weint bei den Behandlungen – vor allem die spinale Sonde tut ihm weh –, aber er hält still und macht uns keine ernsthaften Probleme.« Sie hielt einen Moment inne und kämpfte mit den Tränen.

»Es ist wirklich ein Verbrechen, wenn sie ihn aus der Behandlung nehmen. Wissen Sie, ich mag den Melendez-Lynch nicht, aber verdammt noch mal, diesmal hat er recht! Sie bringen den Jungen um, wenn sie ihn der Behandlung entziehen, und nur, weil wir irgend etwas falsch gemacht haben ... Das macht mich ganz verrückt!«

Sie trommelte mit ihrer kleinen Faust auf den Schreibtisch, erhob sich dann und ging auf und ab. Ihre Unterlippe bebte.

Ich stand ebenfalls auf, legte meinen Arm um ihre Schulter, und sie begrub den Kopf in der Wärme meines Jacketts.

»Ich komme mir vor wie ein Idiot!«

»Nein, nein, Bev, das sind Sie nicht.« Ich hielt sie fest. »Und es ist nicht Ihre Schuld.«

Sie machte sich los und tupfte die Tränen aus den Augen. Als sie sich wieder einigermaßen gefaßt hatte, sagte ich: »Es wäre nett, wenn sie mich jetzt mit Woody bekannt machen würden.«

Sie nickte und ging mit mir zu den Strömungskammern.

Es gab insgesamt vier Module in der Einheit. Sie waren hintereinander plaziert wie die Abteile in einem Eisenbahnwagen und voneinander durch Vorhänge getrennt, die auf Knopfdruck geöffnet oder geschlossen werden konnten. Die Wände der vier Kammern waren aus durchsichtigem Plastikmaterial, und die Kammern erinnerten an Eiswürfel mit zehn Quadratmeter Grundfläche.

Drei der Würfel waren besetzt. Im vierten lagen Spielzeug, Pritschen und Kleidersäcke. Die Innenseite der mit einem Vorhang abgetrennten Wand eines jeden Würfels war ein perforiertes graues Metallschild: der Filter, durch den hörbar die Luft in den Raum geleitet wurde. Die Türen der Kammern waren unterteilt, die untere Hälfte war aus Metall und geschlossen, die obere aus Plastik und offen. Die Mikroben wurden der Öffnung ferngehalten durch die große Geschwindigkeit, mit der die Luft durch die Zellen strömte. Parallel zu den vier Kammern gab es auf beiden Seiten einen Korridor, wobei der hintere für Besucher gedacht war, der vordere für das Krankenhauspersonal.

Einen halben Meter vor dem Eingang zu jeder der Kammern war eine Zone, die nicht betreten werden durfte, was durch ein rotes Band auf dem Vinylboden angedeutet wurde. Ich blieb dicht am roten Strich vor der Kammer zwei stehen und schaute hinein zu Woody Swope.

Er lag auf dem Bett, unter der Decke, und hatte den Kopf von uns abgewandt. An der vorderen Wand der Kammer waren Plastikhandschuhe angebracht, die es erlaubten, mit den Händen in die keimfreie Kammer hineinzufassen. Beverly steckte die Hände in die Handschuhe und streichelte dem Jungen sachte über den Kopf.

»Guten Morgen, mein Schatz.«

Langsam und mit sichtlicher Mühe drehte er sich herum und starrte uns an.

»Hallo.«

Eine Woche bevor Robin nach Japan abgereist war, hatten wir eine Ausstellung mit Fotografien von Roman Vishniak besucht. Die Fotos stellten eine Chronik der jüdischen Ghettos in Osteuropa vor dem Holocaust vor. Viele der Porträts zeigten Kinder, und die Linse des Fotografen hatte ihre kleinen Gesichter heimlich eingefangen, hatte die Verwirrung und das Entsetzen, das sich in ihnen ausdrückte, deutlich wiedergegeben. Die Bilder waren schrecklich gewesen, und wir beide hatten danach geweint.

Jetzt, als ich in die großen, dunklen Augen des Jungen blickte, der da in dem Plastikwürfel lag, kehrte dieses Gefühl augenblicklich zurück.

Sein Gesicht war schmal und hager, die Haut spannte sich über die zarte Knochenstruktur und war im künstlichen Licht der Kammer durchscheinend blaß. Seine Augen waren schwarz wie die seiner Schwester und glasig vom Fieber. Das Haar auf dem Kopf war ein dichter, hennafarbener Lockenschopf. Wenn es dazu kam, daß man die Chemotherapie gegen seine Krankheit einsetzte, würden die Locken verschwinden, eine brutale, wenn auch vorübergehende Erinnerung an die schwere Krankheit.

Beverly hörte auf, ihm das Haar zu streicheln und streckte dem Jungen die behandschuhte Hand entgegen. Der Junge ergriff sie, und ein Hauch eines Lächelns erschien auf seinem Gesicht.

»Na, wie geht's heute morgen, mein Kleiner?«

»Okay.« Seine Stimme war leise und durch die Plastikwand kaum zu hören.

»Das ist Doktor Delaware, Woody.«

Als er den Titel hörte, zuckte der Junge zusammen und legte sich zurück auf das Bett.

»Er ist keiner von den Ärzten, die Spritzen geben. Er redet nur mit den Kindern, genau wie ich.«

Das lockerte ihn ein wenig, aber er schaute mich dennoch sehr zurückhaltend an.

»Hallo, Woody«, sagte ich. »Sollen wir uns die Hände schütteln?«

»Okay.«

Ich steckte meine Hand in den Handschuh, den Beverly freigegeben hatte. Er fühlte sich heiß und trocken an, voll Talkum-Puder, dachte ich. Dann faßte ich hinein in die Zelle und fand seine Hand. Ich hielt sie einen Moment lang fest, dann ließ ich sie wieder los.

»Ich sehe, du hast ein paar Spiele da drinnen. Was spielst du am liebsten?«

»Dame.«

»Das spiele ich auch gern. Spielst du oft?«

»Kann man sagen.«

»Du bist sicher sehr klug, wenn du Dame spielen kannst.«

»So ungefähr.« Die Andeutung eines Lächelns.

»Ich wette, du gewinnst meistens.«

Das Lächeln wurde breiter. Seine Zähne waren ebenmäßig und weiß, aber das Zahnfleisch sah entzündet und geschwollen aus.

»Und du gewinnst auch gern.«

»Mhm. Bei meiner Mama gewinne ich immer.«

»Und bei deinem Dad?«

Er schaute mich verwirrt an.

»Er spielt nicht Dame.«

»Aha. Aber wenn du mit ihm spielen könntest, würdest du sicher auch gewinnen.«

Das mußte er erst verdauen. Er dachte darüber nach.

»Ja, wahrscheinlich. Er versteht nicht viel vom Spielen.«

»Wer spielt noch mit dir außer deiner Mama?«

»Jared – aber der ist weggezogen.«

»Und außer Jared?«

»Michael und Kevin.«

»Sind das Jungen aus deiner Schule?«

»Ja. Ich bin mit der Vorschule fertig. Nächstes Jahr komme ich in die erste Klasse.«

Er war munter und reagierte gut, wirkte aber sehr schwach. Das Gespräch mit mir forderte seinen Tribut, und Woodys Brust hob und senkte sich vor Anstrengung.

»Wie wär's, wenn wir zwei miteinander spielen?«

»Okay.«

»Entweder ich spiele von hier aus mit den Handschuhen, oder ich ziehe mir einen von diesen Raumanzügen an und komme hinein. Was ist dir lieber?«

»Weiß nicht.«

»Also, ich möchte lieber zu dir hineingehen.« Ich wandte mich an Bev: »Kann mir jemand beim Anziehen behilflich sein? Es ist lange her.«

»Klar.«

»Ich bin gleich bei dir, Woody.« Jetzt lächelte ich ihn an und trat ein paar Schritte von der Wand aus Plastik weg. Aus der nächsten Kammer plärrte Rhythm-and-Blues-Musik. Ich schaute hinüber und sah lange braune Beine, die vom Fußende eines Bettes baumelten. Ein schwarzer Junge, etwa siebzehn, lag auf der Decke, starrte nach oben und bewegte sich zum Geräusch aus dem Ghettodröhner, der auf seinem Nachttisch stand, wobei ihn die intravenösen Nadeln in den beiden Armbeugen wenig zu stören schienen.

»Sehen Sie«, sagte Bev und mußte schreien, um sich verständlich zu machen, »ich sagte es doch. Ein netter Junge.«

»Ja, sehr nett«, stimmte ich ihr zu. »Und klug, wie mir scheint.«

»Die Eltern sagen, daß er sehr klug gewesen ist. Mag sein, daß das Fieber ihn manchmal auch am Denken hindert, aber es gelingt ihm noch immer sehr gut, Kontakt herzustellen und zu antworten. Die Schwestern lieben ihn, und die Nachricht, daß die Eltern ihn aus der Behandlung nehmen wollen, hat sie alle maßlos schokkiert.«

»Ich werde tun, was ich kann. Aber zuerst will ich zu ihm hineingehen.«

Sie rief nach einer Hilfe, und eine winzige Filipino-Schwester brachte ein Paket in dickem braunem Papier mit der Aufschrift STERIL.

»Ziehen Sie die Schuhe aus und stellen Sie sich hierher«, befahl die Schwester, die trotz ihrer geringen Körpergröße beträchtliche Autorität verbreitete. Sie zeigte auf eine Stelle jenseits der rot markierten Zone. Nachdem sie die Hände mit Betadyn gewaschen hatte, wikkelte sie ein Paar sterile Handschuhe aus und streifte sie sich über die Hände. Nachdem sie sie inspiziert und fehlerfrei gefunden hatte, entnahm sie der Packung einen zusammengelegten Raumanzug und legte ihn auf den Boden innerhalb der roten Linie. Sie mußte ein bißchen herumfummeln an dem Anzug, der im zusammengelegten Zustand wie ein großes Akkordeon aus Papier aussah, doch dann hatte sie die Fußöffnungen gefunden und ließ mich hineinsteigen. Vorsichtig hielt sie den Anzug am Rand fest und zog ihn dann nach oben, band schließlich den oberen Saum an meinem Hals fest. Da sie ziemlich klein war, mußte sie sich strecken, daher bückte ich mich, um es ihr etwas zu erleichtern.

»Danke«, kicherte sie. »Jetzt die Handschuhe. Sie dürfen nichts berühren, bis sie sie angezogen haben.«

Die Schwester arbeitete schnell, und kurz darauf steckten meine Hände in chirurgischen Plastikhandschuhen, war mein Mund hinter einer Papiermaske verborgen. Der Kopfteil des Anzugs, eine Kapuze aus demselben kräftigen Papier wie der Anzug, mit einem Plastikschild vor dem Gesicht, wurde mir über den Kopf gestülpt und mit Klettverschluß befestigt.

»Wie fühlen Sie sich?«

»Sehr gestylt.« Im Anzug war es ziemlich heiß, und ich wußte, daß ich innerhalb weniger Minuten trotz des kühlen Luftstroms in der Kammer schweißgetränkt sein würde.

»Es ist das kontinentale Modell.« Sie lächelte. »Sie können jetzt hineingehen. Aber nicht länger als eine halbe Stunde. Die Uhr ist dort drüben. Kann sein, daß wir keine Zeit haben, um Sie zu erinnern, also schauen Sie gelegentlich drauf, und kommen Sie spätestens in dreißig Minuten heraus.«

»Wird gemacht.« Ich wandte mich an Bev. »Danke für Ihre Hilfe. Haben Sie eine Ahnung, wann die Eltern hier sein werden?«

»Vangie, haben die Swopes gesagt, wann sie wiederkommen?«

Die Filipino-Schwester schüttelte den Kopf. »Meistens kommen sie um diese Zeit. Wenn sie nicht bald da sind ... Ich weiß auch nicht. Aber ich kann Sie ja anrufen, Doktor ...«

»Delaware. Ich glaube, es ist das beste, wenn Sie ihnen sagen, daß ich morgen um halb neun wieder hier bin, und wenn sie früher kommen, bitten Sie sie, zu warten.«

»Um halb neun erwischen Sie sie bestimmt.«

»Wissen Sie, was«, sagte Bev, »ich habe die Telefonnummer von dem Motel, wo sie wohnen – es ist irgendwo an der West Side. Ich rufe dort an und hinterlasse eine Nachricht. Wollen Sie noch einmal herkommen, falls sie heute noch auftauchen?«

Ich überlegte. Es war nichts auf dem Terminkalender, das nicht warten konnte. »Klar. Rufen Sie an – mein Auftragsdienst weiß, wie man mich erreichen kann.« Ich gab ihr die Nummer.

»Also gut, Alex – jetzt sollten Sie lieber hineingehen, bevor sie ein paar Millionen Pathogene mit über die Grenze schleppen. Bis später.«

Sie warf sich die große Tasche über die Schulter und ging hinaus.

Ich betrat die Strömungskammer.

Der Junge hatte sich aufgesetzt, und die Blicke aus seinen dunklen Augen verfolgten jede meiner Bewegungen.

»Ich sehe aus wie ein Astronaut, was?«

»Aber ich weiß, wer Sie sind«, sagte er ernst. »Sie sehen alle ein bißchen anders aus.«

»Das ist gut. Ich habe immer Probleme, die Leute zu erkennen, wenn sie solches Zeug tragen.«

»Man muß genau hinsehen, mit scharfen Augen.«

»Aha. Danke für den Rat.«

Jetzt nahm ich den Karton mit dem Damespiel, faltete das Spielbrett auf und legte es auf den armähnlichen Tisch, der am Bettrand drehbar befestigt war.

»Welche Steine möchtest du?«

»Egal.«

»Ich glaube, Schwarz zieht als erster. Möchtest du als erster ziehen?«

»Mhm.«

Er war für sein Alter erstaunlich gut bei dem Spiel, konnte vorausdenken, machte Pläne für die nächsten Züge und dachte logisch. Ein kluger kleiner Junge.

Ein paarmal versuchte ich, ihn in ein Gespräch zu verwickeln, aber er ging nicht darauf ein. Es war keine Scheu oder fehlende Manieren. Seine Aufmerksamkeit war voll auf das Spiel gerichtet, und er konzentrierte sich so sehr, daß er kaum meine Stimme wahrnahm. Wenn er einen Zug gemacht hatte, lehnte er sich mit zufriedenem Ausdruck auf seinem ernsten, kleinen Gesicht in die Kissen und sagte: »Jetzt sind Sie dran«, mit einer Stimme, die vor Müdigkeit und Erschöpfung weich klang.

Wir waren halb zu Ende mit dem Spiel – und er hatte es mir bis dahin alles andere als leicht gemacht –, als er plötzlich die Hand gegen seinen Leib preßte und einen gedämpften Schrei ausstieß.

Ich beruhigte ihn und befühlte seine Stirn. Leichtes Fieber.

»Dein Bauch tut weh, nicht wahr?«

Er nickte und wischte sich die Augen mit dem Handrücken.

Ich drückte auf den Rufknopf. Vangie, die Filipino-Schwester, tauchte auf der anderen Seite der Plastikwand auf.

»Abdominale Schmerzen. Und Fieber«, sagte ich zu ihr.

Sie zog die Stirn in Falten und verschwand, kam dann

mit einem Becher flüssigem Acetominophen in ihrer behandschuhten Hand an.

»Schieben Sie das Brett hier herüber, bitte.«

Sie stellte die Medizin auf die Platte aus Kunstoff.

»Sie können den Becher nehmen und ihm geben. In spätestens einer Stunde kommt sowieso die Visite vorbei.«

Ich kehrte ans Bett des Jungen zurück, stützte ihn mit der einen Hand am Hinterkopf und hielt ihm mit der anderen den Becher an die Lippen.

»Mach den Mund auf, Woody. Danach tut es nicht mehr so weh.«

»Okay, Doktor Delaware.«

»Ich finde, du solltest dich jetzt ausruhen. Du hast sehr gut gespielt.«

Er nickte, und die Locken hüpften. »Unentschieden, okay?«

»Würde ich sagen. Obwohl du mich zuletzt ganz schön in die Zange genommen hast. Darf ich wiederkommen und mit dir spielen?«

»Mhm.« Er schloß die Augen.

»Ruh dich jetzt erst mal aus.«

Als ich die Kammer verlassen und den Papieranzug abgestreift hatte, schlief er bereits, mit offenen Lippen, als saugte er an dem weichen Kissen, auf das er seinen Kopf gebettet hatte.

5

Am nächsten Morgen fuhr ich auf dem Sunset Boulevard unter einem leicht bedeckten Himmel mit Streifen von Schäfchenwolken nach Osten und dachte über meinen Traum der vergangenen Nacht nach: dieselben gespenstischen und undeutlichen Bilder wie damals, als ich angefangen hatte, für die Krebsforschung zu arbeiten. Es hatte gut ein Jahr gedauert, bis es mir gelungen war, diese Dämonen zu verscheuchen, und jetzt fragte ich mich, ob sie wirklich verschwunden waren oder nur im Unterbewußtsein gelauert hatten, jederzeit bereit, neues Unheil zu stiften.

Raouls Welt war der reine Wahnsinn, und ich machte es ihm zum Vorwurf, mich wieder dort hineingezogen zu haben.

Kinder durften einfach kein Krebsleiden bekommen.

Niemand durfte Krebs bekommen.

Die Krankheiten, die in den Bereich des räuberischen Krebses fielen, waren extremste Akte eines histologischen Verrats: der Körper, der sich selbst überfiel, bekämpfte, vergewaltigte und schließlich mordete, im rasenden Wahn verderbter Zellen, die in immer schnellerem Tempo Amok liefen.

Ich steckte eine Kassette mit Musik von Lenny Breau in den Recorder und hoffte, daß das flüssige, geniale Spiel des großen Gitarristen meine Gedanken ablenken konnte von Plastikkammern und glatzköpfigen Kindern und einem kleinen Jungen mit hennaroten Locken und einem ›Warum gerade ich?‹-Blick in den Augen. Aber ich sah sein Gesicht und die Gesichter so vieler anderer kranker Kinder, die ich gekannt hatte, sah, wie sie aus den Arpeggios und Glissandi von Lenny Breau auftauchten, flüchtig, hartnäckig, mich um Rettung anflehend ...

In diesem Gemütszustand war selbst die Schäbigkeit, die den Beginn von Hollywood ankündigte, eine gnädige Ablenkung, waren selbst die halbnackten Huren willkommene, großherzige Erscheinungen am Rand des Weges.

Ich fuhr auf der letzten Meile vor meinem Ziel mit mächtigem Bammel vor dem, was kommen mochte, stellte den Seville auf dem Parkplatz für Ärzte ab und ging mit gesenktem Kopf durch den Haupteingang des Krankenhauses, wodurch ich alle gesellschaftlichen Begegnungen und Gespräche abblockte.

Ich lief zu Fuß die vier Treppen zur Onkologie hinauf und befand mich etwa in der Mitte des Korridors, als ich den Krach vernahm. Dann öffnete ich die Tür zur Abteilung mit den Strömungskammern, wodurch sich das Geräusch verdoppelte.

Raoul stand, den Rücken zu den Kammern, mit hervorquellenden Augen, einer Gruppe von drei Leuten gegenüber und brüllte sie nacheinander in rasendem Spanisch und lautem Englisch an.

Beverly Lucas hielt sich ihre Tasche vor die Brust wie einen Schild, aber die Tasche blieb nicht ruhig an Ort und Stelle, weil die Hände, mit denen sie sie umklammerte, heftig zitterten. Sie starrte auf einen entfernten Punkt hinter der weißbemäntelten Schulter von Melendez-Lynch und biß sich auf die Unterlippe, bemühte sich offenbar, nicht am Ärger und an der Demütigung zu ersticken.

Das breite Gesicht von Ellen Beckwith zeigte den erschrockenen Ausdruck eines Menschen, der mitten in einem sentimentalen, höchst privaten Tun überrascht worden war. Sie war zum Geständnis bereit, ohne zu wissen, welches Verbrechen man ihr anlastete.

Der dritte in der Gruppe war ein großer Mann mit schütterem Haar, einem Bluthundgesicht und schielenden Augen mit schweren Lidern. Sein weißer Kittel war aufgeknöpft und ließ darunter eine ausgebleichte Blue jeans und ein billiges, buntes Hemd sehen, das man vielleicht früher einmal als psychedelisch bezeichnet hätte, das aber jetzt nur noch schlampig wirkte. Ein Gürtel mit einer übergroßen Schließe in Form eines Indianerkopfs grub sich in das weiche Fleisch seiner Taille ein. Seine Füße waren groß, die Zehen lang, fast wie Greiforgane. Das war zu erkennen, weil sie ohne Socken in mexikanischen *huaraches* steckten. Sein Gesicht war glattrasiert, die Haut blaß. Das schüttere Haar war mittelbraun mit grauen Strähnen und hing ihm bis auf die Schultern. Um den Hals, dessen Haut schon anfing, schlapp zu werden, trug er ein indianisches Muschelhalsband.

Er stand da wie in Trance, einen heiter-gelassenen Ausdruck in den halb geschlossenen Augen.

Raoul sah mich und hielt inne mit seiner Strafpredigt.

»Er ist fort, Alex.« Dazu zeigte er auf die Strömungskammer aus Plastik, in der ich vor weniger als vierundzwanzig Stunden Dame gespielt hatte. Das Bett war leer.

»Entführt unter den Augen dieser sogenannten *Experten*.«

Er entließ das Trio mit einer überaus verächtlich wirkenden Handbewegung.

»Können wir nicht anderswo darüber sprechen?« schlug ich vor. Der schwarze Junge in der Kammer nebenan schaute durch die transparente Wand heraus und hatte einen neugierigen, verwirrten Ausdruck auf dem Gesicht.

Raoul ignorierte meinen Vorschlag.

»*Sie* sind es gewesen. Diese Quacksalber. Kommen hier rein, behaupten, daß sie Bestrahlungstechniker sind, und entführen ihn. Ja, wenn einer von den Leuten hier schlau genug gewesen wäre, das Behandlungsblatt anzuschauen, hätte er merken müssen, daß überhaupt keine Bestrahlung angeordnet war, und hätte dieses – dieses ungeheuerliche Verbrechen verhindert!«

Jetzt richtete sich sein Zorn gegen die dicke Schwester, und die stand am Rande eines Tränenausbruchs. Der große Mann kam aus seiner Trance und versuchte, sie aus der Schußlinie zu reißen.

»Man kann ja nicht von einer Schwester verlangen, daß sie wie ein Detektiv denkt.« Seine Sprechweise verriet einen kaum merklichen gallischen Akzent.

Raoul wandte sich an ihn:

»Sie! Behalten Sie Ihre verdammten Bemerkungen gefälligst für sich! Wenn Sie auch nur die leiseste Ahnung hätten, was Medizin bedeutet, dann befänden wir uns jetzt nicht in dieser Situation. *Wie ein Detektiv!* Was die Bewachung und Fürsorge für die Sicherheit eines Patienten angeht, hat sie natürlich wie ein Detektiv zu denken, verdammt noch mal. Wir sind hier nicht in einem Indianerreservat, Valcroix! Hier geht es um lebensbedrohende Krankheiten und schwerwiegende Prozeduren und darum, daß wir das Gehirn, das uns Gott gegeben hat, benutzen, um zu folgern, zu schließen und zu *entscheiden*, um alles in der Welt! Eine Isolationsabteilung kann eben nicht geführt werden wie ein Busbahnhof, wo die Leute kommen und gehen und sagen, daß sie dieser oder jener sind, was nicht lange bewiesen zu werden braucht. Es ist einfach undenkbar, zu erleben, wie ihr euch die Patienten vor euren faulen, schludrigen und sorglosen Augen wegschnappen laßt.«

Die Antwort des anderen Doktors war ein kosmisches Lächeln, während er sich wieder zurückzog in ein geistiges Niemandsland.

Raoul funkelte ihn an, als wollte er im nächsten Moment auf ihn losgehen. Der schlaksige schwarze Junge in der Strömungskammer beobachtete die Konfrontation mit weit aufgerissenen, angsterfüllten Augen. Eine Mutter, die ihr Kind in der übernächsten Zelle besuchte, starrte ebenfalls heraus, dann zog sie schützend den Vorhang zu.

Ich nahm Raoul am Ellbogen und begleitete ihn zum Aufenthaltsraum der Station. Die kleine Filipino-Schwester war dort und machte Eintragungen in der Patientenkartei. Nach einem einzigen Blick auf uns packte sie ihren Papierkram zusammen und floh.

Raoul nahm einen Bleistift vom Schreibtisch und zerbrach ihn in mehrere Teile, warf sie auf den Boden und kickte sie in die Ecke.

»Dieser Schweinehund! Diese Arroganz, mich vor den Hilfskräften heruntermachen zu wollen. Ich werde sein Forschungsstipendium streichen lassen und ihn ein für allemal zum Teufel jagen!«

Er strich sich mit einer Hand über die Brauen, kaute an seinem Schnurrbart und zupfte an seinen Backen, bis die dunkle Haut rosig wurde.

»Sie haben ihn abgeholt«, sagte er. »Einfach so.«

»Und was wirst du unternehmen?«

»Ich werde diese gottverdammten Sektenbrüder suchen und sie dann mit meinen eigenen Händen erwürgen und ...«

Ich zog das Telefon zu mir her. »Soll ich die Krankenhauswache anrufen?«

»Ha! Ein Haufen seniler Alkoholiker, die noch nicht mal ihre eigenen Taschenlampen finden, geschweige ...«

»Und was ist mit der Polizei? Immerhin handelt es sich jetzt um einen Fall von Entführung.«

»Nein«, sagte er rasch. »Die können auch nichts tun, und das Ganze wird nur ein Riesenfressen für die Presse und das Fernsehen.«

Er fand Woodys Behandlungsakte, blätterte sie durch und zischte dazu:

»Radiologie – warum sollte ich Bestrahlungen anordnen für ein Kind, das in der Luftkammer behandelt wird! Es wäre absolut sinnlos. Aber keiner macht sich die Mühe, auch nur ein paar Sekunden lang seinen Kopf zu benützen. Automaten, alle miteinander. Ohne Hirn!«

»Und was willst du unternehmen?« wiederholte ich.

»Wenn ich das wüßte«, entgegnete er und knallte die Akte auf den Schreibtisch.

Dann saßen wir ein paar Sekunden lang in düsterem Schweigen da.

»Wahrscheinlich sind sie schon auf dem Weg nach Tijuana«, sagte er, »auf einem Pilgergang in irgendeine verdammte Laetrile-Klinik – hast du schon mal ein solches ›Institut‹ von innen gesehen? Ganze Wandbilder aus Kakerlaken, auf dreckigen Mauern aus Lehm. Das soll dann die Rettung sein! Diese Idioten!«

»Vielleicht sind sie ja noch gar nicht weg. Warum überprüfen wir das nicht?«

»Wie denn?«

»Beverly hat die Telefonnummer von dem Motel, in dem die Eltern wohnten. Wir können anrufen und feststellen, ob sie schon abgereist sind oder nicht.«

»Und Detektiv spielen – ja, warum eigentlich nicht? Ruf sie rein, Alex.«

»Aber sei bitte anständig zu ihr, Raoul.«

»Meinetwegen.«

Ich winkte die Sozialarbeiterin, die mit Valcroix und Ellen Beckwith Kriegsrat hielt, sagte ihr, was ich wollte, worauf sie erschöpft nickte.

Als sie dann drinnen war in dem Raum, vermied sie es, Raoul anzusehen und wählte schweigend die Nummer. Es gab ein kurzes Gespräch mit dem Portier des Motels, danach legte sie den Hörer auf und sagte: »Der Bursche war alles andere als hilfsbereit. Er hat sie heute noch nicht gesehen, aber sie sind bisher offenbar nicht abgereist. Ihr Wagen steht noch dort.«

»Wenn du willst«, bot ich Raoul an, »fahre ich hin und versuche, mit ihnen Kontakt aufzunehmen.«

Raoul warf einen Blick in sein Notizbuch mit der Terminliste.

»Besprechungen, bis drei Uhr nachmittags. Die lasse ich sausen. Fahren wir!«

»Ich halte es nicht für gut, wenn du mitfährst, Raoul.«

»Aber das ist absurd, Alex. Ich bin der *Arzt*. Es geht hier um ein medizinisches Problem ...«

»Nur dem Namen nach. Laß mich versuchen, die Sache in den Griff zu bekommen.«

Er zog die dichten Brauen zusammen, und in den Kaffeebohnenaugen funkelte wieder die Wut. Er wollte etwas sagen, aber ich kam ihm zuvor.

»Wir müssen zumindest die Möglichkeit in Betracht ziehen«, sagte ich leise, »daß die ganze Geschichte zurückgeht auf einen Konflikt zwischen der Familie und dir.«

Er starrte mich an, als sei er nicht sicher, ob er richtig verstanden hätte, lief purpurrot an, schluckte an seinem Zorn und riß dann verzweifelt beide Hände hoch.

»Wie kannst du auch nur ...«

»Ich behaupte nicht, daß es so sein muß. Ich sprach von der Möglichkeit, die in Betracht gezogen werden muß. Wir wollen, daß der Junge wieder deiner Behandlung zugeführt wird. Und dafür müssen wir die Erfolgsaussichten vergrößern, indem wir alle möglichen Hindernisse ausräumen.«

Er war fuchsteufelswild, aber ich hatte etwas gesagt, worüber er nachdenken mußte.

»Also gut. Ich sitze hier ja nicht untätig herum. Fahr allein.«

»Ich möchte Beverly mitnehmen. Von allen Betroffenen hat sie meines Erachtens den besten Draht zur Familie.«

»Fein, fein. Nimm Beverly mit. Nimm mit, wen du willst.«

Er zog seine Krawatte gerade und glättete nicht vorhandene Falten in seinem langen weißen Kittel.

»Wenn du mich jetzt bitte entschuldigst, mein Freund«, sagte er und bemühte sich um einen zivilisierten Ton, »ich muß ins Labor.«

Das Sea-Breeze-Motel lag am westlichen Teil des Pico Boulevards zwischen billigen Apartmenthäusern, staubigen kleinen Läden und Autogaragen, auf dem letzten schmutzigen Stück des Boulevards, kurz bevor Los Angeles endet und Santa Monica beginnt. Das Motel war zweistöckig, grünbemalter Verputz auf einer Holzkonstruktion mit etwas durchgesackten, rosa lackierten schmiedeeisernen Gittern. Die etwa dreißig Einheiten hatten Ausblick auf einen asphaltierten Parkplatz und einen Swimmingpool, der nur zur Hälfte mit algendurchsetztem Wasser gefüllt war. Das einzige Lüftchen bestand aus einem Schwall von Auspuffgasen, die in der Hitze vom öligen Boden nach oben stiegen, während wir neben einem Campingwagen mit einem Kennzeichen aus Utah parkten.

»Nicht gerade ein Fünf-Sterne-Hotel«, sagte ich, als ich aus dem Seville stieg. »Und ziemlich weit vom Krankenhaus entfernt.«

Beverly zog die Stirn in Falten.

»Das wollte ich ihnen schon klarmachen, als ich die Adresse sah, aber der Vater ließ sich nicht überzeugen. Er meinte, er wolle in der Nähe des Strands sein, weil dort die Luft besser sei. Ja, er hielt mir sogar einen längeren Vortrag darüber, daß das Krankenhaus in die Strandgegend ziehen sollte, und wic gefährlich der Smog für die Kranken sei. Ich sage Ihnen doch, dieser Mann ist verrückt.«

Das Empfangsbüro bestand aus einer gläsernen Zelle hinter einer zerkratzten Sperrholztür. Ein magerer Iraner mit Brille und dem betäubten Ausdruck des gewohnheitsmäßigen Opiumrauchers saß hinter einer ramponierten, windschiefen Kunststofftheke und studierte das Lehrbuch einer Fahrschule. Ein drehbarer Aufsteller mit Kämmen und billigen Sonnenbrillen nahm eine Seite des kleinen Raumes ein, ein niedriges Tischchen mit uralten Reiseprospekten und drei kleine Sessel die andere.

Der Iraner tat erst einmal so, als ob er uns nicht gesehen hätte. Ich räusperte mich wie ein Lungenkranker, woraufhin er langsam hochblickte.

»Ja?«

»In welcher Einheit wohnt die Familie Swope?«

Er musterte uns, kam zu der Erkenntnis, daß wir in Ordnung waren, sagte »Fünfzehn« und kehrte sogleich in die Wunderwelt der Verkehrszeichen zurück.

Vor Einheit 15 parkte ein staubiger, brauner Chevrolet-Kombiwagen. Bis auf einen Pullover am Vordersitz und einem Karton im Laderaum war der Wagen leer.

»Das ist der Wagen der Swopes«, sagte Beverly. »Sie haben ihn prinzipiell verbotenerweise direkt neben dem Eingang zum Krankenhaus geparkt. Einmal, als ihnen einer unserer Wachleute eine Verwarnung hinter den Scheibenwischer steckte, ist Emma hinausgelaufen, hat geheult und von ihrem kranken Kind gesprochen, worauf er den Zettel zerrissen hat.«

Ich klopfte an die Tür. Keine Antwort. Ich klopfte kräftiger. Noch immer nichts. Der Raum hatte ein einziges verdrecktes Fenster, aber der Blick nach drinnen wurde durch Wachstuchvorhänge verwehrt. Ich klopfte noch einmal, und als daraufhin nichts die Stille unterbrach, kehrten wir ins Büro zurück.

»Entschuldigen Sie«, sagte ich, »wissen Sie, ob die Swopes in ihrem Zimmer sind?«

Ein lethargisches Kopfschütteln war die Antwort.

»Haben Sie eine Telefonzentrale hier?« fragte ihn Beverly.

Der Iraner hob den Blick von seiner Lektüre und blinzelte.

»Wer sind sie? Was wollen Sie?« Sein Englisch hatte einen starken Akzent, seine Haltung war mürrisch und herablassend.

»Wir sind vom Western Pediatric, dem großen Kinderkrankenhaus. Das Kind der Swopes ist zur Behandlung dort. Es ist äußerst wichtig, daß wir mit den Eltern sprechen.«

»Ich weiß nichts.« Er richtete seinen Blick wieder auf das Lehrbuch.

»Gibt es hier eine Telefonzentrale mit Leitungen in die einzelnen Einheiten?« wiederholte Beverly.

Ein kaum merkbares Nicken.

»Dann rufen Sie bitte in Zimmer fünfzehn an.«

Mit theatralischem Seufzen zerrte er sich hoch aus seinem Stuhl und ging durch eine Tür hinter uns. Eine Minute später kam er zurück.

»Niemand da.«

»Aber ihr Wagen steht davor.«

»Hören Sie, Lady, ich weiß nichts von irgendwelchen Wagen. Wenn Sie ein Zimmer haben wollen, okay. Ansonsten lassen Sie mich in Ruhe.«

»Rufen Sie die Polizei an, Bev«, sagte ich.

Irgendwie mußte er an eine Prise Amphetamin gekommen sein, denn sein Gesicht erwachte plötzlich zum Leben, und er sprach und gestikulierte mit bis dahin unbekannter Lebhaftigkeit.

»Warum die Polizei? Warum Sie machen Ärger?«

»Wir machen keinen Ärger«, sagte ich. »Aber wir müssen dringend mit den Swopes sprechen.«

Er riß die Hände hoch.

»Sie sind weggegangen – ich hab's gesehen. Da lang.« Er deutete in Richtung Osten.

»Unwahrscheinlich. Sie haben ein krankes Kind bei sich.« Und zu Bev: »Ich habe ein Telefon gesehen, dort drüben an der Tankstelle. Rufen Sie an, sagen Sie, es handelt sich um ein verdächtiges Verschwinden mehrerer Personen.«

Sie ging zur Tür.

Der Iraner hob die Kunststoffplatte der Theke hoch und kam herüber auf unsere Seite.

»Was wollen Sie? Warum Sie machen Ärger?«

»Hören Sie«, sagte ich zu ihm, »ich kümmere mich nicht darum, was hier für verbotene Spielchen in den anderen Einheiten vor sich gehen. Wir müssen mit der Familie sprechen, und zwar sofort.«

Er nahm einen Schlüsselbund aus der Tasche. »Kommen Sie, ich zeige Ihnen, sie nicht da. Dann lassen mich in Ruhe, okay?«

»Abgemacht.«

Seine Hose war viel zu groß, so daß die Hosenbeine flatterten und auf dem Boden schleiften, als er über den Asphalt ging, murmelnd und mit den Schlüsseln klimpernd.

Dann steckte er den Schlüssel ins Schloß und drehte ihn um. Die Tür stöhnte beim Öffnen. Wir traten ein. Der Motelangestellte erbleichte, Beverly flüsterte: »O mein Gott!«, und ich bekämpfte ein wachsendes Gefühl des Unheils.

Das Zimmer war klein und dunkel. Und jemand hatte es völlig verwüstet.

Die irdischen Güter der Familie Swope waren aus drei Pappkoffern geräumt worden; die Koffer lagen zertreten auf einem der Doppelbetten. Kleidungsstücke und persönliche Dinge waren überall verstreut: Shampoo, Rasierwasser und Deodorant leckten aus zerbrochenen Flaschen in klebrigen Spuren über den fadenscheinigen Teppich. Frauenunterwäsche hing schlapp über der Kette der Lampengirlande. Taschenbücher und Zeitungen waren zerfetzt wie Konfetti. Offene Dosen und Lebensmittelkartons lagen überall herum, ihr Inhalt war ausgelaufen. Es roch nach Fäulnis und abgestandener Luft.

Neben dem Bett war eine Stelle, wo nichts auf dem Teppich lag – und hier sah man einen dunkelbraunen, klebrigen Fleck, etwa fünfzehn Zentimeter im Durchmesser.

»O nein«, sagte Beverly. Sie kam ins Schwanken, verlor das Gleichgewicht, und ich fing sie auf.

Man braucht nicht lange im Krankenhaus gearbeitet zu haben, um zu wissen, wie getrocknetes Blut aussieht.

Das Gesicht des Iraners war weiß wie Wachs. Seine Kieferknochen arbeiteten geräuschlos.

»Kommen Sie.« Ich packte ihn an den mageren Schultern und führte ihn hinaus. »Jetzt müssen wir wohl doch die Polizei verständigen.«

Es ist gut, jemanden bei der Polizei zu kennen. Besonders, wenn dieser Jemand ein guter Freund ist und nicht davon ausgeht, daß man zu den Verdächtigen zählt, falls man ihn anruft und ein Verbrechen meldet. Ich umging die 911 und rief direkt bei Milos Dienststelle an. Er war bei einer Besprechung, aber ich machte es dringend, und sie ließen ihn ausrufen.

»Sturgis hier.«

»Milo, hier Alex.«

»Hallo, Kumpel. Du hast mich aus einer faszinierenden Vorlesung gerissen. Sieht so aus, als ob die West Side der neueste Brennpunkt für Rauschgiftlabors wäre. Sie mieten vornehme Häuser und parken den Mercedes in der Einfahrt. Warum ich das alles wissen muß, ist mir nicht klar, aber erklär das mal den Vorgesetzten. Und was gibt's bei dir?«

Ich sagte es ihm, und er wurde sofort dienstlich:

»Gut, bleib erst mal dort. Und sieh zu, daß niemand etwas anrührt. Ich setze alles in Bewegung. Kann sein, daß ein Haufen Leute ankommt, also bereite das Mädchen vor, damit es nicht durchdreht. Ich haue von der Besprechung ab und bin schnellstmöglich bei dir, aber es könnte sein, daß mir andere zuvorkommen. Wenn dich also jemand in die Mangel nimmt, sag, daß du mit mir gesprochen hast, und man kann nur hoffen, daß das nicht die entgegengesetzte Wirkung hat. Bye.«

Ich legte auf und ging zu Beverly hin. Sie hatte den ausgebrannten, verlorenen Ausdruck eines gestrandeten Reisenden auf dem Gesicht. Ich legte einen Arm um ihre Schultern und setzte sie neben den Motelangestellten, der ständig in Farsi vor sich hinmurmelte und dabei zweifellos die gute alte Zeit mit dem Ayatollah beschwor.

Auf der anderen Seite der Theke befand sich eine Kaffeemaschine.

Ich ging hinüber und schenkte drei Tassen ein. Der Iraner nahm seine dankbar entgegen, hielt sie mit beiden Händen und trank geräuschvoll. Beverly stellte ihre Tasse auf den Tisch, und ich trank, während wir warteten.

Fünf Minuten später sahen wir die ersten roten Lichter blinken.

6

Die zwei uniformierten Polizeibeamten waren muskulöse Riesen, der eine weiß und blond, der andere schwarz wie Kohle, das fotografische Negativ seines Partners. Sie befragten uns kurz und verbrachten den größten Teil ihrer Zeit mit dem iranischen Motelangestellten. Sie konnten ihn instinktiv nicht ausstehen und zeigten es in der Art und Weise, wie das die Polizisten des Polizeidepartments von Los Angeles tun: Sie behandelten ihn übertrieben höflich.

Bei ihrem Verhör ging es in erster Linie darum, wann er die Swopes zuletzt gesehen hatte, was für Wagen hereingekommen und hinausgefahren waren, wie sich die Familie verhalten und wer mir ihr telefoniert hatte. Wenn man ihm glauben konnte, war das Motel eine Oase der Unschuld und er selbst ein Musterknabe, der nichts Böses sah und hörte.

Die Polizeibeamten sperrten die Gegend um Einheit fünfzehn mit Markierungsbändern ab. Der Anblick des Streifenwagens in der Mitte des Parkplatzes schien einige Leute beunruhigt zu haben. Ich sah in mehreren Räumen Finger, die vorsichtig die Gardine ein Stück zur

Seite zogen. Auch den Polizeibeamten entging das nicht, und sie rissen lauthals Scherze über die Sittenpolizei.

Einige Zeit danach kamen zwei weitere schwarzweiße Streifenwagen auf das Gelände des Motels und parkten kreuz und quer durcheinander. Ihnen folgten ein Wagen des Ermittlungsdienstes und ein neutraler, bronzefarbener Matador.

Der Mann, der aus dem Matador stieg, war Mitte Dreißig, groß und kräftig gebaut, mit lockerem, schlampigem Gang. Sein Gesicht war breit und bemerkenswert faltenlos, war aber gezeichnet von den Narben einer heftigen Jugendakne. Buschige, herunterhängende Brauen beschatteten müde Augen von ungewöhnlich hellem Grün. Sein schwarzes Haar war an den Seiten und hinten sehr kurz gehalten, aber oben ziemlich voll, eine Fasson, die keiner mir bekannten Moderichtung entsprach. Sein dichter Schopf fiel ihm in die Stirn. Auch die buschigen Koteletten, die bis an die weichen Ohrläppchen reichten, waren alles andere als modisch, und das galt erst recht für seine Kleidung: ein zerknittertes kariertes Sportsakko mit zuviel Türkis als Grundfarbe, ein marineblaues Hemd, eine graublau gestreifte Krawatte und eine hellblaue Hose, die über die Wildlederstiefel hing.

»Das muß ein Kriminalbeamter sein«, sagte Beverly.

»Das ist Milo.«

»Ihr Freund – ach so.« Sie war etwas erschüttert.

»Stimmt, und er ist sowohl das eine wie das andere.«

Milo sprach kurz mit den beiden Streifenbeamten, nahm dann einen Notizblock und einen Stift heraus, trat über das Band, das man quer vor den Eingang zu Einheit fünfzehn gespannt hatte, und ging hinein. Er blieb eine Weile drinnen, kam wieder heraus und machte sich weitere Notizen.

Dann latschte er hinüber zum Büro. Ich stand auf und traf ihn am Eingang.

»Hallo, Alex.« Seine große, gepolsterte Hand packte die meine. »Verdammte Sauerei da drinnen. Weiß noch nicht, was man dem Kind für einen Namen geben soll.«

Er sah Beverly, ging zu ihr und stellte sich ihr vor.

»Wenn Sie sich mit dem da zusammentun«, sagte er und deutete auf mich, »dann bekommen Sie nichts als Ärger.«

»Wie man sieht.«

»Haben Sie es eilig?« fragte er sie.

»Ich gehe nicht zurück ins Krankenhaus«, antwortete Bev. »Ansonsten hab' ich nur noch einen Langstreckenlauf vor mir, um halb vier.«

»Laufen? Ach so, zur Stimulation der Herzkranzgefäße. Ja, das hab' ich auch mal probiert, aber dabei hat mir die ganze Brust weh getan, und vor den Augen tanzten mir Visionen meines nahen Todes.«

Sie lächelte ein wenig gezwungen und wußte offenbar nicht, was sie von ihm halten sollte. Es ist wunderbar und heilsam, mit Milo beisammenzusein, vor allem dann, wenn man allzu starre Vorurteile gefaßt hat.

»Keine Sorge, bis dahin sind Sie längst hier raus. Ich wollte nur wissen, ob Sie warten können, bis ich Mr. – äh –« Er schaute auf seinen Block. »Bis ich Mr. Fahrizbadeh verhört habe. Das dauert bestimmt mit lange.«

»Es macht mir nichts aus.«

Er führte den Motelangestellten hinaus und hinüber zur Einheit fünfzehn. Beverly und ich blieben schweigend im Empfangsbüro sitzen.

»Das ist schrecklich«, sagte sie nach einer Weile. »Dieses Zimmer, und dann das Blut.« Sie saß steif auf ihrem Sessel und preßte die Knie zusammen.

»Vielleicht ist ja gar nichts passiert, und es geht dem Jungen gut«, sagte ich ohne große Überzeugung.

»Ich hoffe es, Alex. Ich hoffe es sehr.«

Nach einer Weile kehrte Milo mit dem Angestellten zurück, der sich ohne einen Blick auf uns hinter seine

Theke begab und dann im angrenzenden Raum verschwand.

»Ein höchst uninteressierter Kerl«, sagte Milo. »Aber ich glaube, daß er mehr oder weniger die Wahrheit sagt. Scheinbar gehört der Laden hier seinem Schwager. Er studiert in Abendkursen an einer Wirtschaftsakademie und arbeitet hier statt zu schlafen.« Er schaute Beverly an. »Was können Sie mir über diese Familie Swope sagen?«

Sie gab ihm einen Bericht, der weitgehend dem entsprach, was sie mir im Krankenhaus mitgeteilt hatte.

»Interessant«, sagte er nachdenklich und kaute dabei an seinem Kugelschreiber. »Es kann also alles mögliche bedeuten. Zum Beispiel Hypothese A: Die Eltern brachten das Kind in Eile weg von hier, was noch kein Verbrechen wäre, es sei denn, das Krankenhaus erstattet Anzeige. Aber in diesem Fall hätten sie wohl kaum den Wagen hiergelassen. Hypothese B läuft darauf hinaus, daß diese Sektenmitglieder das Kind mit Erlaubnis der Eltern entführt haben, und auch das ist kein Verbrechen. Falls die elterliche Erlaubnis fehlt, wäre es das altbekannte Kidnapping.«

»Und was ist mit dem Blut?« fragte ich.

»Ja, das Blut. Die Techniker vom Ermittlungsdienst behaupten, es sei Null positiv. Sagt Ihnen das etwas?«

»Ich glaube, ich erinnere mich an die Notizen in der Patientenakte. Woody und seine beiden Eltern haben meines Wissens Blutgruppe Null. Was den Rhesusfaktor angeht, bin ich mir nicht sicher.«

»Na ja, das wär's dann also. Es ist übrigens nicht viel Blut, nicht so viel, wie entsteht, wenn jemand angeschossen oder durch Stiche verletzt wird ...« Er bemerkte den Ausdruck auf Beverlys Gesicht und hielt inne.

»Milo«, sagte ich, »der Junge hat Krebs. Er ist bei ihm noch nicht unheilbar, jedenfalls war er es gestern noch nicht. Aber seine Krankheit ist unberechenbar. Kann sein, sie breitet sich aus und dringt in ein größeres Blutgefäß ein, oder es entsteht Leukämie. In beiden Fällen könnte er einen plötzlichen Blutsturz erleiden.«

»Mein Gott«, sagte der Kriminalbeamte und schaute betreten drein. »Armer kleiner Bursche.«

»Können Sie denn nichts unternehmen?« fragte Beverly.

»Wir tun unser Bestes, ihn zu finden, aber ehrlich gesagt, es ist nicht leicht. Diese Leute können inzwischen überall sein.«

»Werden Sie keine Vermißtenmeldung herausgeben, oder etwas Ähnliches?« beharrte sie.

»Das ist bereits geschehen. Gleich nach dem Anruf von Alex habe ich mit den Behörden in La Vista Kontakt aufgenommen – das ist ein Ein-Mann-Büro mit einem Sheriff namens Houten. Er hat die Swopes zwar nicht gesehen, mir aber versprochen, die Augen offenzuhalten. Außerdem hat er mir eine gute Beschreibung der Familie gegeben, und ich habe sie per Funk weitergeleitet. Inzwischen ist die Straßenpolizei informiert, außerdem die Polizeibehörden von Los Angeles und San Diego und alle kleineren dazwischen. Aber verstehen Sie, wir haben kein Fahrzeug, nach dem wir forschen können, keine Kennzeichennummer. Können Sie noch irgendwelche zusätzlichen Informationen beitragen?«

Es war die ehrliche Aufforderung, Ideen in die Diskussion zu werfen, ohne jeden Sarkasmus, und das brachte Beverly aus dem Gleichgewicht.

»Äh – nein«, räumte sie ein. »Mir fällt sonst nichts ein. Ich kann nur hoffen, daß Sie ihn bald finden.«

»Das hoffe ich auch – darf ich Sie Beverly nennen?«

»Wie? Ja, natürlich.«

»Ich habe keine brillanten Theorien in diesem Fall, Beverly, aber ich verspreche Ihnen, daß ich ausführlich darüber nachdenken werde. Und falls Ihnen etwas einfällt, rufen Sie mich bitte an.« Er gab ihr eine Visitenkarte. »Irgend etwas, okay? Kann Sie jetzt einer meiner Leute nach Hause bringen?«

»Alex könnte ...«

Er zeigte ihr ein breites Lächeln. »Ich brauche Alex noch eine Weile. Aber ich lasse Sie heimbringen.« Er ging hinaus zu den sechs Funkstreifenbeamten, suchte sich den am besten aussehenden aus, einen hübschen, einsachtzig großen Kerl mit schwarzem Lockenkopf und strahlend weißen Zähnen, und kam mit ihm ins Büro.

»Ms. Lucas, das ist Officer Fierro.«

»Wohin darf ich Sie fahren, Ma'am?« Fierro tippte mit den Finger an das Schild seiner Mütze. Sie nannte ihm eine Adresse in Westwood, und er brachte sie zu seinem Streifenwagen.

Gerade als sie einsteigen wollte, kramte Milo in seiner Hemdtasche und rief hinaus: »He, Brian, einen Moment.«

Fierro hielt inne, Milo lief zum Wagen hinaus und ich trottete neben ihm her.

»Sagt Ihnen das etwas, Beverly?« Er reichte ihr ein Streichholzbriefchen.

Sie schaute es genau an. »Adam & Eve-Botendienst? Ja. Eine der Schwestern hat mir gesagt, daß Nona Swope einen Job bei einem Botendienst bekommen hat. Ich fand das damals etwas merkwürdig – was sollte sie mit einem Job, wenn die Swopes doch nur vorübergehend hier sein wollten?« Sie sah das Streichholzbriefchen etwas genauer an. »Was ist das – ein Callgirl-Service oder etwas von der Sorte?«

»Etwas von der Sorte.«

»Ich hab' mir doch gleich gedacht, daß sie ein hemmungsloses Ding ist«, sagte sie wütend und gab ihm das Streichholzbriefchen zurück. »War das alles?«

»Mhm.«

»Dann möchte ich jetzt nach Hause fahren.«

Milo gab das Signal, während Fierro sich hinters Lenkrad setzte und den Motor anließ.

»Ziemlich verklemmte Lady«, bemerkte Milo, nachdem sie weggefahren waren.

»Früher war sie ein sehr nettes Ding«, erklärte ich. »Aber wenn man zu lange in einer Krebsabteilung arbeitet, wird man vermutlich so.«

Er zog die Stirn in Falten.

»Ziemliche Sauerei dort drinnen«, sagte er.

»Sieht nicht gut aus, wie?«

»Willst du, daß ich Spekulationen anstelle? Na schön. Vielleicht ist es schlimm, vielleicht auch nicht. Das Zimmer ist von jemandem durcheinandergeworfen worden, der große Wut im Bauch hatte. Aber könnte das nicht auch einer von den Eltern gewesen sein, den die Wut gepackt hatte, weil sein Kind so krank war, die Wut und die Angst und vielleicht auch die Unsicherheit, weil er den Jungen aus dem Krankenhaus geholt hatte? Du hast mit Leuten in solchen und ähnlichen Situationen gearbeitet. Hast du erlebt, daß der eine oder andere dermaßen ausgeflippt ist?«

Ich mußte an die Zeit vor ein paar Jahren denken.

»Eine gewisse Wut war stets gegenwärtig«, antwortete ich. »Meistens haben sie sich die Leute von der Seele geredet oder geschrien. Manchmal ist es auch zu körperlichen Ausbrüchen gekommen. Ich erinnere mich daran, daß mindestens ein Arzt von einem wütenden Vater verprügelt worden ist. Und Drohungen hat es immer wieder mal gegeben. Ein Kerl, der bei einem Jagdunfall ein Bein verloren hatte, drei Wochen bevor seine Tochter mit einem Nierentumor gestorben ist, kam am Tag nach ihrem Tod mit zwei Pistolen in die Klinik. Meistens waren es diejenigen, die sich zurückhielten und ihr Leid nicht mit anderen teilten. Bei ihnen bestand immer die Gefahr, daß sie explodierten.« Was ziemlich gut zu der Beschreibung paßte, die mir Beverly von Garland Swope gegeben hatte. Ich sagte es ihm.

»Dann könnte also auch er das gewesen sein«, sagte er voller Unbehagen.

»Aber ich glaube es nicht.«

Die schweren Schultern hoben und senkten sich.

»Ich glaube an diesem Punkt eigentlich noch gar nichts. Denn, Freund, wir leben hier in einer Stadt voll Verrückter. Jedes Jahr gibt es mehr Tötungsdelikte als im Jahr zuvor, und unschuldige Menschen werden aus den wahnwitzigsten Gründen umgelegt. Letzte Woche hat ein alter Narr seinem Nachbarn das Messer in die Brust gestoßen, weil er *absolut sicher war,* der andere würde seine Tomatenpflanzen mit bösen Strahlen umbringen, die ihm aus dem Nabel kämen. Vollkommen übergeschnappte Arschlöcher gehen in Schnellimbißrestaurants und mähen junge Leute nieder, die dort sitzen und Hamburger essen. Als ich zur Mordkommission gekommen war, war alles noch einigermaßen logisch und einfach, wirklich. Die meisten Fälle, mit denen wir zu tun hatten, waren das Resultat unglücklicher Liebe, Eifersucht oder Habgier. Es gab Familienstreitigkeiten und so weiter – die üblichen Konflikte. Aber jetzt, du meine Güte, *compadre.* Du glaubst, es sind zu viele Löcher im Schweizer Käse? Ganz einfach, dann leg doch den Delikatessenhändler um. Lauter Irre!«

»Und das hier mutet dich wie die Tat eines Irren an?«

»Wer, zum Teufel, soll das wissen, Alex? Es geht da nicht um klare, wissenschaftliche Begriffe. Höchstwahrscheinlich wird es so sein, wie ich vorhin sagte. Einer von ihnen – wahrscheinlich der Vater – hat sich das beschissene Blatt, das ihm das Schicksal in die Hand gespielt hat, genauer angeschaut und in einem Wutanfall das Zimmer durcheinandergeworfen. Da sie den Wagen nicht mitgenommen haben, kommen sie möglicherweise sogar zurück. Andererseits kann ich nicht garantieren, daß sie nicht zufällig zur falschen Zeit am falschen Ort gewesen und an einen Wahnsinnigen geraten sind, der sie für die Vampire vom Planeten Pluto hielt, die ihm die Leber aus dem Leib reißen wollen.« Er hielt das Streichholzbriefchen zwischen Daumen und Zeigefinger und wedelte damit wie mit einer kleinen Flagge. »Momentan haben wir leider nicht mehr als das. Es fällt nicht in meine Zuständigkeit, aber ich hab' nun mal den Tatort besichtigt und werde deinetwegen die Sache weiterverfolgen, okay?«

»Danke, Milo. Vielleicht beruhigt es den einen oder anderen der Beteiligten, wenn wir der Geschichte auf den Grund gehen. Darf ich dir dabei Gesellschaft leisten?«

»Klar, warum nicht? Schließlich hab' ich dich schon eine Weile nicht gesehen. Und falls der temporäre Verlust der reizenden Ms. Robin Castagna dich nicht unerträglich mürrisch gemacht hat, wäre es sogar möglich, daß es mir Spaß macht, mit dir zusammen weiterzuforschen.«

7

Auf dem Streichholzbriefchen stand zwar eine Telefonnummer, aber keine Adresse, daher rief Milo beim Sittendezernat an und bekam sie prompt, zusammen mit etwas Hintergrundmaterial über den Adam & Eve-Botendienst.

»Die wissen genau, wie man's macht«, sagte er, während er auf den Pico Boulevard in Richtung Osten einbog. »Besitzer ist ein reizendes Schätzchen namens Jane Rambo; die hat ihre Finger in diesem und jenem und allem möglichen. Daddy ist eine Gangsterpersönlichkeit in San Francisco. Und die kleine Jane ist sein ganzer Stolz.«

»Was ist das für ein Unternehmen? Eine Fassade für einen Callgirlring?«

»Das und noch das eine oder andere mehr. Bei der Sitte ist man überzeugt davon, daß die Boten manchmal auch Rauschgift transportieren, doch das ist nur ein Nebengeschäft, improvisiert, wenn man mal jemandem einen Gefallen tun will. Der Service umfaßt auch relativ legale Dinge, zum Beispiel Partyscherze, sagen wir, wenn der Boß Geburtstag hat und ein sexy aussehendes junges Ding bei der Feier im Büro auftaucht, einen heißen Strip hinlegt und sich dann auf den Alten schmeißt. Aber meistens geht es um käuflichen Sex in der einen oder anderen Weise.«

»Das wirft doch wohl ein völlig neues Licht auf Nona Swope«, sagte ich.

»Vielleicht. Sie sieht gut aus, hast du gesagt.«

»Fabelhaft, Milo. Ungewöhnlich gut.«

»Also weiß sie, was sie von der Natur mitbekommen hat, und ist bereit, davon zu profitieren – sicher, es könnte etwas mit der Sache zu tun haben, aber, zum Teufel, wenn man es genau nimmt, ist das Kaufen und Verkaufen menschlicher Körper die Grundlage im Leben dieser Stadt – habe ich recht? Kleine Mädchen vom Land, die in die Glitzermetropole kommen und sich die Köpfe verdrehen lassen. So was kommt schließlich täglich vor.«

»Ich glaube, das ist der abgedroschenste Vortrag, den du jemals gehalten hast.«

Er brach in schallendes Gelächter aus und schlug übermütig mit der Hand auf das Armaturenbrett, dann merkte er, daß ihm die Sonne in die Augen stach, und setzte sich eine Sonnenbrille auf.

»Okay, Zeit, mal wieder so richtig Bulle zu spielen. Was meinst du?«

»Du wirst sie zutiefst einschüchtern.«

Jane Rambos Kommandostelle befand sich im zehnten Stockwerk eines fleischfarbenen Hochhauses am Wilshire Boulevard, ein wenig westlich vom Barrington. Auf der Hinweistafel in der Lobby waren an die hundert Firmen verzeichnet, die meisten mit Namen, die keinen Hinweis auf die Art des Betriebs lieferten. Hier ging man sehr freizügig um mit Begriffen wie ›Unternehmen‹, ›System‹, ›Kommunikation‹ und ›Gruppe‹. Ein gutes Drittel davon endete mit dem Zusatz ›Ltd.‹. Beschränkte Haftung. Jane Rambo übertraf sie alle und hatte ihrem Fleischmarkt den Titel *Contemporary Communications Ltd.* gegeben. Und wenn einen dieser Name noch nicht davon überzeugte, daß hier alles hochanständig vonstatten ging, so bewirkten das die Messingschrift und das Firmenzeichen, ein Blitz, ebenfalls aus Messing, auf der Teakholztür zu ihrem Büro.

Die Tür war abgeschlossen, aber Milo klopfte so heftig dagegen, daß die Wände zitterten. Kurz darauf wurde uns geöffnet. Ein großer, gutgebauter Jamaikaner, Mitte Zwanzig, streckte den Kopf heraus und wollte etwas Unfreundliches sagen, aber Milo hielt ihm seine Plakette vor das mahagonifarbene Gesicht, woraufhin der Schwarze den Mund erst einmal zumachte.

»Hallo«, sagte Milo jetzt und grinste dazu.

»Was kann ich für Sie tun, Officer?« fragte der Schwarze und bemüht sich, dabei so arrogant wie möglich zu wirken.

»Erstens können Sie uns mal reinlassen.« Ohne auf Antwort zu warten, drückte Milo gegen die Tür. Der Jamaikaner trat überrascht und überwältigt zurück, und wir betraten die Bürosuite.

Es war kein sonderlich beeindruckender Empfangsraum, der sich uns darbot, kaum größer als ein Garderobenschrank, aber vermutlich gab es bei *Contemporary Communications* wenig Publikumsverkehr. Die Wände waren in einem stumpfen Elfenbeinweiß gestrichen, und die einzigen Möbelstücke im Raum waren ein Schreibtisch aus Chrom und Kunstleder, auf dem eine elektrische Schreibmaschine stand, und der dazugehörige Sekretärinnenstuhl dahinter.

Die Wand über dem Schreibtisch war geschmückt mit einem Plakat, das ein kalifornisches Surferpaar in der Pose von Adam und Eva zeigte, darunter die Zeile ›Schick deine spezielle Botschaft an die spezielle Person ...‹ Eva hatte ihre Zunge im Ohr von Adam, und obwohl der Ausdruck auf seinem Gesicht gelangweilt und verblödet wirkte, bauschte sich sein Feigenblatt beträchtlich.

Auf der linken Seite des Schreibtisches war eine Tür. Der Jamaikaner baute sich davor auf, die Arme verschränkt, die Beine gespreizt, ein finster dreinschauender Wachposten.

»Wir möchten mit Jane Rambo sprechen.«

»Haben Sie einen Durchsuchungsbefehl?«

»Jesses«, sagte Milo angewidert, »ein jeder in dieser lausigen Stadt glaubt, eine Rolle im Fernsehkrimi zu spielen. ›Haben Sie einen Durchsuchungsbefehl?‹« imitierte er den anderen. »Das ist ein mieser B-Film-Dialog, Mann. Los, klopfen Sie an die Tür und sagen Sie ihr, daß wir da sind.«

Der Jamaikaner rührte sich nicht von der Stelle.

»Kein Durchsuchungsbefehl, kein Zutritt.«

»Du meine Güte, auch noch wählerisch.« Milo pfiff durch die Zähne, steckte die Hände in die Hosentaschen und ging auf den Jamaikaner zu, bis seine Nase noch einen Millimeter von der des Schwarzen entfernt war.

»Kein Grund, so unfreundlich zu sein«, sagte er. »Ich weiß, daß Ms. Rambo eine vielbeschäftigte Lady ist und so unschuldig wie frischgefallener Schnee. Wenn nicht, würden wir hier vielleicht eine kleine Durchsuchung veranstalten. Und *dazu* bräuchten wir dann einen Durchsuchungsbefehl. Aber wir wollen ja nur mit ihr reden. Und da Sie bei Ihren juristischen Studien noch nicht so weit fortgeschritten zu sein scheinen, darf ich Sie darüber informieren, daß kein Durchsuchungsbefehl nötig ist, wenn man nichts weiter als ein Gespräch führen möchte.«

Der Jamaikaner riß die Nasenlöcher auf.

»Also gut«, fuhr Milo fort, »Sie können wählen. Entweder Sie ermöglichen uns dieses Gespräch, oder Sie geben sich weiterhin obstruktiv. In diesem Fall werde ich nicht umhin können, Ihnen ein paar erhebliche körperliche Schäden zuzufügen, ganz zu schweigen von den damit verbundenen Schmerzen, und Sie anschließend festzunehmen wegen Behinderung eines Polizeibeamten bei der Ausübung seiner Dienstpflicht. In der Haft werde ich Ihnen die Handfesseln so eng anlegen, daß Ihnen die Pfoten absterben, und außerdem werfe ich Sie in eine Zelle, wo schon ein Dutzend fanatische Anhänger der Arischen Bruderschaft auf Sie wartet.«

Der Jamaikaner überlegte. Dann wich er vor Milo zurück, aber der Kriminalbeamte blieb dicht bei ihm und atmete ihm ins Gesicht.

»Ich werden sehen, ob sie frei ist«, murmelte er, öffnete die Tür einen Spaltbreit und war auch schon verschwunden.

Er kehrte innerhalb von Sekunden zurück, die Augen funkelnd vor Zorn über diese Beeinträchtigung seiner glorreichen Männlichkeit, und bewegte den Kopf in Richtung offene Tür.

Wir folgten ihm in ein leeres Vorzimmer. Er blieb vor einer Doppeltür stehen und drückte eine Codezahl in ein Schaltpult. Es summte leise, dann öffnete er eine der beiden Türen.

Eine dunkelhaarige Frau saß hinter einem Schreibtisch aus Metallrohren und einer Marmorplatte, in einem Büro von der Größe eines Ballsaals. Den Boden bedeckte Industrie-Auslegeware in der Farbe von nassem

Zement. Hinter ihr befand sich eine Wand aus Rauchglas, die einen gedämpften Ausblick auf die Santa-Monica-Berge und das Valley dahinter bot. Die eine Seite des Büros schien den Phantasien eines Innenausstatters aus West Hollywood überlassen worden zu sein: gnadenlos moderne Ledersessel in Mauve, dazu ein Art-Deco-Sideboard aus Rosenholz und Shagrinleder, wie ich es erst kürzlich in einem Katalog von Sotheby's gesehen hatte; das Möbel kostete dort mehr, als Milo in einem ganzen Jahr verdiente. Auf der anderen Seite war der Geschäftsbereich: ein Konferenztisch aus Rosenholz, eine Wand mit schwarzen Karteischränken, zwei Computer und eine Ecke, in der sich fotografische Geräte stapelten.

Der Jamaikaner blieb mit dem Rücken zur Tür stehen und nahm wieder seine Wachpostenstellung ein. Er bemühte sich, sein Gesicht zu einer grimmigen Kriegermaske zu verzerren, aber unter der dunklen Oberfläche seiner Haut zeigte sich noch immer starke Röte.

»Du kannst gehen, Leon«, sagte die Frau. Sie hatte eine Whiskystimme.

Der Jamaikaner zögerte. Sie warf ihm einen gebieterischen Blick zu. Er ging rasch hinaus.

Die Frau blieb hinter ihrem Schreibtisch sitzen. Ohne uns einzuladen, Platz zu nehmen, begann sie:

»Leon hat mir gesagt, daß Sie sehr grob gewesen sind.«

Die Frau war um die Vierzig, untersetzt, mit kleinen trüb-grauen Augen und kurzen, dicken Fingern, die auf die Marmorplatte trommelten. Ihr Haar war stumpf und kurz geschnitten. Sie trug ein streng geschäftliches schwarzes Schneiderkostüm. Die üppigen Rüschen ihrer weißen Crêpe-de-Chine-Bluse wirkten unpassend.

»Meine Güte«, sagte Milo. »Es tut mir wirklich leid, Ms. Rambo. Hoffentlich haben wir seine Gefühle nicht verletzt.«

Die Frau lachte, und es klang wie ein kehliges Knurren. »Leon ist eine Primadonna. Ich halte ihn nur aus Dekorationsgründen.« Sie nahm eine extralange Zigarette aus einer Schachtel und zündete sie sich an. Dann stieß sie eine Rauchwolke aus und schaute zu, wie sie nach oben stieg. Als sich der Rauch im Raum verteilt hatte, begann sie erneut:

»Die Antworten auf ihre drei ersten Fragen lauten: Nummer eins: Es handelt sich um Boten, nicht um Huren. Nummer zwei: Was sie in ihrer Freizeit tun, ist ihre Privatsache. Nummer drei: Ja, er ist mein Vater, und wir telefonieren etwa einmal im Monat miteinander.«

»Ich komme nicht vom Sittendezernat«, sagte Milo, »und es ist mir scheißegal, ob Ihre Boten geilen alten Männern die Hosen heiß machen oder nicht.«

»Wie tolerant von Ihnen«, erwiderte sie kalt.

»Dafür bin ich bekannt. Leben und leben lassen.«

»Was wollen Sie also?«

Er gab ihr seine Visitenkarte.

»Mordkommission?« Sie zog die Augenbrauen hoch, blieb aber gelassen. »Wer hat ins Gras gebissen?«

»Vielleicht niemand, vielleicht mehrere. Bis jetzt ist es nicht mehr als ein Verschwinden unter mysteriösen Umständen. Eine Familie aus dem Süden, nicht weit von der Grenze. Die Tochter hat für Sie gearbeitet. Nona Swope.«

Sie nahm einen Zug aus der Zigarette, wobei sich die Glut hellrot färbte.

»Ah, Nona. Diese rothaarige Schönheit. Ist sie die Verdächtige oder das Opfer?«

»Sagen Sie mir, was Sie von ihr wissen«, forderte Milo sie auf, indem er seinen Notizblock herausnahm.

Sie holte einen Schlüssel aus einer Schreibtischschublade, stand auf, glättete ihren Kostümrock und ging zum Aktenschrank. Sie war überraschend klein, höchstens eins fünfundfünfzig. »Vermutlich rechnen Sie damit, daß ich mich stur stelle, was?« Sie steckte den Schlüssel ins Schloß und drehte ihn um. Eine Schublade glitt auf. »Daß ich mich weigere, Ihnen irgendwelche Informationen zu geben, und nach meinem Anwalt schreie.«

»Das wäre in der Art von Leon.«

Die Antwort amüsierte sie. »Leon ist ein guter Wachhund. Nein«, sagte sie und nahm einen Aktenordner heraus, »es ist mir egal, ob Sie das hier über Nona lesen oder nicht. Ich habe nichts zu verbergen, und sie bedeutet mir nichts.«

Jetzt ließ sie sich wieder hinter ihrem Schreibtisch nieder und schob Milo den Ordner zu. Er schlug ihn auf, und ich schaute ihm über die Schulter. Die erste Seite war ein Einstellungsantrag, dessen Schrift den Eindruck des Zögerns vermittelte.

Das Mädchen hieß mit vollem Namen Annona Blossom Swope. Sie hatte ein Geburtsdatum eingetragen, nach dem sie gerade zwanzig war, und ihre körperlichen Daten entsprachen meiner Erinnerung an sie. Als Wohnort hatte sie eine Adresse am Sunset Boulevard angegeben – das Western Pediatric Medical Center – ohne die dazugehörige Telefonnummer.

Die Fotos im Format achtzehn mal vierundzwanzig waren in diesem Büro aufgenommen worden – ich erkannte die lederbezogenen Sessel –, und zeigten sie in allen möglichen Posen, sämtliche von schwül-erotischer Art. Es waren Schwarzweißfotos, und sie wurden ihr nicht gerecht, weil die dramatische Farbe fehlte. Immerhin konnte man sagen, daß sie das besaß, was Profis als ›Präsenz‹ bezeichneten, und das sah man auch an diesen Bildern.

Wir schauten sie der Reihe nach durch: Nona in einem Bikini, den sie sich über die Hüfte nach unten gerollt hatte, Nona ohne BH in einem Trägerhemd mit Jeans, wobei die Brustwarzen sich durch den dünnen Stoff abdrückten; Nona, katzengleich, in einem hauchdünnen Negligé und mit einem ›Ihr könnt mich alle‹-Ausdruck in den dunklen Augen.

Milo pfiff leise. Ich fühlte unwillkürlich ein Pochen unterhalb der Gürtellinie.

»Das ist ein Mädchen, was?« sagte Jane Rambo. »Durch dieses Portal ist schon eine Menge Fleisch gegangen, das können Sie mir glauben, meine Herren. Sie hat alle anderen übertrumpft. Ich habe sie Daisy Mae genannt, weil sie irgendwie etwas Naives an sich hatte. Trotzdem, sie war ein kleines Mädchen, das in manchen Dingen groß war, wenn Sie verstehen, was ich meine.«

»Wann sind diese Fotos aufgenommen worden?« fragte Milo.

»Am ersten Tag, als sie hierherkam – wann war das? Ich würde sagen, vor einer Woche. Ich hab' nur einen Blick auf sie geworfen und sofort den Fotografen kommen lassen. Wir haben die Fotos geschossen und sie noch am selben Tag entwickelt. Ich hielt das Mädchen für eine gute Investition und ließ sie gleich mit Botendiensten beginnen.«

»Und was sollte sie dabei tun?« drängte er.

»Botendienste, wie gesagt. Und zwar nichts anderes. Wir haben ein paar grundlegende Rollenspiele ausgearbeitet: Doktor und Krankenschwester, Professor und Studentin, Adam und Eva, Domina und Sklave oder umgekehrt. Die ältesten und abgeschmacktesten Klischees, aber der durchschnittliche Spießer bricht nicht aus diesen Klischees aus, wenn es um erotische Phantasien geht. Der Kunde wählt das Spiel, wir schicken die Paare zu ihm, und das läuft ab wie einer der üblichen Botendienste – Sie wissen: Herzlichen Glückwunsch zum Geburtstag, Joe Smith, das ist ein Geschenk von deiner Dienstagabend-Pokerrunde, und schon fängt die Show an. Es ist völlig legal: Sie spielen und albern herum und tun so, als ob – aber nichts, was gegen das Gesetz wäre.«

»Und was kostet das die Pokerrunde?«

»Zweihundert. Sechzig an die Boten, der Rest wird fifty-fifty geteilt. Dazu kommen möglicherweise noch Trinkgelder.«

Ich rechnete rasch durch. Selbst wenn Nona nur die halbe Zeit arbeitete, konnte sie damit hundert Dollar und mehr pro Tag verdienen. Viel Geld für ein Mädchen vom Land, das gerade zwanzig geworden war.

»Und wenn der Kunde bereit ist, mehr zu bezahlen, aber auch mehr sehen will?« fragte ich.

Sie schaute mich scharf an. »Ich hab' mich schon die ganze Zeit gefragt, ob Sie stumm sind oder nicht. Wie ich schon sagte, die Boten können natürlich tun, was sie wollen – in ihrer Freizeit. Wenn sie die Show gezeigt haben, sind sie fertig. Dann beginnt ihre Freizeit. Mögen sie Jazz?«

»Guten Jazz – ja.«

»Ich auch. Wie Miles und Coltrane und Bird. Wissen Sie, warum sie so groß sind? Sie können improvisieren. Ich denke nicht im Traum daran, jemanden an seinen Improvisationen zu hindern.«

Sie nahm eine neue Zigarette aus dem Päckchen und zündete sie an der vorigen an.

»Und das ist alles, was sie gemacht hat?« fragte Milo. »Parodistische Rollenspiele, wie?«

»Sie hätte mehr tun können – ich hatte Pläne für sie. Filme, Illustriertenfotos.« Das fleischige Gesicht verzog sich zu einem Lächeln. »Sie war kooperativ, hat sich ausgezogen, ohne mit der Wimper zu zucken. Heutzutage werden die Mädchen auf dem Land offenbar sehr frei erzogen.« Sie rollte die Zigarette zwischen ihren kurzen Fingern. »Ja, ich hatte Pläne mit ihr, aber sie hat mich im Stich gelassen. Eine Woche gearbeitet und ...« Sie schnippte mit den Fingern. »Zack, weg war sie.«

»Hat sie gesagt, wohin sie wollte?«

»Keinen Pieps. Und ich habe nicht gefragt. Wir sind

keine Ersatzfamilie. Das hier ist ein Geschäft. Ich spiele nicht die Mami, und ich will auch nicht so behandelt werden. Hübsches Fleisch kommt und geht – diese Stadt ist voll von perfekten Körpern, die glauben, daß sie mit Arsch und Titten reich werden können. Manche lernen schneller als andere. Wenn man zu weit aufdreht, kann man leicht überschnappen. Trotzdem«, räumte sie ein, »diese Rothaarige war etwas Besonderes.«

»Kennen Sie jemanden, der wissen könnte, wo sie ist?«

»Ich kann es mir nicht vorstellen. Sie hat sich sehr zurückgehalten.«

»Und was ist mit den Kerlen, die zusammen mit ihr diese ... Botendienste verrichtet haben?«

»Kerl. Einzahl. Sie war erst eine Woche hier. Ich kann Ihnen seinen Namen nicht aus dem Kopf sagen, und ich denke nicht daran, jetzt die ganze Kartei durchzugehen, um auf ihn zu stoßen. Ich hab' euch schon genug Freibier ausgeschenkt.« Sie zeigte auf die Akte, die Milo noch immer in der Hand hatte. »Die können Sie meinetwegen sogar behalten, okay?«

»Strengen Sie Ihr Gedächtnis an«, drängte Milo. »Es kann doch nicht so schwer sein. Wie viele Hengste haben Sie in Ihrem Stall?«

»Sie würden sich wundern«, sagte sie und strich über die Marmorplatte. »Audienz beendet.«

»Hören Sie«, fuhr er fort, »Sie haben uns zwar schon etwas geholfen, aber deshalb sind Sie noch lange nicht die Bürgerin des Jahres. Draußen ist es heiß, und hier drinnen gibt es eine gute Klimaanlage und einen großartigen Blick. Warum sollen wir auf der Polizeistation schwitzen und weiß Gott wie lange warten, bis endlich Ihr Anwalt dort eintrifft?« Er streckte die Hände aus, die Handflächen nach oben, und zeigte ihr ein jungenhaftes Grinsen. »Wollen Sie's nicht noch einmal versuchen?«

Die schlammig-grauen Augen verengten sich, und ihr Gesicht sah aus wie das eines bösartigen Schweins. Sie drückte auf einen Knopf, und Leon tauchte auf.

»Wer war der Kerl, der mit der Rothaarigen zusammengearbeitet hat, mit dieser Swope?«

»Doug«, sagte er, ohne zu zögern.

»Nachname«, fuhr sie ihn an.

»Carmichael. Douglas Carmichael.«

Sie wandte sich an uns: »Okay?«

»Die Akte.« Milo streckte die Hand aus.

»Bring sie.« Es war ein Befehl, und der Jamaikaner holte sie aus dem Aktenschrank. »Sie können einen Blick darauf werfen.«

Milo nahm ihm den Ordner ab, und wir gingen zur Tür.

»He, Moment mal!« protestierte Jane Rambo mit rauher Stimme. »Den brauche ich noch. Ihr könnt ihn nicht mitnehmen.«

»Ich mache eine Kopie und schicke Ihnen das Original zurück.«

Sie wollte etwas dagegen einwenden, hielt aber mitten im Satz inne. Als wir gingen, hörten wir noch, wie sie Leon anbrüllte.

8

Nach den Angaben in seiner Personalakte wohnte Doug Carmichael im besseren Teil von Venice, in der Nähe des Jachthafens. Milo ließ mich von einer Telefonzelle aus anrufen, während er per Funk nachfragte, ob sich inzwischen etwas in der Sache Swopes ergeben hatte.

Ich erreichte nur den Anrufbeantworter. Klassische

Gitarrenmusik spielte im Hintergrund, während eine sonore Baritonstimme sagte: ›Hallo, hier ist Doug‹ und mich davon zu überzeugen versuchte, daß es *wirklich* wichtig sei für sein gefühlsmäßiges Wohlergehen, ihm nach dem Piepston eine Nachricht aufs Band zu sprechen. Ich wartete, bis es gepiepst hatte, und teilte ihm dann mit, daß es *wirklich* wichtig sei, Detective Sturgis bei der Polizeidivision Los Angeles West anzurufen, und hinterließ ihm dazu noch Milos Dienststellennummer.

Dann setzte ich mich wieder in den Wagen und stellte fest, daß Milo die Augen geschlossen und den Kopf nach hinten gegen die Kopfstütze gelegt hatte.

»War was?« fragte er.

»Der Anrufbeantworter.«

»Das paßt mal wieder genau. Und von meinem Ende aus war's nicht besser. Keine Spur von den Swopes zwischen hier und San Ysidro.« Er gähnte, knurrte und ließ den Motor an. »Wir fahren einfach weiter«, murmelte er und starrte auf den dichten Verkehr in westlicher Richtung. »Ich hab' seit sechs Uhr nichts gegessen. Frühes Dinner oder späten Lunch – du kannst es dir aussuchen.«

Wir waren noch zwei Meilen vom Ozean entfernt, aber die milde Brise wehte herein und brachte den Geruch von Salzwasser mit. »Wie wär's mit Fisch?«

»Prima.«

Er fuhr zu einem winzigen Lokal an der Ocean Avenue, direkt am Ende des Piers, das an einen Speisewagen im Stil der dreißiger Jahre erinnerte. Hier konnte man abends während der Dinnerzeit meist nur sehr schwer einen Parkplatz zwischen all den Rolls-Royce, Mercedes und Jaguars ergattern. Man reservierte keine Tische und akzeptierte keine Kreditkarten, aber Leute, die etwas von gut zubereitetem Fisch verstanden, waren bereit zu warten und mit barem Geld zu bezahlen. Zur

Lunchzeit ging es bedeutend ruhiger zu, und wir bekamen auch gleich einen hübschen Ecktisch.

Milo trank zwei Glas Limonade, die hier frisch ausgepreßt und ungezuckert serviert wurde, und ich nuckelte an einem gepflegten Bier.

»Ich versuche, meinen Alkoholkonsum etwas einzuschränken«, erklärte er und hielt sein Limonadenglas hoch. »Rick hat sich mal mit meinem Innenleben beschäftigt, mir danach eine Predigt gehalten und anhand von Farbdias demonstriert, was das Saufen meiner Leber antut.«

»Das ist gut. Du hast mal eine Zeitlang ziemlich heftig zugelangt. Vielleicht behalten wir dich auf diese Weise ein bißchen länger in unserer Mitte.«

Er knurrte.

Der Kellner, ein fröhlicher spanischer Typ, teilte uns mit, daß derzeit riesige Mengen von Albacore gefangen würden und sie am Morgen eine erstklassige Lieferung aus San Diego bekommen hätten. Wir bestellten daraufhin beide Albacore und bekamen bald ein ausgesprochenes Schlemmermahl mit großen, gegrillten Steaks dieses weißen Thunfischs, gebackenen Kartoffeln, gedünsteten Zucchini und Sauerteigbrot serviert.

Milo verschlang die Hälfte seines Essens, trank dann einen großen Schluck Limonade und schaute zum Fenster hinaus. Über den Dächern der windschiefen Häuschen, die sich in den Schatten des durchgesackten Piers schmiegten, war ein chromblitzender Streifen des Ozeans zu sehen.

»Und wie geht es dir sonst?« fragte er.

»Nicht schlecht.«

»Was hörst du von Robin?«

»Vor ein paar Tagen habe ich eine Ansichtskarte bekommen. Die Ginza bei Nacht. Man lädt sie zu gutem Essen und Trinken ein. Offenbar das erstemal, daß sie eine Frau in dieser Art und Weise bewirten.«

»Was wollen sie eigentlich von ihr?« fragte er.

»Sie hat eine Gitarre für Rockin' Billy Orleans gebaut, und er hat auf ihr im Madison Square Garden gespielt. Nach dem Konzert haben ihn die Musikfachleute interviewt, und er hat sich in höchsten Tönen über das Instrument und die phantastische Frau geäußert, die es gebaut hat. Der US-Repräsentant eines japanischen Konglomerats ist hellhörig geworden und hat es seinen Bossen mitgeteilt. Die waren daraufhin der Meinung, daß es sich lohnen würde, die Gitarre als Billy-Orleans-Modell in Serienproduktion herzustellen, und haben Robin eingeladen, mit ihnen an Ort und Stelle darüber zu sprechen.«

»Am Schluß wird sie bei euch noch für den Unterhalt aufkommen, wie?«

»Vielleicht«, antwortete ich düster und winkte dem Kellner, um ein zweites Bier zu bestellen.

»Wie ich sehe, bist du von dieser Möglichkeit überaus begeistert.«

»Ich freue mich für sie«, sagte ich rasch. »Es ist die große Chance, auf die sie immer gewartet hat. Aber Robin fehlt mir so sehr, Milo, daß ich verrückt werden könnte. Bisher sind wir noch nie so lange voneinander getrennt gewesen, und ich habe mein Vergnügen am Alleinsein verloren, seit ich sie kenne.«

»Ist das alles?« fragte er und nahm wieder die Gabel in die Hand.

Ich blickte scharf hoch. »Was soll sonst noch sein?«

»Ja nun«, sagte er und kaute dazu, »vielleicht bin ich da auf dem falschen Dampfer, Doktor, aber mir scheint es so, als ob diese japanische Sache eine neue Perspektive eröffnen würde für deine – wenn du den Ausdruck entschuldigst –, deine *Beziehung* zu ihr.«

»Wie das?«

»Nun, in den letzten beiden Jahren bist du doch immer derjenige gewesen, der das Geld hatte, oder? Sie hat sich ihren Unterhalt verdient, aber das Leben, das ihr beide führt – Ferien auf Maui, Theaterpremieren, dieser unwahrscheinliche Garten und so weiter –, wer hat dafür bezahlt?«

»Ich weiß nicht, worauf du hinauswillst«, sagte ich ärgerlich.

»Auch wenn ihr es leugnet, gelten bei euch Psychologen die traditionellen Verhaltensmuster. Jetzt hat Robin die Chance, auch finanziell die große Nummer zu werden, und das könnte alles ändern, findest du nicht?«

»Damit werde ich schon fertig.«

»Sicher schaffst du das. Vergiß, daß ich davon geredet habe.«

»Ist schon vergessen.« Ich schaute auf mein Albacore-Steak. Aber mir war plötzlich der Appetit vergangen. Ich schob den Teller weg und richtete meinen Blick auf eine Schar von Möwen, die auf dem Pier nach Beute suchte. »Du bist wirklich ein Schweinehund – dir entgeht nicht leicht etwas«, sagte ich. »Es ist fast unheimlich.«

Er langte über den kleinen Tisch hinweg und klopfte mir auf die Schulter. »He, du bist aber auch nicht schwer zu durchschauen. Alles, was dich berührt, kann man auf deinem schmalen, hungrigen Gesicht lesen.«

Ich stützte das Kinn in die Hände. »Es lief alles so hübsch einfach. Sie hat das Studio behalten, nachdem sie zu mir gezogen ist, und wir waren stolz darauf, daß wir uns gegenseitig genug Bewegungsfreiheit zugestanden haben. In letzter Zeit haben wir sogar vom Heiraten und Kinderkriegen gesprochen. Es war großartig, wir beide im gleichen Takt, dazu Entscheidungen von beiden Seiten, die der andere billigte. Und jetzt?« Ich zuckte mit den Schultern. »Wer weiß?« Dann trank ich einen großen Schluck Bier. »Ich werde dir etwas sagen, Milo, und das steht nicht in meinen Lehrbüchern, aber es gibt so etwas wie das Bedürfnis eines Mannes, Vater zu werden, und mit fünfunddreißig wird mir das sehr bewußt.«

»Ist mir klar«, sagte er. »Ich hatte auch einmal dieses Gefühl.«

Ich starrte ihn unwillkürlich an.

»Glotz nicht so blöd. Nur weil es nicht möglich ist, heißt das noch lange nicht, daß ich nicht daran denke.«

»Man kann nie wissen. Heutzutage sieht man das alles nicht mehr so eng.«

Er lockerte seinen Gürtel um ein Loch und bestrich sich eine Scheibe Brot mit Butter. »So liberal wird die Welt wohl nie werden.« Er lachte. »Außerdem, Rick und ich sind nun mal nicht von der Natur für eine Mutterschaft vorgesehen, oder wie du das nennen willst. Kannst du dir vielleicht vorstellen, wie ich Spielsachen kaufen gehe und mein anspruchsvoller Doktor zu Hause dem Kleinen die Windeln wechselt?«

Wir lachten herzlich darüber.

»Weißt du«, sagte er, »ich wollte eigentlich nicht diesen wunden Punkt zur Sprache bringen, aber es ist nun mal eine Sache, mit der du fertig werden mußt. Mir ist es nicht besser gegangen. Fast das ganze Leben lang habe ich allein bestimmt, wie es laufen sollte. Meine Eltern konnten mir keine große Hilfestellung leisten. Seit meinem elften Lebensjahr habe ich stets gearbeitet, mal hier, mal da, Alex. Zeitungen ausfahren, Nachhilfestunden, Birnen ernten, auf dem Bau arbeiten, ein bißchen Zeit für den M.A., dann Saigon, das Militär. Und zuletzt das hier. Man wird nicht reich als Beamter bei der Mordkommission, aber ein Lediger kommt gut über die Runden. Ich war verdammt einsam, aber dann kam jemand und war genau das, was ich mir wünschte. Nachdem ich Rick getroffen hatte und wir ein gemeinsames Leben begannen, hat sich alles verändert. Du erinnerst dich an den alten Fiat – die Schrottkiste! Ich habe immer nur billige Schrottkisten gefahren, und jetzt brausen wir in einem Porsche herum, wie zwei Koksdealer. Und das Haus – bei meinem Gehalt hätte ich mir ein solches

Heim nie leisten können. Er kauft bei Carrols und Giorgio ein, bringt mir von dort mal ein Hemd, mal eine Krawatte mit. Nicht, daß ich mich aushalten lasse, aber mein Lebensstil hat sich geändert. Zum Besseren natürlich, und trotzdem war es nicht leicht, das zu akzeptieren. Chirurgen verdienen nun mal mehr als Polizisten, das war so und wird immer so sein, und ich habe mich damit abgefunden. Aber bei so etwas wird einem wieder mal bewußt, was die Frauen alles durchmachen müssen, nicht wahr?«

»Ja.« Ich fragte mich, ob Robin Schwierigkeiten hatte, sich so anzupassen, wie er das beschrieb. Gab es da vielleicht einen inneren Kampf, den ich gefühlloserweise gar nicht bemerkte?

»Auf lange Sicht«, sagte er, »ist es besser, wenn beide sich als Erwachsene fühlen, findest du nicht auch?«

»Ich finde, Milo, daß du ein erstaunlicher Kerl bist.«

Er versteckte seine Verlegenheit hinter der Speisekarte. »Wenn ich mich recht erinnere, gibt es hier gutes Eis.«

»Stimmt.«

Beim Dessert mußte ich ihm mehr über Woody Swope und die Krebskrankheiten bei Kindern berichten. Er war schockiert wie die meisten Menschen, als er hörte, daß es die zweithäufigste Todesursache bei Kindern war. Nur bei Unfällen kamen noch mehr Kinder ums Leben.

Die Technik der Strömungskammern faszinierte ihn sehr, und er stellte mir detaillierte, analytische Fragen, bis mein Fundus an Antworten erschöpft war.

»Monate in einem solchen Plastikwürfel«, sagte er bedrückt. »Und die Kinder drehen nicht durch?«

»Nicht, wenn man es richtig anpackt. Man muß sie stets über Zeit und Raum orientieren und die Familie dazu bringen, daß sie sich so lange wie möglich dort aufhält. Man sterilisiert die Lieblingsspielsachen und Kleidungsstücke und bringt sie hinein, was sehr stimulierend auf die Kinder wirkt. Das Hauptproblem besteht darin, den Unterschied zwischen ihrem gewohnten Heim und dem Krankenhaus so gering wie möglich zu halten – ein solcher Unterschied ist natürlich immer vorhanden, aber man kann ihn einigermaßen ausgleichen.«

»Interessant. Du weißt, was mir da sofort einfällt, nicht wahr?«

»Was denn?«

»AIDS. Das läuft doch nach demselben Prinzip. Geschwächte Widerstandskräfte des Körpers bei Infektionen.«

»Sagen wir, es ist ein ähnlicher Vorgang, aber er ist nicht identisch«, erwiderte ich. »Die Strömungskammer filtert Bakterien und Pilze aus, um die Kinder während der Behandlung zu schützen. Aber der Verlust der Immunreaktion ist bei ihnen nur vorübergehend – nachdem die Chemotherapie beendet ist, kehren die Systeme wieder zu ihren normalen Funktionen zurück. Bei AIDS ist die Störung permanent, und außerdem geht es bei den AIDS-Opfern um andere, schwerwiegendere Gefährdungen: das Kaposi-Sarkom, die Virusinfektionen. In den Kammern wären sie vermutlich für eine Weile sicher, aber nicht für immer.«

»Mag sein, aber du mußt zugeben, daß das eine unglaubliche Vorstellung ist: der Santa Monica Boulevard, gesäumt mit Tausenden von Plastikwürfeln, und in jedem ein armer Teufel, der da drinnen langsam dahinstirbt. Man könnte Eintritt verlangen und genügend Geld auftreiben, um die Arbeit an einer wirksamen Kur zu finanzieren.«

Er stieß ein bitteres Lachen aus.

»Der Sünde Sold, wie es in der Bibel heißt.« Dazu schüttelte er wütend den Kopf. »Aber es reicht, um einen zum Puritaner zu machen. Ich höre all die Horrorgeschichten und danke Gott, daß er mich mehr oder weniger monogam geschaffen hat. Rick muß da eine Menge

Dreck ertragen, von beiden Seiten. Letzte Woche ist ein Patient in die Notaufnahme gekommen, mit einer Verletzung am Arm, die er sich bei einer Rauferei in einer Kneipe zugezogen hatte, und behauptete, daß Rick schwul sei. Wahrscheinlich eine Vermutung, nichts weiter, denn man sieht es Rick bestimmt nicht an, aber er hat es auch nicht bestritten, als dieses Arschloch wissen wollte, ob es von einem Schwulen behandelt würde. Der Kerl ließ Rick nicht in seine Nähe, plärrte dauernd herum, er könne mit AIDS infiziert werden, und das, obwohl er wie ein Schwein blutete. Also ließ Rick ihn einfach liegen und ging weg. Aber die anderen Ärzte hatten alle Hände voll zu tun – es war Samstagabend, und sie karrten einen nach dem anderen in die Ambulanz. Dieser Vorfall brachte das ganze System durcheinander, und zuletzt waren alle sauer auf Rick. Er wurde bis zum Ende der Nachtschicht von den anderen wie ein verdammter Leprakranker behandelt.«

»Armer Kerl.«

»Armer Kerl – genau das richtige Wort. Der Mann war der beste in seiner Klasse und in Stanford – da soll er sich einen solchen Scheißdreck anhören müssen? Er kam heim in einer verdammt düsteren Stimmung. Und das Verrückteste daran: Ein paar Tage zuvor ist er nach Hause gekommen und hat mir gesagt, daß *er* sich Sorgen macht wegen der Patienten, vor allem wenn sie stark bluten ... An dem Abend hab' ich das schwerste Geschütz meiner Therapie auffahren müssen, das kannst du mir glauben, Alex.«

Er löffelte sich den Rest Eiskrem in den Mund.

»Das schwerste Geschütz«, wiederholte er und wischte sich eine Haarsträhne aus den Augen. »Aber – zum Teufel, das ist es doch, was die Liebe ausmacht, oder?«

9

Auf der Fahrt vom Restaurant zurück zum Sea-Breeze-Motel erklärte mir Milo, daß er in der Sache vorläufig nichts unternehmen könne.

»Verstehst du, ich kann da beim besten Willen nicht weitermachen«, sagte er. »Was wir bis jetzt haben, ist eine Vermißtmeldung, und selbst dabei drücken wir schon beide Augen zu, ehrlich gesagt.«

»Ich weiß. Danke, daß du hergekommen bist.«

»Keine Ursache. Für mich war es eine Unterbrechung der Routinearbeit. Und momentan habe ich es mit besonders beschissener Routine zu tun. Eine Schießerei unter Gangstern – zwei *cholos*, die dabei ins Gras gebissen haben –, ein Angestellter in einem Schnapsladen, der mit einer zerbrochenen Flasche umgebracht worden ist, und dann noch eine ganz reizende Sache, ein Vergewaltiger, der seinen Opfern danach auf den Bauch scheißt. Er hat mindestens sieben Frauen überfallen; die letzte hat er auch noch abgemurkst. Schändung allein reicht ihm anscheinend nicht.«

»Mein Gott.«

»Dein Gott kann diesem menschlichen Abschaum auch nicht mehr vergeben.« Er zog die Stirn in Falten und bog in die Sawtelle Avenue in Richtung Pico Boulevard ein. »Jedes Jahr sage ich mir, jetzt hast du den Tiefpunkt der Verworfenheit erlebt, und jedes Jahr beweist man mir dann auf höchst anschauliche Weise, daß ich mich getäuscht habe. Vielleicht hätte ich doch das Examen machen sollen.«

Vor fünfzehn Monaten hatten er und ich ein bekanntes Kinderheim als Bordell für Pädophile entlarvt und im Verlauf der Ermittlungen eine Handvoll Morde geklärt. Er war als Held gefeiert und aufgefordert worden, die Prüfung abzulegen, die für die Beförderung zum

Lieutenant erforderlich war. Er hätte sie zweifellos bestanden, weil er ein kluger, ja brillanter Kerl ist wie nur wenige in seinem Beruf, und die Vorgesetzten hatten ihm zu verstehen gegeben, daß die Stadtverwaltung bereit war, einen Schwulen für die Stellung zu akzeptieren, vorausgesetzt, daß er sich nicht allzu auffällig benahm. Er hatte lang mit sich gekämpft und zuletzt dankend abgelehnt.

»Ausgeschlossen, Milo. Du wärst nicht glücklich geworden dabei. Denk an das, was du mir gesagt hast.«

»Was denn?«

»›Ich habe nicht Walt Whitman aufgegeben, um mich mit blödem Papierkram zu befassen.‹«

Er lachte leise. »Ja, das stimmt.«

Vor seinem Militärdienst in Vietnam hatte Milo an der Universität von Indiana amerikanische Literatur studiert, sich auf ein Leben als Dozent vorbereitet und gehofft, daß die akademische Welt eine Umgebung war, wo man seine sexuelle Orientierung akzeptierte. Er hatte schon sein M.A.-Diplom in der Tasche – und dann hatte ihn der Krieg zum Polizeibeamten gemacht.

»Stell dir bloß vor«, erinnerte ich ihn, »die endlosen Besprechungen mit Schreibtischhengsten, ohne Kontakt zum wirklichen Leben, mit den Menschen auf der Straße.«

Er hielt eine Hand hoch und tat, als ob er am Erstikken wäre.

»Genug, gleich muß ich kotzen.«

»Es war nur ein bißchen Abneigungstherapie.«

Er bog mit dem Matador in den Parkplatz des Motels ein. Der Himmel hatte sich in der hereinbrechenden Dämmerung verdunkelt, und das Sea-Breeze-Motel profitierte davon, was die Ästhetik betraf. Ohne das helle Sonnenlicht sah es geradezu wohnlich aus.

Das Büro war strahlend hell erleuchtet, und schon von draußen konnte man den iranischen Angestellten sehen, der hinter dem Pult saß und las. Mein Seville stand ziemlich einsam mitten auf dem Asphalt. Der halbleere Swimmingpool kam mir vor wie ein Krater.

Milo hielt an und ließ den Motor laufen.

»Ist dir klar, warum ich aus dieser Sache aussteigen muß?«

»Natürlich. Kein Mord, kein Beamter der Mordkommission.«

»Wahrscheinlich kommen diese Swopes noch einmal her, um den Wagen abzuholen. Ich hab' ihn abschleppen lassen, also müssen sie sich erst bei uns melden, wenn sie ihn wiederhaben wollen. Und selbst wenn sie nicht mehr auftauchen, werden wir wahrscheinlich herausfinden, daß sie gesund und munter zu Hause eingetroffen sind.«

Dann merkte er, was er gesagt hatte, und verzog das Gesicht zu einer Grimasse.

»Scheiße – wo hab' ich meinen Kopf? Der Junge!«

»Vielleicht geht es ihm gut. Kann ja sein, daß sie ihn in ein anderes Krankenhaus gebracht haben.« Es sollte hoffnungsvoll klingen, aber die Erinnerungen – Woodys schmerzverzerrtes Gesicht und der Blutfleck auf dem Teppich des Motelzimmers – waren zu mächtig, als daß ich an ein Happy-End glauben konnte.

»Und wenn er nicht behandelt wird, muß er sterben – ist das richtig?«

Ich nickte.

Er starrte durch die Windschutzscheibe hinaus. »Das ist eine Art von Mord, mit der ich es bisher noch nicht zu tun hatte.«

Raoul hatte das gleiche mit anderen Worten ausgedrückt. Ich sagte es Milo.

»Und dieser Melendez-Lynch will es nicht auf dem amtlichen Weg versuchen?«

»Er wollte ihn umgehen. Aber jetzt kommt es wohl doch dazu.«

Er schüttelte seinen großen Kopf und legte eine Hand

auf meine Schulter. »Ich halte Augen und Ohren offen. Sowie ich etwas höre, lasse ich es dich wissen.«

»Das ist sehr anständig von dir. Und – danke für alles, Milo.«

»Es war nicht der Rede wert. Buchstäblich.« Wir schüttelten uns die Hände. »Sag hallo zu unserer Jungunternehmerin, sobald sie zurück ist.«

»Wird gemacht. Und beste Grüße an Rick.«

Ich stieg aus dem Wagen. Das Licht aus den Scheinwerfern des Matador streifte den Kies, als Milo hinausfuhr auf die Straße. Das gedämpfte Geräusch des Funkgeräts war wie ein fernes Punk-Rock-Konzert, das noch in der Luft hing, als er schon davongefahren war.

Ich selbst fuhr Richtung Norden auf den Sunset Boulevard, wollte von dort zum Beverly Glen abbiegen und nach Hause fahren. Dann fiel mir ein, daß mein Haus leer sein würde. Das Gespräch über Robin hatte ein paar Wunden aufgerissen, und ich wollte nicht allein sein mit meinen Gedanken.

Außerdem wurde mir klar, daß Raoul noch nichts von unseren Ermittlungen im Sea-Breeze-Motel wußte, daher hielt ich die Gelegenheit für günstig, ihn jetzt gleich noch zu informieren.

Er hockte an seinem Schreibtisch und war über handschriftliche Notizen gebeugt, die er für einen wissenschaftlichen Artikel zusammengetragen hatte. Ich klopfte leicht an die offene Tür.

»Alex!« Er stand auf, um mich zu begrüßen. »Wie ist es gegangen? Hast du sie überzeugen können?«

Ich berichtete ihm, was wir vorgefunden hatten.

»O mein Gott!« Er sank auf seinem Sessel zusammen. »Das ist unglaublich. Unglaublich!« Er stieß die Luft aus, preßte sich beide Hände gegen die Schläfen, nahm dann einen Bleistift und rollte ihn auf der Schreibtischplatte hin und her.

»Hat man viel Blut gefunden?«

»Einen Fleck auf dem Teppich, ungefähr zwanzig Zentimeter Durchmesser.«

»Das ist nicht genug für einen Blutsturz«, murmelte er. »Sonst keine Flüssigkeiten? Speichel, Erbrochenes?«

»Ich habe nichts gesehen. Aber der Raum war ein völliges Chaos; also kann ich es nicht behaupten.«

»Ein barbarischer Ritus, kein Zweifel. Ich sagte dir, Alex, es sind Wahnsinnige, diese verdammten Berührer. Ein Kind zu stehlen und dann auf solche Weise Amok zu laufen! Diese Ganzheitstheorie ist nichts weiter als eine Fassade, hinter der sich Anarchie und Nihilismus verbergen.«

Er traf seine Folgerungen in Quantensprüngen, aber ich hatte weder den Wunsch noch die Kraft, ihm zu widersprechen.

»Und die Polizei, was hat die getan?«

»Der Kriminalbeamte, der die Untersuchung geleitet hat, ist mit mir befreundet. Er hat mir einen Gefallen erwiesen, als er die Sache selbst in die Hand nahm. Nach der Familie wurde eine Suchmeldung in Umlauf gegeben, und der Sheriff in La Vista wurde beauftragt, sich nach ihnen umzusehen. Die Ermittlungsbeamten haben sich ausführlich mit dem Motelzimmer befaßt und einen Bericht ausgefertigt. Das ist alles, und mehr war auch nicht möglich, es sei denn, du entschließt dich, die Sache von dir aus weiterzutreiben.«

»Dein Freund – ist er diskret?«

»Sehr.«

»Gut. Wir können uns keine Nebenveranstaltung von seiten der Medien leisten. Hast du jemals mit den Leuten von der Presse gesprochen? Es sind Idioten, Alex, und obendrein Aasgeier! Die blonden Mädchen von den Fernsehstationen sind die Schlimmsten. Blöde, mit aufgesetztem Grinsen, und immer bereit, einem die ungeheuerlichsten Erklärungen zu entlocken. Es vergeht kaum eine Woche, in der nicht einer oder eine von ihnen versucht, mich dahin zu bringen, daß ich ihnen erkläre, eine erfolgreiche Behandlung für Krebskrankheiten stehe direkt vor der Tür. Sie wollen Schnellinformationen, die sofortige Erfüllung all ihrer Vorstellungen. Kannst du dir denken, was die aus einer solchen Sache machen würden?«

Er hatte rasch von tiefer Verzweiflung auf flammenden Zorn umgeschaltet, und jetzt riß ihn die überschüssige Energie aus seinem Sessel. Er ging mit kleinen, nervösen Schritten einmal durch sein Büro, hämmerte die geballte Faust gegen die andere Handfläche, machte einen größeren Bogen, um den Bücher- und Manuskriptstapeln auszuweichen, kam zum Schreibtisch zurück und fluchte auf spanisch.

»Meinst du, ich soll vor Gericht gehen, Alex?«

»Die Frage ist schwer zu beantworten. Du mußt zuvor abwägen und entscheiden, ob es dem Jungen hilft, wenn du damit an die Öffentlichkeit gehst. Hast du so etwas schon einmal durchgespielt?«

»Ja, einmal. Im letzten Jahr hatten wir ein kleines Mädchen bei uns, das Transfusionen brauchte. Die Familie gehörte den Zeugen Jehovas an, und wir mußten erst einen Gerichtsbeschluß herbeiführen, um der Kleinen das Blut übertragen zu können. Aber das war eben doch anders. Die Eltern waren nicht gegen uns. Sie meinten, ihr Glaube würde ihnen nicht gestatten, so etwas zuzulassen, aber wenn sie gezwungen wären, würden sie notfalls gegen ihre Glaubensvorschriften verstoßen. Sie *wollten* ihr Kind retten, Alex, und sie waren glücklich, als wir ihnen die Verantwortung für die Entscheidung abgenommen hatten. Das Kind lebt übrigens und ist bei bester Gesundheit. Der Swope-Junge würde in absehbarer Zeit auch geheilt sein, statt im Hinterzimmer eines ekelhaften Voodoo-Hexers sterben zu müssen.«

Er rammte seine Hand in die Tasche seines weißen Kittels, zog sie mit einer Packung Salzcrackers wieder heraus, riß die Plastikverpackung auf und knabberte die Crackers, bis die Packung leer war. Nachdem er sich die Brösel aus dem Schnurrbart gezupft hatte, fuhr er fort.

»Selbst im Fall Witness haben die Medien daraus ein Spektakel gemacht und behauptet, wir hätten die Familie praktisch zu ihrer Entscheidung gezwungen. Eine der Fernsehstationen schickte uns ein Arschloch her, das als medizinischer Reporter maskiert war und mich interviewen sollte – vermutlich einer von den Kerlen, die einmal Arzt werden wollten und ihre Vorlesungen und Seminare geschwänzt haben. Er hatte einen kleinen Kassettenrecorder bei sich gehabt und mich mit dem Vornamen angeredet, Alex! Als ob wir miteinander Säue gehütet hätten. Ich hab' ihn rausgeschmissen, und er stellte daraufhin mein ›Kein Kommentar‹ so dar, als hätte ich dadurch unsere Schuld eingestanden. Glücklicherweise haben die Eltern auf unseren Rat gehört und sich ebenfalls geweigert, mit den Medien in Kontakt zu treten. Woraufhin die sogenannte *Kontroverse* eines schnellen Todes gestorben ist. Wenn kein Aas vorhanden ist, ziehen die Geier rasch weiter.«

Die Tür, die ins Labor führte, ging auf, und eine junge Frau, die ein Notizbrett in der Hand hatte, kam ins Büro. Sie hatte kurzes hellbraunes Haar, auf Pagenkopf frisiert, runde Augen, die in der Farbe genau ihrem Haar entsprachen, und einen etwas mürrischen Zug um den Mund. Die Hand, mit der sie das Notizbrett hielt, war blaß, die Nägel waren bis zu den Fingerkuppen abgekaut. Sie trug einen Laborkittel, der ihr bis über die Knie reichte, und flache Kreppsohlenschuhe.

Jetzt wandte sie sich an Raoul und sagte: »Da ist etwas, das Sie sehen sollten. Es könnte interessant sein.« Die monotone Stimme strafte die Aussage Lügen.

Raoul stand auf. »Die neue Membran, Helen?«

»Ja.«

»Wundervoll.« Er schaute sie an, als wollte er sie im nächsten Augenblick umarmen, dann plötzlich erinnerte er sich an mich. Er räusperte sich und machte uns miteinander bekannt. »Alex, das ist eine Kollegin von uns, Doktor Helen Holroyd.«

Wir tauschten die üblichen Höflichkeitsfloskeln. Sie näherte sich Raoul und hatte ein besitzergreifendes Funkeln in den hellbraunen Augen. Und er bemühte sich ohne Erfolg, seinen Lausejungenblick zu kaschieren.

Die beiden bemühten sich so sehr, platonisch zu wirken, daß mir zum erstenmal an diesem Tag nach einem Lächeln zumute war. Natürlich schliefen sie miteinander, und natürlich sollte es ein Geheimnis bleiben. Aber ebenso natürlich war es, daß jeder in der Abteilung darüber Bescheid wußte.

»Ich muß weiter«, sagte ich.

»Ja, verstehe. Danke für alles. Vielleicht rufe ich dich an, um die Sache mit der Anzeige zu besprechen. Die Rechnung schickst du bitte an mein Sekretariat.«

Als ich mich umdrehte, fanden sich ihre Blicke, und sie gingen hinein ins Labor, um die Wunder des osmotischen Gleichgewichts zu beobachten.

Auf dem Weg nach draußen machte ich halt in der Cafeteria des Krankenhauses, um eine Tasse Kaffee zu trinken. Es war nach sieben Uhr abends und der Speisesaal nur spärlich besetzt. Ein großer Mexikaner, der ein blaues Haarnetz trug, wischte mit einem Mop den Fußboden. Ein Schwesterntrio lachte und aß Krapfen. Ich gab Milchpulver und Zucker in meinen Kaffee und wollte ihn im Stehen trinken, als ich in den Augenwinkeln eine Bewegung wahrnahm.

Es war Valcroix, und er winkte mir. Ich ging hinüber zu seinem Tisch.

»Wollen Sie sich nicht zu mir setzen?«

»Gut.« Ich nahm meine Tasse und stellte sie auf den Tisch. Auf seinem Tablett standen eine noch halb volle Salatschüssel und zwei Gläser Wasser. Er tunkte mit einer Gabel voll Sojasprossen Salatsoße aus der Schüssel.

Das psychedelische Sporthemd hatte er gegen ein schwarzes T-Shirt mit dem Aufdruck der Grateful Dead vertauscht; der weiße Kittel lag auf dem Stuhl neben ihm. Aus der Nähe bemerkte ich, daß sein Haar oben auf dem Schädel ziemlich schütter wurde. Er hätte eine Rasur nötig gehabt, aber sein Bartwuchs war spärlich und eigentlich nur an der Oberlippe und am Kinn zu erkennen. Das etwas schlaffe Gesicht war von einer heftigen Erkältung gezeichnet; er schniefte mit geröteter Nase und fiebrigen Augen.

»Gibt's was Neues über die Swopes?« fragte er.

Ich war es leid, die Geschichte schon wieder erzählen zu müssen, aber er war schließlich der Arzt des Jungen gewesen und mußte es wissen. Ich gab ihm also eine kurze Schilderung dessen, was geschehen war.

Er hörte mir gelassen zu, und in den Augen hinter den dicken Lidern war keine Emotion zu erkennen. Als ich am Ende war, hustete er und tupfte sich die Nase mit einer Papierserviette ab.

»Ich weiß nicht, warum, aber ich habe das Bedürfnis, Ihnen zu versichern, daß ich daran völlig unschuldig bin«, sagte er.

»Das ist nicht nötig«, erwiderte ich, trank einen Schluck Kaffee und stellte die Tasse rasch wieder weg. Ich hatte vergessen, wie schlecht das Gebräu schmeckte.

Seine Augen richteten sich auf die Unendlichkeit, und einen Moment lang dachte ich, er meditiere oder kehre in eine innere Welt zurück, wie er es während Raouls Schmährede getan hatte. Und ich merkte, daß meine Aufmerksamkeit sich ebenfalls auf die Wanderschaft begeben hatte.

»Ich weiß, daß mich Melendez-Lynch dafür verantwortlich macht«, sagte er schließlich. »Er macht mich für alles verantwortlich, was in der Abteilung schiefgelaufen ist, seit ich dort als Stipendiat arbeite. War er auch schon so, als Sie mit ihm gearbeitet haben?«

»Sagen wir, es hat auch bei mir eine ganze Weile gedauert, bis wir zu einer guten Zusammenarbeit gekommen sind.«

Er nickte ernst, zupfte ein paar Fäden aus dem Büschel von Sojasprossen und kaute sie.

»Warum sind die Swopes Ihrer Meinung nach untergetaucht?« fragte ich ihn.

Er zuckte mit den Schultern. »Keine Ahnung.«

»Hatten Sie nicht etwas näheren Kontakt mit ihnen?«

»Nein. Warum hätte ich mit ihnen einen intensiveren Kontakt haben sollen als die anderen?«

»Ich hatte den Eindruck, daß die Swopes mit Ihnen relativ gut zurechtgekommen sind.«

»Wer hat Ihnen das gesagt?«

»Raoul hat es angedeutet.«

»Er würde eine gute Beziehung nicht einmal merken, wenn sie ihn in den Hintern beißt.«

»Er fand, daß Sie besonders mit der Mutter ein gutes Verhältnis entwickelt hätten.«

Seine Hände waren rosig geschrubbt. Sie umklammerten die Salatgabel.

»Ich war Krankenpfleger, bevor ich Arzt wurde«, sagte er.

»Interessant.«

»Finden Sie?«

»Die Schwestern und die Krankenpfleger jammern immer über ihre untergeordnete Stellung und die schlechte Bezahlung und drohen damit, aufzuhören und Medizin zu studieren. Sie sind der erste, den ich kenne und der es tatsächlich geschafft hat.«

»Die Schwestern meckern, weil sie im Leben den kürzeren gezogen haben. Aber man kann auch ganz unten an der Leiter Einblicke gewinnen. Zum Beispiel, wie wertvoll es ist, wenn man mit den Patienten und ihren Familien redet. Ich habe das als Krankenpfleger stets getan, aber jetzt, als Doktor, hält man mich deshalb für einen Abweichler. Und das Tragische daran: es ist sogar so abweichlerisch, daß man es nicht übersieht. Aber ein gutes Verhältnis? Nein, wirklich nicht. Ich kannte die Familie kaum. Sicher hab' ich mit der Mutter gesprochen. Schließlich habe ich ihren Sohn tagtäglich mit Nadeln gestochen, habe sein Rückenmark punktiert und ihm das Mark herausgesogen. Wir hätte ich da nicht mit ihr sprechen sollen?«

Er schaute in seine Salatschlüssel.

»Melendez-Lynch hat dafür kein Verständnis, ich meine, daß ich mich wie ein menschliches Wesen fühle und nicht wie ein Technokrat im weißen Mantel. Er hat sich nicht einen Moment lang bemüht, die Swopes kennenzulernen, aber er käme nie auf die Idee, daß vielleicht gerade sein Hochmut eine entscheidende Rolle spielte, als sie sich entschlossen, die Behandlung des Jungen abzubrechen. Ich dagegen habe mich exponiert, also bin ich der Sündenbock.« Er schniefte, wischte sich die Nase und trank eines der Gläser mit Wasser aus. »Aber was nützt es jetzt noch, die Sache zu analysieren? Die Leute sind weg.«

Ich erinnerte mich an Milos Bemerkung über den zurückgelassenen Wagen.

»Vielleicht kommen sie wieder«, sagte ich.

»Mann, ich bitte Sie! Die haben doch das Gefühl, daß sie in die Freiheit entkommen sind. Ausgeschlossen – die kehren nicht zurück.«

»Die Freiheit wird ihnen bald bitter schmecken, wenn die Krankheit des Jungen außer Kontrolle gerät.«

»Tatsache ist, sie haben alles hier gehaßt. Die Geräusche, den Geruch, das Fehlen einer Privatsphäre, selbst die Sterilität. Sie haben schon in den Strömungskammern gearbeitet, hörte ich?«

»Drei Jahre.«

»Dann wissen Sie, was die Kinder dort zu essen bekommen: lauter behandeltes Zeug, überkocht und ungenießbar.«

Es stimmte. Für einen Patienten mit nicht normal funktionierenden Immunreaktionen war frisches Obst oder Gemüse ein potentieller Überträger tödlicher Mikroben, war ein Glas Milch eine Brutflüssigkeit für den Lactobazillus. Dementsprechend wurde alles, was die Kinder in den Plastikkabinen zu essen und zu trinken bekamen, erst einmal chemisch behandelt, dann erhitzt und sterilisiert, nicht selten bis zu dem Punkt, wo keine biologischen Nährstoffe mehr vorhanden waren.

»*Wir* begreifen die Notwendigkeit«, sagte er, »aber die Eltern haben Schwierigkeit, zu verstehen, warum dieses todkranke Kind nicht wenigstens Cola trinken und Kartoffelchips futtern darf, soviel es will. Das geht ihnen gegen den Strich.«

»Ich weiß«, sagte ich. »Aber die meisten begreifen es dann doch, weil man ihnen klarmacht, daß es sich um eine Frage von Leben oder Tod für ihr Kind handelt. Warum haben die Swopes das nicht kapiert?«

»Es sind einfache Leute vom Land. Sie kommen aus einer Gegend, wo die Luft noch rein ist und wo man seine eigene Nahrung produziert. Für sie ist die Stadt ein gefährlicher, vergifteter Ort. Der Vater hat ständig gemeckert, wie schlecht die Luft hier sei. ›Ihr atmet doch nichts als Müll‹, hat er mir gesagt, sooft er mich sah. Er hielt es mit der frischen Luft und der natürlichen Nahrung. ›Wie gesund ist es da doch bei uns zu Hause‹, war seine ständige Redewendung.«

»Aber es war offenbar doch nicht so gesund«, sagte ich.

»Nein, nicht gesund genug. Ist das nicht ein Frontalangriff auf das gesamte Glaubenssystem dieses Mannes?« Er schaute mich traurig an. »Gibt es keinen Begriff in der Psychologie für den Zustand, wenn einem eine ganze Welt zusammenbricht?«

»Kognitive Dissonanz.«

»Meinetwegen. Sagen Sie mir«, er beugte sich vor, »was tun die Menschen, wenn sie in einen solchen Zustand geraten sind?«

»Manchmal ändern sie ihre Weltsicht, und manchmal verbiegen sie die Realität so, daß sie ihren Glaubenssätzen entspricht.«

Er lehnte sich zurück, fuhr sich mit den Fingern durchs Haar und lächelte.

»Muß ich mehr dazu sagen?«

Ich schüttelte den Kopf und versuchte es noch einmal mit dem Kaffee. Er war kälter, aber keineswegs besser geworden.

»Ich habe immer nur etwas über den Vater gehört«, sagte ich dann. »Die Mutter scheint so etwas wie sein Schatten zu sein.«

»Weit gefehlt! Wenn überhaupt, ist sie die härtere von den beiden. Aber sie ist ein stiller, zurückhaltender Mensch. Sie ließ ihn daherschwadronieren, während sie bei Woody blieb und das tat, was getan werden mußte.«

»Könnte sie der Beweggrund gewesen sein, daß die ganze Familie plötzlich verschwunden ist?«

»Ich weiß es nicht«, sagte er. »Ich will damit nur sagen, daß sie eine starke Frau ist, kein willenloses Anhängsel.«

»Und die Schwester? Beverly meinte, daß zwischen ihr und ihren Eltern von Liebe keine Rede sein konnte.«

»Das kann ich nicht beurteilen. Sie war selten hier, und wenn, dann hat sie sich vor uns allen abgekapselt.«

Er wischte sich wieder die Nase und stand auf.

»Ich mag diesen ganzen Klatsch nicht«, sagte er. »Hab' schon zuviel darüber geredet.«

Dann nahm er seinen weißen Mantel, warf ihn sich über die Schulter, drehte sich um und ließ mich sitzen. Ich schaute ihm nach, wie er davonging und dabei die Lippen bewegte, als spreche er ein stummes Gebet.

Es war schon nach acht, als ich den Beverly Glen erreichte. Mein Haus liegt auf dem höchsten Punkt eines alten Saumpfads, den die Stadt glücklicherweise vergessen hat. Es gibt keine Straßenlaternen, und die Zufahrt windet sich in wilden Serpentinen von der Sohle des engen Tals nach oben, aber da ich jede Kurve auswendig kannte, fuhr ich wie im Schlaf nach Hause. Im Briefkasten lag ein Liebesbrief von Robin. Ich wurde richtig *high* davon, aber nachdem ich ihn zum viertenmal gelesen hatte, setzte bei mir ein Gefühl dumpfer Trauer ein.

Es war zu spät, um die Koi zu füttern, also nahm ich ein heißes Bad, frottierte mich ab, zog meinen verschlissenen gelben Bademantel an und ging mit einem Glas Cognac in die kleine Bibliothek neben dem Schlafzimmer. Dort schrieb ist zwei längst überfällige Gerichtsgutachten zu Ende, machte es mir dann in einem alten Sessel bequem und schaute den Stapel von Büchern durch, die zu lesen ich mir vorgenommen hatte.

Das erste, was ich in die Finger bekam, war eine Sammlung von Diane-Arbus-Fotografien, aber die gnadenlosen Porträts von zwergwüchsigen, verkrüppelten und verkommenen Menschen stimmte mich noch deprimierter. Die beiden nächsten Bücher waren auch nicht dazu angetan, mich aufzumuntern, also nahm ich meine Gitarre, schaute hinauf zu den Sternen und zwang mich dazu, nur in Dur-Tonarten zu spielen.

10

Als ich am nächsten Morgen auf die Terrasse hinausging, um die Zeitung zu holen, sah ich etwas vor meiner Tür liegen: wie eine übergroße Schnecke und stark aufgedunsen.

Es war eine tote Ratte. Um den Hals hatte man ihr einen Hanfstrick gebunden. Die leblosen Augen waren offen, das Fell verklebt und fettig. Die erschreckend menschlichen Vorderpfoten waren in einer bittenden Geste erstarrt. Aus der halboffenen Schnauze ragten die maisgelben Nagezähne.

Unter dem steifen Tierkörper lag ein Stück Papier. Ich benützte die *Los Angeles Times*, um den toten Nager wegzuschubsen. Er klebte, rutschte dann wie ein Puck an den Rand der Terrasse.

Es war wie aus einem alten Gangsterfilm: die Buchstaben aus einer Illustrierten ausgeschnitten und zusammengeklebt. DAS IST FÜR DICH GELDGIERIGEN SCHÄDELSCHRUMPFER.

Ich wäre ohnehin daraufgekommen, aber damit war mir alles klar.

Ich opferte den Anzeigenteil, wickelte die Ratte darin ein und trug sie hinunter zur Mülltonne. Dann ging ich ins Haus und ans Telefon.

Mal Worthys Sekretärin hatte eine Sekretärin, und ich mußte mich bei beiden durchsetzen, um zu ihm selbst durchzukommen.

Bevor ich ein Wort sagen konnte, erklärte er: »Ich weiß. Ich hab' auch eine bekommen. Welche Farbe hatte deine?«

»Bräunlich-grau, mit einem Strick um den dünnen, kleinen Hals.«

»Da kannst du noch von Glück reden. Die meine kam

geköpft an, in einer Schachtel. Beinahe hätte ich deshalb eines meiner Postmädchen verloren. Sie wäscht sich noch immer die Hände.«

Er versuchte, mit gespielter Fröhlichkeit darüber hinwegzugehen, aber seine Stimme klang alles andere als fröhlich.

»Ich habe gleich gewußt, daß der Kerl verrückt ist«, sagte er.

»Woher weiß er, wo wir wohnen?«

»Steht deine Adresse nicht auf dem Resümee?«

»Ach, Scheiße. Und was hat seine Frau bekommen?«

»Nichts. Ergibt das irgendeinen Sinn?«

»Aussichtslos, bei dem Kerl nach einem Sinn zu suchen. Was können wir tun?«

»Ich habe bereits einen Gerichtsbeschluß beantragt, der ihm untersagt, sich einem von uns mehr als tausend Meter zu näher. Aber um ehrlich zu sein, es gibt nichts, was ihn ernstlich daran hindern könnte. Wenn er dabei erwischt wird, ist das etwas anderes, doch darauf wollen wir es gar nicht erst ankommen lassen, oder?«

»Das klingt nicht sehr beruhigend, Malcolm.«

»Das ist die Demokratie, mein Freund.« Er hielt inne. »Nimmst du unser Gespräch auf Band auf?«

»Natürlich nicht.«

»War nur eine Frage. Es gibt noch eine Möglichkeit, aber sie wäre zu riskant, bevor die Vermögensverhältnisse geklärt sind.«

»Was ist das für eine Möglichkeit?«

»Für fünfhundert Dollar kann ich ihn so zusammenschlagen lassen, daß er nicht mehr pissen kann, ohne vor Schmerzen laut zu schreien.«

»Aha, die Demokratie.«

Er lachte.

»Die freie Marktwirtschaft. Geld gegen Dienstleistung. Nun ja, es ist nur die letzte Möglichkeit. Wenn sonst nichts hinhaut.«

»Ich an deiner Stelle würde sie nicht in Betracht ziehen, Mal.«

»Immer mit der Ruhe, Alex. Es ist bisher alles reine Theorie.«

»Und was ist mit der Polizei?«

»Die kannst du vergessen. Wir können schließlich nicht beweisen, daß er es gewesen ist. Ich meine, wir wissen es natürlich, aber es gibt keinen Beweis, oder? Und man wird die Ratte nicht auf Fingerabdrücke untersuchen, da es immerhin kein Verbrechen ist, seinen Lieben Nagetiere ins Haus zu schicken.« Er lachte. »Vielleicht könnten wir den Tierschutzverein ins Spiel bringen. Die erteilen ihm bestimmt eine strenge Lektion. Außerdem ist der Text keine Drohung. *Das ist für dich Scheiss-Rechtsverdreher* reicht daher nicht aus, wie ich fürchte – die Polizei sieht uns Anwälte nicht wesentlich anders. Ich könnte Anzeige erstatten und einen Bericht schreiben für die Akten, aber glaube nicht, daß die blauen Jungs uns helfen werden.«

»Ich kenne jemanden bei der Polizei.«

»Politessen haben nicht besonders viel Einfluß, mein Lieber.«

»Und Kriminalbeamte?«

»Das ist etwas anderes. Ruf ihn an. Wenn ich mit ihm reden soll, tu' ich das gern.«

»Ich werde sehen, was sich machen läßt.«

»Fabelhaft. Halte mich auf dem laufenden. Und, Alex – tut mir leid, daß du meinetwegen diesen Ärger hast.« Er schien es eilig zu haben, das Gespräch zu beenden. Bei einem Honorar von dreieinhalb Dollar pro Minute durfte man keine Zeit verschwenden.

»Nur noch eins, Mal.«

»Ja, was?«

»Ruf die Richterin an. Wenn sie bisher noch kein Carepaket bekommen hat, solltest du sie schonend darauf vorbereiten.«

»Ich habe schon ihren Justizbeamten angerufen. Das bringt uns sicher ein paar Pluspunkte bei ihr ein.«

»Beschreibe mir dieses Arschloch so genau wie möglich«, sagte Milo.

»In etwa meine Größe. Knapp einsachtzig. Grobknochig, muskulös. Längliches Gesicht, rötlicher Teint wie bei Bauarbeitern üblich, eingeschlagene Nase, kräftige Kieferknochen. Trägt indianischen Schmuck: zwei Ringe, an jeder Hand einen. Ein Skorpion und eine Schlange. Tätowierungen am linken Arm. Schlecht angezogen.«

»Augenfarbe?«

»Braun. Blutunterlaufen. Starker Trinker. Braunes Haar, nach hinten gekämmt, mit Brillantine, wie früher die Teenager.«

»Hört sich nach einem ziemlich miesen Kerl an.«

»Stimmt.«

»Und dieses Bedabye-Motel, in dem er wohnt?«

»Das war vor zwei Tagen. Ich würde sagen, er haust jetzt in seinem Kastenwagen.«

»Ich kenne zwei Burschen vom Revier in Foothill. Wenn ich einen von ihnen dazu bringen kann, daß er sich mit diesem Moody unterhält, sind deine Probleme beendet. Der Kerl heißt Fordebrand, und er hat den übelsten Atem, den du je gerochen hast. Fünf Minuten Auge in Auge mit ihm, und dieses Arschloch ist bereit, alles zu bereuen, was es je getan hat.«

Ich lachte, war aber nicht mit dem Herzen dabei.

»Das ist dir nahegegangen, was?«

»Ich hatte schon bessere Vormittage.«

»Wenn du dich bedroht fühlst und bei mir übernachten willst – bitte sehr.«

»Danke, aber ich habe keine Angst.«

»Ruf mich an, falls du dich doch noch anders entscheidest. Und paß gut auf dich auf. Vielleicht ist er nicht nur ein Arschloch, sondern auch ein raffinierter Kerl – aber ich brauch' dir nichts zu sagen über Irre. Trotzdem, halt die Augen offen, Kumpel.«

Ich beschäftigte mich den Tag über mit profanen Dingen und wirkte äußerlich entspannt. Aber ich befand mich in einem Zustand, den ich als meine innere Karatestellung bezeichne: ein erhöhter Bewußtseinspegel, der durch ständige Wachsamkeit gekennzeichnet ist. Die Sinne sind sehr scharf eingestellt, bis zu einem Punkt, der nicht weit von Verfolgungswahn entfernt ist; in diesem Zustand ist es völlig normal, wenn man sich in kurzen Abständen umdreht oder immer wieder über die Schulter nach hinten schaut.

Um diese Wachsamkeit zu erhalten, vermeide ich Alkohol und schweres Essen, mache Lockerungsübungen und praktiziere *katas* – Karatebewegungen – bis zur Erschöpfung. Dann entspanne ich mich eine halbe Stunde lang mit Selbsthypnose und wecke mit Autosuggestion sämtliche Wahrnehmungsorgane.

Das habe ich von meinem Lehrer in der hohen Kunst der Selbstverteidigung gelernt, einem tschechischen Juden namens Jaroslav, der diese selbsterhaltenden Tricks auf der Flucht vor den Nazis entwickelt hatte. Ich ließ mich in der ersten Woche nach der Casa-de-los-Ninos-Affäre von ihm beraten, als mich die Drähte in meinem Kiefer hilflos machten und Alpträume zu meinen häufigsten Besuchern zählten. Die Diät, die er mir verpaßte, half mir, die Dinge dort zu flicken, wo es am nötigsten war: in meinem Kopf.

Und jetzt sagte ich mir, daß ich bereit war für alles, was sich ein Richard Moody für mich ausgedacht haben mochte.

Ich wollte mich gerade zum Abendessen in einem Restaurant ankleiden, als sich mein Auftragsdienst meldete.

»Guten Abend, Doktor D., hier spricht Kathy.«

»Hallo, Kathy.«

»Tut mir leid, Sie zu stören, aber ich habe eine Beverly Lucas an der Strippe. Sie meint, es sei sehr wichtig.«

»Stellen Sie durch, bitte.«

»Okay. Und noch einen netten Abend, Doc.«

»Ihnen auch.«

Das Telefon zischte und knackte, als sie umschaltete.

»Bev?«

»Alex? Ich muß mit Ihnen sprechen.«

Im Hintergrund war laute Musik zu hören – ein Schlagzeug-Synthesizer, kreischende Gitarren und ein laut stampfender Baß. Ich konnte sie kaum verstehen.

»Was gibt's?«

»Kann hier nicht sprechen – benütze den Apparat an der Bar. Haben Sie etwas vor?«

»Nein. Von wo sprechen Sie?«

»Vom Unicorn. Das ist in Westwood. Bitte, ich muß mit Ihnen reden.«

Es hörte sich an, als ob sie sehr nervös wäre, aber bei dem lauten Hintergrund war es nicht mit Sicherheit festzustellen. Ich kannte das Lokal, eine Kombination aus Bistro und Diskothek (Bisko?), vorwiegend für Singles aus den oberen Schubladen. Einmal hatten Robin und ich nach dem Kino auf einen Bissen dort vorbeigeschaut, waren aber gleich wieder gegangen, weil wir das Ambiente als zu eindeutig und aufreißerisch empfunden hatten.

»Ich wollte gerade zum Abendessen fahren«, sagte ich. »Können wir uns irgendwo treffen?«

»Wie wär's gleich hier? Ich lasse meinen Namen auf die Liste der Tischbestellungen setzen, dann ist es vermutlich gerade so weit, wenn Sie hier sind.«

Ein Abendessen im Unicorn war keine sonderlich verlockende Aussicht – der Geräuschpegel war dazu geeignet, die Verdauungssäfte zum Versiegen zu bringen –, aber ich versprach ihr, in einer Viertelstunde dort zu sein.

Der Verkehr im Village war ziemlich dicht, daher kam ich mindestens zwanzig Minuten zu spät. Das Unicorn war ein Paradies des Narzißmus: Jede glatte Fläche, vom Boden abgesehen, war mit Spiegeln bepflastert. Farne hingen in Ampeln von der Decke, dazwischen ein Dutzend nachgemachte Tiffany-Lampen, außerdem hatte man hier und da etwas Messing und Holz angebracht, aber die Spiegel dominierten.

Auf der rechten Seite war ein kleines Restaurant, zwanzig Tische, mit papageiengrünem Damast gedeckt; auf der linken befand sich hinter einer Glasscheibe die Disko, wo Paare und Einzelpersonen zu einer Live-Band tanzten. Die Glasscheiben vibrierten. Dazwischen befand sich der Barraum. Und selbst die Theke war mit Spiegel verglast; der untere Teil spiegelte modisches Schuhwerk wider.

In der Bar war es schummerig und voll. Ich zwängte mich durch die Menge, war von verdreifachten und vervierfachten lachenden Gesichtern umgeben und konnte kaum noch sagen, was Wirklichkeit und was Illusion war. Ein vergnügtes Irrenhaus.

Sie saß an der Bar neben einem breitschultrigen Kerl, der ein enganliegendes Turnhemd trug. Er beschäftigte sich wechselweise damit, Bev anzumachen, Bier zu trinken und die Menge nach anderen aussichtsreicheren Objekten durchzukämmen. Sie nickte ihm von Zeit zu Zeit zu, war aber offenbar mit den Gedanken woanders.

Ich bahnte mir mit den Ellbogen einen Weg zu ihr. Sie starrte auf ein hohes Glas mit einer schaumigen, rosafarbenen Flüssigkeit, viel kandierten Früchten und einem Papierschirm. Mit der einen Hand drehte sie den Schirm.

»Alex.« Sie trug ein zitronenfarbenes Danskin-Oberteil und dazu passende Jogging-Shorts aus Satin. Von den Knöcheln bis zum Knie reichten ihre gelb und weiß gestreiften Beinwärmer, die farblich mit den Laufschuhen abgestimmt waren. Und sie hatte viel Make-up und viel Schmuck an sich; bei der Arbeit war sie mit beidem eher zurückhaltend. Ein glitzerndes Schweißband hielt das Haar aus der Stirn. »Danke, daß Sie gekommen sind.« Sie beugte sich herüber und küßte mich auf den Mund. Ihre Lippen waren warm. Der Mann mit dem Turnhemd stand auf und ging.

»Der Tisch ist bestimmt schon bereit«, sagte sie.

»Sehen wir nach.« Ich nahm ihren Arm, und wir zwängten uns durch die Wogen von Fleisch. Eine Menge männlicher Augenpaare folgten ihr mit den Blicken, doch sie schien es nicht zu bemerken.

Es gab ein wenig Verwirrung, weil sie beim Geschäftsführer unter dem Namen ›Luke‹ reserviert hatte, ohne es mir mitzuteilen, aber wir klärten gemeinsam die Angelegenheit und wurden dann an einen Ecktisch plaziert, unter einem riesigen Efeubusch.

»Verdammt«, sagte sie. »Jetzt hab' ich meinen Drink an der Bar stehenlassen.«

»Wie wär's mit einer Tasse Kaffee?«

Sie verzog das Gesicht.

»Glauben Sie, ich bin betrunken, oder was?«

Sie redete klar und deutlich und bewegte sich normal. Nur die Augen verrieten sie, wenn sie sich in rascher Folge auf nahe und ferne Objekte einstellten.

Ich lächelte und zuckte mit den Schultern.

»Sie gehen lieber auf Nummer Sicher, was?« Jetzt lachte sie.

Ich winkte dem Kellner und bestellte Kaffee für mich. Sie ließ sich ein Glas Weißwein bringen. Es schien ihr nichts auszumachen. Sie hielt sich, wie das nur Gewohnheitstrinker können.

Eine Weile danach kam der Kellner wieder an unseren Tisch. Beverly bat mich, als erster zu bestellen, während sie sich noch mit der Speisekarte befaßte. Ich blieb bei einfachen Dingen, wählte einen kleinen Spinatblattsalat und gedünstetes Huhn, weil es in solchen ›In‹-Lokalen meist miserables Essen gibt und ich etwas haben wollte, was eigentlich nicht falsch zubereitet werden konnte.

Sie studierte die Speisekarte, als ob es sich um ein Lehrbuch handelte, dann blickte sie mich strahlend an.

»Ich nehme Artischocke«, sagte sie zu dem Kellner.

»Warm oder kalt, Ma'am?«

»Äh – kalt.«

Der Kellner notierte es und schaute sie erwartungsvoll an. Als sie nichts sagte, fragte er, ob das alles sei.

»Mhm.«

Er ging kopfschüttelnd davon.

»Ich esse oft Artischocken, weil man beim Laufen Natrium verliert und Artischocken viel Natrium enthalten.«

»Aha.«

»Und als Dessert nehme ich etwas mit Bananen, weil Bananen einen hohen Anteil an Kalium haben. Wenn man viel Natrium zu sich nimmt, muß man zum Ausgleich auch Kalium nehmen.«

Ich hatte sie immer für eine vernünftige junge Lady gehalten, die vielleicht etwas zu hart mit sich selbst war und zu sehr dem Asketentum zuneigte. Die beschwipste Puppe, die mir gegenüber am Tisch saß, war mir fremd.

Sie sprach übers Marathonlaufen, bis das Essen kam. Als die Artischocke vor ihr stand, starrte sie sie an und begann dann geziert an den Blättern zu zupfen.

Mein Essen war ungenießbar – der Salat sandig, das Huhn ausgetrocknet. Ich spielte damit, um es nicht essen zu müssen.

Als sie die Artischocke entblättert und verputzt hatte

und sich dabei etwas beruhigt zu haben schien, fragte ich sie, worüber sie so dringend mit mir sprechen wollte.

»Das ist sehr schwierig, Alex.«

»Sie brauchen es mir nicht zu sagen, wenn Sie nicht wollen.«

»Ich komme mir vor wie – wie eine Verräterin.«

»Gegenüber wem?«

»Scheiße.« Sie wich meinem Blick aus. »Wahrscheinlich ist es nicht einmal wichtig, und ich verbrenne mir wegen nichts und wieder nichts den Mund, aber ich muß immer an Woody denken und frage mich, wie lange es dauern wird, bis sich die Metastasen festsetzen – wenn es nicht schon so weit ist –, und ich will etwas dagegen tun und mich nicht mehr so hilflos fühlen.«

Ich nickte und wartete. Sie gab sich einen Ruck.

»Augie Valcroix kennt die zwei Leute von der Sekte, die die Swopes besucht haben«, sagte sie.

»Woher wissen Sie das?«

»Ich habe gesehen, wie er mit ihnen geredet hat, sie bei ihren Namen nannte, und ich habe ihn später gefragt. Er sagte, er hätte sie einmal besucht und fände es dort sehr schön. So friedlich.«

»Hat er gesagt, warum er sie besucht hat?«

»Ja, weil er sich für alternative Lebensmöglichkeiten interessiert. Ich weiß, daß das stimmt, denn er hat mir früher schon von anderen Gruppen erzählt, die er besuchte: die Scientologen die Lifespring-Leute und eine Buddhistengruppe in Santa Barbara. Er ist Kanadier, wissen Sie, und er hält das Leben hier in Kalifornien für faszinierend.«

»Glauben Sie, daß es zwischen ihm und diesen Berührungs-Leuten eine Art Absprache gibt?«

»Nein. Aber sie haben sich gekannt.«

»Sie sagten, er hätte ihre Namen genannt. Erinnern Sie sich auch an die Namen?«

»Den Mann hat er Gary oder Barry genannt. Den Namen der Frau habe ich nicht mitbekommen. Sie glauben doch nicht, daß das eine Verschwörung war, oder?«

»Wer weiß?«

Sie wand sich, als ob ihre Kleidung zu eng wäre, winkte dem Kellner und bestellte dann einen Bananenlikör. Als er serviert war, nippte sie daran und tat so, als wäre sie völlig entspannt, aber in Wirklichkeit fühlte sie sich unbehaglich und war offensichtlich wieder sehr nervös.

Sie stellte das Glas ab und zeigte eine verschwörerische Miene.

»Gibt es sonst noch etwas, Bev?«

Sie nickte, und es schien ihr peinlich zu sein. Als sie sprach, war ihre Stimme kaum mehr als ein Flüstern.

»Das gehört wahrscheinlich noch weniger zur Sache, aber wenn ich schon am Plappern bin, kann ich auch gleich alles ausspucken. Augie und Nona Swope hatten etwas miteinander. Ich weiß nicht genau, wann es angefangen hat, aber es kann nicht allzu lange her sein. Die Familie ist ja erst vor zwei Wochen in die Stadt gekommen.« Sie zupfte an ihrer Serviette. »Mein Gott, fühle ich mich gemein. Wenn es nicht für den kleinen Woody wäre, hätte ich niemals den Mund aufgemacht.«

»Das weiß ich doch.«

»Ich wollte es schon Ihrem Freund, dem Polizisten sagen, heute vormittag im Motel – er war wirklich sehr nett –, aber ich habe es einfach nicht herausgebracht. Danach habe ich immer wieder darüber nachgedacht, und ich bin es nicht mehr losgeworden. Ich meine, was wäre, wenn es Ihnen vielleicht doch helfen würde, den kleinen Jungen zu finden, und ich aus irgendwelchen Rücksichten schwiege? Aber natürlich wollte ich nicht zur Polizei gehen. Ich dachte, wenn ich es Ihnen sage – Sie wissen, was Sie damit machen müssen.«

»Sie haben völlig richtig gehandelt.«

»Ich wollte, das richtige Handeln würde kein so schlechtes Gewissen bei mir hinterlassen.« Ihre Stimme brach. »Ich wollte, ich könnte sicher sein, daß das, was ich Ihnen sagte, wenigstens Woody hilft.«

»Ich kann nichts weiter tun, als es an Milo weitergeben. Derzeit ist er noch nicht einmal sicher, ob überhaupt ein Verbrechen begangen worden ist. Der einzige, der daran keinen Augenblick lang zweifelt, ist Raoul.«

»Raoul ist sich seiner Sache immer hundertprozentig sicher«, sagte sie wütend. »Und immer bereit, einem anderen im Handumdrehen die Schuld zu geben. Er macht das bei uns allen so, aber Augie ist sein Lieblingssündenbock, seit er bei uns arbeitet.«

Sie grub die Fingernägel der einen Hand in die Fläche der anderen. »Und jetzt habe ich es noch schlimmer gemacht für ihn.«

»Nicht unbedingt. Milo unternimmt vielleicht gar nichts, oder er entscheidet sich, selbst mit Valcroix zu reden. Aber es ihm völlig egal, was Raoul denkt. Nein, nein, da wird keiner überfahren, Bev, keine Sorge.«

Das war magerer Balsam für ihr schlechtes Gewissen.

»Trotzdem, ich komme mir wie eine Verräterin vor. Augie ist mein Freund.«

»Betrachten Sie es doch so: Wenn die Tatsache, daß Valcroix mit Nona schläft, bei unserem Problem eine Rolle spielt, haben sie es gut gemacht. Wenn nicht, kann er doch wohl ein paar Fragen beantworten. Schließlich ist der Kerl ja nicht völlig schuldlos.«

»Wie meinen Sie das?«

»Nun, nach dem, was ich hörte, ist es bei ihm zur Gewohnheit geworden, mit den Angehörigen seiner Patienten zu schlafen. Früher war es mal eine Mutter, jetzt ist es eine Schwester. Das verstößt zumindest gegen den ärztlichen Ehrenkodex.«

»Hören Sie, was Sie da sagen, klingt furchtbar selbstgerecht«, fuhr sie mich mit hochrotem Gesicht an, »so verdammt anmaßend – wie ein göttliches Strafgericht.«

Ich wollte etwas antworten, doch bevor ich recht

merkte, was geschah, war sie aufgestanden, hatte ihre Handtasche gepackt und lief aus dem Restaurant.

Ich nahm meine Brieftasche heraus, warf einen Zwanzigdollarschein auf den Tisch und folgte ihr.

Halb lief sie, halb ging sie auf dem Westwood Boulevard in nördliche Richtung, schwang dabei die Arme wie ein Rekrut und warf sich in den Lärm und das Durcheinander des Villages bei Nacht.

Ich rannte ihr hinterher, holte sie ein und packte sie am Arm.

»Was, zum Teufel, soll das bedeuten, Bev?«

Sie gab keine Antwort, ließ mich aber neben ihr gehen. Das Village erinnerte an diesem Abend mehr als sonst an einen Fellini-Film: müllübersäte Gehsteige, Straßenmusikanten, College-Studenten mit grimmigen Gesichtern, kreischende Scharen von Schülern in übergroßen Kleidungsstücken mit den dazugehörigen teuren Löchern, Radfahrer mit leeren Augen, glotzende Touristen aus den Vorstädten und alle Arten von Herumtreibern.

Wir gingen schweigend bis zum Südrand des Geländes der Universität von Kalifornien in Los Angeles, der UCLA. Jenseits der Mauer erstarben das Pandämonium und das helle Licht; an seine Stelle traten die Schatten der Bäume zwischen den vereinzelten Straßenlampen und eine so tiefe Stille, daß es geradezu erschreckte. Bis auf den einen oder anderen Wagen, der an uns vorbeifuhr, waren wir allein.

Als wir hundert Meter weit durch das Universitätsgelände gegangen waren, brachte ich Beverly dazu, daß sie stehenblieb. Wir setzten uns auf eine Bank neben einer Bushaltestelle. Die Zubringerbusse hatten den Betrieb über Nacht eingestellt, die Beleuchtung der Haltestellen war ausgeschaltet. Beverly wandte sich ab und begrub das Gesicht in den Händen.

»Bev ...«

»Ich muß den Verstand verloren haben«, murmelte sie. »Einfach so davonzulaufen.«

Ich versuchte, meinen Arm um ihre Schulter zu legen, aber sie wich zurück.

»Nein, macht nichts. Es geht mir gut. Ich möchte es jetzt loswerden, ein für allemal.«

Sie atmete tief ein und bereitete sich auf ein schmerzliches Geständnis vor.

»Augie und ich, wir – wir sind miteinander gegangen. Es hat angefangen, kurz nachdem er zu uns ins Western Pediatric gekommen war. Er war für mich so ganz anders als die Männer, die ich bis dahin kennengelernt hatte. So gefühlvoll, und auch irgendwie abenteuerlich. Ich dachte, es sei eine ernsthafte Sache. Ja, ich habe mir den Luxus einer echten, romantischen Affäre gegönnt, und es ist schiefgelaufen. Als Sie vorhin davon gesprochen haben, daß er mit den Angehörigen der Patienten schläft, ist das alles zurückgekommen bei mir. All der Dreck. Ich war blöd, Alex, denn er hat mir nie irgend etwas versprochen und so, hat mich auch nie belogen und so getan, als ob er anders wäre, als er ist. Nein, das ist alles von mir ausgegangen. Ich habe ihn als eine Art edlen Ritter gesehen. Vielleicht sind wir uns gerade deshalb in einem Augenblick begegnet, wo ich bereit war, alles zu glauben – ich weiß es nicht. Wir haben ungefähr sechs Monate lang regelmäßig miteinander geschlafen. Aber zwischendurch hat er es mit jeder Frau getrieben, die dazu bereit war, mit Schwestern, Ärztinnen und mit Müttern von Patienten. Ich kann mir vorstellen, was Sie denken. Er ist ein unmoralischer Schweinehund. Und ich weiß nicht, ob ich Sie davon überzeugen kann, aber er ist kein schlechter Mensch, höchstens ein bißchen schwach. Er war immer liebevoll und zärtlich. Und ehrlich. Als ich ihm die Geschichten vorwarf, die ich über ihn gehört hätte, sagte er: Klar, ich empfange viel Freude und versuche, mich zu revanchieren. Und er meinte, er wüßte nicht, was daran schlecht sein wollte, bei all den Schmerzen und dem Leid, das wir tagtäglich erleben. Er war so überzeugend, daß ich ihn selbst dann nicht aufgegeben habe. Ich brauchte sehr lange, um wieder vernünftig zu werden. Und ich dachte schon, ich sei darüber weggekommen, als ich ihn vor einer Woche mit Nona gesehen habe. Ich hatte eine Verabredung mit einem Bekannten – eine unbedeutende Besprechung mit einem unbedeutenden Typ –, in einem kleinen mexikanischen Restaurant nicht weit vom Krankenhaus. Die zwei saßen in der hintersten Ecke, in einer schummerigen kleinen Nische; ich konnte sie kaum sehen. Und sie sind geradezu übereinander hergefallen, haben Margaritas getrunken und gelacht, und ihre Zungen lieferten sich ein Duell, du meine Güte! Wie zwei Reptile.«

Sie hielt inne, holte tief Luft.

»Es hat sehr weh getan, Alex. Nona war so selbstsicher, so schön. Die Eifersucht ist mir ins Herz gefahren wie ein Messer. Nie zuvor habe ich solche Eifersucht gefühlt – ich blutete buchstäblich. Ihre Augen waren furchtbar, ganz orange vom Licht der Kerzen. Zwei Vampire. Und da saß ich, mit einem faden Trottel, und sehnte mich danach, daß der Abend zu Ende war, während die zwei fast noch am Tisch miteinander vögelten. Es war wirklich obszön.«

Ihre Schultern zuckten. Sie zitterte und schlang sich die Arme um den Körper.

»Jetzt begreifen Sie, warum ich niemanden etwas davon erzählen wollte. Man würde mich als die verlassene Geliebte ansehen, die ihn aus Eifersucht verrät. Das ist eine würdelose Rolle, und ich habe genügend Würdeloses erlebt, daß es für mein Leben reicht.«

Ihre Augen flehten mich an, ich sollte versuchen, sie zu verstehen.

»Jeder beißt sich ein Stück von mir ab, und allmählich werde ich immer kleiner, Alex. Ich will vergessen: ihn, sie, alles andere. Aber ich kann es nicht. Wegen dem kleinen Jungen.«

Diesmal stieß sie meinen Trost nicht zurück und legte ihren Kopf an meine Schulter, ihre Hand in die meine.

»Sie müssen erst einmal etwas Abstand gewinnen«, sagte ich, »damit Sie wieder klar sehen können. Valcroix ist vielleicht sanft gewesen, vielleicht auch ehrlich, wenn Sie so meinen, in einer etwas perversen Weise, aber er ist alles andere als ein Held. Dieser Mann hat seine eigenen Probleme, und Sie kommen viel besser ohne ihn zurecht. Er ist drogenabhängig, nicht wahr?«

»Ja. Woher wissen Sie das?«

Ich entschloß mich, nicht Raouls Vermutung zu zitieren. Schon sein Name brachte sie aus der Fassung. Außerdem hatte ich selbst den gleichen Verdacht.

»Ich habe gestern abend mit ihm gesprochen. Er hat die ganze Zeit geschnieft. Zuerst glaubte ich, er sei erkältet, aber später habe ich mich gefragt, ob er nicht Koks schnupft.«

»Das nimmt er eigentlich selten. Hauptsächlich Gras und Beruhigungsmittel. Manchmal, wenn er lange Dienst hat, schluckt er vielleicht auch Speed. Und Alkohol. Als ich mit ihm beisammen war, habe ich ziemlich viel getrunken, und das ist mir bis heute geblieben. Ich weiß, daß ich damit aufhören muß.«

Jetzt drückte ich sie freundschaftlich.

»Sie haben ein besseres Leben verdient, Bev.«

»Nett, wenn Sie mir das sagen«, erwiderte sie mit leiser Stimme.

»Ich sage es, weil es die Wahrheit ist. Sie sind intelligent, Sie sind attraktiv, und Sie haben ein gutes Herz. Deshalb tut es Ihnen auch so weh. Ich rate Ihnen, lassen Sie all das Elend, all den Tod hinter sich. Ein Leben wie dieses kann Sie nur kaputt machen. Davon bin ich überzeugt.«

»Ach Alex«, schluchzte sie an meiner Schulter, »mir ist so kalt.«

Ich gab ihr meine Jacke. Als die Tränen versiegt waren, begleitete ich sie zu ihrem Wagen.

11

Weder das Verschwinden der Swopes noch Richard Moodys Ratte fielen in Milos Zuständigkeitsbereich. Aus Freundschaft hatte er mir in beiden Fällen geholfen, und ich zögerte noch, ihn schon wieder zu belästigen, diesmal mit den Informationen über Valcroix.

Aber was Beverly mir am Abend zuvor gesagt hatte, war beunruhigend. Nach Raouls Behauptung – sie bestand zu Recht, wie das Geständnis von Beverly bewies – war der Kanadier ein unmoralischer Mensch und ein Trinker, und seine Vertrautheit mit den Besuchern von der Berührungs-Sekte gab dem Verdacht einer Verschwörung, die darauf abzielte, Woody Swope der Behandlung zu entziehen, neue Nahrung. Ich fühlte mich in gewisser Weise verpflichtet, auch Raoul wissen zu lassen, was da vor sich ging, sah dem aber keineswegs mit Begeisterung entgegen, da ich damit rechnen mußte, daß er dann völlig ausflippen würde. Bevor ich also mit dem Feuerwerk begann, wollte ich noch einen Experten zu Rate ziehen.

Milo, der gute Kerl, war aufrichtig erfreut, von mir zu hören.

»Es stört mich ganz und gar nicht. Ich wollte dich sowieso schon anrufen. Fordebrand ist in das Bedabye-Motel gefahren, um Moody ein bißchen anzupusten, aber als er hinkam, war der Kerl verschwunden. Er hat ein Zimmer voller Körpergeruch und Bonbonpapierchen hinterlassen; es stank wie nach einer Versammlung von Skunks. Die Leute von Foothill halten die Augen offen nach ihm, und meine Jungs hier ebenfalls, aber sei trotzdem vorsichtig. Außerdem hat mich dieser Carmichael angerufen – der Kerl, der mit der kleinen Swope bei dem sogenannten Botendienst aufgetreten ist. Normalerweise hätte ich das Gespräch am Telefon geführt, aber der Bursche machte einen außergewöhnlich nervösen Eindruck. So, als ob er auf einer Bombe säße. Außerdem hat er einen Zusammenhang mit der Sitte hinter sich – wegen Prostitution, vor zwei Jahren. Daher habe ich mich entschlossen, unter vier Augen mit ihm zu reden. Und was hast du vor?«

»Ich begleite dich zu Carmichael und sage es dir unterwegs.«

Er ließ die Informationen über Valcroix in sich einsikkern, während er über den Santa Monica Freeway fuhr.

»Was ist das für ein Kerl, eine Art Zuchthengst?«

»Weit gefehlt. Ein gealterter Ersatzhippie. Schlaffes Gesicht, schlaffer Körper, eigentlich eher ein verschlampter Typ.«

»Über Geschmack läßt sich bekanntlich streiten. Vielleicht ist er bestückt wie ein Hengst.«

»Ich glaube nicht, daß seine Anziehung allein auf körperlichen Vorteilen beruht. Er ist wie ein Aasgeier, Milo. Wirft sich in die Bresche, wenn sich die Frauen in Streßsituationen befinden, spielt den Gefühlvollen und gibt ihnen das, was sie für Liebe und Verständnis halten.«

Er legte einen Finger an die Nase und schniefte.

»Und dazu eine kleine Prise, wie?«

»Schon möglich.«

»Weißt du, was – wenn wir mit Carmichael fertig sind, fahren wir direkt zum Krankenhaus und nehmen Valcroix unter die Lupe. Ich hab' ein bißchen Zeit, weil die Sache mit der Bande so gut gelaufen ist – Geständnisse, wohin man schaut. Die Schützen waren übrigens vierzehn Jahre alt. Sie kommen in eine Jugendstrafanstalt. Die Sache mit dem Schnapsladen dürfte in Kürze auch ausgestanden sein – Del Hardy hat die Aussage eines Spitzels, die vielversprechend scheint. Bleibt nur noch der Kerl, der den Weibern auf die Bäuche scheißt. Und da setzen wir unsere ganze Hoffnung auf den Computer.«

Er bog an der Fourth Avenue aus, fuhr nach Süden zum Pico Boulevard, von dort zur Pacific Avenue und weiter bis Venice. Wir kamen an Robins Studio vorbei, einer neutralen Ladenfront mit weißbemalten Fenstern, aber keiner von uns erwähnte es. Als wir uns dem Meer und dem Jachthafen näherten, wurde die bis dahin leicht verkommene Umgebung plötzlich schick.

Doug Carmichaels Haus befand sich in einer Fußgängerstraße westlich der Pacific Avenue, nur einen halben Block vom Ozean entfernt. Es erinnerte an einen gestrandeten Kabinenkreuzer, mit seinen bugförmigen Ekken und den Bullaugenfenstern, schmal und hoch auf einem Grundstück, das höchsten zehn Meter breit war. Die Fassade war taubenblau gestrichen, mit weißen Verzierungen. Schindeln wie Fischschuppen schmückten den spitzen Giebel über der Tür. Ein Blumenkasten mit rosafarbenen Geranien hing unter dem großen Fenster neben der Tür. Den winzigen Rasen umgab ein weißer Staketenzaun. Die Tür war mit einem Buntglasfenster ausgestattet. Alles sah sauber und gepflegt aus.

So nahe am Strand mußte selbst die Miete nicht gerade billig sein.

»Anscheinend zahlt es sich aus, die Phantasien der Kunden zu befriedigen«, sagte ich.

»Das ist doch nichts Neues.«

Milo drückte auf die Klingel. Die Tür ging nach wenigen Sekunden auf, und ein großer, muskulöser Mann in einem rot-schwarz karierten Hemd und einer ausgebleichten Jeans zeigte uns ein Lächeln, das von Angst gesättigt war, stellte sich vor – »Hallo, ich bin Doug« – und bat uns einzutreten.

Er war etwa in meinem Alter. Ich hatte mit einem jüngeren Mann gerechnet und war überrascht. Er hatte dichtes blondes Haar, das kunstvoll gefönt und gelegt war, einen vollen, sauber gestutzten rötlichblonden Bart, himmelblaue Augen, die Züge eines Malermodells und eine porenlose goldgebräunte Haut. Ein alternder Beachboy, der sich gut gehalten hatte.

Die Innenwände des Hauses waren herausgenommen worden, um einen einzigen großen, von oben erhellten Wohnraum zu erhalten. Das Mobiliar war aus gebleichtem Holz angefertigt, die Wände grauweiß gestrichen. Es roch nach Zitronenöl. Meerbilder hingen an den Wänden. Außerdem enthielt der Raum ein Salzwasseraquarium, eine kleine, aber gut ausgestattete Kochnische, ein halb zusammengerolltes Futon-Bett. Alles an seinem Platz, pieksauber und ordentlich.

Den Mittelpunkt des Raums bildete eine Vertiefung, die zur Hälfte von einer flaschengrünen, velourbezogenen Wohnlandschaft eingenommen wurde. Wir gingen hinunter und setzten uns. Er bot uns Kaffee an aus einer Kanne, die auf dem Tisch bereitstand.

Er schenkte drei Tassen ein und nahm dann uns gegenüber Platz, immer noch lächelnd, immer noch verängstigt.

»Detective Sturgis ...« Er schaute von mir auf Milo, der sich mit einem Nicken als der Angesprochene zu erkennen gab. »Sie haben mir am Telefon gesagt, es habe etwas mit Nona Swope zu tun.«

»Das stimmt, Mr. Carmichael.«

»Ich muß Ihnen vorweg sagen daß ich Ihnen vermutlich nicht viel helfen kann. Ich kenne das Mädchen ja kaum ...«

»Sie haben immerhin mehrmals mit ihr Aufträge

durchgeführt.« Milo nahm seinen Notizblock und einen Stift heraus.

Carmichael lachte nervös. »Drei- oder höchstens viermal. Sie war nicht lange bei uns.«

»Aha.«

Carmichael trank Kaffee, stellte die Tasse ab und ließ seine Fingerknöchel knacken. Er hatte Gewichtheberarme; jeder einzelne Muskel trat deutlich hervor und war von kräftigen Venen umgeben.

»Ich weiß auch nicht, wo sie ist«, sagte er.

»Niemand behauptet, daß sie vermißt wird, Mr. Carmichael.«

»Jane Rambo hat mich angerufen und mir gesagt, worum es geht. Sie sagte auch, daß Sie meine Personalakte mitgenommen haben.«

»Ist Ihnen das unangenehm, Mr. Carmichael?«

»Ja, allerdings. Immerhin handelt es sich dabei um persönliche Daten, und ich kann nicht begreifen, was das mit Ihren Aufgaben zu tun haben soll.« Er suchte sich Mut zu machen, aber trotz seiner Muskeln wirkte er irgendwie verschüchtert und infantil.

»Mr. Carmichael, Sie waren vorhin am Telefon ziemlich nervös, und jetzt sind Sie es immer noch. Wollen Sie uns nicht sagen, warum?« Milo lehnte sich zurück und schlug die Beine übereinander.

Es ist immer ein betrüblicher Anblick, wenn sich jemand, der körperlich beeindruckend aussieht, dem Zusammenbruch nähert. Das ist, wie wenn ein Denkmal bröckelt und schließlich vom Sockel stürzt. Ich erkannte den Ausdruck auf dem Gesicht des blonden Mannes und wäre am liebsten weit fort gewesen.

»Erzählen Sie es uns«, sagte Milo.

»Es ist meine eigene Schuld. Und jetzt muß ich dafür bezahlen.« Er stand auf, ging in die Küche und kam mit einem Tablettenröhrchen zurück.

»B-zwölf. Die brauche ich, wenn ich im Streß bin.«

Er schraubte den Verschluß auf, schüttelte drei Kapseln auf seine Handfläche, schluckte sie und spülte mit Kaffee nach. »Ich sollte nicht so viel Koffein zu mir nehmen, aber es beruhigt mich. Eine Paradox-Reaktion.«

»Woran denken Sie, Doug?«

»Meine Arbeit bei Adam & Eve war ein Geheimnis – bis jetzt. Ich wußte, daß es riskant war und ich vielleicht jemandem begegnen würde, der mich kennt. Vielleicht war das ein Teil des Thrills.«

»Ihr Privatleben interessiert uns nicht. Nur das, was Sie über Nona Swope wissen.«

»Aber wenn es Folgen hat und die Sache vor Gericht kommt, wird man mich als Zeugen vernehmen, nicht wahr?«

»Das könnte allerdings der Fall sein«, räumte Milo ein. »Doch davon sind wir noch sehr weit entfernt. Jetzt wollen wir erst einmal Nona und ihre Eltern finden und das Leben eines kleinen Jungen retten.«

Der Kriminalbeamte berichtete ausführlich über Woodys Lymphom. Er hatte alles behalten, was er von mir wußte, und gab es präzise an Carmichael weiter. Der blonde Mann sträubte sich dagegen, aber es gelang ihm nicht. Er mußte sich alles anhören, und das bereitete ihm offensichtlich Kummer. Er schien gefühlvoll zu sein, und mir wurde er von Minute zu Minute sympathischer.

»Mein Gott – sie hat mir natürlich gesagt, daß sie einen kranken Bruder hat, aber ich ahnte nicht, daß er so krank ist.«

»Was hat sie Ihnen sonst noch gesagt?«

»Nicht viel. Wirklich. Sie hat nicht viel geredet. Meistens nur darüber, daß sie Schauspielerin werden will – die üblichen Wunschträume der Mädchen. Sie schien übrigens nicht besonders deprimiert zu sein über die Krankheit ihres Bruders.«

Milo wechselte das Thema.

»Was sind das für Spiele, die Sie und Nona Swope vorgeführt haben?«

Das Thema seiner Arbeit machte Carmichael wieder nervös. Er verschränkte die Finger und drehte dann die Hände um. An seinen muskulösen Armen traten Knoten hervor.

»Vielleicht sollte ich mir einen Anwalt besorgen, bevor wir weitersprechen.«

»Ganz wie Sie meinen«, sagte Milo und deutete auf das Telefon.

Carmichael seufzte und schüttelte den Kopf. »Nein. Das würde die Dinge noch mehr komplizieren. Hören Sie, ich kann Ihnen Einblick in Nonas Persönlichkeit geben, wenn Sie das wollen.«

»Vielleicht hilft es uns.«

»Aber mehr habe ich nicht. Vermutungen, keine Fakten. Könnten Sie nicht vergessen, woher Sie sie haben?«

»Doug«, sagte Milo, »wir wissen, wer Ihr Vater ist, und wir wissen, worum es bei Jane Rambos Aufträgen geht, also hören Sie schon auf, um den heißen Brei herumzureden, ja?«

Carmichael sah aus wie ein Pferd in einem brennenden Stall, bereit, davonzugaloppieren trotz aller möglichen Folgen.

»Drehen Sie jetzt nicht durch«, sagte Milo. »Was Sie bei diesen Aufträgen tun, ist uns völlig egal.«

»Ich bin doch nicht irgendwie pervers«, beharrte Carmichael. »Wenn Sie meine Vergangenheit durchleuchtet haben, müssen Sie auch wissen, wie es dazu gekommen ist.«

»Sicher. Sie waren Tänzer im ›Lancelot‹. Nach der Show hat Sie eine der Ladys im Publikum angesprochen und mitgenommen. Es wurde über Sex für Geld gesprochen, und sie hat Sie hochgehen lassen.«

»Es war eine gemeine Falle! Dieses Miststück!«

Das ›Lancelot‹ war ein Männer-Striplokal für Frauen,

die der Meinung waren, Emanzipation bestehe darin, daß sie auch noch die geschmacklosesten Aspekte männlichen Verhaltens nachahmten. Der Club war lange Zeit Gegenstand vielfacher Beschwerden aus der Nachbarschaft gewesen, und vor zwei Jahren hatten Polizei und Feuerwehr ein strenges Augenmerk darauf gerichtet. Die erfolgreiche Belästigungsklage des Besitzers hatte dem ein Ende gesetzt.

Milo zuckte mit den Schultern. »Wie auch immer, Ihr Daddy hat Sie da rausgepaukt, die Akten wurden geschlossen, und Sie haben versprochen, sich in Zukunft zu benehmen.«

»Ja«, sagte Carmichael in bitterem Ton. »Das hätte wohl das Ende der Story sein sollen. Aber es war nicht so einfach.« Die blauen Augen funkelten. »Dad hat mein Kapital – Gelder, die mir meine Mutter hinterlassen hat – beschlagnahmt und sich selbst unter den Nagel gerissen. Ich bin sicher, das war illegal, aber der Anwalt, der den Nachlaß verwaltet, ist einer von Dads Freunden beim California Club, und ehe ich es auch nur bemerkte, besaß er die Verfügungsgewalt über das gesamte Vermögen. Damit hatte er mich am Schlafittchen. Es war, wie wenn ich plötzlich wieder ein kleiner Junge gewesen wäre. Ich mußte bei allem um seine Erlaubnis bitten. Er zwang mich, zur Schule zu gehen, sagte, ich müsse etwas aus mir machen. Du meinte Güte, ich bin sechsunddreißig, und ich sollte wieder aufs College gehen? Er meinte, wenn ich gute Zeugnisse nach Hause brächte, gäbe es für mich einen Platz in der Firma Carmichael Oil. Was für ein Ekel! Nichts und niemand kann mich zwingen, jemand zu sein, der ich nicht bin. Was, zum Teufel, erwartet er eigentlich von mir?«

Er schaute uns beschwörend an, als erwarte er unsere Unterstützung. Ich hätte sie ihm instinktiv gewährt, doch dies war keine therapeutische Sitzung. Milo wartete, bis er sich etwas beruhigt hatte, ehe er ihn fragte:

»Und wenn er herausfindet, welchem Job Sie derzeit nachgehen, ist der Ofen ganz aus, ja?«

»Ach, Scheiße.« Carmichael strich sich über den Bart. »Ich kann auch nichts dafür. Es macht mir nun mal Spaß. Gott hat mir einen hübschen Körper und ein hübsches Gesicht geschenkt, und es macht mir Vergnügen, beides mit anderen zu teilen. Es ist wie Schauspielerei, nur eben privat, also besser und intimer. Damals, als ich noch getanzt habe, fühlte ich die Augen der Frauen auf mir, Blicke, die mich fast verschlungen haben. Ich habe mit ihnen gespielt und sie dabei nicht zu kurz kommen lassen. Am liebsten hätte ich ihnen gleich an Ort und Stelle einen Orgasmus verschafft. Das war für mich ein Gefühl von – von Liebe.«

»Ich habe es schon Ihrer Chefin gesagt, und ich sage es Ihnen selbst noch einmal«, erklärte Milo. »Es ist uns völlig egal, wer in dieser Stadt wie und mit wem vögelt. Für uns wird es erst zum Problem, wenn jemand dabei erschossen, erdrosselt oder sonstwie abgemurkst wird.«

Carmichael schien den Einwand nicht gehört zu haben.

»Ich meine, das ist doch nicht so, als ob ich auf den Strich gehen würde«, betonte er. »Ich brauche das Geld nicht – in einer guten Woche verdiene ich auch so an die sechs- bis siebenhundert Dollar.« Er wischte es mit einer Handbewegung weg – lächerliche Summen für einen Mann, der im Reichtum geboren worden war.

»Doug«, sagte Milo mit Nachdruck in der Stimme, »hören Sie endlich auf, sich zu verteidigen, und achten Sie auf das, was wir Ihnen schon die ganze Zeit klarzumachen versuchen. Es ist uns egal, was Sie mit Ihrem Schwanz anfangen. Ihre Akte bleibt geschlossen. Sie sollen uns nur etwas über Nona sagen.«

Endlich schien er zu kapieren. Der Ausdruck auf seinem Gesicht war der eines Kindes, das ein unerwartetes Geschenk bekommt. Dabei wurde mir erst recht bewußt, daß er mir wie ein großer kleiner Junge vorkam, denn abgesehen von seinem männlichen Äußeren war alles an ihm kindlich und unreif. Ein klassischer Fall von Entwicklungshemmung.

»Sie war wie ein Barracuda«, sagte er. »Man mußte sie zurückhalten, sonst wurde sie aggressiv. Das letzte Mal haben wir bei einer Polterabend-Party für einen älteren Mann gearbeitet, der am Tag danach zum zweitenmal heiraten wollte. In seiner Wohnung in Canoga Park waren lauter Männer in mittleren Jahren, biedere Geschäftsleute. Sie hatten schon einiges geschluckt und sich Sexfilme angeschaut, bevor wir hingekommen sind. An dem Abend haben wir Champion und Einpeitschmädchen gespielt. Ich hatte einen Footballdreß an, und sie trug ein Jersey-Oberteil, einen kurzen Faltenrock und Turnschuhe. Das Haar in Zöpfe geflochten, Quasten aus Stanniol in den Händen, das übliche.

Die Kerle waren harmlose alte Furze. Bevor wir ankamen, hatten sie sicher große Reden geschwungen und über die Filme gelacht wie kleine, nervöse Jungen. Dann kamen wir herein, sie sahen Nona, und ich dachte, gleich gibt's ein paar Herzinfarkte. Sie hat sich an die Kerle rangemacht, hat mit den Wimpern geklimpert und die Zunge herausgestreckt. Wir hatten alles geplant und besprochen, aber sie entschloß sich, zu improvisieren. Eigentlich sollten wir ein bißchen aneinander herumfummeln und dazu anzügliche Texte sagen wie ›Dir würd' ich ihn schon mal gerne abgeben‹, und sie sollte darauf antworten: ›Na los, tu's, na mach schon! Ah, machst du das gut! Und noch einmal.‹ Sie war übrigens eine miserable Schauspielerin, brachte kein brauchbares Wort heraus, kein Gefühl für Sprache. Aber die Zuschauer schienen sie zu mögen – ihr Aussehen hat für vieles entschädigt, wahrscheinlich. Jedenfalls, diese alten Trottel haben sie praktisch aufgefressen, und das hat Nona in Fahrt gebracht. Da muß sie auf die Idee gekommen sein, wirklich aus der Rolle zu fallen.

Auf einmal hat sie mir nach der Hose gefaßt, hat sich meinen Schwanz geschnappt und daran herumgewichst, sich dabei immer vor den anderen gedreht und gewunden. Ich wollte sie stoppen – wir sollen nicht über die vorgeschriebenen Rollen hinausgehen, es sei denn, wir werden darum gebeten.« Er hielt inne und schaute uns unbehaglich an. »Und bezahlt. Aber ich konnte sie nicht bremsen, weil die alten Kerle sonst enttäuscht gewesen wären.

Sie haben sie angestarrt, und sie hat mich durch die Hose gepackt, und ich habe dazu gelächelt. Dann hat sie mich losgelassen, ist zu dem Bräutigam hinübergetanzt – ein untersetzter, kleiner Mann mit einer starken Brille – und hat ihm zwischen die Beine gefaßt. Alle waren auf einmal ganz still. Der Kerl ist dunkelrot angelaufen, aber er konnte nichts dagegen einwenden, weil ihn seine Freunde sonst ausgelacht hätten. Er sah ganz elend aus dabei und zwang sich zum Lächeln. Nona begann ihm das Ohr zu lecken und zerrte dabei weiter an seinem Ding. Die anderen fingen zu lachen an. Vermutlich, um ihre Spannung abzubauen. Und es dauerte nicht lange, bis sie anzügliche Kommentare von sich gaben. Nona war so *high*, als ob sie davon fertig würde, daß sie dem armen Teufel an den Schwanz ging.

Schließlich konnte ich sie von ihm trennen, ohne daß es nach einem Krach aussah. Wir verließen die Wohnung, und im Wagen habe ich sie furchtbar angeschrien. Sie schaute mich an, als ob ich verrückt geworden wäre, fragte, was denn in mich gefahren sei, und wir hätten schließlich ein großes Trinkgeld bekommen oder nicht? Ich merkte, daß es keinen Sinn hatte, mit ihr darüber zu streiten, also gab ich es auf. Wir bogen auf den Freeway ein. Ich fuhr ziemlich schnell, weil ich sie sobald wie möglich loswerden sollte. Dann plötzlich merkte ich, daß sie mir den Reißverschluß aufmachte. Bevor ich reagieren konnte, hatte sie mir schon den Schwanz rausgeholt und nahm ihn in den Mund. Wir sind hundertzwanzig gefahren, und sie hat mir einen geblasen und dazu gesagt, ich soll doch zugeben, daß es mir großen Spaß macht. Ich war praktisch hilflos und habe nur gebetet, daß wir nicht von einer Polizeistreife angehalten werden, sonst wäre ich natürlich schuld gewesen, oder? Ich hab' immer wieder gesagt, sie soll aufhören damit, aber sie hat erst Ruhe gegeben, nachdem sie mich total fertiggemacht hatte.

Am nächsten Tag hab' ich mich bei der Rambo beschwert und erklärt, daß ich nicht mehr mit Nona arbeiten will. Sie hat nur gelacht und gesagt, Nona wäre fabelhaft im Film. Ja, und dann habe ich gehört, daß sie einfach nicht mehr wiedergekommen ist.«

Im Lauf seiner Geschichte war er ins Schwitzen geraten. Er entschuldigte sich, ging ins Bad und kam frisch gekämmt und nach Rasierwasser duftend zurück. Milo begann mit seinen Fragen, bevor er sich gesetzt hatte.

»Und Sie haben keine Ahnung, wohin sie gegangen sein könnte?«

Carmichael schüttelte den Kopf.

»Hat Sie mit Ihnen jemals über private Angelegenheiten gesprochen?«

»Nee. Bei ihr gab es keine Privatangelegenheiten. Alles an ihr war für alle da.«

»Keine Ahnung, wo sie hinwollte?«

»Sie hat mir nicht einmal erzählt, wo sie hergekommen ist. Wie gesagt, ich habe drei oder vier Aufträge mit ihr gehabt, dann war sie schon wieder weg.«

»Wie kann sie an Adam & Eve geraten sein?«

»Ich weiß es nicht. Jeder stößt, glaube ich, auf irgendeine Weise darauf. Jane Rambo hat mich angerufen, nachdem sie mich im ›Lancelot‹ gesehen hatte. Manche finden über Mundreklame dort hin. Und Jane hat Anzeigen in Unterground-Zeitschriften und Pornomagazinen. Ich glaube, sie hat viel mehr Bewerbungen, als sie brauchen kann.«

»Na schön, Doug«, sagte Milo und stand auf. »Hoffentlich sind Sie ehrlich gewesen.«

»Wirklich, meine Herren Detektive. Und – bitte ziehen Sie mich nicht in irgendeine Geschichte hinein.«

»Ich werde mein Bestes tun.«

Wir gingen. Im Wagen meldete sich Milo bei der Funkzentrale seiner Dienststelle. Es gab keine wichtigen Nachrichten.

»Und wie lautet die Diagnose über unseren schönen Beach-Boy?« fragte er.

»Aus dem Handgelenk? Persönlichkeitsprobleme, vermutlich narzißtischer Art.«

»Und das heißt?«

»Er verfügt über ein geringes Selbstwertgefühl und versucht es durch zwanghafte Eigenliebe zu kompensieren: die Muskeln, die Vitamine, die ständige Betrachtung und Überwachung des Körpers.«

»Das gilt für jeden zweiten hier in Los Angeles«, knurrte er und ließ den Motor an. Als wir losfuhren, kam Carmichael gerade aus dem Haus, in einer Badehose, mit einem Surfbrett, einem Handtuch und einer Flasche Sonnenöl. Er sah uns, lächelte, winkte und ging hinunter zum Strand.

Milo parkte im Parkverbot nahe dem Eingang zum Western Pediatric. »Ich hasse Krankenhäuser«, sagte er, als wir in den Lift stiegen und hinauffuhren in den fünften Stock. Es dauerte eine Weile, bis wir Valcroix gefunden hatten. Er untersuchte gerade einen Patienten, und wir warteten auf ihn in einem kleinen Besprechungszimmer neben dem Büro der Stationsschwestern.

Eine Viertelstunde später kam er herein, warf mir einen angewiderten Blick zu und sagte Milo, er solle schnell machen, weil er zu tun habe. Als der Kriminalbeamte zu sprechen begann, zog er eine große Schau ab, nahm eine Behandlungsakte heraus, ging sie sorgfältig durch und machte sich dazu Notizen.

Milo war in der Technik des Verhörs sehr erfahren, doch in dem Kanadier fand er seinen Meister. Valcroix beschäftigte sich, ohne sich irritieren zu lassen, weiter mit der Akte, während ihn der Kriminalbeamte mit den Tatsachen konfrontierte, daß er die beiden Leute von der Berührungs-Sekte kannte und eine Affäre mit Nona Swope gehabt hatte.

»Sind Sie jetzt fertig, Officer?«

»Vorläufig ja, Doktor.«

»Und was erwarten Sie von mir? Daß ich mich verteidige?«

»Sie könnten damit beginnen, daß Sie mir Ihre Rolle beim Verschwinden des Jungen erläutern.«

»Das ist sehr einfach. Es gibt keine.«

»Keine Zusammenarbeit zwischen Ihnen und dem Paar von der Sekte?«

»Absolut nicht. Ich habe die Sekte einmal besucht. Das ist alles.«

»Und was war der Zweck Ihres Besuchs?«

»Rein wissenschaftlich. Ich interessiere mich für alternative Gesellschaften.«

»Und – haben Sie dabei viel erfahren, Doktor?«

Valcroix lächelte.

»Es war ein friedlicher Ort. Dort sind Polizeibeamten gänzlich überflüssig.«

»Wie hießen die beiden Leute, die die Swopes besucht haben?«

»Der Mann hieß Baron, die Frau Delilah.«

»Familiennamen?«

»Die werden dort nicht benutzt.«

»Und Sie haben die Sekte nur ein- oder zweimal besucht?«

»Einmal.«

»Schön. Wir werden das überprüfen.«

»Bitte sehr.«

Milo fixierte ihn mit einem harten Blick. Der Stipendiat lächelte verächtlich.

»Hat Nona Swope Ihnen etwas gesagt, was uns Aufschluß über den derzeitigen Aufenthaltsort ihrer Familie geben könnte?«

»Wir haben nicht viel miteinander geredet. Meistens haben wir nur gevögelt.«

»Doktor, ich lege Ihnen hiermit nahe, Ihre Haltung in dieser Sache zu überprüfen.«

»Ach, wirklich?« Die Augen wurden zu schmalen Strichen. »Sie stören mich bei der Arbeit, Sie stellen mir törichte und anzügliche Fragen über mein Privatleben und erwarten auch noch, daß ich mich Ihnen gegenüber so verhalte, wie Sie das vielleicht wünschen.«

»In Ihrem Fall scheinen Beruf und Privatleben innig miteinander verflochten zu sein.«

»Sehr verständnisvoll, so etwas zu bemerken.«

»Ist das alles, was Sie dazu zu sagen haben, Doktor?«

»Was möchten Sie denn noch hören? Daß ich gern mit Frauen ficke? Also schön, es ist in der Tat so. Ich liebe es. Ich werde in meinem Leben so viele Frauen ficken wie ich kann, und wenn es ein Leben nach dem Tod gibt, dann hoffe ich, daß es mir eine endlose Kette heißer, williger Frauen zur Verfügung stellt, damit ich weiterficken kann. Meines Wissens stellt Ficken kein Verbrechen dar – oder ist inzwischen in Amerika ein neues Gesetz dagegen herausgekommen?«

»Gehen Sie wieder an Ihre Arbeit, Doktor.«

Valcroix sammelte seine Behandlungsblätter ein und ging mit verträumtem Blick hinaus.

»Was für ein Arschloch«, sagte Milo, als wir das Krankenhaus verließen. »Als Arzt würde ich den nicht auf fünf Schritte an mich herankommen lassen.« An der Windschutzscheibe seines Wagens klemmte eine Verwarnung wegen unerlaubten Parkens, ausgegeben von der

Sicherheitswache des Krankenhauses. Milo riß sie unter dem Scheibenwischer hervor und steckte sie in die Tasche. »Hoffentlich ist er nicht typisch für das, was einem heutzutage von der Medizin alles zugemutet wird.«

»Er ist in gewisser Weise einzigartig. Und ich bin sicher, seine Tage hier sind gezählt.«

Wir fuhren auf dem Sunset Boulevard nach Westen.

»Wirst du ihn überprüfen?« fragte ich.

»Ich könnte die Leute von der Sekte fragen, wie gut sie ihn kennen, aber wenn es so etwas wie eine Verschwörung gibt, lügen sie mich ja doch nur an. Das beste wäre, wenn ich mich mit dem Sheriff dort in Verbindung setzen und herauszufinden versuche, ob dieser Kerl öfter als einmal gesehen worden ist. In einem kleinen Ort entgeht der Polizei nicht so leicht der Besuch eines Unbekannten.«

»Ich kenne jemanden, der uns vielleicht etwas mehr über diese Sekte sagen kann. Soll ich ihn anrufen?«

»Warum nicht? Es kann nicht schaden.«

Er fuhr mich nach Hause und blieb noch eine Viertelstunde, um sich die Koi anzusehen, war gebannt von den bunten Fischen und lächelte, als sie die Futterkörner fraßen, die er ihnen ins Wasser warf. Er hatte Mühe, sich von dem Anblick loszureißen, und auf dem Weg nach oben schien sein großer Körper schwer und langsam geworden zu sein.

»Wenn ich jetzt nicht gehe, bleibe ich hier und schaue zu, bis mein Bart lang und weiß geworden ist.«

Wir schüttelten uns die Hände, er salutierte im Scherz, drehte sich um und ging, um wieder einmal einen Nachmittag lang das Tier im Menschen in seinen scheußlichsten Spielarten zu beobachten.

12

Ich rief Professor Seth Fiacre in der UCLA an. Er ist ein alter Klassenkamerad von mir aus dem College, ein Sozialpsychologe, der sich seit Jahren mit Kultgemeinschaften und Sekten befaßte.

»Hallo, Alex«, rief er fröhlich wie immer, »ich bin eben aus Sacramento zurückgekommen. Eine Sitzung beim Senat. Reine Zeitverschwendung.«

Wir tauschten Erinnerungen aus und informierten uns über die jeweiligen persönlichen und beruflichen Veränderungen, dann nannte ich ihm den Grund meines Anrufs.

»Die Berührer-Sekte? Wundert mich, daß du überhaupt etwas von ihrer Existenz weißt. Die Leute sind ziemlich unbekannt und bemühen sich auch nicht um neue Anhänger. Sie leben in einem ehemaligen Kloster an der mexikanischen Grenze, das sie ›Zuflucht‹ nennen.«

»Und ihr Führer – heißt er nicht Matthias?«

»Der Edle Matthias. Ursprünglich Anwalt. Damals nannte er sich Norman Matthews.«

»Worauf hatte er sich spezialisiert – ich meine, als Anwalt?«

»Ich weiß nicht. Aber es war etwas Bedeutendes. Beverly Hills.«

Ein Anwalt, der sich in einen Guru verwandelte, das schien mir eine bemerkenswerte Metamorphose zu sein.

»Und warum hat er sein Leben so grundlegend geändert?« fragte ich.

»Das kann ich dir nicht sagen, Alex. Die meisten charismatischen Führer berufen sich auf eine kosmische Vision, die sie in der Regel nach einem Trauma erlebt zu haben glauben. Der typische Rufer in der Wüste. Vielleicht ist ihm mitten in der Mojawe-Wüste das Benzin ausgegangen, und er hat Gott gesehen.«

Ich lachte.

»Ich wollte, ich könnte dir mehr darüber sagen, Alex. Die Gruppe hat nicht sonderlich viel Aufmerksamkeit erregt, weil sie ziemlich klein ist, höchstens sechzig Mitglieder, schätze ich. Und wie gesagt, sie sind nicht darauf aus, andere zu bekehren, daher wird diese Sekte vermutlich klein bleiben. Ob sich das ändert, wenn man ihnen mehr Interesse widmet, bleibt dahingestellt. Es gibt sie erst seit drei oder vier Jahren. Noch etwas Bemerkenswertes fällt mir ein: Die meisten ihrer Anhänger sind Leute in mittleren Jahren. Gruppen, die auf Bekehrung aus sind, versuchen in der Regel, vor allem die jungen Leute für sich zu gewinnen. Konkret heißt das, daß in diesem Fall keine Eltern zu befürchten sind, die nach der Polizei rufen oder ihre verführten Sprößlinge in psychiatrische Behandlung geben.«

»Geht es bei Ihnen auch um Gesundheitsregeln nach der Ganzheitstheorie?«

»Wahrscheinlich. Das ist bei den meisten dieser Gruppen der Fall. Es ist Teil der Auflehnung gegen die Wertvorstellungen unserer Gesellschaft. Aber ich habe nicht gehört, daß sie von der Holistik besessen wären, wenn du das meinst. Es geht ihnen meines Wissens vor allem um ein Leben in Autarkie. Sie bauen ihre Nahrungsmittel selbst an und fertigen auch ihre Kleidungsstücke selbst. Wie die ursprünglichen Utopisten – die Obeida, die Ephrate, die Neue Harmonie. Darf ich fragen, warum du das alles wissen willst?«

Ich erzählte ihm von der Entscheidung der Swopes, Woody nicht mehr im Western Pediatric behandeln zu lassen, und vom Verschwinden der Familie.

»Hört sich das so an«, fragte ich danach, »als ob jemand aus der Gruppe daran beteiligt sein könnte, Seth?«

»Ziemlich unwahrscheinlich, denn sie leben sehr zurückgezogen. Wenn sie sich mit dem medizinischen Establishment anlegen wollten, würden sie damit nur eine peinlich genaue Überprüfung herausfordern.«

»Sie haben aber die Familie besucht«, erinnerte ich ihn.

»Mag sein, aber wenn sie subversiv tätig werden wollten – warum dann so in aller Offenheit? Du sagst, die Familie lebt in der Nähe der ›Zuflucht‹?«

»So habe ich gehört.«

»Also handelte es sich vielleicht nur um einen nachbarlichen Freundschaftsbesuch. In einem kleinen Ort wie La Vista begegnen die Einheimischen solchen Spinnern mit großem Mißtrauen. Wenn die Spinner also schlau sind, bemühen sie sich, besonders freundlich zu den Einheimischen zu sein. Das ist eine gute Überlebensstrategie.«

»Wenn wir schon vom Überleben sprechen«, sagte ich, »wodurch ermöglichen sie sich ein halbwegs vernünftiges Auskommen?«

»Ich nehme an, durch die Beiträge der Mitglieder. Andererseits war Matthews ein reicher Mann. Er könnte vermutlich die ganze Sekte aus eigener Tasche aufrechterhalten, und sei es rein um der Macht und des Prestiges willen. Und wenn sie tatsächlich versuchen, auf den hauptsächlichen Gebieten autark zu sein, dürfte die zusätzlich benötigte Summe nicht allzu hoch sein.«

»Noch eines, Seth. Warum nennen sie sich ›Berührungs-Sekte‹?«

Er lachte. »Keine Ahnung. Ich glaube, ich beauftrage einen meiner Examenskandidaten mit dieser Frage.«

Später am Tag rief mich Mal Worthy an.

»Sieht so aus, als ob Mrs. Moody nur deshalb keine Ratte bekommen hat, weil ihr Exgatte sie für etwas Größeres und Besseres bestimmt hatte. Heute morgen hat sie einen skalpierten Hund gefunden, der an seinen Eingeweiden an ihrer Haustürklinke aufgehängt war.

Moody hat ihn obendrein kastriert und ihm die Hoden ins Maul gestopft.«

Ich schwieg angeekelt.

»Toller Bursche, was? Obendrein hat er gegen die gerichtliche Anordnung dort angerufen, mit dem Jungen gesprochen und ihm gesagt, daß er von zu Hause weglaufen soll. Der Junge gehorchte, und es hat mehrere Stunden gedauert, bis man ihn fand. Schließlich haben sie ihn gestern spätabends entdeckt, wie er auf dem Parkplatz eines Einkaufszentrums herumgeirrt ist, fünf Meilen von zu Hause entfernt. Er dachte vermutlich, sein Vater würde ihn dort abholen. Aber niemand war gekommen, und der arme Junge hatte furchtbare Angst. Ganz zu schweigen davon, daß Darlene allmählich völlig durchdreht, und ich rufe vor allem deswegen an, weil ich dich bitte möchte, daß du dich ein bißchen um die Kinder kümmerst. Ihr geistiges Wohlergehen steht mehr auf dem Spiel als je zuvor.«

»Haben sie den Hund gesehen?«

»Glücklicherweise nicht. Darlene hat alles weggeräumt, bevor die Kinder herauskamen. Wann kannst du mit ihnen sprechen?«

»Ich kann nicht vor Samstag ins Büro.« Ich hatte von einem Kollegen ein paar Praxisräume für die Besprechungen zu meinen gerichtlichen Gutachten gemietet, die mir aber nur an den Wochenenden zur Verfügung standen.

»Du kannst ja hierherkommen, in meine Kanzlei. Brauchst nur zu sagen, wann es dir paßt.«

»Kannst du sie, sagen wir in zwei Stunden, in deine Kanzlei zitieren?«

»Wird gemacht.«

Die Kanzlei des Anwaltsbüros von Trenton, Worthy & La Rosa befand sich im obersten Stockwerk eines mit hohem Prestige ausgestatteten Gebäudes an der Kreuzung Roxbury und Wilshire. Malcolm, prangend in einem marineblauen Seide-Kammgarn-Anzug von Bijan, begrüßte mich persönlich in seinem Wartezimmer. Er bot mir an, sein eigenes Büro zu benutzen. Ich hatte es als einen höhlenartigen, dunkel getäfelten Raum in Erinnerung, mit einem riesigen amorphen Schreibtisch, der wie eine frei gestaltete Plastik aussah, abstrakten Drucken an den Wänden und Regalen voll teurer – und zerbrechlicher – Erinnerungsstücke. Nicht gerade der ideale Ort für eine Therapiesitzung mit Kindern, aber ich hatte keine andere Wahl.

Ich stellte ein paar Stühle um, rückte einen Beistelltisch an die Seite und schuf so im Mittelpunkt des Raums eine kleine Fläche zum Spielen. Dann kramte ich Papier, Buntstifte, Handpuppen und ein tragbares Spielhaus aus meiner großen Tasche und stellte alles auf dem Schreibtisch zurecht. Anschließend ging ich hinaus, um die Moody-Kinder zu holen.

Sie warteten in der Bibliothek: Darlene, Carlton Conley und die Kinder, die wie zum Kirchgang angezogen waren.

April, die Dreijährige, trug ein weißes Taftkleid und weiße Lederolsandalen über den rüschenverzierten Söckchen. Ihr blondes Haar war zu Zöpfen geflochten und wurde von Schleifen zusammengehalten. Sie lag schläfrig auf dem Schoß der Mutter, hatte eine verkrustete Narbe am Knie und lutschte am Daumen.

Ihr Bruder war mit einem weißen Cowboyhemd bekleidet, trug dazu eine braune Kordhose, deren Aufschläge hochgekrempelt waren, eine gebundene, aufzusteckende Fliege und schwarze Schuhe. Sein Gesicht war geschrubbt, das widerspenstige dunkle Haar mit Wasser glattfrisiert, was allerdings nur teilweise gelungen war. Er wirkte so unglücklich in diesem Aufputz, wie ein Neunjähriger nur wirken konnte. Als er mich sah, drehte er sich weg.

»Na, na, Ricky, sei nicht unhöflich zum Doktor«, ermahnte ihn seine Mutter. »Sag nett und höflich guten Tag. Guten Tag, Herr Doktor.«

»Hallo, Mrs. Moody.«

Der Junge rammte die Hände in die Hosentaschen und zog die Stirn in Falten.

Conley, der neben Darlene gesessen hatte, stand auf, schüttelte mir die Hand und grinste etwas schief dazu. Die Richterin hatte recht gehabt. Abgesehen davon, daß er größer war, sah er genauso aus wie der Mann, dessen Platz in der Familie er inzwischen einnahm.

»Doktor«, sagte er schwach.

»Hallo, Mr. Conley.«

April bewegte sich, schlug die Augen auf und lächelte mich an. Bei meinem Gutachten war sie das kleinste Problem gewesen: ein ausdrucksvolles, glückliches Kind. Da sie ein Mädchen war, hatte ihr Vater sie kaum beachtet, und dadurch war ihr seine zerstörerische Liebe erspart geblieben. Ricky dagegen war sein Liebling gewesen, und dafür hatte er am meisten leiden müssen.

»Hallo, April.« Sie schlug die Augen mit den dichten Wimpern auf, senkte dann das Gesicht und kicherte, eine Geste natürlicher Koketterie.

»Erinnerst du dich an die Sachen, mit denen wir beim letztenmal gespielt haben?«

Sie nickte und kicherte wieder.

»Ich hab' sie mitgebracht. Möchtest du wieder damit spielen?«

Sie schaute ihre Mutter an, bat sie wortlos um Erlaubnis.

»Geh schon, Liebling.«

Das Mädchen kletterte vom Schoß der Mutter herunter und nahm meine Hand.

»Wir sehen uns nachher, Ricky«, sagte ich zu dem mürrischen Jungen.

Danach verbrachte ich an die zwanzig Minuten mit April und schaute vor allem zu, wie sie mit den kleinen

Bewohnern des Spielhauses umging. Ihr Spiel war organisiert, strukturiert und relativ unbeschwert. Obwohl sie einige Episoden der elterlichen Konflikte mitbekommen hatte, gelang es ihr, sie für sich selbst zu lösen. Der Vater hatte das Haus verlassen, damit sie in Glück und Frieden weiterleben konnten. Aus den Szenarios, die sie beim Spielen schuf, sprachen überwiegend Hoffnung und Zielstrebigkeit.

Ich horchte sie aus über die Situation in ihrem Heim und fand, daß sie ein ihrem Alter entsprechendes Verständnis für die Vorgänge aufbrachte. Daddy war böse mit Mami, also lebten sie nicht mehr beisammen. Sie wußte, daß es weder ihre Schuld noch die von Ricky war, und konnte Carlton Conley gut leiden.

Alles stimmte überein mit dem, was ich bei dem ersten Gespräch, der Grundlage meines Gutachtens, erfahren hatte.

Damals hatte sie noch ein wenig Sorge über die Abwesenheit ihres Vaters geäußert und sich erst allmählich an Conley gewöhnen müssen. Als ich sie jetzt nach ihm fragte, strahlte sie mich an.

»Calton is' so nett, Docka Alex. Er nehmt mich in Tierpahk mit. Wir haben die Diraffe gesehen. Und dann das Kockodihl.« Sie riß die Augen auf, Erstaunen lag darin noch in der Erinnerung.

Danach sang sie weiter ein Loblied auf ihn, und ich hoffte, daß die zynische Vorhersage der Richterin sich als falsch erweisen würde. Ich hatte schon zahllose kleine Mädchen behandelt, die unter qualvollen Beziehungen zu ihren Vätern gelitten oder gar keine Beziehungen zu ihnen gefunden hatten, und kannte die psychischen Schäden, die daraus resultierten und sie im Hinblick auf spätere Partnerschaften schwer belasteten. Dieses süße kleine Dinge hatte etwas Besseres verdient.

Als ich sie lange genug beobachtet hatte, um sicher zu sein, daß alles gut funktionierte, brachte ich sie zurück in die Bibliothek. Dort stellte sie sich auf die Zehenspitzen und streckte ihre dünnen Ärmchen nach mir aus. Ich bückte mich zu ihr hinunter und küßte sie auf die Wange.

»Bye, Docka Alek.«

»Bye, Schatz. Wenn du mal mit mir reden willst, brauchst du es nur deiner Mami zu sagen. Sie hilft dir beim Anrufen.«

Sie sagte okay und kroch zurück in den weichen Zufluchtsort zwischen den Schenkeln ihrer Mutter.

Ricky stand allein in der entferntesten Ecke des Raums und schaute zum Fenster hinaus. Ich ging zu ihm hin, legte meine Hand auf seine Schulter und sagte so leise, daß nur er es hören konnte: »Ich weiß, daß du wütend bist, weil du hierherkommen mußtest.«

Er schob die Unterlippe nach vorn, versteifte seine Haltung und verschränkte die Arme vor der Brust. Darlene wollte aufstehen, hielt dabei immer noch April fest, und machte den Mund auf, um etwas zu sagen, aber ich winkte ihr ab und deutete an, daß sie sitzen bleiben sollte.

»Es muß sehr schwer für dich sein, daß du deinen Dad nicht sehen kannst«, sagte ich.

Er stand aufrecht da wie ein Soldat und versuchte, hart und grimmig dreinzuschauen.

»Ich habe gehört, daß du fortgelaufen bist.«

Keine Antwort.

»Das muß ein ganz schönes Abenteuer gewesen sein.«

Der Hauch eines Lächelns huschte über seine Lippen und verschwand wieder.

»Ich weiß ja, daß du kräftige Beine hast, Ricky, aber fünf Meilen, und ganz allein! Eine tolle Leistung.«

Das Lächeln kehrte zurück, blieb diesmal ein wenig länger.

»Hast du etwas Interessantes erlebt oder gesehen?«

»Mhm.«

»Kannst du es mir erzählen?«

Er warf einen Blick auf die anderen.

»Nein, natürlich nicht hier«, beruhigte ich ihn. »Gehen wir in ein anderes Zimmer. Wir können ja zeichnen und spielen wie beim letztenmal. Okay?«

Er hatte die Stirn immer noch in Falten gezogen, kam aber mit.

Mals Büro interessierte ihn, und er umkreiste mehrmals den riesigen, freien Raum, bevor er sich setzte.

»Hast du schon mal ein solches Büro gesehen?«

»Mhm. Im Kino.«

»Ach ja? Was für ein Film?«

»Es war über die Bösen, die die Welt erobern. Sie hatten ein Büro mit Laser und lauter so Zeug. Es hat ausgesehen wie das hier.«

»Das Hauptquartier der Bösen, meinst du?«

»Ja.«

»Glaubst du, daß Mr. Worthy zu den Bösen gehört?«

»Mein Dad hat es gesagt.«

»Hat er dir noch einen Bösen genannt? Oder mehrere?«

Er schaute unsicher drein.

»Zum Beispiel mich? Und Doktor Daschoff?«

»Mhm.«

»Verstehst du, warum dein Vater das gesagt hat?«

»Er ist wütend.«

»Das stimmt. Er ist wirklich wütend. Nicht wegen etwas, was du oder April getan hast, sondern weil er nicht will, daß sich deine Mama von ihm scheiden läßt.«

»Ja«, sagte der Junge mit plötzlicher Wildheit, »und es ist verdammt ihre Schuld.«

»Die Scheidung?«

»Ja. Sie hat ihn rausgeschmissen, dabei hat er für das Haus mit seinem eigenen Geld bezahlt.«

Ich ließ ihn sich setzen, nahm dann ihm gegenüber Platz und legte meine Hände auf seine kleinen Schultern, während ich sagte:

»Ricky, es tut mir leid, daß alles so traurig geworden ist für dich. Ich weiß, du möchtest, daß deine Mama und dein Daddy wieder beisammen sind. Aber das wird nicht geschehen. Erinnerst du dich, wie sie immer miteinander gestritten haben?«

»Ja, aber dann haben sie aufgehört und waren glücklich mit uns.«

»Und dann war es schön.«

»Ja.«

»Aber sie haben immer öfter gestritten, und es ist immer schlimmer geworden, und da ist nicht mehr viel Zeit zum Glücklichsein geblieben.«

Er schüttelte den Kopf.

»Eine Scheidung ist etwas Schlimmes«, sagte ich. »So, als ob alles auseinanderbricht.«

Er schaute weg.

»Es ist okay, wenn du wütend bist, Ricky. Ich wäre auch wütend, wenn sich meine Eltern scheiden ließen. Aber es ist nicht okay, wegzulaufen, weil einem dabei nur etwas passieren kann.«

»Mcin Dad kümmert sich schon um mich.«

»Ricky, ich weiß, daß du deinen Dad sehr liebst. Das ist richtig so, denn ein Daddy ist nun mal etwas Besonderes. Und er sollte auch mit seinen Kindern beisammensein, selbst wenn er geschieden ist. Ich hoffe, euer Dad kann euch eines Tages wieder oft besuchen und mit euch wegfahren und Spaß haben. Aber jetzt – und das ist wirklich traurig –, gerade jetzt wäre es nicht so gut, wenn er öfters mit dir und April beisammen wäre. Weißt du, warum?«

»Wird er wütend?«

»Das ist nur ein Teil davon. Er wird sehr, sehr wütend – oder sehr traurig – oder sehr glücklich, ganz schnell hintereinander, und manchmal ohne jeden Grund. Wenn er sehr wütend ist, könnte er Dinge tun, die nicht richtig sind, zum Beispiel mit jemandem kämpfen.«

»Ach, den würde er bestimmt zusammenschlagen.«

»Das stimmt, aber es wäre gefährlich für den anderen, den er zusammenschlägt. Und du und April, euch könnte dabei auch etwas passieren, verstehst du das?«

Er nickte zögernd.

»Ich will damit nicht sagen, daß er immer so krank sein wird. Es gibt zum Beispiel eine Medizin, die ihm hilft. Oder wenn er mit einem Doktor wie mir redet, das könnte ihm auch helfen. Aber dein Daddy will einfach nicht zugeben, daß er Hilfe braucht. Also hat die Richterin gesagt, er darf euch nicht mehr sehen, bevor es ihm nicht bessergeht. Da ist er erst richtig wütend geworden und glaubt jetzt, daß alle anderen böse sind und ihm weh tun wollen.«

Er starrte mich an, stand auf, nahm ein Blatt Zeichenpapier und fing damit an, eine Flotte von Papierflugzeugen zu falten. In der nächsten Viertelstunde lieferte er sich einen einsamen Kampf von epischen Ausmaßen, zerstörte ganze Städte, massakrierte Tausende von Bewohnern, stampfte und brüllte und zerfetzte das Papier, bis Mals antiker Saruk völlig mit Konfetti bedeckt war.

Danach zeichnete er eine Weile, war aber nicht glücklich mit seinen Schöpfungen und warf die zerknitterten Blätter in den Papierkorb. Ich versuchte, mit ihm über die Ausreißerepisode zu sprechen, aber er weigerte sich. Ich erwähnte noch einmal die Gefahr, in die er sich begeben würde, und er hörte zu, wobei er mich gelangweilt anschaute. Als ich ihn fragte, ob er es noch einmal tun würde, zuckte er mit den Schultern.

Ich brachte ihn zurück und holte Darlene ins Büro. Sie trug einen rosafarbenen Hosenanzug und dazu silberne Sandalen. Ihr dunkles Haar war hoch aufgetürmt und gesprayt. Sie hatte bestimmt viel Zeit und Mühe aufgewandt für ihr Make-up, aber sie sah dennoch müde, erschöpft und verängstigt aus. Nachdem sie sich gesetzt hatte, nahm sie ein Taschentuch aus ihrer Handtasche und schneuzte sich.

»Es muß sehr schwer sein für Sie«, sagte ich.

Tränen traten ihr in die Augen. Das Taschentuch wanderte wieder nach oben.

»Er ist ein Wahnsinniger, Doktor. Er wird immer verrückter, und jetzt will er mich nicht gehen lassen, ohne etwas wirklich Wahnsinniges zu tun.«

»Wie schaffen es denn die Kinder?«

»April klammert sich ein bißchen viel an mich – Sie haben es ja da draußen gesehen. Sie steht nachts mehrmals auf und will in unser Bett kommen. Aber sie ist ein liebes Kind. Der Junge ist ein Problem, stets zornig, und gestern hat er ein ganz ordinäres Wort zu Carlton gesagt.«

»Wie hat Carlton darauf reagiert?«

»Er hat ihm erklärt, daß er ihm tüchtige Prügel verpaßt, wenn er es noch einmal sagt.«

Großartig.

»Es ist nicht gerade gut, Carlton in dieser Weise in die Erziehung einzubeziehen. Jetzt jedenfalls noch nicht. Daß er da ist, wo zuvor ihr Daddy war, erfordert von den Kindern ohnehin schon genug Anpassung. Wenn Sie zulassen, daß er die Führung des Haushalts übernimmt, werden Sie sich verstoßen und vereinsamt fühlen.«

»Aber Doktor, man kann doch nicht unwidersprochen zuhören, wenn er solche Dinge sagt!«

»Dann müssen Sie das in die Hand nehmen, Mrs. Moody. Es ist wichtig für die Kinder, zu wissen, daß Sie immer für sie da sind. Daß Sie sich um sie kümmern.«

»Okay«, erklärte sie ohne Begeisterung. »Ich werde es versuchen.«

Ich wußte, daß sie es nicht versuchen würde. Und in ein paar Monaten würde sie sich fragen, warum die Kinder so störrisch, traurig und widerspenstig waren.

Trotzdem tat ich meine Pflicht und erklärte ihr, daß

beide Kinder von der Hilfe eines erfahrenen Psychologen nur profitieren konnten. April, sagte ich ihr, zeige keine ernsthaften Probleme, doch sei sie gefährdet. Eine geeignete Therapie könnte bei ihr bereits kurzfristig helfen und das Risiko gravierender Probleme in der Zukunft ausschalten.

Ricky dagegen sei ein gequälter kleiner Junge, voller Zorn und jederzeit bereit, davonzulaufen. An diesem Punkt unterbrach sie mich, um für das Davonlaufen den Vater des Jungen verantwortlich zu machen, und danach erklärte sie, der Junge erinnere sie übrigens sehr an seinen Vater.

»Mrs. Moody«, sagte ich, »Ricky braucht die Möglichkeit, von Zeit zu Zeit Dampf abzulassen.«

»Ach, wissen Sie«, entgegnete sie, »Carlton und er kommen allmählich besser miteinander aus. Gestern haben sie auf dem Hof Fangen gespielt und viel Spaß gehabt. Ich weiß, daß Carlton einen guten Einfluß auf den Jungen ausübt.«

»Wie schön. Doch das ersetzt keineswegs die Hilfe eines erfahrenen Psychologen.«

»Doktor«, sagte sie, »ich bin pleite. Wissen Sie, was die Anwälte kosten? Schon daß ich heute hier bin, kostet mich einen Haufen Geld.«

»Es gibt Kliniken, die gleitende Honorare verlangen, je nach der Zahlungsfähigkeit des Patienten. Ich werde Mr. Worthy ein paar Telefonnummern nennen.«

»Sind die weit weg? Ich fahre nicht auf Schnellstraßen.«

»Ich werde eine finden, die in Ihrer Nähe ist, Mrs. Moody.«

»Danke, Doktor.« Sie seufzte, stand auf und wartete, daß ich ihr die Tür aufhielt.

Ich schaute ihr nach. Wenn sie wie eine Alte über den Korridor watschelte, konnte man leicht vergessen, daß sie erst neunundzwanzig war.

Ich diktierte meine Beobachtungen Mals Sekretärin, während sie geräuschlos auf einer Schreibmaschine für Gerichtsstenographen tippte. Als sie gegangen war, brachte Mal eine Flasche Johnny Walker zum Vorschein und schenkte uns beiden einen Fingerbreit ein.

»Danke, daß du gekommen bist, Alex.«

»Kein Problem, aber ich glaube nicht, daß es viel nützt. Sie blickt da einfach nicht durch.«

»Dafür werde ich schon sorgen. Ich sage ihr, daß es wichtig ist für unseren Fall.«

Wir tranken Scotch.

»Übrigens«, erklärte er, »die Richterin hat bis jetzt keine unangenehmen Überraschungen erlebt – Moody ist vielleicht verrückt, aber nicht blöd. Trotzdem ist sie stocksauer, weil er sich so verhält. Sie hat den Staatsanwalt verständigt und ihm den Auftrag erteilt, etwas zu unternehmen. Er hat es auf die Nebenstelle Foothill abgewälzt.«

»Und die erklärte, daß sie ohnehin dabei sei, nach Richard Moody Ausschau zu halten.«

»Richtig.« Er schaute mich überrascht an. Ich berichtete ihm von Milos Gespräch mit Fordebrand.

»Sehr beeindruckend, Alex. – Noch mehr von der Sorte?« Er nahm die Flasche, aber ich lehnte ab. Ich konnte zwar einem guten Scotch nur schwer widerstehen, doch das Gespräch über Moody erinnerte mich daran, wie wichtig es war, einen klaren Kopf zu behalten.

»Jedenfalls, Foothill meint, sie hätten ausgiebig nach ihm gesucht, befürchten aber, daß er im Angeles Crest verschwunden ist.«

»Wundervoll.«

Der Nationalpark Angeles Crest bestand aus 600 Morgen Wildnis, die bis an die nördliche Stadtgrenze reichte. Die Moodys wohnten im nahegelegenen Sunland, und der Park war Richard zweifellos vertraut, ein natürlicher

Zufluchtsort. Ein großer Teil des Geländes war nur zu Fuß zu durchdringen, und man konnte sich dort verstekken, solange man wollte. Es war eine Zuflucht für Wanderer, Camper, Naturfreunde und Kletterer, aber auch für ein paar Motorradbanden, welche die ganze Nacht hindurch feierten und dann in Höhlen ihren Rausch ausschliefen. Und die Gießbäche und das Schwemmland waren beliebte Plätze, um Leichen verschwinden zu lassen.

Kurz vor der Rauferei auf dem Parkplatz hatte Moody noch vom Überleben in der Wildnis gesprochen, wobei er natürlich in seiner Phantasie die Kinder mit einbezogen hatte. Ich sagte es Mal.

Er nickte grimmig.

»Ich habe Darlene geraten, die Kinder zu nehmen und eine Weile aus der Stadt zu verschwinden. Ihre Leute haben eine Farm in der Nähe von Davis. Sie fahren heute noch los.«

»Wird er sie da nicht entdecken?«

»Möglicherweise – wenn er aus seinem Versteck auftaucht. Aber ich hoffe, er spielt erst einmal den Mann von den Bergen.« Er riß die Arme hoch. »Es ist noch das Beste, was ich tun konnte, Alex.«

Das Gespräch hatte eine beunruhigende Wendung genommen. Ich stand auf, um zu gehen, und wir schüttelten uns die Hände. An der Tür fragte ich ihn, ob er schon einmal etwas von einem Anwalt namens Norman Matthews gehört habe.

»Der stürmische Norman? Das ist noch einer aus den alten Zeiten. Ich habe ihn mindestens ein dutzendmal als Gegner gehabt. Der größte Ehebrecher in Beverly Hills.«

»Du meinst, er war Scheidungsanwalt?«

»Der beste, den es gab. Super-aggressiv, mit dem Ruf, daß er seinen Mandanten grundsätzlich zum Prozeßgewinn verhalf, egal, mit wem er es sich dabei verdarb. Er hat manche Trennung à la Hollywood mit viel Geld im Hintergrund über die Bühne gebracht und hielt sich selbst für einen Star. Sehr imagebewußt: fuhr einen Excalibur *und* einen Corniche, trug auffallend teure Kleidung, hatte eine Blondine an jedem Arm, rauchte Dunhill Latakia durch eine Tausend-Dollar-Meerschaumpfeife …«

»Derzeit ist er offenbar mehr an geistigen Werten interessiert.«

»Ja, hab' davon gehört. Er leitet so eine Verrücktengruppe, unten an der Grenze. Nennt sich selbst den Großen Bonzen oder so ähnlich.«

»Den edlen Matthias. Warum, glaubst du, hat er die Pflege des Gesetzes aufgegeben?«

Er lachte gezwungen.

»Man könnte sagen, das Gesetz hat ihn aufgegeben. Das war vor fünf oder sechs Jahren, und es stand in allen Zeitungen. Wundert mich, daß du dich nicht daran erinnerst. Matthews vertrat damals die Frau eines bekannten Dramatikers. Der hatte gerade den ganz großen Erfolg gelandet – einen Hit am Broadway! –, endlich Kaviar nach zehn Jahren trockener Sandwiches. Aber als er an diesem Punkt angelangt war, fand die Frau einen anderen Verlierer, den sie bemuttern konnte, und reichte die Scheidung ein. Matthews hatte ihr alles verschafft, was sie wollte: einen beträchtlichen Anteil an den Tantiemen für das Stück und einen Prozentanteil an allem, was der Mann in den nächsten Jahren herausbringen würde. Der Fall wurde sehr ausführlich in Presse und Öffentlichkeit besprochen, und es gab gleich nach der Verhandlung, noch auf der Treppe vor dem Gerichtssaal, eine Pressekonferenz. Matthews und die geschiedene Frau kamen heraus, als der Ex-Ehemann aus dem Nichts auftauchte, mit einer Zweiundzwanziger-Flinte. Er hat beide in den Kopf geschossen. Die Frau starb, Matthews überlebte, nach einem halben Jahr auf Messers Schneide.

Dann tauchte er unter und kam zwei Jahre später als *maharishi* wieder an die Oberfläche. Die übliche Geschichte aus Kalifornien.«

Ich danke ihm für die Information und drehte mich um zum Gehen.

»He«, fragte er, »warum interessierst du dich für ihn?«

»Nichts Wichtiges. Sein Name ist bei einem Gespräch aufgetaucht.«

»Der stürmische Norman.« Er lächelte. »Geheiligt durch Gehirnschaden.«

13

Am nächsten Morgen klopfte Milo an meine Tür und weckte mich um Viertel vor sieben. Der Himmel war grau wie eine streunende Katze. Es hatte die ganze Nacht über geregnet, und die Luft roch wie feuchter Flanell. An den Hängen des Glen hing eine Kälte, die bis ins Knochenmark drang, sobald man die Tür öffnete.

Er trug einen dünnen, glänzend schwarzen Regenmantel über einem zerknitterten weißen Hemd, eine braun-blau gestreifte Krawatte und eine braune Hose. Sein Kinn war bläulich von den Stoppeln, die Augenlider schwer von Müdigkeit. An den Schuhen klebte eine Dreckkruste, die er am Rand der Terrasse abstreifte, bevor er eintrat.

»Wir haben zwei von den Swopes gefunden, Mutter und Vater, oben im Benedict Canyon. Schußverletzungen am Kopf und im Rücken.«

Er sprach sehr schnell, ohne mit mir Augenkontakt aufzunehmen, und ging an mir vorbei in die Küche. Ich folgte ihm und setzte Kaffee auf. Während der Kaffee durch den

Filter lief, wusch ich mir das Gesicht in der Spüle, und er kaute an dem Rest eines trockenen Baguettes. Keiner von uns sprach ein Wort, bis wir uns an meinen alten Eichenholztisch gesetzt und unsere Gurgeln mit kräftigen Schlukken heißen Kaffees geschunden hatten.

»Ein Alter mit einem Metalldetektor hat sie kurz nach ein Uhr nachts gefunden. Es handelt sich um einen reichen Mann, einen pensionierten Zahnarzt; er besitzt ein großes Haus in der Gegend des Benedict Canyon, aber er liebt es, nachts herumzustreichen und auf Schatzsuche zu gehen. Sein Gerät reagierte auf die Münzen in den Hosentaschen des Vaters – die Leichen war nicht sehr tief eingescharrt worden. Der Regen hatte überdies etwas Erde weggespült, und der Pensionist konnte einen Teil des Kopfes im Mondlicht sehen. Der arme Teufel war völlig verstört.«

Er blickte entmutigt zu Boden.

»Ein anderer Kriminalbeamter übernahm zunächst den Fall, aber als die Toten identifiziert waren, erinnerte er sich daran, daß ich mich schon einmal damit befaßt hatte, und rief mich an. Er war ohnehin mit einem Bein im Urlaub und deshalb froh, daß er mir die Sache übergeben konnte. Ich war seit drei Uhr morgens dort.«

»Aber keine Spur von Woody und Nona?«

Milo schüttelte den Kopf.

»*Nada*. Wir haben die Umgebung durchgekämmt. Die Stelle, wo wir sie gefunden haben, befindet sich kurz vor dem Punkt, wo die Straße steil ansteigt, zum Valley. Der größte Teil des Benedict Canyon ist ziemlich dicht besiedelt, aber auf der Westseite ist ein kleines Nebental, das die Grundstückshaie noch nicht geschnappt haben. Es ist eigentlich eine Senke, wie eine Untertasse, mit Buschwerk bewachsen, der Boden bedeckt von getrocknetem Laub. Man kann die Senke leicht übersehen, weil der Blick von der Straße aus durch hohe Eukalyptusbäume abgeschirmt wird. Wir haben das Gelände dort netzartig Meter für Meter durchgekämmt. Merkwürdigerweise haben wir noch einen vergrabenen Leichnam entdeckt, doch der bestand fast nur noch aus Knochen. Nach dem Bau der Hüftknochen nimmt der Gerichtsmediziner an, daß es sich dabei um den Leichnam einer Frau handelt, der mindestens seit zwei Jahren dort gelegen hat.«

Er konzentrierte sich auf die Details, um der emotionellen Belastung dieses Doppelmords aus dem Weg zu gehen. Jetzt trank er einen großen Schluck Kaffee, rieb sich die Augen, und ein Schauer lief ihm über den Rükken.

»Ich bin bis auf die Haut naß. Laß mich das da ausziehen.«

Er zog den Regenmantel aus und drapierte ihn über einen Stuhl.

»Und das soll das verdammte, sonnige Kalifornien sein«, zischte er. »Mir kommt es vor, als ob ich auf chinesischen Reisfeldern gewässert worden wäre.«

»Soll ich dir ein trockenes, warmes Hemd geben?«

»Nee.« Er rieb die Hände aneinander, trank Kaffee und stand dann auf, um sich nachzuschenken.

»Von den Kindern keine Spur«, nahm er den Bericht wieder auf, während er zum Tisch zurückkam. »Also ergeben sich mehrere Möglichkeiten. Erstens: Sie waren nicht bei den Eltern und sind dem, was im Canyon passiert ist, entgangen. Als sie ins Motel zurückkamen, sahen sie das Blut und liefen entsetzt davon.«

»Warum aber sollte die Familie nicht beisammengeblieben sein, wo sie doch nach Hause wollte?« fragte ich.

»Vielleicht ist das Mädchen mit Woody ein Eis essen gegangen. Während die Eltern packten.«

»Ausgeschlossen, Milo. Dafür war Woody zu krank.«

»Ja, das habe ich ganz vergessen. Vielleicht hab' ich es auch verdrängt, was meinst du?«

»Es wäre möglich.«

»Okay, dann also zu Hypothese Nummer zwei: Sie waren nicht beisammen, weil die Tochter den Jungen entführt hat. Du weißt von Beverly, daß sie ihre Eltern nicht mochte. Vielleicht ist es zum offenen Streit gekommen.«

»Alles, was Bev über Nona sagt, muß man mit Vorsicht genießen. Nona hat es mit dem Mann getrieben, den Bev liebte. Bewußt oder unbewußt, sie haßt Nona bis aufs Blut.«

»Du hast selbst gesagt, daß Nona Swope stocksauer war, als du sie auf dem Korridor im Krankenhaus gesehen hast, und daß sie Melendez-Lynch scharf angefahren hat. Und das Bild, das wir nach den Gesprächen mit der Rambo und mit Carmichael gewonnen haben, weist auf ein sehr merkwürdiges junges Mädchen hin, findest zu nicht?«

»Du hast recht. Es hört sich an, als ob sie eine Menge Probleme hätte. Aber warum sollte sie ihren Bruder kidnappen? Es deutet doch eigentlich alles darauf hin, daß sie ihr eigenes Leben führen wollte, ohne sich um die Gefühle der Familie zu kümmern. Sie und Woody hatten keine sehr enge Beziehung zueinander. Sie hat ihn nicht gerade häufig besucht, und wenn, dann während der Nacht, wenn der Junge schlief. Daß sie ihn nicht zusammen mit den Eltern besuchte, könnte man sich noch erklären. Aber alles andere nicht.«

»Es macht wirklich Spaß, mit dir zu diskutieren«, sagte Milo. »Wenn ich wieder mal jemanden brauche, der zu allen meinen Ideen nein sagt, ruf' ich dich an.«

Dann öffnete sich sein Gesicht in einem gewaltigen Gähnen. Nachdem er genügend Luft geschöpft hatte, fuhr er fort. »Alles, was du sagst, ist logisch, Kumpel, aber ich muß sämtliche Möglichkeiten in Betracht ziehen – auch die unlogischen. Ich habe Houten in La Vista angerufen, bevor ich hierherkam. Habe den armen Teufel geweckt und ihm den Auftrag erteilt, die Stadt und ihre Umgebung nach dem Mädchen und dem Jungen zu durchstöbern. Er war ziemlich erschüttert, als er das von den Eltern hörte, versicherte mir, daß er sich schon beim erstenmal sehr ausführlich umgeschaut habe, war aber bereit, es zu wiederholen.«

»Einschließlich einer Überprüfung des Geländes, das sich im Besitz der Berührer-Sekte befindet?«

»Ganz besonders. Vielleicht hat Melendez-Lynch von Anfang an recht gehabt. Selbst wenn Houten mit leeren Händen von dort zurückkommt, sind diese Leute aus naheliegenden Gründen verdächtig. Ich fahre heute noch hin, um persönlich mit ihnen zu sprechen. Vor allem mit den beiden, die die Swopes im Western Pediatric besucht haben. Ich habe übrigens zwei meiner Leute ins Krankenhaus geschickt, wo sie jeden verhören werden, der mit den Swopes in Kontakt gestanden hat. Mit dem Sonderauftrag, vor allem dieses Arschloch Valcroix auszuquetschen.«

Ich erzählte ihm von Seth Fiacres Auskunft, nach der die Berührer eine zurückgezogene Gruppe waren, die das Licht der Öffentlichkeit scheuten, und von Mals Bemerkungen über Norman Matthews, der plötzlich zum edlen Matthias ergrünt war.

»Sie sind nicht an Bekehrungen interessiert«, bemerkte ich. »Statt dessen verschließen sie sich vor dem Rest der Welt. Was für einen Grund könnte es geben, daß sie sich so intensiv mit Außenstehenden befaßten?«

Milo schien die Frage zu ignorieren und äußerte seine Verwunderung über die Identität des edlen Matthias.

»Matthews ist der Guru? Ich hab' mich immer gefragt, was aus ihm geworden ist. Und ich erinnere mich genau an den Fall. Der fiel damals in die Zuständigkeit von Beverly Hills, so daß wir nicht direkt damit zu tun hatten. Den Ehemann hat man übrigens in Atascadero eingesperrt, und er hat sich sechs Monate danach mit Gift das Leben genommen.« Er lächelte mit ernster Miene. »Matthews hieß bei uns ›die Rakete der Rechtsverdreher‹. Was weiß man schon über die Menschen!«

Wieder gähnte er und trank einen Schluck Kaffee.

»Die Motivation?« wiederholte er meine Frage von vorhin. »Vielleicht glauben sie, die Eltern davon überzeugt zu haben, daß das Kind nach ihrer Methode behandelt werden mußte, und vielleicht haben die Eltern dann doch ihre Ansicht geändert, woraufhin alles außer Kontrolle geriet.«

»Ziemlich weit außer Kontrolle – bei einem solchen Anlaß«, bemerkte ich.

»Vergiß nicht, was ich dir in dem Motelzimmer gesagt habe. Darüber, daß die Welt immer verrückter wird. Es mag ja sein, daß diese Sektenbrüder kamerascheu waren, als dein Professor sich mit ihnen befaßte, doch auch das kann sich geändert haben. Die Verrückten verändern sich genau wie alle anderen Menschen. Jim Jones war hier ein beliebter Mann, ein Vorbild, bis er sich in einen Idi Amin verwandelte.«

»Eine sehr treffende Bemerkung.«

»Natürlich. Ich bin ja schließlich ein Profi.« Er lachte, ein gutes, warmes Geräusch, das sich bald wieder durch Schweigen und unausgesprochene Worte abkühlte.

»Es gibt noch eine Möglichkeit«, sagte ich abschließend.

»Jetzt, wo du es sagst: das stimmt.« Seine grünen Augen verdunkelten sich melancholisch. »Die Kinder sind woanders eingescharrt worden. Der oder die Täter sind verscheucht worden, bevor sie mit ihrer Arbeit fertig waren, und sind abgehauen. Da draußen gibt es Kojoten und alles mögliche räuberische Wild. Man sieht immer wieder Augenpaare im Dunkeln blitzen – unheimlich.«

Ich war wie betäubt und zugleich zutiefst erschüttert, seit ich von Milo erfahren hatte, daß die beiden Swopes ermordet worden waren, und meine Aufmerksamkeit war die ganze Zeit zwischen Milos Worten und den Bildern, die sie hervorriefen, hin und her gerissen worden. Aber jetzt traf mich das, was er gesagt hatte, mit voller Wucht, und ich errichtete schnell eine Mauer aus Einwänden, um diese grauenvolle Vorstellung abzublocken.

»Ihr sucht doch noch weiter nach dem Jungen, oder?«

Er schaute mich an, verwundert über die starke Betonung, mit der ich es sagte.

»Wir sondieren im Benedict Canyon vom Sunset Boulevard bis weit hinauf ins Valley, Alex, und gehen dort von Tür zu Tür auf die vage Möglichkeit hin, daß jemand etwas gesehen haben könnte. Aber es war dunkel, deshalb ist es unwahrscheinlich, daß wir auf irgendwelche Augenzeugen stoßen. Außerdem sehen wir in anderen Canyons nach, im Malibu, Tobanga und Laurel Canyon und sogar hier im Glen. Tausend Arbeitsstunden, die vermutlich überhaupt nichts bringen.«

Ich kam zurück auf den Mord an den Eltern, denn so schrecklich die Vorstellung sein mochte, sie war immer noch den Gedanken über das mögliche Schicksal von Woody vorzuziehen.

»Sind sie dort, im Benedict Canyon, erschossen worden?« fragte ich.

»Unwahrscheinlich. Auf dem Boden waren keinerlei Blutspuren zu erkennen, und wir haben auch keine Patronenhülsen gefunden. Der Regen bildet da allerdings einen gewissen Unsicherheitsfaktor, aber jedes der beiden Opfer weist mindestens ein halbes Dutzend Schußverletzungen auf. Eine solche Schießerei erzeugt großen Lärm; außerdem müßten dann Geschosse gefunden werden. Nein, ich würde sagen, sie sind anderswo erschossen und dann dort verscharrt worden. Es gibt keine Fuß- oder Reifenspuren, doch das ließe sich wieder mit dem starken Regen erklären.«

Er knabberte mit scharfen, kleinen Zähnen an dem alten Weißbrot und kaute dann geräuschvoll.

»Noch Kaffee?« fragte ich ihn.

»Nein, danke. Meine Nervenenden sind auch ohne Kaffee schon ziemlich bloßgelegt.« Er beugte sich vor und hatte die dicken, spatelförmigen Finger auf dem Tisch ausgebreitet. »Alex, es tut mir leid. Ich weiß, daß du dir Sorgen machst um den Jungen.«

»Es ist wie ein Alptraum«, gab ich zu. »Ich versuche, möglichst wenig an ihn zu denken.« Perverserweise tauchte im selben Augenblick das kleine, blasse Gesicht vor mir auf. Ein Damespiel in einem Plastikwürfel ...

»Als ich das Motelzimmer sah, dachte ich wirklich, sie seien nach Hause gefahren, und das Ganze sei eine reine Familienangelegenheit«, sagte Milo mürrisch. »Nach dem Zustand der Leichen meint der Gerichtsmediziner, daß sie vor etwa zwei Tagen umgebracht worden sind. Also vermutlich kurz nachdem das Kind aus dem Krankenhaus entführt worden ist.«

»Im nachhinein sieht es immer anders aus, Milo«, erwiderte ich und bemühte mich, es nicht allzu väterlich klingen zu lassen. »Weder du noch irgend jemand anders hat so etwas ahnen können.«

»Da hast du allerdings recht. Ich muß mal auf deine Toilette.«

Nachdem er gegangen war, versuchte ich erst einmal, mich zu fassen und zu beruhigen, mit wenig Erfolg. Meine Hände zitterten, mein Schädel brummte. Allein zu sein in meiner Hilflosigkeit und in meinem Zorn war jetzt das letzte, was ich gebrauchen konnte. Daher versuchte ich mich durch Aktivität abzulenken. Ich hätte natürlich ins Krankenhaus fahren und Raoul über die Morde informieren können, aber Milo hatte mich gebeten, das nicht zu tun. Also ging ich im Zimmer auf und ab, schenkte mir Kaffee ein, goß ihn dann unangerührt in die Spüle, schnappte mir die Zeitung und schlug die Kinoseite auf. In einem Kino in Santa Monica gab es eine Matinee, einen Dokumentarfilm über William Burroughs, was so bizarr klang, daß ich den Film für geeignet hielt, um mit seiner Hilfe die Wirklichkeit zu verdrängen. Gerade als ich aus der Tür treten wollte, rief Robin aus Japan an.

»Hallo, Geliebter«, sagte sie.

»Hallo, Baby. Du fehlst mir.«

»Du mir auch, Liebster.«

Ich ging mit dem Telefon zum Bett und setzte mich vor ein gerahmtes Foto, auf dem wir beide zu sehen waren. Ich erinnerte mich genau an den Tag, als es aufgenommen worden war. Wir waren an einem Sonntag im April ins Arboretum gegangen und hatten einen vorbeigehenden Achtzigjährigen gebeten, uns den Gefallen zu tun. Trotz seiner zitternden Hände und seiner angeblichen Ahnungslosigkeit modernen Kameras gegenüber war es ein hübsches Bild geworden.

Wir standen vor einem purpurnen Rhododendronbusch und schneeweißen Kamelien. Robin stand vorn und wandte mir den Rücken zu, während ich meine Arme um ihre Taille geschlungen hatte. Sie trug enge Jeans und einen weißen Rollkragenpullover, der ihre Kurven zur Geltung brachte. Die Sonne zauberte rötliche Lichter in ihr Haar, das lang und lockig wie kupferfarbene Weintrauben nach unten hing. Ihr Lächeln war weit und offen, die perfekten Zähne bildeten ein weißes Halbrund. Ihr Gesicht war liebenswert, die dunklen Augen wirkten lebhaft.

Sie war innerlich und äußerlich eine zauberhafte Frau. Und der Klang ihrer Stimme am Telefon war schmerzhaft und schön zugleich.

»Ich habe dir einen Seidenkimono gekauft, Alex. Graublau, zu deinen Augen passend.«

»Ich kann es kaum erwarten, ihn zu sehen. Wann kommst du heim?«

»Ungefähr in einer Woche, Liebster. Hier versucht man jetzt, Werkzeuge zu entwickeln, mit denen man die

Instrumente in Serie produzieren kann, und ich soll noch so lange bleiben, um sie zu inspizieren.«

»Hört sich an, als ob alles gut läuft.«

»Das kann man sagen. Aber deine Stimme klingt bedrückt. Ist etwas passiert?«

»Nein. Das liegt wahrscheinlich an der Verbindung.«

»Bist du sicher, Liebster?«

»Ja. Hier ist alles in Ordnung. Du fehlst mir nur sehr, das ist alles.«

»Du bist böse auf mich, nicht wahr? Weil ich so lange fortbleibe?«

»Nein. Wirklich nicht. Es ist ja wichtig für dich. Du mußt das tun.«

»Nicht, daß es mir großen Spaß machen würde, weißt du. In den ersten Tagen hat man mir viel gezeigt und mich ausgeführt, aber jetzt ist es ein reiner Geschäftsbesuch. Den ganzen Tag über bin ich in Studios und in Fabriken. Und es gibt keine männlichen Geishas, die mir nachts dabei helfen, mich zu entspannen.«

»Armes Baby.«

»Das kann man sagen.« Sie lachte. »Aber ich gebe zu, es ist ein faszinierendes Land. Und sehr straff organisiert. Das nächste Mal mußt du mich begleiten.«

»Das nächste Mal?«

»Alex, sie sind begeistert von meiner Arbeit. Wenn die Billy-Orleans-Gitarre ein Erfolg wird, werden sie sicher weitere Modelle haben wollen. Dann könnten wir zur Kirschblütenzeit hier sein. Du würdest begeistert sein. Es gibt wundervolle Gartenanlagen hier, größere Variationen vom unsrigen, in den öffentlichen Parks. Und ich habe Koi gesehen, die schon fast eineinhalb Meter lang waren. Vierkantige Wassermelonen und Sushi-Bars, daß du es nicht für möglich hältst. Es ist wirklich unglaublich, Schatz.«

»So hört es sich an.«

»Alex, was ist los mit dir? Und sag jetzt bitte nicht ›nichts‹.«

»Nichts.«

»Komm schon. Ich war so einsam und hab' allein in diesem sterilen Hotelzimmer gesessen, habe Tee getrunken und ›Kojak‹ mit japanischen Untertiteln gesehen. Ich dachte, wenn ich mit dir rede, hilft mir das, und ich wache wieder auf und fühle mich lebendig. Aber nun macht mich dieses Gespräch nur noch trauriger.«

»Das tut mir leid, Baby. Ich liebe dich, und ich bin sehr stolz auf dich. Ich versuche mit aller Kraft, den Großmütigen zu spielen und meine Bedürfnisse zu unterdrücken. Aber es stellt sich heraus, daß ich nichts weiter als einer der unzähligen, selbstsüchtigen und sexbesessenen Schweinehunde bin, daß mich dein Erfolg beunruhigt und daß ich fürchte, es könnte nie wieder so sein wie zuvor.«

»Alex, es wird immer so sein. Das Kostbarste in unserem Leben sind wir zwei. Hast du selbst nicht einmal gesagt, daß all die kleinen Dinge, mit denen wir uns beschäftigen – die Karriere, der Besitz – nichts weiter als Verzierungen sind, Dinge, die bestenfalls den Rahmen zieren? Daß letztlich nur die Intimität zählt, die wir in unserem Leben erreichen? Ich hab' das damals eingesehen. Und ich glaube wirklich daran.«

Ihre Stimme klang rauh. Ich wollte Robin umarmen, sie an mich drücken.

»Wie ist das mit vierkantigen Wassermelonen?« fragte ich.

Wir lachten, und die nächsten fünf Minuten waren für uns beide der Himmel, über Draht und Satellit.

Sie war durch das ganze Land gereist und hielt sich jetzt noch eine Woche in Tokio auf, bevor sie von dort in die Staaten zurückflog. Ich schrieb mir die Adresse ihres Hotels und ihre Zimmernummer auf. Ihr Reiseplan sah eine Übernachtung auf Hawaii vor, danach den endgültige Flug nach Los Angeles. Die Idee, sie in Honolulu zu treffen und danach gemeinsam mit ihr eine Woche auf

Kauai zu verbringen, erschien mir als eine verlockende und zugleich durchaus ernsthaft in Betracht zu ziehende Möglichkeit. Sie versprach mit anzurufen, sobald ihr Abflugtermin endgültig feststand.

»Weißt du, was mich aufrecht erhält?« fragte sie und lachte. »Erinnerst du dich an die Hochzeit in Santa Barbara, auf der wir letzten Sommer waren?«

»Im Biltmore, Zimmer drei einundfünfzig?«

»Wenn ich daran denke, wird mir ganz anders.«

»Hör auf, sonst kann ich mich den ganzen Tag nicht gerade aufrichten.«

»Das ist gut. Du kannst dich auf mich freuen.«

»Glaub mir, ich freue mich schon jetzt.«

Wir verabschiedeten uns mit einer Folge von Grüßen und Küssen, dann hatte sie aufgelegt.

Ich hatte ihr nichts gesagt über die Swopes und die Probleme, die mich beschäftigten. Unsere Beziehung war von Anfang an offen und ehrlich gewesen, und ich wurde das Gefühl nicht los, daß ich das Verschweigen von Dingen, die mich beschäftigten, als eine Art Treuebruch betrachtete. Allerdings war es diesmal wohl das einzig Richtige gewesen, weil ihr ein Bericht aus weiter Ferne über so schreckliche Ereignisse nur unnötige Sorgen bereitet hätte.

Dennoch unternahm ich den Versuch, mein Schuldgefühl zu verdrängen, und verbrachte längere Zeit am Telefon im Gespräch mit einem etwas begriffsstutzigen Blumenhändler, der ein Dutzend korallenrote Rosen auf die andere Seite des Globus schicken sollte.

14

Die Person am Telefon war weiblich und sehr aufgeregt, und ihre Stimme kam mir irgendwie bekannt vor.

»Doktor Delaware, ich brauche Ihre Hilfe!«

Ich versuchte, sie einzuordnen. Eine Patientin aus vergangenen Jahren, die sich in einer Krise an mich erinnerte? Wenn ja, würde es ihre Angst nur verstärken, falls ich sie nicht an der Stimme erkannte. Ich entschloß mich also, so zu tun, als wüßte ich, wer sie war, bis ich es durch das Gespräch herausgefunden hatte.

»Wie kann ich Ihnen helfen?« fragte ich beruhigend.

»Es geht um Raoul. Er hat sich in furchtbare Schwierigkeiten gebracht.«

Da war es! Helen Holroyd. Ihre Stimme klang völlig verändert, wenn sie durch Emotionen aufgeheizt war.

»Was denn für Schwierigkeiten, Helen?«

»Er sitzt im Gefängnis, unten in La Vista!«

»*Was?*«

»Ich habe eben mit ihm gesprochen – sie haben ihm ein Telefonat erlaubt. Es hört sich furchtbar an. Weiß der Teufel, was sie ihm alles antun. Ein Genie, eingesperrt wie ein gewöhnlicher Verbrecher! O Gott, bitte helfen Sie!«

Sie war dem Zusammenbruch nahe, was mich nicht überraschte. Menschen, die so eiskalt wirkten wie sie, froren sich meist ganz bewußt ein, um ein vulkanisches Gebräu aus verwirrenden und gegensätzlichen Gefühlen unter Kontrolle zu bringen. Eine Art emotioneller Winterschlaf, wenn man so wollte. Sobald das Eis taute, kam das Innere mit der Wucht flüssiger Lava zum Vorschein.

Sie schluchzte, und ihre Atmung beschleunigte sich.

»Beruhigen Sie sich doch«, sagte ich. »Wir werden das

schon aufklären. Sagen Sie mir erst einmal, wie es dazu gekommen ist.«

»Die Polizei ist gestern nachmittag ins Labor gekommen. Sie haben ihm gesagt, daß diese zwei Leute ums Leben gekommen sind. Ich war da, arbeitete auf der anderen Seite des Raums. Es schien ihm nichts auszumachen, als er es hörte. Er saß am Computer und gab Daten ein, hörte nicht einen Augenblick lang auf damit, während sie hier waren, sondern arbeitete einfach weiter. Ich wußte, daß da etwas nicht in Ordnung sein konnte. Normalerweise nimmt er solche Dinge nicht so gelassen hin. Er mußte in Wirklichkeit völlig aus dem Häuschen sein. Als die Polizei dann weg war, versuchte ich, mit ihm darüber zu reden, aber er hat mich hinausgeschickt. Dann ist er gegangen, hat einfach das Krankenhaus verlassen, ohne jemandem zu sagen, wohin er ging.«

»Und er fuhr nach La Vista.«

»Ja! Er muß die ganze Nacht darüber nachgedacht haben und früh am Morgen losgefahren sein, denn er kam gegen zehn dort an und muß mit jemandem eine heftige Auseinandersetzung gehabt haben. Ich weiß nicht, mit wem – so lange durfte er nicht mit mir sprechen, und er war so aufgeregt, daß vieles von dem, was er sagte, für mich unverständlich war. Ich rief danach sofort zurück und sprach mit dem Sheriff, aber der sagte, sie würden Raoul festhalten, bis ihn jemand von der Polizei in Los Angeles verhört habe. Mehr wollte er mir nicht sagen, erklärte aber noch, ich könnte natürlich jederzeit einen Anwalt hinzuziehen, und legte auf. Er war unfreundlich und barsch und redete über Raoul wie über einen Verbrecher – und über mich auch, weil ich mit ihm bekannt bin.«

Sie schniefte und erinnerte sich an die Demütigung.

»Es ist alles so – so bescheuert! Ich bin völlig durcheinander und weiß nicht, wie ich ihm helfen kann. Ich dachte sofort an Sie, weil Raoul gesagt hat, daß Sie gute Verbindungen zur Polizei haben. Bitte sagen Sie mir, was ich tun soll.«

»Vorläufig gar nichts. Lassen Sie mich nur ein paar Anrufe erledigen, dann melde ich mich wieder bei Ihnen. Von wo sprechen Sie?«

»Ich bin im Labor.«

»Bleiben Sie dort.«

»Ich gehe ohnehin selten weg.«

Milo war nicht im Büro, und der Mann an der Vermittlung wollte mir nicht sagen, wo ich ihn erreichen konnte, also fragte ich nach Delano Hardy, den Partner meines Freundes, und wurde nach etwa zehn Minuten Wartezeit mit ihm verbunden. Hardy ist ein adretter, fast glatzköpfiger Schwarzer mit schlagfertigem Witz und freundlichem Lächeln. Seine Fähigkeiten beim Umgang mit der Waffe haben mir einmal das Leben gerettet.

»Hey, Doc.«

»Hallo, Del. Ich muß mit Milo sprechen. Der Bursche an der Vermittlung war mir zu zugeknöpft. Ist er denn noch nicht zurück aus La Vista?«

»Er ist nicht zurück, weil er gar nicht dort war. Er hat seine Absicht geändert. Wir arbeiten an einem sehr heißen Fall und sind dabei gestern einen großen Schritt weitergekommen.«

»Der Kerl, der seinen Opfern auf den Bauch scheißt?«

»Ja. Wir haben ihn erwischt, und Milo und ein anderer sitzen schon den ganzen Vormittag in einer Verhörzelle und spielen guter und böser Bulle mit ihm.«

»Meinen Glückwunsch zu dem Erfolg. Können Sie ihm sagen, er soll mich anrufen, sobald er Zeit hat?«

»Was gibt's?«

Ich berichtete ihm von dem Telefonat.

»Moment mal. Ich sehe nach, ob er vielleicht demnächst eine Pause einlegt.«

Sekunden später kam er wieder an den Apparat.

»Er sagt, Sie müssen sich noch eine halbe Stunde gedulden. Er wird Sie anrufen.«

»Vielen Dank, Del.«

»Gern geschehen. Übrigens, die Strato macht mir noch immer viel Spaß.«

Hardy war ein Freizeit-Gitarrist, ein erstklassiger Musiker, der nach Dienstschluß mit einer Rhythm-and-Blues-Gruppe auftrat. Ich hatte ihm eine klassische Fender Stratocaster geschenkt, als Dank für seine Kunst als Scharfschütze.

»Freut mich. Wir sollten mal wieder miteinander strummen, was meinen Sie?«

»Absolut. Kommen Sie einfach in den Klub, und bringen Sie Ihren Hobel mit. Ich muß jetzt weiter.«

Danach rief ich Helen an und sagte ihr, daß es noch ein wenig dauern würde. Ihre Stimme zitterte, also redete ich eine Weile mit ihr und versuchte, ihre Gedanken auf die Arbeit zu lenken. Als die Stimme frostig wurde, wußte ich, daß sie sich beruhigt hatte – wenigstens für eine Weile.

Eine halbe Stunde danach rief Milo an.

»Ich kann nicht lange reden, Alex. Wir haben das Arschloch festgenagelt. Ein Student aus Saudi-Arabien, mit der Königsfamilie verwandt. Es kann haarig werden für uns, aber ich will verdammt sein, wenn uns der über die diplomatische Immunität entschlüpft.«

»Wie habt ihr ihn erwischt?«

»Ich wollte, ich könnte sagen, es war brillante Polizeiarbeit. Er hat eine Frau überfallen, und die hatte MACE in ihrer Handtasche. Sie hat den Idioten angesprayt, bis er gepfiffen hat, dann hat sie ihm das Knie in den Unterleib gerammt und uns angerufen. Ein ganz kleines, zartes Ding, übrigens«, fügte er mit Bewunderung hinzu. »Wir haben Gegenstände in seiner Wohnung gefunden, die den anderen Opfern gehörten. Wenn er aufgeregt ist, scheißt er sich in die Hose. Kein Vergnügen, das Verhör, das kann ich dir sagen. Das einzige Glück ist, daß sein Anwalt dabeisein und den Gestank ebenfalls ertragen muß.«

»Scheint wirklich kein sonderliches Vergnügen zu sein. Hör zu, wenn du jetzt nicht sprechen kannst ...«

»Nein, schon gut. Ich hab' eine Pause eingelegt. Muß ein bißchen frische Luft schnappen. Del hat es mir schon erzählt, von dem Kubaner. Und ich habe mit Houten gesprochen, der mir berichtet hat, was passiert ist. Dein Freund scheint ein ziemlicher Hitzkopf zu sein. Ist heute früh dort aufgekreuzt wie Gary Cooper vor dem großen Showdown. Hat Houten beschimpft und verlangt, er solle diese Berührungs-Leute wegen Mordes an den Swopes festnehmen; außerdem behauptete er, daß der kranke Junge und Nona bei der Sekte festgehalten würden. Houten erklärte ihm, daß die Sektenmitglieder bereits von ihm verhört worden seien, und auch ihr Besitz sei durchsucht worden. Melendez-Lynch hörte ihm nicht zu, sondern wurde immer beleidigender. Schließlich mußte ihn Houten regelrecht hinauswerfen. Daraufhin setzte er sich in seinen Wagen und fuhr von der Polizeistation direkt zur ›Zuflucht‹.«

Ich stöhnte.

»Warte, es kommt noch besser. Anscheinend gibt es dort ein großes Eisentor, das verschlossen ist. Melendez-Lynch hielt davor und brüllte, man solle ihn einlassen. Daraufhin kamen zwei Sektenmitglieder heraus, um ihn zu beruhigen, und es gab eine Schlägerei. Dabei hat allerdings er das meiste einstecken müssen. Aber das schien ihm nichts auszumachen. Die zwei gingen wieder hinein, er aber ließ den Wagen an und fuhr damit gegen das Gitter. Inzwischen hatten die Leute von der Sekte Houten angerufen, und der mußte Melendez-Lynch festnehmen wegen unerlaubten Eindringens, Sachbeschädigung, Hausfriedensbruch und körperlicher Bedrohung sowie Beleidigung und wegen was weiß ich noch allem. Houten meinte, der Mann habe sich wie ein Verrückter benommen, und er glaubte, daß wir daran interessiert seien, ihn zu verhören. Also nahm er ihn zunächst in Haft, versuchte, ihm einen Anwalt zu vermitteln, dessen Hilfe er ausschlug, und gestattete ihm dann den üblichen Anruf.«

»Unglaublich.«

Milo lachte.

»Nicht wahr? Wenn ich an ihn denke, dazu an Valcroix und an die Geschichten, die mir Rick so erzählt, verliere ich den Rest meines Glaubens an die moderne Medizin. Ich meine, solche Leute sind doch alles andere als vertrauenerweckend.«

»Vielleicht dachten das die Swopes auch.«

»Schon möglich. Wenn sie diese Art von Verhalten erlebt haben, kann ich gut verstehen, daß sie den Jungen rausholen wollten.«

»Aber nicht bis dahin, wo sie selbst angelangt sind.«

»Klar. – Hör zu, sobald ich sicher bin, daß der Saudi nicht mehr die Straßen unsicher machen kann, wird die Sache Swope mein Fall Nummer eins. Aber es kann noch eine Weile dauern, denn wenn wir uns nicht sehr intensiv mit dem Hosenscheißer befassen, entschlüpft er uns und ist in Riad, ehe wir bis drei zählen können.«

Seine Worte erschreckten mich. Ich wußte, daß Menschenleben für Milo sehr viel bedeuteten, und wenn er glaubte, daß Woody und Nona noch lebten, hätte er alles getan, Saudi hin oder Saudi her, um ihren Fall mit allem Nachdruck zu verfolgen.

Ich schluckte meinen Schrecken und meinen Zorn hinunter.

»Wann bist du zu der Erkenntnis gekommen, daß Nona und Woody tot sind?«

»Was? – Mein Gott, Alex, hör schon auf, jedes meiner Worte zu analysieren. Ich bin ganz und gar nicht zu irgendeiner Erkenntnis gekommen. Ich lasse die Canyons mit einem riesigen Aufgebot von Polizeibeamten durchkämmen, ich überprüfe die Suchmeldungen täglich zwei- bis dreimal. Ich sitze also nicht auf meinem Arsch. Aber im einen Fall habe ich einen Verdächtigen in meiner Verhörzelle, während ich im anderen nichts habe. Wie würdest du da die Prioritäten setzen?«

»Entschuldige. Ich fürchte, ich bin zu weit gegangen. Aber es fällt mir schwer, zu denken, daß es für den kleinen Woody keine Hoffnung mehr gibt.«

»Ich weiß, mein Freund.« Sein Ton wurde weicher. »Ich bin auch schon ganz geplättet. Man soll nicht zu viel Zeit mit Blut und Dreck verbringen – sei bloß vorsichtig, damit es dir nicht zu sehr unter die Haut geht. Wieder einmal.«

Unwillkürlich tastete ich nach meinem Kinn.

»Okay. Und wie ist das jetzt mit Raoul? Ich muß wenigstens seiner Freundin etwas sagen können.«

»Es gibt keine Story. Ich habe Houten gesagt, daß er ihn unseretwegen ruhig laufen lassen kann. Der Kerl ist zwar verrückt, aber vorläufig nicht verdächtig. Houten meint, er will ihn nur unter Bewachung freilassen. Seit sie ihn eingebuchtet haben, hat er nicht einen Augenblick aufgehört zu brüllen und sie zu beschimpfen, und sie wollen vermeiden, daß er weiteres Unheil anrichtet, sobald sie ihn auf freien Fuß gesetzt haben. Wenn du glaubst, daß du ihn beruhigen kannst, sage ich Houten, er soll ihn in deine Obhut entlassen. Da du außerdem Psychologe bist, sieht die Sache noch besser aus.«

»Ich weiß nicht«, entgegnete ich. »Ich habe Raoul schon öfters toben sehen, aber so habe ich ihn noch nie erlebt.«

»Es liegt an dir. Wenn er sich nicht beruhigt und bereit ist, mit einem Anwalt zu sprechen, oder wenn ihn niemand abholt, kann er noch eine ganze Weile in einer Zelle in La Vista sitzen.«

Wenn erst bekannt wurde, daß sich Melendez-Lynch in Haft befand, würde das seinem Ruf als Arzt und Wissenschaftler zweifellos schaden. Und ich kannte niemanden aus seiner näheren Umgebung außer Helen Holroyd. Sie war sicherlich nicht dazu geeignet, ihn aus dem Gefängnis von La Vista abzuholen.

»Ich muß hinein, Alex«, sagte Milo. »Jetzt heißt es, Nase zugehalten und wieder in den Clinch mit einem Kerl, der noch nicht mal stubenrein ist.«

»Na schön, ruf den Sheriff an und sag ihm, daß ich in La Vista bin und Raoul abhole, so schnell ich kann.«

»Es geht eben nichts über einen guten Freund. Bye.«

Ich meldete mich wieder bei Helen und teilte ihr mit, daß ich die Entlassung des hochgeschätzten Dr. Melendez-Lynch in die Wege geleitet hatte. Sie dankte mir überschwenglich und war dabei, in Tränen auszubrechen, als ich das Gespräch abbrach und den Hörer auflegte. Zu ihrem eigenen Besten.

15

Kurz nach Mittag glitt der Seville auf die Interstate-Schnellstraße Richtung Süden. In der ersten halben Stunde der rund zweistündigen Fahrt nach La Vista ging es durch den industriellen Unterleib Kaliforniens. Ich fuhr vorbei an Schlachthöfen und Frachtumschlagplätzen, riesigen Autohandelsfirmen, rußgeschwärzten Lagerhäusern und Fabriken, die ihre Ausdünstungen in einen mit Reklametafeln verstellten Himmel rülpsten. Ich hielt die Fenster geschlossen, hatte die Klimaanlage eingeschaltet und hörte Flora Purim auf dem Kassettenrecorder.

Bei Irvine veränderte sich die Landschaft schlagartig.

Jetzt breitete sich zu beiden Seiten endloses Grün aus, Felder mit schwerer, dunkler Erde, darauf in Reihen und regelmäßigen Abständen Tomaten, Paprika, Erdbeeren und Mais, bewässert von Sprinkleranlagen. Ich öffnete das Fenster auf meiner Seite und ließ den ländlichen Geruch nach Stalldung und feuchter Erde herein. Etwas später näherte sich die Schnellstraße wieder dem Ozean, und die Felder wichen den üppigen kleinen Orten des Orange County, bis die Bebauung wieder spärlicher und durch große, brachliegende und von Stacheldrahtzäunen eingegrenzte Areale ersetzt wurde: Land, das der Regierung gehörte und wo, wenn die Gerüchte stimmten, geheime Versuchsanlagen für die Kernforschung verborgen waren.

Gleich hinter Oceanside staute sich der Verkehr auf der Gegenfahrbahn. Die Grenzpatrouille hatte einen Kontrollpunkt für illegale Einwanderer eingerichtet. Grau uniformierte Beamten schauten in jedes Fahrzeug, winkten die meisten weiter und ließen einige aus der Kolonne ausscheren, um sie genauer zu überprüfen. Das Ganze hatte etwas Zeremonielles an sich, was durchaus angemessen erschien, denn der Versuch, auf diese Weise die Flut der Menschen zu stoppen, die sich nach dem besseren Leben in den Vereinigten Staaten sehnten, war etwa so wirkungsvoll, wie wenn man versuchte, den Regen mit einem Fingerhut einzufangen.

Ein paar Meilen dahinter bog ich aus der Schnellstraße aus und fuhr in Richtung Osten, auf einer Staatsstraße, die an Reihen von Schnellimbißlokalen und Tankstellen vorbeiführte und sich schon bald zu einer schmalen, zweispurigen Asphaltstraße verengte.

Die Straße stieg an und kletterte über die Vorhügel auf die Bergketten zu, die noch weit hinten im lavendelblauen Dunst lagen. Zwanzig Minuten hinter der Abzweigung war kein anderes Fahrzeug mehr in Sicht. Ich kam an einem Granitsteinbruch vorbei, wo heuschrekkenartige Maschinen in die Erde tauchten und Steine und Sand erbeuteten, dann an einer Pferderanch, einem Feld, auf dem Holsteiner Rinder grasten, dann an weiten, brachliegenden Flächen. Staubige Schilder verkündeten den Bau von ›luxuriös geplanten Wohnsiedlungen‹, doch abgesehen von einem halb fertigen, verlassenen Projekt – Reste einer Gruppe kleiner Häuser ohne Dächer, die sich in eine von der Sonne verbrannten Senke drängten – war das Land hier unberührt und still.

Mit zunehmender Höhe wurde die Vegetation üppiger. Weite Flächen eukalyptusbeschatteter Zitronenhaine und meilenweit ausgedehnte Avocadoplantagen kündigten die Nähe von La Vista an. Der Ort selbst lag in einem Tal am Fuß der Berge, umgeben von schon etwas alpinem Wald. Wenn man nicht darauf achtete, konnte man die kleine Stadt übersehen.

Ortszentrum war die Orange Avenue, und ein großer Teil davon bestand aus einem ausgedehnten Kiesplatz, auf dem Mähdrescher, Ackerfräsen, Bulldozer und Traktoren abgestellt waren. Ein langes, ebenerdiges Gebäude mit einer Glasfront nahm die eine Seite des Platzes ein; ein ausgebleichtes Holzschild über dem Eingang wies auf Verkauf, Verleih und Reparatur von Farmgeräten, Maschinen und Werkzeug hin.

Die Straße war still und auf beiden Seiten mit schrägen Parkbegrenzungen bemalt. Nur wenige Parkbuchten waren besetzt, meistens mit Halbtonner-Kleinlastwagen oder alten Personenwagen. Die Geschwindigkeitsbeschränkung betrug 15 Meilen pro Stunde, wie mehrfach auf Schildern zu lesen war. Ich verlangsamte meine Fahrt und kam an einem Kolonialwarengeschäft vorbei, einem Supermarkt, der Praxis eines Chiropraktikers – ›jede Behandlung acht Dollar, keine Anmeldung erforderlich‹ –, einem Friseurgeschäft mit dem traditionellen, spiralenförmig weiß und rot bemalten Holzpfosten davor und an ›Erna's‹, einer fensterlosen Taverne.

Das Rathaus war ein zweistöckiger, freistehender Quaderbau aus rosa getünchten Schlackesteinen in der Mitte der Orange Avenue. Über die gepflegte Rasenfläche führte ein von hohen Dattelpalmen flankierter Betongehweg zur messingbeschlagenen Doppeltür. Oberhalb des Eingangs ragten verwitterte Messingstangen mit dem Sternenbanner und der Fahne von Kalifornien in den Himmel.

Ich parkte vor dem Gebäude, trat hinaus in die trokkene Hitze und ging zum Eingang. Eine Gedenktafel, die an die Gefallenen von La Vista aus dem Zweiten Weltkrieg erinnerte und 1947 angebracht worden war, befand sich in Augenhöhe links vom Türpfosten. Ich betrat die Eingangshalle, die mit zwei Bänken aus Eichenholz ausgestattet war, schaute mich nach einer Hinweistafel um, fand jedoch keine, hörte das Geräusch einer Schreibmaschine und ging darauf zu, wobei meine Schritte auf dem leeren Korridor hallten.

In einem muffigen Raum voller Aktenschränke und Karteikästen aus Eichenholz saß eine Frau und tippte auf einer Royal-Maschine. Sie und ihr Arbeitsgerät schienen etwa aus demselben Jahrgang zu stammen. Ein elektrischer Ventilator auf einem der Schränke wirbelte die Luft um und ließ die Haarspitzen der Frau erzittern.

Ich räusperte mich. Sie schaute erschreckt hoch, lächelte dann, und ich fragte sie, wo ich das Büro des Sheriffs finden könne. Sie wies mich zu einer Treppe hinter der Eingangshalle, die in den ersten Stock führte.

Am oberen Ende der Treppe befand sich ein kleiner Gerichtssaal, der den Eindruck erweckte, als ob er schon seit langem nicht mehr benutzt worden wäre. Auf einem limonengrünen Schild prangte in glänzendem Schwarz das Wort SHERIFF, und der Pfeil darunter zeigte nach rechts.

Das Hauptquartier der Polizeibehörde von La Vista war in einem kleinen, dunklen Raum untergebracht, der zwei Schreibtische aus Holz, eine unbesetzte Telefonzentrale und ein stummes Telexgerät enthielt. An der einen Wand hing die Landkarte des Countys. Plakate mit den Fotos oder Phantomzeichnungen gesuchter Verbrecher und ein gut bestückter Gewehrständer rundeten das Dekor ab. In der Mitte der hinteren Wand befand sich eine Metalltür mit einer sicherheitsverglasten Luke im Format von etwa fünfzehn mal fünfzehn Zentimeter.

Der Mann in der beigefarbenen Uniform, der an einem der Schreibtische saß, kam mir für einen Sheriff oder Deputy zu jung vor: rosige Hamsterbäckchen und arglose Haselnußaugen unter buschigen, braunen Brauen. Aber er war der einzige hier, und auf seinem Namensschild an der Brusttasche stand ›Deputy W. Bragdon‹. Er las in einer landwirtschaftlichen Fachzeitschrift, und als ich eintrat, blickte er auf und starrte mich in der typischen Manier der Polizeibeamten an: wachsam, analytisch und voll Mißtrauen.

»Ich bin Doktor Delaware. Ich soll Doktor Melendez-Lynch abholen.«

W. Bragdon stand auf, schnallte sich das Revolverhalfter um und verschwand durch die Metalltür. Kurz darauf kam er zurück mit einem Mann in den Fünfzigern, der aus einer Remington-Reklame gesprungen sein konnte.

Er war nicht sehr groß und hatte O-Beine, aber breite Schultern und einen muskulösen Körper. Sein Gang erinnerte an einen Boxer im Bantamgewicht. Seine Hose mit der rasiermesserscharfen Bügelfalte bestand aus dem gleichen beigefarbenen Stoff wie die Uniform des Deputys, sein Hemd dagegen war grünkariert und hatte Perlknöpfe an der Vorderfront. Auf seinem länglichen Kopf ruhte ein schneidiger, breitkrempiger Stetson. Der Eindruck einer gewissen Eitelkeit wurde durch die Maßanfertigung seiner Kleidung bestätigt: Hemd und Hose waren so geschnitten, daß sie seinem muskulösen Körperbau schmeichelten.

Das Haar unter dem Hut war graubraun und kurz und reichte bis an die niedere Stirn. Seine ausgeprägten Gesichtszüge wirkten etwas vogelartig. Ein dichter, grauer Schnauzbart hing buschig unter der kräftigen Hakennase.

Meine Aufmerksamkeit richtete sich auf seine ungewöhnlich großen, kräftigen Hände. Die eine ruhte auf dem Kolben eines langläufigen 45er Colts, der in einem handgefertigten Halfter steckte, die andere streckte er mit entgegen.

»Doktor«, sagte er mit tiefer, angenehmer Stimme, »Sheriff Raymond Houten.« Sein Händedruck war fest, aber er übertrieb nicht dabei – ein Mann, der sich seiner Kraft wohl bewußt war.

Er wandte sich an Bragdon. »Walt.« Der Deputy mit dem Babygesicht musterte mich noch einmal und kehrte an seinen Schreibtisch zurück.

»Kommen Sie rein, Doktor.«

Auf der anderen Seite der Tür mit dem Fenster aus Maschendrahtglas befand sich ein rund drei Meter langer Korridor. Links war eine mit großen Riegeln gesicherte Metalltür, rechts das Büro des Sheriffs, ein mittelgroßer Raum mit hoher Decke, von hellem Sonnenlicht durchströmt und nach Tabak duftend.

Er setzte sich hinter einen alten Schreibtisch und bot mir auf einem zerkratzten und abgewetzten Ledersessel Platz an. Zuvor hatte er seinen Hut abgenommen und ihn auf ein Gestell aus Elchgeweihen geworfen.

Jetzt nahm er eine Packung Chesterfield heraus, bot mir eine Zigarette an. Während ich dankend verneinte, zündete er sich eine an, lehnte sich zurück und schaute zum Fenster hinaus. Durch die große Panoramascheibe sah man ein ganzes Stück der Orange Avenue. Sein Blick folgte dem Weg eines Sattelschleppers, der mit Produkten des Landes beladen war. Er wartete, bis der riesige Lastzug davongerumpelt war, ehe er zu sprechen begann.

»Sie sind Psychiater?«

»Psychologe.«

Er hielt die Zigarette zwischen Daumen und Zeigefinger und nahm einen tiefen Zug, inhalierte dabei den Rauch.

»Und Sie sind hier als Freund von Doktor Lynch, nicht in Ausübung Ihres Berufs.«

Sein Ton deutete an, daß ihm letzteres lieber gewesen wäre.

»Das ist richtig.«

»Ich bringe Sie gleich zu ihm. Aber ich muß Sie erst vorbereiten. Er sieht aus, als ob er in einen Mähdrescher geraten wäre. Nicht, daß Sie glauben, wir hätten ihn so zugerichtet.«

»Ich verstehe. Detective Sturgis sagte mir, daß er mit den Sektenmitgliedern eine Rauferei angefangen und dabei den kürzeren gezogen hat.«

Houtens Lippen unter dem Schnauzbart zuckten.

»Genauso ist es gewesen. Wenn ich nicht irre, ist Doktor Lynch ein prominenter Mediziner«, sagte er mit einiger Skepsis in der Stimme.

»Er ist eine international anerkannte Kapazität auf dem Gebiet der Krebserkrankungen bei Kindern.«

Wieder schaute er zum Fenster hinaus. Ich entdeckte ein Diplom an der Wand hinter dem Schreibtisch. Er hatte an einem staatlichen College einen B.A. in Kriminologie absolviert.

»Krebs.« Er sprach das Wort sehr leise aus. »Meine Frau ist daran gestorben. Vor zehn Jahren. Der Krebs hat sie von innen aufgefressen, wie ein wildes Tier, bevor er sie tötete. Die Ärzte haben uns kein Wort gesagt. Sie haben sich hinter ihrem Geheimjargon versteckt, bis zuletzt.«

Sein Lächeln wirkte bitter.

»Trotzdem habe ich noch nie einen Arzt kennengelernt, der so war wie dieser Doktor Lynch«, sagte er.

»Er ist ein ganz besonderer Mensch, Sheriff.«

»Er scheint Probleme mit seiner Selbstbeherrschung zu haben. Was ist er – Guatemalteke?«

»Kubaner.«

»Läuft auf das gleiche hinaus. Das *Latino*-Temperament.«

»Was er hier getan hat, kann man allerdings nicht als typisch für ihn bezeichnen. Meines Wissens ist er noch nie mit dem Gesetz in Konflikt geraten.«

»Das weiß ich, Doktor. Wir haben seine Daten in den Computer eingegeben. Das ist einer der Gründe, weshalb ich bereit bin, ihn mit einer Geldstrafe davonkommen zu lassen. Denn ich hätte genug, um ihn für eine Weile hier festzuhalten: Hausfriedensbruch, tätliche Beleidigung, Widerstand gegen die Staatsgewalt. Ganz zu schweigen von dem Schaden, den er mit seinem Wagen an dem schmiedeeisernen Tor angerichtet hat. Aber der Richter kommt erst wieder im Winter hierher, und wir müßten ihn zur Aburteilung nach San Diego bringen. Es wäre also ziemlich kompliziert.«

»Ich bin Ihnen dankbar für Ihre Nachsicht und schreibe einen Scheck aus, mit dem alle Schäden beglichen werden können.«

Er nickte, drückte seine Zigarette aus und nahm dann den Telefonhörer ab.

»Walt, schreib die Geldstrafe für Doktor Lynch aus und den geschätzten Schaden für das ramponierte Tor ... Nein, nicht nötig, Doktor Delaware wird dafür bezahlen.« Ein Blick in meine Richtung. »Du kannst seinen Scheck annehmen, er sieht wie ein ehrlicher Mensch aus.«

Als er aufgelegt hatte, sagte er: »Es wird eine beträchtliche Summe. Der Mann hat es uns nicht leicht gemacht.«

»Er muß völlig traumatisiert gewesen sein, als er gehört hatte, daß die Swopes ermordet worden sind.«

»Wir waren alle *traumatisiert*, Doktor. In diesem Ort leben eintausendneunhundertundsieben Menschen, die Besucher ausgeschlossen. Jeder kennt jeden. Gestern haben wir die Fahnen auf halbmast gesenkt. Als der kleine Woody so krank geworden ist, waren wir alle sehr traurig darüber. Und jetzt dies ...«

Die Sonne flutete durch den Raum. Houten kniff die Lider zusammen. Seine Augen verschwanden hinter einem Nest von Krähenfüßen.

»Doktor Lynch scheint von der Idee besessen zu sein, daß die Kinder hier sind, drüben im alten Kloster, der ›Zuflucht‹ der Berührer«, sagte er abwartend. Ich wurde das Gefühl nicht los, daß er mich prüfen wollte, und drehte den Spieß um.

»Und Sie glauben, daß das ausgeschlossen ist.«

»Natürlich. Diese Leute sind – ungewöhnlich, mag sein, aber keine Verbrecher. Als man erfuhr, wer das alte Kloster gekauft hatte, gab es zunächst einen mordsmäßigen Aufruhr. Ich sollte Wyatt Earp spielen und sie wieder davonjagen.« Er lächelte ein wenig müde. »Die Farmer sind meistens nicht mit den Feinheiten von Rechtsansprüchen vertraut, also mußte ich ihnen ein bißchen Nachhilfe erteilen. An dem Tag, als die Sekte hier eintraf und das Kloster bezog, war buchstäblich der Teufel los; jeder gaffte und zeigte mit Fingern auf die Fremden. An diesem Tag bin ich zu ihnen gegangen und habe mit Mr. Matthias gesprochen; dabei habe ich ihm sozusagen eine Lektion in Soziologie erteilt. Ich sagte ihm, daß sie sehr gut beraten seien, wenn sie sich so unauffällig wie möglich betragen, die ortsansässigen Geschäfte in Anspruch nehmen und den kirchlichen und sonstigen Hilfsorganisationen gelegentlich Spenden übermitteln.«

Es war genau die Strategie, die mir Seth Fiacre beschrieben hatte.

»Sie sind jetzt drei Jahre hier und habe noch nicht mal

einen Strafzettel wegen falschen Parkens bekommen. Die Leute haben sich an sie gewöhnt. Ich schaue dort vorbei, wann immer es mir gefällt, damit jeder weiß, daß hinter dem Tor keine Hexerei stattfindet. Sicher, sie sind noch genauso sonderbar wie vor drei Jahren, als sie hierhergekommen sind. Aber das ist alles. Seltsam, aber nicht kriminell. Wenn Verstöße gegen das Gesetz begangen würden, müßte ich das wissen.«

»Besteht vielleicht die Möglichkeit, daß sich Woody und Nona anderswo hier in der Gegend versteckt halten?«

Er zündete sich wieder eine Zigarette an und musterte mich mit kaltem Blick.

»Diese Kinder sind hier aufgewachsen. Sie haben auf den Feldern gespielt, die Wege und Straßen ausgekundschaftet und nie Unheil gestiftet. Eine Reise in Ihre große Stadt, und alles hat sich verändert. Ein Dorf ist wie eine Familie, Doktor. Wir bringen einander nicht um, und wir entführen auch nicht die Kinder unserer Nachbarn.«

Seine Erfahrung und sein Beruf hätten ihn eigentlich lehren müssen, daß gerade Familien die Hexenkessel waren, in denen Gewalt entstand. Aber ich sagte nichts.

»Da ist noch etwas, was Sie hören sollen, damit Sie es an Doktor Lynch weitergeben.« Er stand auf und blieb vor dem Fenster stehen. »Das hier ist wie ein großer Fernsehschirm. Die Sendung heißt La Vista. Manchmal ist es eine Seifenoper, manchmal eine Komödie. Und hier und da ist es Action und Abenteuer. Ganz gleich, was läuft: Ich sehe das Programm Tag für Tag.«

»Ich verstehe.«

»Damit habe ich gerechnet, Doktor.«

Er nahm seinen Hut und setzte ihn wieder auf.

»Gehen wir und sehen nach, wie es der berühmten Kapazität geht.«

Der Riegel der Eisentür reagierte geräuschvoll auf Houtens Schlüssel. Dahinter befanden sich drei Zellen, die nebeneinander angeordnet waren. Ich mußte an die Strömungskammern im Krankenhaus denken. Im Gefängnistrakt von La Vista war es heiß und feucht, und es stank nach Körperausdünstungen und Einsamkeit.

»Er ist in der letzten«, sagte Houten.

Ich folgte seinen Schritten durch den fensterlosen Gang.

Raoul saß auf einer Metallbank, die an der Wand befestigt war, und starrte zu Boden. Seine Zelle war zweieinhalb auf zweieinhalb Meter groß und enthielt eine Pritsche, die am Boden festgeschraubt und mit einer dünnen, fleckigen Matratze bedeckt war, eine Toilettenschüssel ohne Deckel und ein Waschbecken aus Zink. Nach dem Geruch zu urteilen, war die Toilette nicht in bestem Zustand.

Houten sperrte die Tür auf, und wir betraten die Zelle.

Raoul schaute mit einem Auge auf uns. Das andere war schwarz und zugeschwollen. Unter seinem linken Ohr hatte sich eine Kruste von getrocknetem Blut gebildet. Seine Lippen waren ebenfalls geschwollen und sahen aus wie rohes Steakfleisch. An seinem weißen Seidenhemd fehlten mehrere Knöpfe, so daß es offenstand und seine behaarte Brust zum Vorschein kommen ließ. Quer über den Brustkorb erstreckten sich tiefblaue Blutergüsse. Der Kragen war auf einer Seite am Saum ausgerissen und hing herunter. Gürtel, Krawatte und Schnürsenkel hatte man ihm abgenommen, und seine Schuhe aus Krokodilleder, dreckverkrustet und mit heraushängender Zunge, wirkten in diesem Zustand besonders jämmerlich.

Houten sah meine Miene und sagte: »Wir wollten ihn säubern, aber er hat sich gewehrt, also haben wir ihn gelassen, wie er war.«

Raoul murmelte ein paar Worte auf Spanisch. Houten schaute mich an, und sein Ausdruck war der eines Vaters, der einem von Wutanfällen geschüttelten Kind gegenübersteht.

»Sie können jetzt gehen, Doktor Lynch«, sagte er. »Doktor Delaware wird Sie nach Hause bringen. Sie können Ihren Wagen auf eigene Kosten nach Los Angeles abschleppen oder hier reparieren lassen. Zack Piersall kennt sich auch mit ausländische Wa...«

»Ich denke nicht daran, irgendwo hinzufahren«, fuhr im Raoul über den Mund.

»Doktor Lynch ...«

»Mein Name lautet *Melendez*-Lynch, und wenn Sie das auch noch so oft und absichtlich vergessen, schüchtert mich das nicht im geringsten ein. Ich bleibe hier, bis die Wahrheit ans Tageslicht gekommen ist.«

»Doktor, Sie befinden sich möglicherweise in großen Schwierigkeiten. Ich bin bereit, Sie mit einer Geldstrafe davonkommen zu lassen, weil ich die Dinge für uns alle nicht unnötig komplizieren möchte. Ich bin sicher, daß Sie unter starkem Druck gestanden haben und ...«

»Ich lasse mich von Ihnen nicht gönnerhaft behandeln, Sheriff. Und hören Sie endlich auf damit, sich vor diese mörderischen Quacksalber zu stellen.«

»Raoul ...«, sagte ich.

»Nein, Alex, das verstehst du nicht. Die Menschen hier sind sture, unwissende Idioten. Der Baum des Wissens könnte auf ihrer Schwelle sprießen, und sie wären nicht imstande, seine Früchte zu sammeln.«

Houten bewegte die Kiefer, als zerkaute er eine Geduldspille.

»Ich bestehe darauf, daß Sie unsere Stadt verlassen«, sagte er leise.

»Und ich denke nicht daran«, widersprach ihm Raoul und hielt sich mit beiden Händen an der Pritsche fest, um seine Entschlossenheit zu demonstrieren.

»Sheriff«, sagte ich, »bitte, lassen Sie mich mit ihm unter vier Augen sprechen.«

Houten zuckte mit den Schultern, verließ die Zelle und sperrte ab. Dann ging er weg. Nachdem ich gehört hatte, wie sich draußen die Eisentür geschlossen hatte, wandte ich mich an Raoul.

»Was, zum Teufel, ist in dich gefahren?«

»Komm mir jetzt nicht mit einer Lektion, Alex.« Er stand auf und hielt mir seine Faust vor die Nase.

Ich trat instinktiv einen Schritt zurück. Er starrte auf seine erhobene Hand, ließ sie sinken und murmelte eine Entschuldigung. Dann hockte er sich wieder auf die Pritsche und lehnte sich zurück.

»Was, um alles in der Welt, hat dich gepackt, daß du dich hier zu einer Ein-Mann-Invasion hast hinreißen lassen?« fragte ich ihn.

»Ich weiß intuitiv, daß sie da sind«, keuchte er erschöpft. »Hinter diesen Klostermauern. Ich fühle es!«

»Und wegen dieser Intuition hast du deinen Volvo als Panzerwagen benutzt? Erinnerst du dich noch daran, daß du Intuitionen als ›eine andere Form von schwachköpfigem Hokuspokus‹ bezeichnet hast?«

»Das ist etwas anderes. Sie wollten mich nicht einlassen. Wenn das kein Beweis dafür ist, daß sie etwas verstecken, dann weiß ich wirklich nicht!« Er schlug mit der Faust gegen die Fläche der anderen Hand. »Aber ich komme irgendwie hinein, und dann kehre ich dort das unterste zuoberst, bis ich ihn gefunden habe.«

»Das ist doch verrückt. Wie ist es bloß möglich, daß dich das, was mit den Swopes geschehen ist, in einen verdammten Cowboy verwandelt hat?«

Er bedeckte das Gesicht mit den Händen.

Ich setzte mich neben ihn und legte ihm den Arm um die Schultern. Sein Hemd war völlig naßgeschwitzt.

»Komm, laß uns weggehen von hier«, beschwor ich ihn.

»Alex«, sagte er mit rauher Stimme, und sein Mundgeruch war stark und säuerlich, »die Onkologie ist ein Fach für diejenigen, die bereit sind, zu lernen, wie man mit Anstand verliert. Nicht, daß sie das Scheitern lieben oder akzeptieren, aber sie verstehen es, mit Würde zu leiden, genau wie ihre Patienten. Hast du gewußt, daß ich in meinem Semester stets der erste gewesen bin?«

»Es überrascht mich nicht.«

»Ich konnte mir danach meine Stellung aussuchen. Wir Krebsforscher sind die Créme der Medizinischen Wissenschaft. Und dennoch sehen wir uns Tag für Tag mit dem eigenen Versagen konfrontiert.«

Er stieß sich hoch und ging zu den Gitterstangen, ließ die Hände darübergleiten.

»Versagen, ja«, wiederholte er. »Aber dafür sind die Siege dann auch ungewöhnlich schön. Die Rettung, die Rekonstruktion eines Lebens. Gibt es etwas anderes, das geeignet wäre, eine solche Illusion der Allmacht hervorzurufen, Alex?«

»Und es wird immer mehr Siege geben«, versicherte ich ihm. »Du weißt das besser als jeder andere. Erinnere dich an die Rede, die du vor den Geldgebern und Sponsoren gehalten hast, an die Dia-Schau mit den Fotos geheilter Kinder. Laß diesen einen Jungen in Frieden ruhen.«

Er wirbelte herum und schaute mich mit glühenden Augen an.

»Soviel ich weiß, lebt der Junge noch. Erst wenn ich seinen Leichnam gesehen habe, mit eigenen Augen, bin ich bereit, zu glauben, daß er tot ist.«

Ich wollte etwas erwidern, aber er schnitt mir das Wort ab.

»Ich arbeite nicht auf diesem Gebiet, weil ich rührselig und sentimental bin. Keine meiner Lieblingskusinen ist an Leukämie gestorben, kein Großvater wurde zu früh vom Krebs heimgeholt. Ich bin Onkologe geworden, weil Medizin Wissenschaft bedeutet – die Kunst, den Tod zu bekämpfen. Und Krebs ist der Tod. Schon als ich – ein Medizinstudent in den Anfangssemestern – zum erstenmal diese monströsen, primitiven, *bösartigen* Zellen unter dem Mikroskop gesehen habe, war ich davon wie gebannt. Und ich habe genau gewußt, was mein Lebenswerk sein würde.«

Schweißperlen standen auf seiner hohen, dunklen Stirn. Die Kaffeebohnenaugen funkelten und richteten sich auf den kleinen Raum.

»Ich gebe nicht auf«, sagte er störrisch. »Nur die Herausforderung des Todes, mein Freund, gewährt einen Blick auf die Unsterblichkeit.«

Er war unerreichbar, gefangen in seiner wahnwitzigen Vision der Welt. Besessen und wie ein Don Quichotte das leugnend, was das Naheliegende war: Woody und Nona tot, begraben irgendwo in dem steinigen Grund rings um Los Angeles.

»Laß die Polizei das Ihre tun, Raoul. Mein Freund kommt selbst bald hierher. Er wird alles überprüfen.«

»Die Polizei!« spuckte er. »Die hat mir viel geholfen. Bürokratische Federfuchser! Kleine Geister, mit beschränktem Blickfeld, wie dieser blöde Cowboy da draußen. Warum suchen sie nicht hier – jeder Tag, jede Stunde kann entscheidend sein für den kleinen Jungen. Es ist ihnen egal, Alex. Für sie ist er nichts weiter als eine Zahl in einer Statistik. Aber nicht für mich!«

Er verschränkte die Arme vor der Brust, als wehre er die Würdelosigkeit seiner Umgebung damit ab und sei sich seiner ramponierten Erscheinung überhaupt nicht bewußt.

Ich war schon seit langem davon überzeugt, daß ein Übermaß an Gefühl tödlich sein konnte, daß zuviel Verständnis und Einsicht mitunter verheerende Wirkungen zeigten. Und ich wußte, daß diejenigen am besten überlebten – es gibt Studien, die das bestätigen –, welche mit der Fähigkeit zum hemmungslosen Verleugnen ausgestattet waren. Die einfach weitermarschierten, egal, was auch geschah …

Raoul würde marschieren, bis er tot umfiel.

Ich hatte ihn immer für ein wenig verrückt gehalten. Vielleicht im Kern genauso verrückt wie Richard Moody, aber intellektuell besser gerüstet, so daß die überschüssigen Energien einigermaßen vernünftig abgelassen werden konnten. Zum Nutzen der Gesellschaft, sozusagen.

Jetzt jedoch waren zu viele Fehlschläge über ihn hereingebrochen: die Weigerung der Swopes, den Jungen weiter behandeln zu lassen, was für ihn, der sich ganz mit seinem Tun identifizierte, einer Ablehnung seiner Person gleichkam, also eine Gotteslästerung der schlimmsten Sorte war. Dann die Entführung seines Patienten: Erniedrigung und der Mangel an Kontrolle. Und der mehr als wahrscheinliche Tod des kleinen Jungen – die letzte und tiefste Beleidigung.

Durch Fehlschläge war er ins Irrationale abgeglitten.

Ich konnte ihn nicht in diesem Zustand lassen, wußte aber auch nicht, wie ich ihn herausbekommen sollte.

Bevor einer von uns etwas sagen konnte, schaute Houten herein, die Schlüssel in der Hand.

»Sind Sie bereit, Gentlemen?«

»Ich hatte kein Glück, Sheriff.«

Das vertiefte die Sorgenfalten um seine Augen.

»Sie haben sich also entschlossen, bei uns zu bleiben, Doktor *Melendez*-Lynch?«

»Bis ich meinen Patienten gefunden habe.«

»Aber Ihr Patient ist nicht hier.«

»Das glaube ich nicht.«

Houten preßte die Lippen zusammen und senkte die Augenbrauen. »Bitte, kommen Sie auf ein Wort zu mir heraus, Doktor Delaware.«

Er drehte den Schlüssel im Schloß, hielt dann die Tür

einen Spalt auf und ließ Raoul nicht aus den Augen, während ich hinausging.

»Leb wohl, Alex«, sagte der Onkologe mit der Stimme eines Märtyrers.

Houten sprach abgehackt und in barschem Ton mit ihm.

»Wenn Sie das Gefängnis für einen Spaß halten, Sir, dann werden Sie in Kürze Ihre Meinung ändern. Das verspreche ich Ihnen. Und inzwischen werde ich Ihnen einen Anwalt besorgen.«

»Ich verweigere jegliche juristische Unterstützung.«

»Ich besorge Ihnen trotzdem einen, Doktor. Was auch immer mit Ihnen geschieht, wir werden genau nach dem Buchstaben des Gesetzes handeln.«

Er drehte sich auf dem Absatz um und ging in sein Büro hinüber.

Als wir den Gefängnistrakt verließen, sah ich noch einmal Raoul hinter dem Gitter stehen. Ich hatte nicht den geringsten Grund, mir Untreue gegenüber dem Freund vorzuwerfen; dennoch wurde ich von Schuldgefühlen geplagt.

16

Houten telefonierte so, daß ich nicht mithören konnte. Zehn Minuten später tauchte ein Mann in Hemdsärmeln auf. Der Sheriff ging auf ihn zu, um ihn zu begrüßen.

»Ich danke Ihnen, daß Sie so schnell gekommen sind, Ezra.«

»Ich helfe gern, wenn ich kann, Sheriff.« Die Stimme des Mannes war weich, sein Tonfall angenehm und gelassen.

Dem Aussehen nach war er Ende Vierzig, mittelgroß, aber mager, mit der leicht gebückten Haltung des Gelehrten. Alles an ihm wirkte solide und ordentlich. Den kleinen Kopf bedeckte spärliches salz-und-pfeffergraues Haar, das glatt nach hinten gekämmt war. Die Ohren wirkten koboldhaft und lagen dicht am Schädel an. Seine Gesichtszüge waren gleichmäßig, aber zu fein, als daß man sie als schön hätte bezeichnen können. Sein Hemd war blütenweiß und wies trotz der Hitze keine Falten auf. Seine Khakihose schien direkt aus der Reinigung zu kommen. Er trug eine randlose Brille mit achteckigen Gläsern auf der Nase; das Etui dazu steckte in der Brusttasche seines Hemds.

Er sah aus wie ein Mensch, der nie ins Schwitzen geriet.

Ich stand auf, während er mich mit Zurückhaltung betrachtete.

»Ezra«, sagte Houten, »das ist Doktor Delaware, ein Psychologe aus Los Angeles. Er ist gekommen, um den Häftling abzuholen, von dem ich dir erzählt habe. Doktor, ich darf Sie mit Mr. Ezra Maimon, dem besten Anwalt am Platze, bekannt machen.«

Der ordentliche Mann lachte höflich.

»Der Sheriff übertreibt ein wenig«, sagte er und streckte mir seine schwielige Hand entgegen. »Ich bin der *einzige* Anwalt am Platze, und das, was ich normalerweise bearbeite, ist aus Holz.«

»Ezra besitzt am Stadtrand eine Plantage für exotische Früchte«, erklärte Houten. »Er behauptet zwar, er hätte sich aus Amt und Würden zurückgezogen, aber wir kriegen ihn doch von Zeit zu Zeit dazu, daß er uns seine Fähigkeiten als Anwalt zur Verfügung stellt.«

»Testamente und Besitzübertragungen, also verhältnismäßig einfache Angelegenheiten«, sagte Maimon. »Wenn sich Ihr Fall zu einer Strafverteidigung auswachsen sollte, müßten Sie sich einen Spezialisten besorgen.«

»Schon gut.« Houten zwirbelte seine Schnurrbartspitzen. »Es ist kein Fall für die Strafverteidigung. Noch nicht. Aber es ist für uns doch ein kleines Problem, wie ich Ihnen schon am Telefon sagte.«

Maimon nickte.

»Dann sollten Sie mich über die Einzelheiten informieren«, sagte er.

Danach hörte er schweigend und gelassen zu, lächelte mich zwischendurch ein paarmal an, und als Houten mit seinem Bericht fertig war, legte der Anwalt einen Finger auf die Lippen, richtete die Augen zur Decke und tat so, als übe er sich im Kopfrechnen. Nach einer Minute schweigender Meditation sagte er: »Ich möchte erst einmal meinen Mandaten sprechen.«

Er verbrachte eine halbe Stunde in der Zelle. Ich versuchte die Zeit totzuschlagen und las eine Zeitschrift für die Männer der Straßenwacht, bis ich feststellte, daß sich das Blatt auf Fotoreportagen über besonders schreckliche Verkehrsunfälle spezialisiert hatte, begleitet von detaillierten Beschreibungen der einzelnen Horrorereignisse. Ich konnte mir nicht erklären, wie Männer, die das Gemetzel auf den Straßen als Teil ihrer täglichen Routinearbeit erlebten, auch noch von fotografischen Reprisen darüber angesprochen wurden. Aber vielleicht schuf gerade so etwas den nötigen Abstand – der Trost des Voyeurs. Ich legte die Zeitschrift weg und schaute statt dessen W. Bragdon zu, der einen Artikel über Sojakultur las und dabei an seinen Nagelhäuten zupfte.

Endlich ertönte ein Summer.

»Geh hinein und hol ihn, Walt«, befahl Houten.

Bragdon sagte: »Jawohl, Sir«, ging und kam Maimon zurück.

»Ich glaube«, erklärte der Anwalt, »daß wir zu einem Kompromiß gelangen können.«

»Erzählen Sie, Ezra.«

Wir setzten uns zu dritt an einen der Schreibtische.

»Doktor Melendez-Lynch ist ein sehr intelligenter Mann«, begann Maimon. »Vielleicht ein wenig störrisch. Aber meiner Meinung nach alles andere als böswillig.«

»Für uns hier ist er immerhin mehr als lästig, Ezra.«

»Er war vielleicht etwas übereifrig, was die Versuche, seiner ärztlichen Pflicht nachzukommen, betrifft. Aber wie wir alle wissen, ist Woody tatsächlich todkrank. Doktor Melendez-Lynch ist davon überzeugt, daß er den Jungen kurieren könnte, und alles, was er tut, sieht er als einen Versuch, unseren kleinen Woody vor dem Tod zu bewahren.«

Maimon sprach mit ruhiger Autorität. Er hätte ebensogut als Houtens Sprachrohr auftreten können, aber statt dessen vertrat er sichtlich und mit Nachdruck die Interessen seines Mandanten. Ich nahm nicht an, daß er das meinetwegen tat, und war beeindruckt.

Houtens Gesicht verdunkelte sich vor Zorn.

»Der Junge ist nicht hier. Das weiß er so gut wie ich.«

»Mein Mandant ist ein Empiriker. Er verläßt sich nicht auf die Aussagen anderer, sondern möchte sich selbst davon überzeugen.«

»Kommt nicht in Frage, Ezra. Ich lasse nicht zu, daß er sich noch einmal dem Kloster nähert.«

»Da gebe ich Ihnen recht. Das hieße nur neue Schwierigkeiten provozieren. Aber er wäre damit einverstanden, wenn Doktor Delaware die ›Zuflucht‹ für ihn durchsuchen würde. Er hat mir versprochen, seine Strafe zu bezahlen und widerstandslos zurückzufahren nach Los Angeles, wenn der Doktor nichts Verdächtiges gefunden hat.«

Es war eine einfache Lösung, aber weder Houten noch ich waren darauf gekommen. Der Sheriff nicht, weil er kein Mann war, der gern Konzessionen machte, und in diesem Fall schon mehr nachgegeben hatte als üblich, und ich nicht, weil ich von Raouls Fanatismus zu überwältigt war, um klar denken zu können.

Der Sheriff brauchte eine Weile, um den Vorschlag des Anwalts zu verdauen.

»Ich kann Matthias nicht zwingen, seinen Besitz für Doktor Delaware zu öffnen.«

»Natürlich nicht. Er hat das Recht, ein solches Verlangen zu verweigern. Falls er es tut, können wir uns noch einmal mit der Sache befassen.«

Ein großartig logischer Mensch.

Houten wandte sich an mich:

»Was meinen Sie? Sind Sie dazu bereit?«

»Klar. Alles, was uns weiterbringt.«

Houten ging in sein Büro, kam zurück und verkündete, daß Matthias mit dem Besuch einverstanden war. Maimon sprach noch einmal mit Raoul, betätigte den Summer, wurde von Bragdon befreit und ging, wobei er dem Sheriff sagte, er könne ihn notfalls jederzeit telefonisch erreichen. Houten setzte sich seinen Stetson auf und berührte geistesabwesend den Kolben seines Dienstrevolvers. Dann gingen er und ich die Treppe hinunter und hinaus aus dem Rathaus. Wir stiegen in einen weißen El Camino, den an beiden Vordertüren der Sheriffstern zierte. Er jagte den Motor hoch, der sich anhörte, als ob er frisiert wäre, und bog auf der Straße vor dem Rathaus nach rechts ab.

Eine halbe Meile hinter der Stadtgrenze gabelte sich die Straße. Houten hielt sich rechts, fuhr schnell und geschickt und beschleunigte in Kurven, die Ortsfremde mit größerer Zurückhaltung gefahren hätten. Die Straße verengte sich und tauchte ein in den Schatten der am Rand wachsenden Koniferen. Jetzt wirbelten die Reifen des El Camino Staub auf. Ein Eselhase, der die Straße überqueren wollte, erstarrte, zitterte und sauste dann in die Deckung der hohen Bäume.

Houten zog eine Chesterfield und ein Feuerzeug heraus, ohne die Geschwindigkeit zu verringern. Er fuhr noch zwei Meilen, sog dabei den Rauch seiner Zigarette ein und überblickte das Land mit den forschenden Augen des Polizeibeamten. Auf dem Kamm eines Hügels bog er abrupt ab, fuhr noch hundert Meter weit und hielt gleich danach vor einem schwarz lackierten, eisernen Doppeltor.

Die Einfahrt zur ›Zuflucht‹ war in keiner Weise gekennzeichnet. Rechts und links vom Tor wucherten stachelige Kakteen, und über den einen Torpfosten ergossen sich wie eine Fontäne die rosafarbenen Blüten einer üppigen Bougainvillea. Der andere Pfosten war von einer Kletterrose mit scharlachroten Blüten berankt. Houten schaltete den Motor ab. Sofort umgab uns Stille. Und dazu das tiefe, geheimnisvolle Grün des Waldes.

Houten drückte die Zigarette aus, kletterte aus seinem Fahrzeug und ging auf das Tor zu. Auf der einen Seite war ein großes, längliches Schloß angebracht, aber als er gegen das Tor drückte, ließ es sich widerstandslos öffnen.

»Hier schätzt man die Ruhe«, sagte er. »Wir müssen den Rest des Wegs zu Fuß gehen.«

Ein Pfad, eingefaßt von glatten braunen Natursteinen und gepflegten Sukkulentenbeeten, war quer durch den Wald ausgehauen worden. Er stieg an, und wir gingen mit raschen Schritten, wobei Houten das Tempo bestimmte. Der Sheriff ging ein scharfes Tempo, die Muskeln spannten sich unter seinen engen Hosenbeinen, und die Arme hielt er an den Seiten wie beim Militär. Kalifornische Eichelhäher schnarrten und flatterten aufgescheucht davon. Große, pelzige Bienen senkten ihre Rüssel in die Kelche von Wildblumen. Es roch nach frischgemähtem Gras.

Die Sonne brannte gnadenlos auf den schattenlosen Pfad. Meine Kehle war ausgetrocknet, und ich fühlte, wie mir der Schweiß über den Nacken lief. Houten dagegen wirkte so frisch wie immer. Nach zehn Minuten Fußmarsch waren wir auf dem Gipfel des Hügels angelangt.

»Das wär's dann«, sagte Houten. Er blieb stehen, um sich eine Zigarette aus der Brusttasche zu nehmen, und zündete sie hinter der vorgehaltenen Hand an. Ich wischte mir die Stirn ab und schaute hinunter in das Tal, das sich vor uns öffnete.

Was ich sah, war Perfektion, und das entmutigte mich.

Die ›Zuflucht‹ sah noch immer wie ein Kloster aus, mit der mächtigen Kirche und den hohen Mauern. Hinter den Mauern gab es eine Ansammlung kleinerer Gebäude und ein Labyrinth von Innenhöfen. Ein großes, hölzernes Kruzifix krönte den Glockenstuhl des Kirchturms. Die Fenster der Apsis waren in Blei gefaßt und außen von Zierbalkonen aus Holz umgeben. Die Dächer und Mauerkronen waren mit roten Schindeln gedeckt. Die Wände der Häuser hatte man in gedecktem Weiß verputzt, das in der Sonne schneeweiß wirkte. Viel Mühe war aufgewendet worden, um die verschlungenen Formen und Verzierungen der Außenwände zu erhalten.

Ein Bach umgab die Anlage wie ein Burggraben. Darüber schwang sich ein Brückenbogen, der sich auf der anderen Seite, auf festem Grund, in einem ziegelsteingepflasterten Weg fortsetzte. Dieser Pfad war überdacht von einem steinernen Laubengang, an dem Weinreben rankten, und zwischen dem Grün der Blätter sah man die schweren, rubinroten Trauben hängen.

Auf der Vorderseite der Anlage befand sich ein kleiner Rasen, den alte, knorrige Eichen überschatteten. Die großen Bäume scharten sich wie tanzende Hexen um eine Fontäne, die ihr Wasser in eine große steinerne Schale spie. Hinter den Gebäuden erstreckte sich meilenweit das dazugehörige Farmland. Ich sah Felder mit Mais und Gurken, Zitrus- und Olivenhaine, eine Schafweide und Weingärten, und das war vermutlich längst noch nicht alles. Eine Schar weißgekleideter Gestalten arbeitete auf den Feldern. Schweres Ackergerät summte wespenartig in der Ferne.

»Hübsch, nicht wahr?« sagte Houten im Weitergehen.

»Wunderbar. Wie aus einer anderen Zeit.«

Er nickte. »Als Kind bin ich hier auf den Hügeln herumgeklettert, um die Mönche sehen zu können – sie haben braune Kutten getragen, ganz gleich, wie heiß es war. Sie sprachen mit niemandem und hatten auch keine Beziehung zu den Leuten im Dorf. Die Tore waren stets verschlossen.«

»Muß schön gewesen sein, hier aufzuwachsen.«

»Wieso?«

Ich zuckte mit den Schultern.

»Die frische Luft, die Freiheit.«

»Haben Sie Freiheit gesagt?« Sein Lächeln war bitter. »Das Leben auf der Farm ist nur ein anderes Wort für ein Leben in Fesseln.«

Sein Kinn wirkte plötzlich sehr hart, und er stieß mit überraschendem Zorn nach einem Stein auf dem Weg. Ich hatte einen wunden Punkt berührt und wechselte rasch das Thema.

»Wann haben die Mönche das Kloster verlassen?«

Er machte einen Zug an seiner Zigarette, bevor er antwortete.

»Vor sieben Jahren. Das Land hat danach brachgelegen. Buschwerk und Brombeergestrüpp. Ein oder zwei Firmen wollten es kaufen und es als Erholungsstätte für ihre leitenden Angestellten oder etwas Ähnliches benutzen, aber nach kurzer Zeit haben sie einen Rückzieher gemacht. Die Gebäude waren nicht dazu geeignet: kleine, zellenartige Räume, keine Heizung, und wie man es auch umgebaut hätte, es hätte immer wie eine Kirche oder ein Kloster ausgesehen. Obendrein wären die Kosten für eine Renovierung sehr hoch gewesen.«

»Aber für die Berührer gerade richtig.«

Er zuckte mit den Schultern.

»Jeder Topf findet seinen Deckel.«

Der vordere Eingang des Hauptgebäudes bildete oben ein Halbrund, die Doppeltüren aus starken Bohlen wurden von breiten Eisenbeschlägen zusammengehalten. Dahinter befand sich eine drei Stockwerke hohe, weißgetünchte Eingangshalle mit mexikanischen Fliesen auf dem Boden und einer verglasten Dachkuppel, durch die der Raum erhellt wurde. Buntglasscheiben warfen Lichtflecken in allen Regenbogenfarben auf die Fliesen des Bodens. Der würzige Rauch von Weihrauch drängte sich auf. Die Luft war kühl, beinahe kalt.

Eine Frau um die Sechzig saß an einem Holztisch vor zwei übergroßen Türen, die wie die Eingangstüren oben abgerundet und mit schweren Eisenbändern versehen waren. Ein Schild darüber trug die Inschrift SAKRISTEI. Das Haar der Frau war zu einem Pferdeschwanz nach hinten gebunden und wurde von einem Lederband festgehalten. Sie trug ein Sackkleid aus roher weißer Baumwolle und Sandalen. Ihr Gesicht war wettergegerbt, offen und sympathisch. Sie benutzte keinerlei Make-up oder andere Maskierungen, hatte die Hände in den Schoß gelegt, und als sie mich anlächelte, erinnerte sie trotz ihres Alters an ein wohlerzogenes Schulkind. Der Liebling des Lehrers.

»Guten Tag, Sheriff.«

»Hallo, Maria. Ich möchte Matthias sprechen.«

Sie erhob sich gelenkig. Der Rock reichte ihr über die Knie.

»Er wartet bereits auf Sie.«

Sie führte uns links von der Sakristei über einen langen Korridor, der außer Topfpalmen im Abstand von drei Metern keinerlei Schmuck aufwies. Am Ende des Korridors war eine Tür, und sie hielt sie uns auf.

Der Raum dahinter war schummerig und wurde an drei Wänden von Bücherregalen eingefaßt. Der Boden bestand aus geschrubbten Pinienholzbohlen. Der Geruch nach Weihrauch war hier stärker. Es gab keinen Schreibtisch, nur drei einfache Holzstühle, die in der Form eines gleichschenkligen Dreiecks angeordnet waren. An der Spitze des Dreiecks saß ein Mann.

Er war groß, schlank und hager und trug eine Art Tunika aus der gleichen rohen Baumwolle wie Marias Kleid. Darunter hatte er eine Pluderhose an, die von einer Schärpe in der Taille zusammengehalten wurde. Seine Füße waren nackt, aber neben seinem Stuhl stand ein Paar Sandalen auf dem Boden. Sein kurzgeschnittenes Haar zeigte das wächserne, goldgetönte Weiß, wie es bei ehemals Blonden typisch ist. Sein Bart war einige Schattierungen dunkler – weniger Schnee und mehr Goldschimmer – und hing ihm bis auf die Brust. Er war üppig gekräuselt, und der Mann strich darüber, als ob er einen Schoßhund streichelte. Seine Brauen standen hoch und waren gewölbt, so daß ich die Narbe der Schußverletzung dicht unter dem Haaransatz sah: eine Vertiefung, in die man einen Daumen hätte legen können. Die Augen in den tiefen Höhlen waren graublau, den meinen nicht unähnlich. Aber ich hoffte, daß die meinen mehr Wärme ausstrahlten.

»Bitte setzen Sie sich.« Seine Stimme klang kräftig und metallisch.

»Das ist Doktor Delaware, Matthias. Doktor, der edle Matthias.«

Der imposante Titel klang albern. Ich schaute Houten an, suchte nach der Andeutung eines unterdrückten Lächelns, doch der Sheriff blieb todernst.

Matthias strich sich noch immer den Bart. Er saß nachdenklich und ruhig da, ein Mann, für den Schweigen keineswegs bedrückend oder unangenehm war.

»Ich danke Ihnen für Ihr Entgegenkommen«, sagte Houten steif. »Hoffentlich können wir diese Sache rasch aufklären und Sie dann wieder in Ruhe lassen.«

Der weiße Kopf nickte. »Alles, was dazu geeignet ist, Ihnen zu helfen, soll geschehen.«

»Doktor Delaware möchte Ihnen zunächst ein paar Fragen stellen. Dann wollen wir uns hier auf Ihrem Gelände ein wenig umsehen.«

Matthias verharrte in Gemütsruhe.

Houten wandte sich an mich:

»Von jetzt an ist es Ihre Show.«

»Mr. Matthias ...«, begann ich.

»Einfach Matthias, bitte. Wir vermeiden Titel.«

»Matthias, ich bin nicht hier, um einzudringen in Ihr ...«

Er unterbrach mich mit einer Handbewegung.

»Der Zweck Ihres Besuchs ist mir bekannt. Stellen Sie mir Ihre Fragen.«

»Danke. Doktor Melendez-Lynch ist der Ansicht, daß Sie oder Ihre Leute etwas zu tun haben mit Woody Swopes Entführung aus dem Krankenhaus und mit dem anschließenden Verschwinden der Familie.«

»Der übliche Aberwitz der Städter«, sagte der Guru. »Aberwitz.« Er wiederholte das Wort, als teste er es auf seine Brauchbarkeit als Mantra.

»Ich hätte gern gehört, was Sie von der Sache denken. Theorien, die Ihnen als möglich erscheinen.«

Er atmete tief ein, schloß die Augen, öffnete sie wieder und begann zu sprechen.

»Ich kann Ihnen da leider nicht helfen. Die Swopes lebten zurückgezogen, genau wie wir. Wir kannten sie kaum. Es gab kurze Begegnungen, wir trafen uns auf der Straße, lächelten uns an, sagten ein paar Worte. Einoder zweimal haben wir von ihnen Sämereien gekauft. Und in unserem ersten Sommer hier hat das Mädchen bei uns in der Küche gearbeitet.«

»Ein Aushilfsjob?«

»Genau. Da wir zu Beginn noch nicht völlig von fremder Hilfe unabhängig sein konnten, haben wir gelegentlich junge Leute aus dem Dorf engagiert. Wenn ich mich recht erinnere, hat sie uns in der Küche geholfen. Beim Säubern und Putzen, und um die Herde und Küchengeräte wieder in brauchbaren Zustand zu versetzen.«

»Und wie war sie als Arbeitskraft?«

Ein Lächeln rieselte durch den Zuckerwatte-Bart.

»Wir sind nach heutigen Moralbegriffen ziemlich asketisch hier. Das können die meisten jungen Leute nicht verstehen.«

Houten mischte sich ein. »Nona war – oder ist ein sehr lebhaftes Mädchen. Nicht schlecht, aber vielleicht etwas wild und ungebärdig.«

Was das hieß, war klar: Sie war ein Problem gewesen. Ich erinnerte mich an Carmichaels Schilderung von der Polterabend-Party. Solche Spontanhandlungen konnten Himmel und Hölle in Bewegung bringen, gerade in einer Umgebung, wo man auf Disziplin achtete. Wahrscheinlich hatte sie versucht, den Männern den Kopf zu verdrehen. Aber ob das mit meiner Sache etwas zu tun hatte, war daraus nicht zu erkennen.

»Können Sie mir sonst noch etwas mitteilen, das mir möglicherweise hilft?«

Er starrte mich an. Sein Blick war durchbohrend. Es war schwer, ihm standzuhalten, ohne wegzuschauen.

»Ich fürchte, nein.«

Houten rutschte unruhig auf seinem Stuhl hin und her. Die Nikotinsucht, dachte ich. Seine Hand bewegte sich in Richtung Zigarettenpäckchen, hielt dann plötzlich inne.

»Ich glaube, ich gehe hinaus an die frische Luft«, sagte er, stand auf und verließ den Raum. Matthias schien es kaum zu bemerken.

»Sie kannten die Familie nicht näher«, fuhr ich fort. »Dennoch haben zwei von Ihren Leuten sie im Krankenhaus besucht. Ich will Ihr Wort nicht anzweifeln, aber ich kann nicht umhin, Ihnen die Frage zu stellen, warum sie das taten.«

Er seufzte.

»Wir hatten geschäftlich in Los Angeles zu tun. Baron und Delilah sind dafür ausersehen worden. Und wir fanden, es wäre eine nette Geste, wenn sie die Swopes besuchten. Sie brachten der Familie frisches Obst aus unserem Garten.«

»Doch nicht zu medizinischen Zwecken, oder?« Ich lächelte.

»Nein«, antwortete er amüsiert. »Zur Ernährung. Und zum Genuß.«

»Also war es ein Freundschaftsbesuch.«

»In gewisser Weise.«

»Wie meinen Sie das?«

»Wir suchen nicht die Gesellschaft der Außenstehenden. Wir plaudern nichts Belangloses. Der Besuch bei den Swopes war ein Akt des guten Willens und keineswegs der Teil irgendeines ruchlosen Plans, falls Sie das gemeint haben sollten. Wir haben auch keinerlei Versuch unternommen, uns in die medizinische Behandlung des Jungen einzumischen. Übrigens habe ich Baron und Delilah gebeten, jetzt gleich zu uns zu kommen, damit Sie die Möglichkeit haben, von Ihnen zusätzliche Details zu erfahren.«

»Dafür bin ich Ihnen sehr dankbar.«

Mitten in dem Krater über seiner Braue pochte eine Vene. Er streckte die Hände aus, als wollte er fragen: Was noch? Der entrückte Blick erinnerte mich an jemand anders. Und diese Assoziation rief meine nächste Frage hervor.

»Es gibt einen Arzt namens August Valcroix, der für Woodys Behandlung zuständig war. Er sagte mir, daß er Sie einmal hier besucht hat. Erinnern Sie sich an ihn?«

Er schlang das Ende seines Barts um einen seiner langen Finger.

»Ein- oder zweimal jährlich bieten wir interessierten Außenstehenden Seminare über biologischen Gartenbau und Meditation an. Nicht, um die Leute zu bekehren, sondern um sie zu belehren. Es kann sein, daß er an einem dieser Seminare teilgenommen hat. Ich erinnere mich nicht speziell an seinen Namen.«

Ich versuchte, ihm Valcroix zu beschreiben, doch auch das rief bei ihm keine Erinnerung wach.

»Ja, das wär's dann. Vielen Dank, daß Sie bereit waren, mir zu helfen.«

Er saß bewegungslos da, blinzelte nicht einmal. Im schwachen Licht des Raums waren seine Pupillen groß und weit, so daß nur ein schmaler Streifen in der Iris zu sehen war. Dieser Mann hatte hypnotische Augen. Ein sehr brauchbares Requisit für charismatische Persönlichkeiten.

»Wenn Sie noch irgendwelche Fragen haben, können Sie sie jetzt stellen.«

»Keine Fragen, aber ich hätte gern etwas mehr über Ihre Philosophie erfahren.«

Er nickte.

»Wir sind Flüchtlinge aus einem früheren Leben. Wir haben ein neues Leben gewählt, das auf Reinheit und Fleiß basiert. Wir gehen den üblichen Umweltgiften aus dem Weg und versuchen, uns soweit wie möglich unabhängig zu machen von der Außenwelt. Wir glauben, daß wir die positive Energie auf der Erde stärken, wenn wir uns in diesem Sinne verhalten.«

Das übliche, dachte ich. Er ratterte es herunter wie die bekannten New-Age-Ergebenheitsadressen.

»Wir sind keine Killer«, fügte er hinzu.

Bevor ich etwas erwidern konnte, kamen zwei seiner Leute herein.

Matthias stand auf und ging, ohne ihre Anwesenheit zur Kenntnis zu nehmen. Der Mann und die Frau setzten sich auf die beiden leeren Stühle. Das alles wurde seltsam mechanisch abgewickelt, als ob die Menschen austauschbare Einzelteile in einem glatt und störungsfrei funktionierenden Apparat wären.

Sie setzten sich, die Hände in den Schoß gebettet, wie brave Schulkinder, und lächelten mit der einen Außenstehenden zum Wahnsinn treibenden Heiterkeit der Wiedergeborenen und der Lobotomisierten.

Ich war jedenfalls weit davon entfernt, heiter und gelassen zu sein. Denn sie waren mir beide schon früher begegnet, wenn auch auf sehr verschiedene Weise.

Der Mann, der sich Baron nannte, war mittelgroß und mager. Wie Matthias hatte er das Haar kurzgeschnitten und den Bart ungetrimmt. Aber in seinem Fall war die Wirkung nicht dramatisch, sondern eher schmuddelig. Sein Haar war mittelbraun und dünn. Durch den spärlichen Kinnbart waren nackte Hautstellen zu sehen, und seine Wangen waren von einem dünnen Flaum bedeckt. Es sah aus, als habe er vergessen, sich das Gesicht zu waschen.

Ich kannte ihn aus meiner Studienzeit; damals hatte er Barry Graffius geheißen. Er war älter als ich, Anfang Vierzig, ein Spätentwickler, der sich zuletzt entschlossen hatte, Psychologie zu studieren, nachdem alles andere schiefgelaufen war.

Seine Familie war reich, gehörte zu den Großen im Filmgeschäft, und er war einer jener Söhne reicher Eltern, die sich zu nichts entschließen konnten – unzureichende Motivation, da es ihm bis dahin niemals an irgend etwas gemangelt hatte. Wir waren damals alle der Meinung, daß nur das Vermögen der Familie ihm den Studienplatz verschafft hatte, doch das war vielleicht ein allzu voreingenommenes Urteil gewesen. Immerhin war Barry Graffius seinerzeit der unbeliebteste Student unserer Abteilung.

Ich hatte schon immer die Neigung, bei der Beurteilung von anderen gnädig und zurückhaltend zu sein, aber ich verachtete Graffius. Er war großmäulig und streitsüchtig gewesen, hatte sich in den Seminaren mit unpassenden Zitaten und statistischen Zahlen hervorgetan, welche die Professoren beeindrucken sollten. Er beleidigte seine Vorgesetzten, war gemein zu denen, die sich nicht wehren konnten, und spielte stets mit boshafter Lust den Advokaten des Teufels.

Außerdem liebte er es, mit seinem Geld zu protzen.

Die meisten von uns hatten zu kämpfen, wenn sie über die Runden kommen wollten, arbeiteten als Werkstudenten oder übernahmen als Anfangsassistenten noch Nebenjobs. Graffius dagegen machte es Spaß, in maßgeschneiderter Wildlederkleidung in die Vorlesungen zu kommen, sich über die Reparaturrechnung seines Jaguars zu beklagen und über die Steuerbehörde, die ihm wieder einmal zugesetzt hatte. Er war einer, der sich ständig mit den Namen seiner prominenten Freunde und Bekannten rühmte, berichtete oft und ungefragt von üppigen und ausschweifenden Hollywood-Partys und bot uns so einen Blick in eine glanzvolle Welt, die weit jenseits unseres Horizonts lag.

Ich hatte gehört, daß er nach seinem Examen eine Praxis am Bedford Drive – der Straße mit den meisten Psychotherapeuten von Beverly Hills – eröffnet hatte und seine guten Beziehungen versilbern wollte, als *der* Therapeut der großen Hollywood-Stars.

Kein Wunder, daß er dabei Norman Matthews begegnet war.

Auch er erkannte mich wieder. Ich merkte es an der unruhigen Bewegung hinter seinen wäßrig-braunen Augen. Und als wir uns dann anschauten, kristallisierte sich diese Unruhe zu deutlicher Angst. Die Angst, entlarvt zu werden.

Nicht, daß seine frühere Identität ein Geheimnis im strengen Sinne des Wortes gewesen wäre. Aber er wollte nicht damit konfrontiert werden – für die Wiedergeborenen war die Erinnerung an ihre Vergangenheit so etwas wie die Exhumierung eines lange verrotteten Leichnams.

Ich sagte nichts, fragte mich aber, ob er Matthias mitgeteilt hatte, daß er mich kannte.

Die Frau war älter, aber ungewöhnlich hübsch trotz Pferdeschwanzfrisur und fehlendem Make-up, das für die Frauen von der Berührungs-Sekte offenbar *de rigeur* war: ein Madonnengesicht mit elfenbeinweißer Haut, schwarzem, von silbernen Strähnen durchsetztem Haar und klugen, nachdenklichen Zigeuneraugen. Beverly Lucas hatte sie eine ›heiße Nummer‹ genannt, der mit den Jahren die Puste ausgegangen war, doch das erschien mir unfair und allzu bissig. Vielleicht hätte das Wissen um das wahre Alter dieser Frau die kritischen Töne abgemildert.

Sie sah aus wie eine guterhaltene Fünfzigerin, aber ich wußte, daß sie mindestens fünfundsechzig sein mußte.

Sie hatte seit 1951, dem Jahr meiner Geburt, keinen Film mehr gedreht.

Desiree Layne, die Königin der ›schwarzen‹ B-Filme aus den vierziger Jahren. Als ich aufs College ging, hatte es dort eine Wiederaufführung ihrer alten Filme gegeben, mit kostenlosen Vorführungen in den Wochen vor den großen Ferien. Und ich hatte sie alle gesehen: *Die Braut des Phantoms, Schatten auf meiner Schwelle, Der wüste Ort, Geheime Bewunderer.*

Vor Äonen, als ich noch nicht daran dachte, meinen Beruf aufzugeben, war ich ein hektischer, einsamer Mensch mit sehr wenig Freizeit gewesen. Aber eines der wenigen Vergnügen, die ich mir damals gönnte, war ein Sonntagnachmittag im Bett gewesen, mit einem großen Glas voll Chivas Regal und einem Film mit Desiree Layne im Fernsehen.

Es war mir egal, wer ihr Gegenspieler war, wenn man nur oft genug diese schönen, bösen Augen sehen konnte, diese Kleider, die wie Reizwäsche wirkten. Die Stimme, rauchig vor Leidenschaft ...

Jetzt strahlte sie keine Leidenschaft mehr aus, sondern saß bewegungslos wie ein Denkmal in ihrem weißen Gewand vor mir und lächelte geistesabwesend. So verdammt *harmlos* ...

Allmählich wurde es mir unheimlich hier. Das war genauso, wie wenn man durch ein Wachsfigurenkabinett spazierte ...

»Der edle Matthias sagte, daß Sie uns Fragen stellen wollen«, begann Baron.

»Ja. Ich wollte etwas mehr über Ihren Besuch bei den Swopes hören. Das könnte uns helfen, herauszufinden, was da geschehen ist, und vielleicht auch hilfreich sein bei der Suche nach den Kindern.«

Sie nickten gemeinsam.

Ich wartete. Sie schauten sich an. Dann begann die Frau zu sprechen.

»Wir wollten sie ein bißchen aufmuntern. Der edle Matthias meinte, wir sollten Früchte mitnehmen, Orangen, Grapefruit, Pfirsiche, Pflaumen – die besten, die wir finden konnten. Wir haben sie in einen Korb gelegt und bunt und fröhlich verpackt.«

Sie hielt inne und lächelte, als ob sie damit alles erklärt hätte.

»Und hat man sich über Ihre Aufmerksamkeit gefreut?«

Sie riß die Augen auf:

»O ja. Mrs. Swope sagte, daß sie hungrig sei. Sie aß eine Pflaume – es war eine Santa-Rosa-Pflaume – und sagte, daß sie köstlich schmecke.«

Barons Gesicht verhärtete sich, während sie weiterplapperte. Als sie eine Pause einlegte, sagte er: »Sie wollen wissen, ob wir versucht haben, den Eltern einzureden, sie sollten das Kind der Behandlung entziehen, nicht wahr?« Er saß völlig passiv da, aber in seiner Stimme lag deutliche Aggression.

»Matthias versicherte mir, Sie hätten das nicht getan. Ist überhaupt über die medizinische Behandlung des Jungen gesprochen worden?«

»O ja«, sagte er. »Mrs. Swope hat sich über diesen Raum aus Plastik beklagt und gemeint, sie komme sich vor, als ob sie von ihrem Jungen getrennt wäre, ja, daß die ganze Familie dadurch auseinanderfalle.«

»Hat sie erklärt, was sie damit meinte?«

»Nein. Ich nahm an, sie sprach von der körperlichen Trennung – daß man ihr nicht gestattete, ihr Kind ohne Handschuhe zu berühren, daß immer nur eine Person zu ihm hineingehen durfte, und so weiter.«

Delilah nickte zustimmend.

»So ein kalter Ort«, sagte sie. »Körperlich und geistig.« Um es zu illustrieren, schauderte sie leicht. Als ehemalige Schauspielerin konnte sie der Versuchung offenbar nicht widerstehen.

»Sie hatte das Gefühl, die Ärzte behandelten sie nicht wie Menschen«, fügte Baron hinzu. »Vor allem dieser Kubaner.«

»Armer Mann«, sagte Delilah. »Als er heute morgen versucht hat, sich hier mit Gewalt Eintritt zu verschaffen, hat er mir aufrichtig leid getan. Übergewichtig und rot wie eine Tomate ... Er leidet sicher unter hohem Blutdruck.«

»Worüber haben sie sich in bezug auf ihn beklagt?«

Baron zog eine Schnute.

»Nur darüber, daß er so unpersönlich war«, sagte er.

»Haben sie einen Arzt namens Valcroix erwähnt?«

Delilah schüttelte den Kopf.

Dann begann Baron wieder zu sprechen.

»Wir haben nicht viel geredet. Es war ein sehr kurzer Besuch.«

»Ich atmete auf, als ich wieder draußen war«, erinnerte sich Delilah. »Alles war so schrecklich technisch.«

»Wir haben das Obst abgegeben, sind wieder gegangen und nach Hause gefahren«, sagte Baron abschließend.

»Eine sehr traurige Situation«, seufzte die Frau.

17

Eine Gruppe von Sektenmitgliedern saß in Yoga-Stellung auf dem Rasen, als ich hinauskam, hatte die Augen geschlossen die Hände gegeneinandergepreßt, und ihre Gesichter glühten in der Sonne. Houten lehnte am Brunnen, rauchte und ließ den Blick müßig in ihre Richtung schweifen. Er sah mich kommen, drückte die Zigarette aus, trat auf den Stummel und warf ihn dann in einen Abfallbehälter aus gebranntem Ton.

»Na, haben Sie was erfahren?«

Ich schüttelte den Kopf.

»Sagte ich Ihnen doch.« Er neigte den Kopf in Richtung auf die Meditierenden, die jetzt zu summen begannen. »Etwas sonderbar, aber harmlos.«

Ich schaute zu ihnen hinüber. Trotz der weißen Kleidung, der Sandalen und der ungetrimmten Bärte erinnerten sie an die Teilnehmer eines Betriebsseminars, an eine von diesen aufgeblasenen populär-psychologischen Veranstaltungen, wie sie von den Geschäftsleitungen von Zeit zu Zeit veranstaltet wurden, um die Produktivität zu steigern. Die Gesichter, die sich da gen Himmel wandten, waren alle in mittleren Jahren und wohlgenährt, dazu zeigten sie den selbstbewußten Ausdruck von leitenden Angestellten, der auf ihr früheres Leben im Komfort und mit wesentlichen Machtbefugnissen hinwies.

Norman Matthews war mir als ein aggressiver, ehrgeiziger Mensch beschrieben worden. Ein Glücksritter. Als der edle Matthias versuchte er, die Rolle eines Heiligen zu spielen, aber ich verfügte über genügend Zynismus, um mich zu fragen, ob er in Wirklichkeit nicht nur das eine einträgliche Gewerbe gegen ein anderes ebenso einträgliches ausgetauscht hatte.

Denn die Berührungs-Sekte war eine Goldgrube: Sie bot den Reichen ein einfaches Leben und eine idyllische, schöne Umgebung, nahm ihnen die Bürde der persönlichen Verantwortung ab und lieferte eine Moral, die Gesundheit und Vitalität mit Rechtschaffenheit auf eine Stufe setzte – da brauchte man dann nur noch die Kollekte herumgehen zu lassen. Wie konnte ein solches System fehlschlagen?

Doch selbst wenn das Ganze ein einziger Schwindel war, so bedeutete das noch lange nicht, daß sich die Sekte obendrein mit Entführung und Mord befaßte. Wie Seth bemerkt hatte: Die Aufmerksamkeit der Öffentlichkeit wäre das letzte gewesen, worauf Matthias aus war, ganz gleich, ob er nun als Prophet wirkte oder als raffinierter Betrüger.

»Schauen wir uns um«, sagte Houten, »und lassen wir's dann gut sein.«

Ich hatte freien Zugang auf dem gesamten Gelände und die Erlaubnis, alle Türen zu öffnen. Die Sakristei war ein majestätischer Kuppelbau, mit Fenstergeschossen und einem Fresko biblischer Szenen an der Decke. Die Betstühle waren entfernt worden, der Boden mit gepolsterten Matten ausgestattet. Es gab einen Tisch aus rohem Pinienholz in der Mitte des Raums, ansonsten kaum Möbelstücke. Eine Frau in Weiß staubte und wischte und hielt nur kurz inne, um uns mütterlich und freundlich zuzulächeln.

Die Schlafräume waren tatsächlich wie Mönchszellen: kühl, nicht größer als die Zelle, in der Raoul bei der

Polizei einsaß, mit niedrigen Decken, dicken Mauern und einem einzigen Fenster von der Größe eines größeren Buchs, das zudem mit einem Holzgitter versehen war. Als Mobiliar wies jeder Raum eine Schlafpritsche und eine Kommode auf. Die Zelle von Matthias unterschied sich von denen der anderen lediglich durch einen zusätzlichen kleinen Bücherschrank. Und der literarische Geschmack des Edlen erwies sich als recht gewählt: die Bibel, der Koran, C.G. Jung, Cousins' *Anatomie einer Krankheit*, Tofflers *Zukunftsschock*, das Bhagavadgita, dazu Texte über biologischen Gartenbau und Ökologie.

Ich sah mich in der Küche um, wo große Kessel mit Brühe auf industriellen Herden köchelten und süßer Geruch verriet, daß in den Ziegelöfen Brot gebacken wurde. Es gab eine Bibliothek für die Mitglieder, deren Angebot vorwiegend auf Werke über Gesundheitspflege und Ackerbau beschränkt war, und einen Konferenzraum mit strukturierten Lehmziegelwänden. Und überall arbeiteten die Sektenmitglieder in den weißen Kutten und lächelten dazu freundlich und mit strahlenden Augen.

Houten und ich wanderten nach der Inspektion der Gebäude über die Felder und sahen zu, wie die ›Berührer‹ die Weingärten pflegten. Ein schwarzbärtiger Hüne legte seine Schere auf den Boden und bot uns eine große, frisch gepflückte Traube an. Die Früchte waren taufrisch und zergingen auf der Zunge. Ich machte dem Mann ein Kompliment über den vorzüglichen Geschmack. Er nickte und fuhr dann mit seiner Arbeit fort.

Es war bereits Nachmittag, aber die Sonne brannte unvermindert herab. Mein ungeschützter Kopf begann zu schmerzen, und nachdem wir oberflächlich noch den Schafstall und den Gemüsegarten inspiziert hatten, versicherte ich Houten, daß ich nun genug gesehen hätte.

Wir drehten um und gingen zurück zum Viadukt. Dabei fragte ich mich, was ich nun eigentlich erreicht hatte, denn meine Durchsuchung des Geländes war im besten Fall oberflächlich und symbolisch gewesen. Es gab keinen Grund zu der Annahme, daß die Swope-Kinder hier waren. Und wenn, würden wir sie mit Sicherheit nicht finden. Die ›Zuflucht‹ war von Hunderten Morgen einsamen Landes umgeben, das überwiegend aus Wäldern bestand. Eine Meute von Suchhunden hätte es vielleicht geschafft, das gesamte Gelände zu durchforschen ... Außerdem gab es in Klöstern oft geheime Verstecke, die bestimmt waren für Flüchtende aller Art, und vielleicht bot sich hier obendrein ein Labyrinth unterirdischer Höhlen, geheimer Räume und verborgener Gänge, die nur ein Archäologe hätte ausfindig machen können.

Ein nutzlos verbrachter Tag, dachte ich, aber wenn meine Inspektion Raoul half, in die Wirklichkeit zurückzufinden, hatte sich die Mühe gelohnt. Doch dann wurde mir bewußt, was *Wirklichkeit* in diesem Fall bedeutete, und ich war geneigt, sie genau wie er zu leugnen.

Houten gab Bragdon den Auftrag, Raouls persönliche Habseligkeiten zu bringen, die in einem großen Pappumschlag verwahrt waren. Schließlich war der Sheriff damit einverstanden gewesen, als Geldstrafe einen Scheck des Onkologen über sechshundertsiebenundachtzig Dollar zu akzeptieren, und während er den Strafbefehl in dreifacher Form ausstellte, ging ich ruhelos in seinem Büro auf und ab und wartete darauf, endlich zurückfahren zu können.

Dabei fiel mein Blick auf die Karte des Countys. Ich fand La Vista und entdeckte eine kleine Straße, die westlich der Stadt von der eigentlichen Zufahrt abzweigte und einen Bogen um den Ort beschrieb. Auf dieser Straße war es vermutlich möglich, aus den umgebenden

Wäldern direkt in die Stadt zu gelangen, ohne das Gewerbegebiet und das Rathaus passieren zu müssen. Wenn das der Fall war, konnte man Houtens Aufmerksamkeit leichter entgehen, als er vorgab.

Nach einigem Zögern fragte ich ihn danach. Er fummelte mit einem Blatt Kohlepapier herum und schrieb dann weiter.

»Eine Ölgesellschaft hat das Land gekauft und das County beauftragt, die Straße zu sperren. Man hat viel von reichen Vorkommen geredet, vom Reichtum, der gleich um die Ecke im Boden liegt.«

»Und hat sich die Vermutung als wahr erwiesen?«

»Keine Rede davon. Der Boden war knochentrokken.«

Der Deputy brachte Raoul herüber aus dem Gefängnistrakt. Ich berichtete ihm von meinem Besuch in der ›Zuflucht‹ und vom negativen Ergebnis. Er war niedergeschlagen und hatte Mühe, die Nachricht zu verdauen, protestierte aber mit keinem Wort.

Der Sheriff, der über Raouls Passivität sehr erfreut war, behandelte ihn mit ausgesuchter Höflichkeit, während er ihn die Entlassungspapiere unterschreiben ließ. Er fragte noch, was er mit seinem Volvo tun wolle; der Onkologe zuckte mit den Schultern und sagte, er solle den Wagen hier reparieren lassen, er werde für die Kosten aufkommen.

Dann führte ich ihn hinaus und die Treppe hinunter.

Er schwieg auf der ganzen Nachhausefahrt und verlor nicht einmal seine Gelassenheit, als eine dickliche, weibliche Grenzwache uns an die Seite fahren ließ und nach seinem Ausweis fragte. Er ertrug die unangenehme Szene mit stoischer Ruhe, die mein tiefstes Mitleid erregte. Zwei Stunden zuvor noch war er aggressiv und kampfbereit gewesen. Ich fragte mich, ob ihn die Anhäufung von Streß so niedergeschmettert hatte oder ob zyklische Stimmungswechsel zu seinem Wesen gehörten, ohne daß ich das bisher bemerkt hatte.

Ich spürte starken Hunger, aber Raoul sah zu ramponiert aus, als daß ich mit ihm in ein Restaurant hätte gehen können; daher besorgte ich uns zwei Hamburger und zwei Becher Cola an einem Imbißstand in Santa Anna und fuhr in der Nähe eines kleinen öffentlichen Parks an den Straßenrand. Ich gab Raoul den einen Hamburger und aß den meinen, während ich einer Gruppe von Teenagern beim Softballspiel zuschaute. Sie hatten es eilig, wollten die Partie noch vor Einbruch der Dämmerung zu Ende bringen. Als ich mich wieder Raoul zuwandte, war er eingeschlafen und hatte den Hamburger noch immer eingewickelt auf seinem Schoß liegen. Ich nahm das Paket, warf es in einen Abfallkorb und ließ den Motor an. Raoul bewegte sich, wachte aber nicht auf, und als ich auf die Schnellstraße zurückkam, schnarchte er friedlich.

Wir erreichten Los Angeles gegen sieben Uhr abends, gerade als sich der Verkehr auf den Knotenpunkten allmählich entwirrte. Als ich bei der Ausfahrt Los Felix abbog, schlug er die Augen auf:

»Wo wohnst du eigentlich?«

»Nein, bring mich zurück ins Krankenhaus.«

»Du siehst so furchtbar aus – es ist nicht gut, wenn du dich in diesem Zustand dort sehen läßt.«

»Ich muß. Helen wartet auf mich.«

»Du jagst ihr höchstens einen Riesenschrecken ein. Zumindest solltest du erst nach Hause fahren und dich ein bißchen frischmachen.«

»Ich habe Sachen zum Umziehen im Büro. Bitte, Alex.«

Ich hob die Hände in einer Geste der Frustration und fuhr dann zum Western Pediatric. Nachdem ich auf dem Parkplatz für Ärzte angehalten hatte, ging ich mit ihm zum Eingang des Prinzley-Pavillons.

»Danke«, sagte er und hielt dabei den Blick gesenkt.

»Paß auf dich auf.«

Auf dem Rückweg zum Wagen traf ich Beverly Lucas, die gerade Feierabend machte. Sie sah müde und erschöpft aus, und die übergroße Tasche schien sie zu Boden zu ziehen.

»Alex, ich freue mich so, Sie zu sehen.«

»Was ist los?«

Sie schaute sich um und vergewisserte sich, daß uns niemand hören konnte.

»Es ist wegen Augie. Er macht mir das Leben schwer, seit Ihr Freund ihn verhört hat, und nennt mich untreu, eine Kollaborateurin. Er versuchte sogar, mich bei der Visite vor den anderen zu blamieren; der leitende Arzt hat das gerade noch verhindert.«

»Ein Schweinehund.«

Sie schüttelte den Kopf.

»Das Schlimmste ist, daß ich ihn aus seiner Sicht durchaus verstehen kann. Wir waren uns einmal sehr nahe. Was er im Bett macht, geht niemanden etwas an.«

Ich packte sie an den Schultern.

»Sie haben völlig richtig gehandelt. Wenn Sie erst genügend Distanz gewonnen haben, werden Sie es einsehen. Und Sie dürfen nicht zulassen, daß er Sie jetzt auf diese Weise fertigmacht.«

Sie war erschrocken über den harten Ton, mit dem ich es gesagt hatte.

»Ich weiß, daß Sie recht haben, Alex – intellektuell. Aber er zerbricht, und das tut mir weh. Ich kann nicht gegen meine Gefühle an.«

Sie begann zu weinen. Drei Schwestern kamen auf uns zu. Ich steuerte Beverly zur Seite und zum Treppenhaus des Pavillons.

»Was meinen Sie mit der Bemerkung, daß er zerbricht?«

»Er verhält sich seltsam. Nimmt mehr und trinkt mehr als gewöhnlich. Ich bin sicher, daß man ihn früher oder später dabei ertappt. Heute morgen hat er mich in ein Besprechungszimmer gezerrt, hat die Tür abgeschlossen und ist dann auf mich losgegangen.«

Sie senkte den Kopf vor Verlegenheit.

»Erst hat er gesagt, daß ich das beste war, was er jemals gehabt hat, und wollte es gleich wieder mit mir treiben. Als ich ihn stoppte, hat er ganz niedergeschmettert dreingeschaut. Dann hat er angefangen, auf Melendez-Lynch zu schimpfen – daß er ihn als Sündenbock ausgesucht hätte und den Fall Swope dazu benutzen würde, um sein Forschungsstipendium zu torpedieren. Und dann hat er angefangen zu lachen – ein unheimliches Lachen, Alex, voller Zorn und Haß. Er hat gesagt, er hätte noch einen Trumpf im Ärmel. Und dieser Melendez-Lynch würde ihn nicht so leicht loswerden.«

»Hat er gesagt, was das für ein Trumpf ist?«

»Ich habe ihn danach gefragt. Er hat wieder gelacht, und dann ist er gegangen. Alex, ich mache mir Sorgen. Ich war gerade unterwegs zum Ärztehaus, um sicher zu gehen, daß ihm nichts passiert ist.«

Ich versuchte, ihr die Sorgen auszureden, aber sie war unbeirrbar. Dieses Mädchen hatte offenbar eine unendliche Kapazität für Schuldgefühle. Eines Tages würde sie einen wunderbaren Fußabstreifer für irgendeinen gemeinen Kerl abgeben.

Es war klar, daß es ihr lieb gewesen wäre, wenn ich sie zu seinem Apartment begleitete, und ich erklärte mich bereit dazu trotz meiner Müdigkeit – für den Fall, daß es haarig werden würde. Und auf den vagen Verdacht hin, daß Valcroix tatsächlich einen Trumpf im Ärmel hatte und ihn sehen lassen würde …

Die Wohnungen der Ärzte befanden sich auf der anderen Seite des Boulevards in einem reinen Zweckbau: drei Stockwerke nackter Beton über einem unterirdischen Parkplatz. Ein paar Fenster waren mit Pflanzen und Blumenarrangements geschmückt, dennoch sah das

Gebäude so aus wie das, was es war: eine billige Wohnmöglichkeit.

Ein älterer schwarzer Wachmann war am Eingang postiert – es hatte Überfälle in der Nachbarschaft gegeben, und die Bewohner des Hauses hatten um mehr Sicherheit gebeten. Er schaute unsere Dienstausweise an und ließ uns passieren.

Valcroix' Apartment war im ersten Stock.

»Es ist das mit der roten Tür«, sagte Beverly und zeigte darauf.

Der Korridor und alle anderen Türen waren beigefarben gestrichen. Die Tür zu Valcroix' Apartment hingegen war scharlachrot und stach hervor wie eine Wunde.

»Selbstgemacht?« Ich strich mit der Hand über das Holz, das rauh war und Blasen aufwies. An der Tür klebte ein Ausschnitt aus einer Comicserie; behaarte Leute, die Pillen einwarfen und in Technicolor träumten, wobei ihre sexuellen Phantasien recht ausführlich und exzessiv dargestellt waren.

»Ich glaube.«

Sie klopfte mehrmals. Als sich nichts rührte, biß sie sich nervös auf die Unterlippe.

»Vielleicht ist er weggegangen«, gab ich zu bedenken.

»Nein. Er bleibt immer zu Hause, wenn er nicht gerade Bereitschaftsdienst hat. Das war auch etwas bei unserer Freundschaft, was mich gestört hat. Er ist nie mit mir ausgegangen.«

Ich erinnerte sie nicht daran, daß sie ihn immerhin in einem Restaurant in Begleitung von Nona Swope gesehen hatte. Kein Zweifel, daß er einer jener Männer war, die selbst knauserten und von anderen Großzügigkeit verlangten. Auch seine Affären mit Frauen durften nicht mehr Kosten verursachen, als unbedingt nötig war. Bei ihren bescheidenen Erwartungen mußte Beverly in der Tat eine Traumfrau für ihn gewesen sein. So lange, bis er ihrer überdrüssig geworden war.

»Ich mache mir Sorgen, Alex. Ich weiß, daß er da drinnen ist. Vielleicht hat er eine Überdosis genommen – oder was weiß ich!«

Nichts, was ich sagte, reichte aus, um ihre Angst zu zerstreuen. Schließlich gingen wir hinunter und überzeugten den Wachmann davon, daß es notwendig war, mit seinem Zentralschlüssel die rote Tür aufzusperren.

»Ich kann dazu gar nix sagen, Doktor«, erklärte er, sperrte aber das Apartment auf.

Hinter der Tür erwartete uns ein gigantischer Saustall. Schmutzige Wäsche türmte sich auf dem fleckigen Teppich. Das Bett war ungemacht. Auf dem Nachttisch stand ein Aschenbecher, der von Zigaretten- und Marihuanastummeln überquoll. Daneben lag ein Clip zum Rauchen der Joints in der Form von Frauenbeinen. Medizinische Lehrbücher und Comichefte lagen auf dem Fußboden verstreut. In der Spüle der Kochnische stapelte sich ungewaschenes Geschirr in einer trüben Brühe. Über uns summte eine Fliege.

Niemand zu Hause.

Beverly ging durch den Raum und begann unwillkürlich ein wenig aufzuräumen. Der Wachmann schaute sie neugierig an.

»Kommen Sie«, sagte ich mit überraschender Heftigkeit. »Er ist nicht hier. Gehen wir.«

Der Wachmann räusperte sich.

Sie zog die Decke über das Bett, schaute sich noch einmal um und ging dann zur Tür.

Draußen vor dem Gebäude fragte sie, ob wir die Polizei verständigen sollten.

»Wozu denn?« fuhr ich sie scharf an. »Weil ein erwachsener Mann nicht zu Hause in seinem Apartment ist? Das würde niemand ernst nehmen. Und mit gutem Grund.«

Sie sah mich verletzt an und wollte noch weiter darüber diskutieren, aber ich entschuldigte mich. Ich war müde, mein Kopf schmerzte, meine Glieder taten weh, und ich fühlte mich, als ob ich eine Grippe ausbrüten würde. Außerdem war mein Konto in Sachen Selbstlosigkeit inzwischen stark überzogen.

Schweigend überquerten wir den Boulevard und trennten uns am Parkplatz.

Als ich nach Hause kam, fühlte ich mich richtig elend: fiebrig, steif und mit Gliederschmerzen am ganzen Körper. Es gab allerdings einen Lichtblick: einen Expreßbrief von Robin, in dem sie ihren Abflug aus Tokio in einer Woche ankündigte. Einer der japanischen Direktoren besaß eine Eigentumswohnung auf Kauai, und er hatte ihr angeboten, sie nach Belieben zu benutzen. Sie hoffte, daß ich sie in Honolulu treffen und zwei Wochen für Sonne und Vergnügen erübrigen könne. Ich rief bei der Western Union an und gab ein Telegramm an sie auf mit dem Text: »*Zu allen Punkten ja.*«

Nach einem heißen Bad fühlte ich mich nicht wesentlich besser. Und auch ein kühler Drink und Selbsthypnose zeigten keine Wirkung. Ich schleppte mich hinunter, um die Koi zu füttern, blieb aber nicht, um ihnen beim Fressen zuzuschauen. Als ich wieder im Haus war, legte ich eine Platte von Leo Kottke auf, nahm die Zeitung und den Rest meiner Post und warf mich damit aufs Bett. Aber ich war zu erschöpft, um mich auf etwas konzentrieren zu können, und gab mich ohne längeren Kampf dem Schlaf hin.

18

Am nächsten Morgen hatte sich mein Unwohlsein zu einer ordentliche Grippe ausgewachsen. Ich nahm Aspirin, trank Zitronentee und wünschte mir, Robin wäre hier, um mich zu pflegen.

Ich ließ den Fernseher laufen, um ein Hintergrundgeräusch zu haben, und schlief mehr oder weniger den ganzen Tag. Am Abend fühlte ich mich so weit bei Kräften, um aus dem Bett zu kriechen und einen Pudding zu essen. Aber selbst das strengte mich ziemlich an, und bald darauf war ich wieder eingeschlafen.

In meinem Traum trieb ich auf einer Eisscholle in der Arktis und suchte in einer bescheidenen Hütte aus Pappkarton Schutz vor einem heftigen Hagelschauer. Jede neue Salve von Hagelkörnern ließ die Hütte erbeben und verstärkte in mir die Angst und das Gefühl von Schutzlosigkeit.

Ich erwachte nackt und zitternd. Der Hagelschauer setzte sich fort. Digitalziffern glühten im Dunkeln: 11.26 Uhr. Durch das Fenster sah ich den schwarzen Himmel. Aus den Hagelkörnern waren Schüsse geworden. Gewehrsalven, die gegen die Seite des Hauses schlugen.

Ich tauchte auf den Boden, lag dann flach auf dem Bauch und atmete schwer.

Weitere Schüsse. Ein Plopp, dann das Klirren von zerbrochenem Glas. Ein Schmerzensschrei. Ein furchtbarer, dumpfer Laut, wie wenn eine Melone unter einem Vorschlaghammer platzt. Ein Motor, der angelassen wurde. Ein Wagen, der sich entfernte.

Dann Stille.

Ich kroch zum Telefon. Rief bei der Polizei an. Fragte nach Milo. Er war nicht im Dienst. Dann Del Hardy. *Bitte!*

Der schwarze Kriminalbeamte kam an den Apparat. Keuchend berichtete ich ihm von dem Alptraum, der Wirklichkeit geworden war.

Er versprach, Milo anzurufen, dann würden beide herkommen, so schnell wie möglich.

Minuten später näherte sich das Heulen von Sirenen, kam den Glen herauf: Fanfaren, die verrückt geworden waren.

Ich zog mir einen Bademantel an und trat hinaus.

Die Seitenfront des Hauses, massive Redwoodbohlen, war von Löchern durchsiebt und an mindestens zehn oder fünfzehn Stellen gesplittert. Ein Fenster war zu Bruch gegangen.

Ich roch Kohlenwasserstoff.

Auf der Terrasse standen drei offene Benzinkanister. Benzingetränkte Fetzen waren zu übergroßen Dochten zusammengedreht und in die Öffnungen gestopft worden. Ölige Fußspuren führten an den Rand der Terrasse und endeten in einer Bremsspur. Ich schaute über das Geländer.

Ein Mann lag, das Gesicht nach unten, die Gliedmaßen ausgebreitet, im japanischen Garten.

Ich war auf der Treppe, als der Streifenwagen anhielt. Ging barfuß hinunter zum Garten, fühlte den kalten Stein, der an meinen Sohlen fiebrig brannte. Ich rief etwas, aber der Mann antwortete nicht.

Es war Richard Moody.

Die Hälfte seines Gesichts war weggerissen worden – der Rest war Hundefutter – oder, genauer gesagt, Fischfutter, denn sein Kopf ragte ins Wasser, und die Koi knabberten daran, sogen das blutige Wasser ein und genossen den Leckerbissen.

Mit einem Gefühl, mich im nächsten Augenblick übergeben zu müssen, versuchte ich sie fortzuscheuchen, aber mein Anblick stimulierte ihre Freßlust, und sie wurden lebhafter und wilder.

Dann war jemand neben mir. Ich zuckte zusammen.

»Ruhig, Alex.«

»Milo!«

Er sah aus, als ob er gerade erst aus dem Bett geklettert wäre, trug einen Anorak über einem gelben Polohemd und ausgebeulten Jeans. Sein Haar war ein dichter, zerraufter Schopf, und seine grünen Augen funkelten im Mondlicht.

»Komm.« Er nahm mich am Ellbogen. »Gehen wir hinauf. Du mußt dir erst was einflößen, dann kannst du mir erzählen, was passiert ist.«

Während sich das Team des Ermittlungsdienstes mit den technischen Einzelheiten des Mordes befaßte, saß ich auf meinem alten Ledersofa und trank Chivas Regal. Der Schock ließ allmählich nach; ich merkte, daß ich noch schlecht beisammen war, kalt und schwach. Der Scotch lief glatt hinunter und wärmte mich von innen. Mir gegenüber saßen Milo und Del Hardy. Der schwarze Kriminalbeamte war adrett wie immer, in einem auf Taille geschnittenen dunklen Anzug mit pfirsichfarbenem Hemd, schwarzer Krawatte und auf Hochglanz polierten Stiefeletten. Er hatte sich eine Lesebrille aufgesetzt und machte Notizen.

»Auf den ersten Blick sieht es so aus«, sagte Milo, »als ob Moody vorgehabt hätte, dir das Haus über dem Kopf anzuzünden, und jemand ist ihm gefolgt, hat ihn dabei erwischt und fertiggemacht.« Er überlegte einen Augenblick. »Es hat da doch eine Dreiecksbeziehung gegeben, oder? Könnte es sein, daß der Freund der Frau die Rolle des Schützen übernommen hat?«

»Er kam mir nicht vor wie einer, der einen anderen Mann auf diese Weise verfolgt und beschattet.«

»Sein voller Name?« fragte Hardy mit gezücktem Stift.

»Carlton Conley. Er arbeitet als Zimmermann bei den Aurora-Studios. Er und Moody waren Kollegen und Freunde, bevor es zu der Dreieckssituation kam.«

Hardy schrieb. »Ist er zu der Frau gezogen?«

»Ja. Eigentlich sollten er, die Frau und die Kinder außerhalb der Stadt sein, irgendwo bei Davis oben. Auf Anraten ihres Anwalts.«

»Der Name des Anwalts?«

»Malcolm J. Worthy. Beverly Hills.«

»Ruf ihn lieber an, Del. Wenn Moody eine Liste von Feinden hat, steht er sicher auch drauf. Und laß dir die Nummer in Davis geben und erkundige dich, ob dort auch irgendwas passiert ist. Sie ist seine nächste Angehörige, muß also sowieso verständigt werden. Die Kollegen dort sollen hingehen und ihre Reaktion prüfen – ob sie die Nachricht überrascht und so weiter. Und die Richterin sollte auch angerufen werden. Fällt dir sonst noch jemand ein, Alex?«

»An dem Prozeß war noch ein weiterer Psychologe als Gutachter beteiligt. Doktor Lawrence Daschoff. Er wohnt in Brentwood, und seine Praxis befindet sich in Santa Monica.« Ich kannte Larrys Nummer auswendig und gab sie Del.

»Wie steht es mit Moodys Anwalt?« fragte Del. »Wenn der Idiot gedacht hat, daß sein Fall vermasselt wurde, kann er den ja auch zur Verantwortung gezogen haben, oder?«

»Stimmt. Der Mann heißt Durkin. Emil oder Elton oder so ähnlich.«

Der schwarze Kriminalbeamte schnitt eine Grimasse; offensichtlich war ihm Durkin kein Unbekannter.

»Eldridge«, knurrte er. »Das Arschloch war der Anwalt meiner Ex-Frau. Der hat mich ganz schön ausgenommen.«

»Na, dann hast du wenigstens das Vergnügen, ihn verhören oder seine Witwe trösten zu können.«

Hardy knurrte wieder, klappte das Notizbuch zu und ging durch die Küche hinaus, um zu telefonieren.

Ein Mann vom Ermittlungsdienst winkte von der Tür her; Milo gab mir einen Klaps und ging ebenfalls nach draußen, um mit ihm zu sprechen. Er kam nach ein paar Minuten zurück.

»Sie haben Reifenspuren gefunden«, sagte er. »Überbreite, wie von einem heißen Ofen. Sagt dir das etwas?«

»Moody hat einen Kastenwagen gefahren.«

»Sie haben die Spuren bereits verglichen. Keine Übereinstimmung.«

»Sonst fällt mir niemand ein.«

»Er hatte übrigens noch sechs Benzinkanister im Wagen, was die Theorie mit seiner schwarzen Liste bestätigt. Andererseits ergibt es auch wieder keinen rechten Sinn. Hier wollte er drei Kanister verwenden. Gehen wir davon aus, daß er das Ganze als eine Art Rachefeldzug geplant hat, pro Opfer drei Kanister. Bei einem Minimum von fünf Feinden – du, der andere Psychologe, die beiden Anwälte und die Richterin – ergibt das fünfzehn Kanister. Sechs sind noch im Wagen, das hieße, neun wären schon benutzt worden. Läßt man die auf deiner Terrasse aus, bleiben zumindest zwei vorausgegangene Versuche. Wenn er vorhatte, sein eigenes Heim abzubrennen, in dem jetzt die Frau mit den Kindern wohnt, waren es drei Versuche, und damit bereits zwölf verbrauchte Kanister. Selbst wenn die Zahlen nicht stimmen, ist es unwahrscheinlich, daß er für dich mehr Kanister verwenden wollte als für die anderen. Aber das bedeutet, daß du wahrscheinlich nicht seine erste Station gewesen bist. Andererseits: Warum sollte der Schütze ihm kreuz und quer durch die Stadt folgen, zusehen, wie Moody zwei oder drei Feuer legt, dabei das Risiko eingehen, gesehen zu werden, und bis zum dritten Attentat warten, bevor er ihn abknallt?«

Ich dachte darüber nach.

»Mir fällt nur eine einzige Erklärung ein«, sagte ich. »Die Gegend hier ist ziemlich einsam, und die vielen Bäume gewähren einem Heckenschützen ausreichend Dekkung. Hier läßt sich leicht aus dem Hinterhalt schießen.«

»Vielleicht«, sagte Milo skeptisch. »Wir machen erst einmal mit den Reifenspuren weiter. Der Killer mit den heißen Reifen. Tolle Schlagzeile!«

Er kaute an einem eingewachsenen Nagel und schaute mich ernst an.

»Hast du vielleicht noch andere Feinde, von denen ich nichts weiß, Kumpel?«

Mein Magen zog sich zusammen. Er hatte in Worten ausgedrückt, was schon die ganze Zeit durch meine Gedanken geisterte: daß eigentlich ich das Opfer des Schützen hätte sein sollen ...

»Nur die Kerle von der Casa de los Ninos, und die sitzen hinter Gittern. In Freiheit befindet sich meines Wissens keiner.«

»So, wie man das heute handhabt, kann man nie wissen, wann sie entlassen werden. Wir werden das auf alle Fälle überprüfen. Es liegt schließlich auch in meinem Interesse.«

Er trank einen Schluck Kaffee und beugte sich dann vor.

»Ich will deinen Angstpegel nicht noch weiter erhöhen, Alex, aber da ist noch etwas, was wir in Betracht ziehen sollten. Erinnerst du dich, als du mich angerufen hast wegen der Ratte und ich dich gebeten habe, mir Moody genau zu beschreiben? Du hast gesagt, ihr beide, du und er, seid ziemlich gleich groß und stimmt auch in Haut- und Haarfarbe überein.«

Ich nickte betäubt.

»Du warst den ganzen Tag zu Hause, hast krank im Bett gelegen. Jemand, der nach Einbruch der Dunkelheit hier eintrifft, weiß das nicht. Und aus einiger Entfernung ist eine solche Verwechslung durchaus möglich.«

Er wartete einen Moment, ehe er fortfuhr.

»Es ist nicht angenehm, so etwas zu denken, aber wir müssen es zumindest in Betracht ziehen«, sagte er, als wollte er sich für seine Befürchtungen entschuldigen. »Nach meinem Gefühl kommt bei der Untersuchung von La Casa gar nichts raus. Was ist mit den Spinnern, denen du beim Fall Swope begegnet bist?«

Ich dachte an die Menschen, die ich in den letzten

zwei Tagen kennengelernt hatte. Valcroix, Matthias und seine Sektenbrüder und -schwestern. Houten ... Hatte der El Camino des Sheriffs breite Reifen? Maimon. Bragdon. Carmichael. Die Rambo. Dazu Beverly und Raoul. Keiner von ihnen kam so recht in Betracht, und ich sagte es Milo.

»Von allen gefällt mir dieses Arschloch von Kanadier am besten«, sagte er. »Der Kerl ist ein schlechter Schauspieler, wie er im Buche steht.«

»Ich sehe das einfach nicht, Milo. Er wollte nicht verhört werden und ist mir deshalb vielleicht böse. Aber Abneigung ist noch lange kein tödlicher Haß, und wer auch immer diese Schüsse abgefeuert hat, tat es aus wildem Blutdurst.«

»Du hast gesagt, er nimmt Rauschgift, Alex. Es ist durchaus möglich, daß er in diesem Zustand durchdreht und im Verfolgungswahn losballert.«

Ich mußte an Beverly denken, die mir von Valcroix' zunehmend merkwürdigem Verhalten berichtet hatte, und gab es an Milo weiter.

»Da haben wir's«, sagte er. »Der Wahnsinn des Kokainschnupfers.«

»Es ist vielleicht möglich, trotzdem kann ich es nicht glauben. Ich war nicht so wichtig für ihn. Außerdem kommt er mir im Zweifelsfall wie ein Eskapist vor, einer, der sich eher zurückzieht als losschlägt. Der friedliebende Woodstock-Typ.«

»Das hat man von der Manson-Familie auch gedacht. Was für einen Wagen fährt er?«

»Keine Ahnung.«

»Wir lassen uns Nummer und Fahrzeugtyp von der Zulassungsbehörde geben und holen ihn dann zum Verhör. Das gilt natürlich auch für die anderen. Hoffentlich läuft es zuletzt doch auf Moody hinaus. Wenn man es sich genau überlegt, ist er sicher ein Mensch, den man bis aufs Blut hassen kann.«

Er stand auf und streckte sich.
»Danke für alles, Milo.«
Er tat es mit einer Handbewegung ab. »Bis jetzt hab' ich ja noch gar nichts getan, also brauchst du mir auch nicht zu danken. Und wahrscheinlich kann ich die Sache gar nicht selbst übernehmen. Erst muß ich reisen.«
»Wohin denn?«
»Washington D.C. In Sachen Frauenschänder. Die Saudis haben eine von den feinen Public-Relations-Firmen engagiert und stecken Millionen in Anzeigen, mit denen sie zeigen wollen, daß sie nette, brave Leute sind. Die Schandtaten von Prinz Stinky könnten all ihre Bemühungen zunichte machen. Also herrscht Druck von oben und die Anweisung, ihn einfach verschwinden zu lassen, um jegliches Aufsehen zu vermeiden. Aber das Department ist nicht damit einverstanden, weil die Verbrechen zu scheußlich gewesen sind. Die Araber üben weiter Druck aus, und die Politiker müssen sich wenigstens symbolisch die Nasen zuhalten und so tun, als hätten sie nichts gemerkt.«
Er schüttelte angewidert den Kopf.
»Vorgestern sind zwei graue Nadelstreifenanzüge vom Außenministerium zu uns gekommen und haben Del und mich zum Lunch eingeladen. Drei Martinis und *haute cuisine* auf Kosten des Steuerzahlers, gefolgt von einer charmanten Plauderei über die Energiekrise. Ich hab' sie erst mal reden lassen und ihnen dann ein paar Fotos von dem letzten Mädchen, das der Stinker umgebracht hat, unter die Nase gehalten. Die Leute vom Außenministerium müssen eine zarte Konstitution haben, sage ich dir. Beinahe hätten sie in den *coq au vin* gekotzt. Am Nachmittag bekam ich die Einladung zum Flug nach D.C., um das Problem weiter mit ihnen zu besprechen.«
»Das möchte ich erleben«, sagte ich. »Du und ein ganzer Saal voller Bürokraten. Wann fliegst du?«
»Ich weiß noch nicht. Auf Abruf, sozusagen. Viel-

leicht morgen oder übermorgen. Zum erstenmal in meinem entsagungsvollen Leben Erster Klasse.«

Er schaute mich besorgt an.

»Wenigstens ist Moody jetzt aus dem Weg.«

»Ja.« Ich seufzte. »Aber ich wollte, es wäre anders gekommen.« Dabei dachte ich an April und Ricky und was der Tod ihres Vaters für sie bedeuten würde. Wenn es tatsächlich Conley war, der ihn umgelegt hatte, wurde die Tragödie vollends unerträglich.

Hardy kam aus der Küche zurück und berichtete.

»Hätte noch schlimmer kommen können, aber es ist schon schlimm genug. Bei Durkin ist das halbe Haus abgebrannt. Er und seine Frau liegen im Krankenhaus mit Verbrennungen zweiten Grades und einer Rauchvergiftung, aber sie kommen durch. Bei Worthy hat der Feueralarm funktioniert und die automatische Sprinkleranlage ausgelöst. Er lebt in Pacific Palisades, ein großer Besitz mit vielen Bäumen. Einige davon sind nur noch schwarze Stümpfe.«

Aber dort hätte es dann wohl auch genügend Dekkung für einen Heckenschützen gegeben ... Milo warf mir einen bedeutungsvollen Blick zu. Hardy setzte seinen Bericht fort:

»Bei der Richterin und bei Daschoff ist alles okay, also waren die restlichen Kanister im Wagen für sie bestimmt. Inzwischen hab' ich Uniformierte in sämtliche Büros und Kanzleien geschickt, um dort nachzusehen.«

Richard Moody hatte sein gequältes Leben in einem Feuersturm aus krankhafter Wut beendet.

Milo pfiff durch die Zähne und führte Hardy das Szenario vor, in dem ein gewisser Delaware als Opfer fungierte. Hardy fand es durchaus plausibel, was meine Gemütsverfassung nicht gerade besserte.

Sie danken mir für den Kaffee und standen auf. Hardy verließ das Haus, und Milo blieb noch einen Moment an der Tür stehen.

»Du kannst hierbleiben, wenn du willst«, sagte er, »weil die Arbeit der Techniker fast ausschließlich draußen stattfindet. Aber wenn du woanders hinwillst, ist das auch okay.« Es war weniger eine Erlaubnis als ein Rat.

Der Glen war jetzt erfüllt von Blinklichtern, Schritten und gedämpften Gesprächen. Ich war hier sicher – bis auf weiteres. Aber die Polizei würde nicht ewig bleiben.

»Ich glaube, ich ziehe für ein, zwei Tage aus.«

»Wenn du bei mir bleiben willst – das Angebot gilt noch. Rick hat in den nächsten zwei Tagen Bereitschaftsdienst, also wird es sehr ruhig sein.«

Ich überlegte einen Augenblick.

»Danke, aber ich bin lieber allein.«

Er versicherte mir, daß er das gut verstehen könne, trank seinen Kaffee aus und kam näher.

»Ich sehe einen unnatürlichen Glanz in deinen Augen, und das macht mir Sorgen, Kumpel.«

»Es geht mir prima.«

»Bis jetzt. Ich möchte, daß es auch so bleibt.«

»Du brauchst dir keine Sorgen zu machen, Milo. Wirklich nicht.«

»Es ist wegen dem Jungen, nicht wahr? Du hast ihn noch nicht aufgegeben.«

Ich schwieg.

»Schau, Alex, wenn das, was heute abend hier geschehen ist, wirklich im Zusammenhang steht mit den Swopes, dann ist das erst recht ein Grund dafür, dich rauszuhalten. Ich meine damit nicht, daß du deine Gefühle unterdrücken sollst – aber du solltest deine Haut retten, verstehst du?«

Er berührte sachte mein Kinn. »Das letzte Mal hast du Glück gehabt. Aber du darfst es nicht herausfordern, klar?«

Ich packte eine Tasche mit dem Nötigsten und fuhr eine Weile durch die Gegend, ehe ich mich entschied, ins Bel-

Air-Hotel zu gehen, um mich von meinem Schock zu erholen – und mich zu verstecken. Es war nur Minuten von meinem Haus entfernt, ruhig und abgeschieden hinter einer hohen Mauer und umgeben von subtropischem Buschwerk. Die Atmosphäre dort – von außen rosa, von innen waldgrün, mit im Wind schwankenden Kokospalmen und einem Teich, in dem Flamingos schwammen – erinnerte mich immer an das alte, inzwischen mythisch gewordene Hollywood: Romantik, traumhafte Phantasien und ein Happy-End. Das alles war in letzter Zeit knapp geworden.

Ich fuhr auf dem Sunset in Richtung Westen, bog an der Stone Canyon Road nach Norden ab und kam an riesigen, von Mauern umgebenen Besitztümern vorbei, bis ich die Hoteleinfahrt erreicht hatte. Um zwanzig vor zwei in der Nacht war niemand da, der sich um die Wagen der Gäste kümmerte, also stellte ich den Seville zwischen einen Lamborghini und einen Maserati, so daß er aussah wie eine reiche Witwe zwischen zwei Gigolos.

Der Nachtportier war ein in Gedanken versunkener Schwede, der mich nicht erstaunt anschaute, als ich im voraus und in bar bezahlte und mich als Carl Jung ins Register eintragen ließ. Ein Blick sagte mir dann allerdings, daß er den Namen Karl Young geschrieben hatte.

Ein ständig gähnender Page brachte mich zu einem Bungalow vor einem Swimmingpool, der wie ein Meeraquarium beleuchtet war. Das Zimmer war bescheiden, aber komfortabel möbliert, mit einem großen, weichen Bett und schweren, dunklen Möbeln aus den vierziger Jahren.

Ich glitt zwischen die kühlen Laken und erinnerte mich an meinen letzten Aufenthalt hier: im vergangenen Juli, zu Robins achtundzwanzigstem Geburtstag. Wir hatten ein Mozartkonzert der Philharmoniker im Music Center gehört und waren danach zu einem späten Souper ins Bel-Air gefahren.

Der Speisesaal war dunkel und still gewesen, unsere Nische ruhig und direkt neben einem großen Fenster. Zwischen den Austern und dem Kalbfleisch war eine stattliche alte Dame in einem eleganten Abendkleid wie eine Königin über den Palmenhof geschritten.

»Alex«, hatte Robin geflüstert, »schau – nein, das kann nicht sein ...«

Aber sie war es. Bette Davis. Wir hätten es nicht besser treffen können.

Die Gedanken an jenen wunderbaren Abend drängten die Häßlichkeit dieses Abends weitgehend zurück.

Ich schlief bis sieben, rief dann den Zimmerservice an und bestellte frische Himbeeren, ein Kräuteromelette, Kleiebrötchen und Kaffee. Das Frühstück wurde auf Porzellan und Silber serviert und war köstlich. Ich verscheuchte die Bilder des Todes und aß herzhaft. Und bald danach fühlte ich mich wieder einigermaßen menschlich.

Ich schlief noch etwas, wachte dann auf und rief um zwei Uhr die Dienststelle Los Angeles West an. Milo war nach Washington geflogen, so daß ich mich mit Del Hardy verbinden ließ. Er berichtete, daß Conley als Verdächtiger ausschied. Während Moody abgeknallt wurde, war er bei Nachtaufnahmen für eine neue Fernsehserie in Saugus gewesen. Ich nahm die Meldung mit Gleichmut auf, denn ich hatte ihn mir nie als berechnenden Killer vorstellen können. Außerdem war ich inzwischen davon überzeugt, daß ich selbst das Opfer des Heckenschützen hatte sein sollen. Daß ich die Rolle akzeptierte, förderte nicht gerade meine Gemütsruhe, aber so war ich wenigstens auf der Hut.

Um vier ging ich hinaus und schwamm eine Zeitlang im Pool, mehr zur körperlichen Ertüchtigung als zum Vergnügen, dann kehrte ich in mein Zimmer zurück und ließ mir die Abendzeitungen und eine Flasche Bier bringen. Die Erkältung schien nachgelassen zu haben. Ich setzte mich zum Lesen in einen bequemen Sessel.

Der Bericht über den Tod von Valcroix war ein Spaltenfüller auf Seite achtundzwanzig; er trug die Überschrift: DOKTOR BEI VERKEHRSUNFALL GETÖTET. Ich erfuhr daraus den Typ, wenn auch nicht das Fabrikat des Wagens, den der Kanadier gefahren hatte – ›ein ausländischer Kompaktwagen‹ –, bevor er in der Nähe des Hafens von Wilmington gegen einen Brückenpfeiler gekracht war. Valcroix war sofort tot gewesen, und die Polizei hatte seine Angehörigen in Montreal verständigt ...

Wilmington liegt auf halbem Weg zwischen Los Angeles und San Diego, wenn man die Küstenstraße nimmt: eine häßliche Gegend mit endlosen Lagerhäusern und Werften. Ich fragte mich, was er dort zu tun hatte und in welche Richtung er vor dem Unfall gefahren war. Er hatte schon früher einmal La Vista besucht. Kam er von dort zurück, als er gegen den Pfeiler krachte?

Dann fiel mir ein, wie er sich bei Beverly gerühmt hatte, noch einen Trumpf im Ärmel zu haben, was die Sache mit den Swopes betraf. Daraus ergab sich eine Reihe weiterer Fragen. War der Unfall wirklich ein Unfall? Das Ergebnis seiner vom Rauschgift betäubten Reflexe? Oder hatte er versucht, diesen Trumpf auszuspielen, und dabei sein Leben aufs Spiel gesetzt? Und was war das für ein Geheimnis, mit dem er sich aus der Affäre ziehen wollte? War es dazu angetan, den Doppelmord an den Swopes zu lösen? Oder die Kinder zu finden?

Ich dachte darüber nach, bis ich Kopfschmerzen bekam, las den Artikel immer und immer wieder, saß dabei gespannt auf der Kante des Sessels und tastete im Leeren wie ein Blinder im Labyrinth.

Erst als mir klar wurde, was fehlte, konnte ich mich auf das konzentrieren, was getan werden mußte. Hätte ich die ganze Sache *klinisch* betrachtet, als Psychologe, wäre es mir sicher schon früher klargeworden.

Ich war schließlich ausgebildet worden in der Kunst der Psychotherapie, bei der die Vergangenheit ausgegraben und aufgedeckt wurde, damit man die gegenwärtigen Probleme entwirren und zu einem halbwegs erträglichen Leben finden konnte. Im Grunde nichts anderes als eine besondere Art von Detektivarbeit, bei der man heimlich durch die Sackgassen des Unbewußten schleichen mußte. Und alles begann damit, daß man sich intensiv und ausführlich um die Geschichte des Patienten bemühte.

Vier Menschen waren eines unnatürlichen Todes gestorben. Wenn diese Todesfälle für den Betrachter ein Durcheinander aus beziehungslosen Schreckenstaten darstellten, dann nur deshalb, weil ihm die Geschichte, die dahinterstand, fehlte. Weil er der Vergangenheit nicht den nötigen Respekt gezollt hatte.

Das mußte so schnell wie möglich geändert werden. Es war schließlich mehr als eine akademische Übung. Noch standen weitere Menschenleben auf dem Spiel.

Ich weigerte mich, die Chancen auszurechnen, nach denen die Swope-Kinder noch lebten und rechtzeitig gefunden werden konnten. Vorläufig reichte es, wenn man sich sagte, daß sie immerhin größer als Null waren. Zum hundertsten Mal sah ich den Jungen vor mir, sah ihn in seiner Plastikzelle, hilflos, von anderen abhängig, möglicherweise heilbar, aber mit einer gefährlichen Zeitbombe in seinem kleinen Körper ... Er mußte gefunden werden, sonst würde er unter großen Schmerzen sterben.

Wütend über meine Hilflosigkeit, kam ich von der Nächstenliebe zum Selbsterhaltungstrieb. Milo hatte mich beschworen, vorsichtig zu sein, aber einfach stillzusitzen war möglicherweise das gefährlichste.

Jemand war hinter mir her. Früher oder später mußte

ihm zu Ohren kommen, daß ich noch lebte. Der Jäger würde die Spur seiner Beute wieder aufnehmen, würde sich diesmal vielleicht noch mehr Zeit lassen, um einen todsicheren Plan auszuarbeiten. Dieses Spiel des Wartens und Planens mußte ich durchkreuzen, wenn ich nicht wie ein Todeskandidat in einer Todeszelle leben wollte.

Es gab viel zu tun, zu erforschen und auszugraben.

Die Kompaßnadel zeigte nach Süden.

19

Jemandem vertrauen heißt das größtmögliche aller Risiken eingehen. Aber ohne gegenseitiges Vertrauen läuft gar nichts.

Die Frage an diesem Punkt lautete allerdings nicht, ob ich ein solches Risiko eingehen sollte oder nicht. Es handelte sich vielmehr darum, wem ich trauen konnte und wem nicht.

Natürlich durfte ich Del Hardy trauen, aber ich konnte mir nicht denken, daß er oder die Polizei im allgemeinen in der Lage waren, mir zu helfen. Das waren Profis, bei denen nur Fakten zählten. Was ich hingegen anzubieten hatte, waren vage Verdachtsmomente und intuitive Befürchtungen. Hardy würde mich höflich anhören, mir für meine Informationen danken und mir versichern, daß ich mir keine Sorgen machen sollte.

Die Antworten, die ich brauchte, mußten von einem Insider stammen; nur wer die Swopes im Leben gekannt hatte, war imstande, mir Informationen zu liefern, die genügend Licht auf ihren Tod warfen.

Sheriff Houten machte einen ehrlichen Eindruck. Aber wie viele große Frösche in einem kleinen Teich identifizierte er sich zu sehr mit seiner Rolle. Er *war* das Gesetz in La Vista, und jedes Verbrechen, das dort begangen wurde, betrachtete er als einen ganz persönlichen Affront. Ich erinnerte mich an seinen Wutausbruch, als ich die Vermutung geäußert hatte, Woody und Nona könnten sich irgendwo im Dorf aufhalten. So etwas kam in seinem Reich nicht vor.

Eine solche Einstellung setzte notwendigerweise eine schönfärberische Haltung voraus, wie sie sich unter anderem durch die formelle Koexistenz zwischen der Kleinstadt und der Berührer-Sekte ausdrückte. Auf der positiven Seite führte sie zu Toleranz, auf der negativen zu einem stark eingeschränkten Blickwinkel.

Ich konnte mich also nicht an Houten wenden, um Hilfe zu bekommen. Er würde die Nachforschungen eines Außenseiters keinesfalls freudig begrüßen, und die Sache mit Raoul hatte seine Abneigung sicherlich noch bestärkt. Andererseits konnte ich auch nicht in La Vista auftauchen und Gespräche mit Fremden in die Wege leiten. Momentan sah die Lage also ziemlich hoffnungslos aus, und La Vista war für mich eine verbotene Stadt.

Dann fiel mir Ezra Maimon ein.

Dieser Mann hatte mich mit seiner schlichten Würde und seinem unabhängigen Geist beeindruckt. Er war zu einem totalen Schlamassel gerufen worden und hatte es innerhalb von Minuten bereinigt. Die Vertretung der Interessen eines Unruhestifters von außerhalb hätte einen weniger resoluten Mann leicht einschüchtern können. Maimon dagegen hatte seinen Auftrag ernst genommen und ihn verdammt gut ausgeführt. Er verfügte über Rückgrat und einen scharfen Verstand.

Und – noch wichtiger – er war so ziemlich meine letzte Hoffnung.

Ich ließ mir von der Auskunft seine Nummer geben und rief ihn an.

Er meldete sich mit »Seltenes Obst und Sämereien«

und mit der ruhigen Stimme, an die ich mich gut erinnerte.

»Mr. Maimon, hier Alex Delaware. Wir haben uns auf der Station des Sheriffs kennengelernt.«

»Guten Tag, Doktor Delaware. Wie geht es Doktor Melendez-Lynch?«

»Ich habe ihn seitdem nicht mehr gesehen. Er war ziemlich deprimiert.«

»Ja, wirklich eine tragische Angelegenheit.«

»Und deshalb rufe ich Sie an.«

»Ach?«

Ich berichtete ihm von Valcroix' Tod, dem Anschlag auf mein Leben, von meiner Überzeugung, daß die Situation nur geklärt werden konnte, wenn man einen Blick auf die Geschichte der Swopes warf, und ich endete damit, daß ich ihn unumwunden um Hilfe bat.

Danach herrschte Schweigen am anderen Ende der Leitung, und ich wußte, daß er dabei war, das eine gegen das andere abzuwägen, wie damals, als Houten ihm den Fall vorgetragen hatte. Ich hörte beinahe, wie sich die Rädchen drehten.

»Sie haben ein großes persönliches Interesse an dieser Sache«, sagte er schließlich.

»Das ist sicher ein Teil davon. Aber es geht mir um mehr. Woody Swopes Krankheit ist heilbar. Er braucht nicht zu sterben. Wenn er noch lebt, möchte ich, daß man ihn findet und heilt.«

Wieder Stille, wieder verstärkte Gehirntätigkeit.

»Ich bin nicht sicher, ob ich etwas weiß, was Ihnen helfen könnte.«

»Ich auch nicht. Aber es ist einen Versuch wert, glaube ich.«

»Sehr gut.«

Ich danke ihm überschwenglich. Wir kamen überein, daß eine Besprechung in La Vista nicht in Frage kam, und zwar in beiderseitigem Interesse.

»In Oceanside gibt es ein Restaurant, wo ich öfters esse«, sagte er. »Es heißt ›Anita's Café‹. Ich bin Vegetarier, und dort servieren sie fleischlose Küche. Können wir uns heute abend um neun dort treffen?«

Es war zwanzig vor sechs. Selbst bei stärkstem Verkehr mußte ich es spielend schaffen.

»Ich bin da.«

»Dann lassen Sie mich beschreiben, wie Sie das Lokal finden.«

Die Anweisungen, die er mir gab, waren so, wie ich es von ihm erwartet hatte: einfach, klar und präzise.

Ich bezahlte zwei weitere Nächte im Bel-Air, kehrte in mein Zimmer zurück und rief Mal Worthy an. Er war nicht in seiner Kanzlei, aber seine Sekretärin teilte mir seine Privatnummer mit.

Er nahm den Hörer nach dem ersten Rufzeichen ab. Seine Stimme klang müde und erschöpft.

»Alex, ich versuche schon den ganzen Tag, dich zu erreichen.«

»Ich habe mich zurückgezogen.«

»Versteckt? Warum? Er ist doch tot.«

»Es ist eine lange Geschichte. Hör zu, Mal, ich rufe aus mehreren Gründen an. Erstens: Wie haben die Kinder die Nachricht aufgenommen?«

»Deshalb wollte ich mit dir reden. Um mich von dir beraten zu lassen. Mein Gott, was für eine Sauerei. Darlene wollte es ihnen erst gar nicht sagen, aber ich machte ihr klar, daß sie keine andere Wahl hat. Danach habe ich sie wieder gesprochen, und sie meinte, April hätte geweint, viele Fragen gestellt und sich an ihren Rock geklammert. Ricky dagegen habe kein Wort gesagt. Der Junge sei in sein Zimmer gegangen und habe sich eingeschlossen. Sie stellte mir viele Fragen, und ich habe sie nach bestem Wissen und Gewissen beantwortet, aber auf diesem Gebiet bin ich nun mal kein Experte. Sind solche Reaktionen denn normal?«

»Es geht nicht darum, ob sie normal oder anomal sind. Diese Kinder haben mehr traumatische Erlebnisse zu verarbeiten als die meisten Menschen in ihrem ganzen Leben. Nachdem ich sie in deinem Büro begutachtet habe, fühlte ich, daß sie Hilfe brauchen, und habe das auch der Mutter gesagt. Jetzt ist es eine unumgängliche Notwendigkeit. Sieh zu, daß sie sie bekommen. Und behalte Ricky im Auge. Der Junge identifiziert sich mit seinem Vater. Ich würde sagen, ein Selbstmord als Nachahmungstat ist keineswegs auszuschließen. Ebensowenig wie Brandstiftung. Wenn Schußwaffen im Haus sind, soll sie sie fortschaffen. Sag Darlene, sie muß ihn streng bewachen und ihn fernhalten von Streichhölzern, Messern, Stricken und Tabletten. Zumindest bis er therapeutisch behandelt wird. Und wenn der Junge seinen Zorn in irgendeiner Form ausdrückt, darf sie ihm das nicht verbieten. Nicht einmal, wenn er dabei schlimme Worte verwendet.«

»Ich werde es ihr sagen. Aber es wäre mir sehr lieb, wenn du sie noch einmal besuchen würdest, sobald sie wieder in Los Angeles sind.«

»Das geht nicht, Mal. Ich stehe der Sache zu nahe.« Statt dessen nannte ich ihm zwei andere Psychologen.

»Na schön«, sagte er zögernd. »Ich werde sie ihr empfehlen und sehen, daß sie einen von ihnen anruft.« Dann ließ er eine Pause entstehen. »Wenn ich zum Fenster hinausschaue, komme ich mir vor wie in einem Grillofen. Die Feuerwehr hat die Mauern mit irgend etwas angesprüht, damit der Brandgeruch verschwindet, aber es stinkt noch immer fürchterlich. Dabei frage ich mich, ob es nicht anders hätte ausgehen können.«

»Ich weiß nicht. Moody war auf Gewalt programmiert. Er ist in einer Umgebung von Gewalt groß geworden. Du erinnerst dich an seine Geschichte: Auch sein

Vater war ein explosiver Mensch und ist bei einer Rauferei ums Leben gekommen.«

»Die Geschichte, die sich selbst wiederholt.«

»Sieh zu, daß der Junge behandelt wird, dann wiederholt sie sich vielleicht nicht noch einmal.«

Lavendelfarbene Glühbirnen warfen indirektes Licht auf die weißgekalkten, mit alten Ziegelsteinen verzierten Mauern von ›Anita's Café‹. Über dem Eingang spannte sich ein Spalier aus geflochtenem Holz. An dem Gittergeflecht rankten Zwergzitronenbäume empor, und die Früchte schimmerten türkis im künstlichen Licht.

Das Restaurant war unbegreiflicherweise in einem Industriepark versteckt, wurde an drei Seiten von Bürogebäuden mit schwarzen Glaswänden flankiert und bot dafür auf der vierten Seite einen mehrere Morgen großen Parkplatz. Die Geräusche der Nachtvögel mischten sich mit dem fernen Dröhnen der Schnellstraße.

Drinnen war es kühl und schummerig. Leise Harfenmusik aus der Barockzeit drang aus den Lautsprechern. Es roch nach Kräutern und Gewürzen: Kümmel, Majoran, Safran und Basilikum. Etwa drei Viertel der Tische waren besetzt. Die meisten Gäste sahen jung, schick und wohlhabend aus. Sie sprachen ernst und in gedämpftem Ton miteinander.

Eine kräftige blonde Frau in einer bäuerlichen Bluse und einem bestickten Rock führte mich zu Maimons Tisch. Er erhob sich und setzte sich erst wieder, nachdem ich Platz genommen hatte.

»Guten Abend, Doktor.« Er war so gekleidet wie bei unserer ersten Begegnung: ein makellos weißes Hemd, eine gebügelte Khakihose. Die Brille war ihm nach vorn gerutscht, und er schob sie wieder zurück bis an die Nasenwurzel.

»Guten Abend. Ich bin Ihnen sehr dankbar, daß Sie bereit sind, mit mir zu sprechen.«

Er lächelte.

»Sie haben Ihren Fall sehr eindrucksvoll vorgebracht.«

Die Kellnerin, ein schlankes Mädchen mit langem, dunklem Haar und einem Modigliani-Gesicht, kam an unseren Tisch.

»Hier gibt es ein vorzügliches Linsen-Wellington«, sagte Maimon.

»Klingt gut.« Meine Gedanken waren nicht beim Essen.

Er bestellte für uns beide. Die Kellnerin kam mit Eiswasser in geschliffenen Kristallbechern, dicken Vollkornbrotscheiben und zwei Töpfchen mit einer Gemüsepastete, die überraschend nach Gänseleber schmeckte.

Er schmierte die Pastete auf eine Scheibe Brot, biß hinein und kaute langsam und bedächtig. Nachdem er den Bissen hinuntergeschluckt hatte, fragte er: »Wie kann ich Ihnen helfen, Doktor?«

»Ich versuche, die Reaktionen der Swopes zu begreifen. Dazu muß ich wissen, wie sie vor Woodys Krankheit gewesen sind.«

»Ich kannte sie nicht näher. Es waren sehr zurückhaltende Leute.«

»Das höre ich überall.«

»Kein Wunder.« Er trank einen Schluck Wasser. »Ich bin vor zehn Jahren nach La Vista gezogen. Meine Frau und ich waren kinderlos. Nach ihrem Tode habe ich meine Kanzlei aufgegeben und die Pflanzschule eröffnet. Der Gartenbau war seit jeher meine große Leidenschaft. Und nachdem ich mich hier niedergelassen hatte, versuchte ich, mit den anderen Pflanzern in der Umgebung Kontakt aufzunehmen. Gärtner sowie Obst- und Gemüseanbauer sind traditionell freundliche Menschen. Unsere Fortschritte beruhen zum großen Teil auf Zusammenarbeit – der eine gewinnt Sämereien von einer seltenen Art und gibt sie an die anderen weiter. Es ist im Interesse aller – wissenschaftlich wie ökonomisch. Eine Frucht, die nicht auf dem Markt erscheint, stirbt aus, wie das mit so vielen der alten amerikanischen Apfel- und Birnensorten geschehen ist. Kommt sie dagegen einigermaßen gut in Umlauf, wird sie überleben.

Ich hatte gedacht, daß Garland Swope mich ebenso freundlich empfangen würde wie die anderen, insbesondere, da er mein Nachbar war. Doch das war eine sehr naive Vorstellung. Eines Tages tauchte ich bei ihm auf; er stand hinter seinem Gartentor, bat mich nicht hinein und war so kurz angebunden, daß es an Feindseligkeit grenzte. Überflüssig zu betonen, daß ich bestürzt war. Nicht nur wegen seiner Unfreundlichkeit, sondern auch weil er keine Neigung zeigte, sich mit seinen Produkten zu brüsten – die meisten von uns lieben es, die eigenen preisgekrönten Hybriden und seltenen Züchtungen herzuzeigen.«

Das Essen kam. Es schmeckte überraschend gut. Die Linsen waren köstlich gewürzt und in Blätterteig gebakken. Maimon aß ein paar Bissen und legte die Gabel weg, bevor er weitersprach.

»Ich bin schnell weggegangen und nicht mehr wiedergekommen, obwohl unsere Häuser nicht einmal eine Meile voneinander entfernt liegen. Es gab andere Pflanzer in der Gegend, die an einer Zusammenarbeit interessiert waren, und ich vergaß Swope. Etwa ein Jahr später nahm ich an einem Kongreß in Florida teil, der sich mit der Kultivierung subtropischer Früchte aus Malaysia befaßte. Dort traf ich mehrere Leute, die ihn kannten und mir sein merkwürdiges Verhalten erklärten.

Es war so, daß Swope nur dem Namen nach Gartenbau betrieb. Er war früher einmal recht bekannt gewesen, hatte jedoch seit Jahren nichts mehr auf dem Gebiet getan. Hinter dem Zaun befindet sich also gar kein Gartengelände, sondern nur ein altes Haus und mehrere Morgen staubiges Brachland.«

»Und wovon hat die Familie bis jetzt gelebt?«

»Eine Erbschaft. Garlands Vater war Senator des Staates Kalifornien und besaß eine riesige Ranch und viele Meilen Land an der Küste. Einen Teil davon verkaufte er dem Staat, den Rest an Baufirmen. Er verlor dann einen Großteil des Erlöses durch schlechte Investitionen, aber offenbar blieb noch genug übrig, daß Garland mit seiner Familie davon leben konnte.«

Er schaute mich neugierig an.

»Hilft Ihnen das?«

»Ich weiß es nicht. Warum hat er den Gartenbau aufgegeben?«

»Ebenfalls eine schlechte Investition, diesmal auf eigenem Grund und Boden. Haben Sie schon mal von der Cherimoya gehört?«

»Es gibt eine Straße in Hollywood, die so heißt. Klingt wie der Name einer Frucht.«

Er wischte sich den Mund ab.

»Sie haben recht, es ist eine Frucht. Eine, die Mark Twain als ›Köstlichkeit der Köstlichkeiten‹ bezeichnet hat. Wer sie gegessen hat, ist geneigt, es zu bestätigen. Sie stammt aus den Subtropen und ist in den chilenischen Anden heimisch. Sieht aus wie eine Artischocke oder eine große grüne Erdbeere. Die Haut ist nicht eßbar. Das Fleisch ist weiß und von ähnlich cremiger Konsistenz wie bei der Annone, dazu mit vielen harten Kernen durchsetzt. Manche sagen, daß die Götter die Kerne in die Frucht gegeben haben, damit man sie nicht allzu hastig ist. Man ißt sie übrigens mit dem Löffel. Der Geschmack ist phantastisch, Doktor. Süß und kräftig, mit dem Aroma von Pfirsich, Birne, Ananas, Banane und Zitrusfrüchten, aber in einer Mischung, die einzigartig ist.

Es ist also eine ganz herrliche Frucht, und die Fachleute damals in Florida meinten, daß Garland Swope geradezu besessen davon war. Er hielt sie für die Frucht der

Zukunft und war überzeugt, daß die Öffentlichkeit danach verlangen würde, sobald sie auf den Geschmack gekommen war. Er träumte davon, für die Cherimoya das zu tun, was Sanford Dole für die Ananas getan hatte. Und er ging so weit, sogar sein erstes Kind danach zu taufen. Der volle botanische Name der Pflanze lautet *Annona cherimola*.«

»War es ein realistischer Traum?«

»Theoretisch ja. Es ist ein empfindlicher Baum, der gemäßigtes Klima und konstante Feuchtigkeit verlangt, aber er wäre durchaus in dem subtropischen Streifen zu züchten, der sich entlang der kalifornischen Küste erstreckt, von Mexiko bis zum Ventura County. Dort, wo Avocados wachsen, herrschen auch für die Cherimoya ideale Bedingungen. Aber es gibt Komplikationen, und auf die komme ich gleich zu sprechen.

Er kaufte das Land auf Kredit. Ironie des Schicksals: Ein großer Teil davon hatte früher seinem Vater gehört. Dann ging er nach Südamerika auf Expedition und brachte ein paar Bäumchen mit. Er nahm Stecklinge davon und bepflanzte seinen Obstgarten damit. Es würde mehrere Jahre dauern, bis die Bäume Früchte trugen, aber wenn es so weit war, besaß er die größte Cherimoya-Plantage der Vereinigten Staaten. Und in dieser Zeit reiste er umher, sprach mit den Vertriebsfirmen über seine neue Frucht und berichtete ihnen von den Wundern, die in Kürze auf seinen Plantagen heranreifen würden.

Es muß ein schwieriger Kampf gewesen sein, denn der Geschmack der amerikanischen Öffentlichkeit ist alles andere als auf Abenteuer ausgerichtet. Im ganzen gesehen essen wir vergleichsweise wenig Obst. Und das, was wir essen, ist uns seit Jahrhunderten vertraut. Die Tomate wurde sehr lange Zeit für giftig gehalten, die Aubergine rief angeblich Wahnsinn hervor. Das sind nur zwei Beispiele. Es gibt zahlreiche andere herrlichste

Früchte, die in diesem Klima wachsen könnten, aber ignoriert werden.

Immerhin, Garland war hartnäckig, und es begann sich auszuzahlen. Er erhielt viele Bestellungen, so daß er den größten Teil seiner Ernte praktisch im voraus verkauft hatte. Wenn die Cherimoya erfolgreich gewesen wäre, hätte er den Markt für diese besondere Delikatesse beherrscht und wäre ein reicher Mann geworden. Natürlich wären früher oder später die großen Gesellschaften eingestiegen und hätten alle anderen überboten, doch bis dahin hätte es Jahre gedauert, und seine Erfahrungen wären späteren Pflanzern sicherlich viel Geld wert gewesen.

Fast ein Jahrzehnt nachdem er sich dazu entschlossen hatte, reifte die erste Ernte heran – und das allein war schon eine gewaltige Leistung. In ihrer heimischen Umgebung nämlich wird die Cherimoya von einer dort ebenfalls heimischen Wespenart befruchtet. Um diesen Prozeß nachzuahmen, muß man die Blüten mühsam mit der Hand befruchten – das heißt, die Pollen von einer Blüte müssen auf den Stempel der anderen aufgetragen werden. Dabei ist die Tageszeit von Bedeutung, da die Pflanze einem Fruchtbarkeitszyklus unterworfen ist. Garland hat die Bäume gehätschelt und gepflegt, als ob es menschliche Babys gewesen wären.«

Maimon nahm die Brille ab und putzte sie. Seine Augen waren dunkel und ruhig.

»Zwei Wochen vor der ersten Ernte kam ein tödlicher Frost mit der kalten Strömung von Mexiko herauf. Eine Serie tropischer Wirbelstürme hatte in der Karibik gewütet, und ein in diesen Breiten ungewöhnlicher Temperatursturz war die Folge. Die meisten Bäume erfroren über Nacht, und die wenigen, die überlebten, warfen die fast reifen Früchte ab. Man unternahm hektische Versuche, zu retten, was zu retten war. Einige von den Leuten, die ich in Florida traf, waren damals hiergewesen, um zu helfen. Sie beschrieben die Szene so: Emma und Garland rannte mit Kohlepfannen und Decken durch die Plantage und versuchten die Bäume einzuwickeln, den Boden anzuwärmen und alles zu tun, um die Cherimoya zu retten. Das kleine Mädchen schaute zu und heulte. Sie kämpften drei Tage, doch es war aussichtslos. Garland war der letzte, der es einsah.«

Er schüttelte traurig den Kopf.

»Jahre der Arbeit, in siebzig Stunden vernichtet. Danach zog er sich zurück und wurde zum Einsiedler.«

Es war eine klassische Tragödie: hochfliegende Pläne, vom Schicksal durchkreuzt. Die Agonie der Hilflosigkeit. Eine Verzweiflung, die kein Ende hatte.

Allmählich begann ich zu begreifen, was Woodys Diagnose für sie bedeutet haben mochte.

Krebs bei Kindern war stets eine Ungeheuerlichkeit, für alle betroffenen Eltern eine herzzerreißende Konfrontation mit einem Gefühl der Ohnmacht, dem Bewußtsein, nichts dagegen tun zu können. Aber bei Garland und Emma Swope vervielfachte sich das Trauma, rief die Hilflosigkeit angesichts der Krankheit ihres Kindes eine verdrängte, aber nicht vergessene Vergangenheit zurück. Vielleicht hatte die Verzweiflung einen Grad erreicht, in dem sie unerträglich wurde …

»Ist das alles bekannt?«

»Zumindest bei denen, die hier schon eine Weile leben.«

»Wissen es auch Matthias und die Leute von seiner Sekte?«

»Das kann ich Ihnen nicht sagen. Sie sind vor ein paar Jahren zu uns gekommen. Vielleicht haben sie es herausgefunden, vielleicht auch nicht. Man spricht nicht darüber, verstehen Sie.«

Er lächelte die Kellnerin an und bestellte eine Kanne Kräutertee. Sie brachte ihn, dazu zwei Tassen, und schenkte ein.

Er trank einen Schluck, stellte seine Tasse ab und schaute mich durch den Dampf an.

»Sie verdächtigen immer noch die Berührer«, sagte er.

»Ich weiß nicht«, räumte ich ein. »Eigentlich gibt es keinen plausiblen Grund dafür. Aber etwas an ihnen ist unheimlich.«

»Allzu gekünstelt und glatt?«

»Genau. Es sieht mir zu programmiert aus. Wie die Inszenierung eines Filmregisseurs, der einen Kult darzustellen versucht.«

»Da stimme ich Ihnen zu, Doktor. Als ich hörte, daß Norman Matthews der geistige Führer einer Sekte geworden ist, hat mich das doch sehr amüsiert.«

»Sie kannten ihn?«

»Nur dem Namen nach. Aber jeder, der als Jurist tätig war, hat von ihm gehört. Er war der typische Beverly-Hills-Anwalt: gescheit, auffallend, aggressiv, skrupellos. Und nichts davon paßt zu dem, was er jetzt sein will. Immerhin – ich glaube, es hat schon merkwürdigere Verwandlungen gegeben als diese.«

»Jemand hat gestern auf mich geschossen. Können Sie sich vorstellen, daß einer von seinen Leuten dafür verantwortlich ist?«

»Die Sekte kommt mir alles andere als gewalttätig vor. Wenn Sie mir sagen, Matthews sei ein Schwindler, glaube ich es sofort. Aber ein Mörder ...« Er schaute mich zweifelnd an.

Ich versuchte es mit einer anderen Version.

»Bestand denn irgendeine Beziehung zwischen den Berührern und den Swopes?«

»Ich glaube kaum. Garland lebte zurückgezogen, er kam nie in die Stadt. Ich habe nur Emma und das Mädchen gelegentlich gesehen, wenn sie zum Einkaufen gefahren sind.«

»Matthias berichtete mir, daß Nona einen Sommer lang bei der Sekte gearbeitet hat.«

»Stimmt – das hatte ich ganz vergessen.« Er wandte sich ab und spielte mit einem Behälter voll ungefiltertem Honig.

»Mr. Maimon, entschuldigen Sie, wenn das unhöflich klingt, aber ich glaube kaum, daß Sie so etwas vergessen würden. Als Matthias über Nona sprach, war es dem Sheriff ebenso peinlich wie Ihnen jetzt. Er fuhr dazwischen mit der Bemerkung, daß sie ein wildes Kind gewesen sei – so, als wollte er damit die Diskussion beenden. Bisher sind Sie mir eine große Hilfe gewesen. Bitte, verschweigen Sie mir nichts.«

Er setzte sich die Brille wieder auf, strich sich übers Kinn, wollte die Teetasse anheben, überlegte es sich dann aber anders.

»Doktor«, sagte er ruhig, »ich halte Sie für einen ehrlichen jungen Mann, und ich möchte ihnen helfen. Aber lassen Sie sich die Position erklären, in der ich mich befinde. Ich lebe zwar schon seit einem Jahrzehnt hier, betrachte mich jedoch immer noch als Außenseiter. Ich bin Sephardim, also ein Nachkomme spanisch-portugiesischer Juden, und stamme in direkter Linie vom großen Gelehrten Maimonides ab. Meine Vorfahren wurden im Jahre 1492 von den Spaniern vertrieben, zusammen mit den anderen Juden. Sie ließen sich in Holland nieder, wurden auch dort verjagt und gingen nach England, Palästina, Australien und Amerika. Fünfhundert Jahre Wanderschaft, das geht ins Blut und weckt Zweifel an Begriffen wie Seßhaftigkeit und Dauer.

Vor zwei Jahren wurde ein Mitglied des Ku-Klux-Klan in diesem Distrikt als Kandidat für das Parlament des Staates Kalifornien aufgestellt. Der Mann verheimlichte zwar seine Zugehörigkeit zum Klan, aber die meisten wußten darüber Bescheid, und seine Nominierung war sicherlich kein Zufall. Er verlor zum Glück die Wahl, aber bald danach gab es die üblichen Kreuzverbrennungen, antisemitischen Flugblattaktionen, eine

Epidemie rassistischer Schmierereien und Belästigungen der Amerikaner mexikanischer Abstammung an der Grenze.

Ich erzähle Ihnen das nicht, weil ich der Meinung bin, La Vista sei eine Brutstätte des Rassismus. Im Gegenteil, ich finde, es ist eine ungewöhnlich tolerante Stadt, was man an der reibungslosen Integration der Berührungs-Sekte erkennen kann. Aber die Haltung einer sozialen Gemeinschaft kann sich rasch ändern – meine Vorfahren waren in der einen Woche Leibärzte der spanischen Königsfamilie, in der nächsten Flüchtlinge, die aus dem Land getrieben wurden.« Er wärmte beide Hände an seiner Teetasse. »Wenn man Außenseiter ist, muß man sich diskret verhalten.«

»Ich kann ein Geheimnis für mich behalten«, sagte ich. »Alles, was Sie mir erzählen, werde ich streng vertraulich behandeln, es sei denn, es stehen Menschenleben auf dem Spiel.«

Er gönnte sich wieder ein paar Minuten stillen Nachdenkens, und seine fein gezeichneten Züge waren ernst und ruhig. Dann schauten wir uns einen Moment lang in die Augen.

»Ja, es hat da wohl ein wenig Ärger gegeben«, sagte er. »Worum es ging, ist mir nie klargeworden. Aber wie ich das Mädchen kannte, mußte es etwas mit sexuellen Dingen zu tun haben.«

»Wieso das?«

»Sie war dafür bekannt. Ich kümmere mich normalerweise nicht um Klatsch, aber in einem kleinen Ort kann man nicht umhin, das eine oder andere zu hören. Und das Mädchen hat seit jeher etwas Triebhaftes an sich gehabt. Selbst mit zwölf oder dreizehn haben ihr schon die Burschen und Männer nachgeschaut, wenn sie durch die Stadt ging. Sie verbreitete so etwas wie – Körperlichkeit. Ich fand es merkwürdig, daß das ausgerechnet bei einem Kind der Fall war, welches aus einer so zurückgezogenen, isolierten Familie kam – so, als ob sie alle sexuellen Energien der anderen in sich aufgesogen hätte und am Schluß nicht mehr damit fertig geworden wäre.«

»Haben Sie eine Ahnung, was damals bei der Sekte mit ihr passiert ist?« fragte ich, obwohl ich es mir nach den Erzählungen von Doug Carmichael gut vorstellen konnte.

»Nur, daß ihre Arbeit dort von einem Tag auf den anderen zu Ende war und daß man in den nächsten Tagen in der Stadt alles mögliche geraunt und getuschelt hat.«

»Und die Berührer haben nie wieder junge Leute aus der Stadt engagiert.«

»Richtig.«

Die Kellnerin brachte die Rechnung. Ich legte ihr meine Kreditkarte auf das kleine Tablett. Maimon dankte mir und bestellte sich noch eine Kanne Tee.

»Wie war sie eigentlich als kleines Mädchen?« fragte ich.

»Ich erinnere mich nur schwach an sie ... Ja, sie war ein hübsches kleines Ding, und mit ihrem roten Haar ist sie immer und überall aufgefallen. Manchmal ist sie bei mir vorbeigekommen und hat Hallo gesagt; sie war immer sehr freundlich. Ich glaube, ihre Probleme fingen an, als sie zwölf oder dreizehn geworden war.«

»Was für Probleme?«

»Ich sagte es schon: Promiskuität. Sie hat sich mit älteren Jungen herumgetrieben – Jungen, die schnelle Wagen oder Motorräder fahren. Dabei scheint die Sache den Eltern aus der Hand geglitten zu sein, denn sie haben sie auf ein Internat geschickt. Daran erinnere ich mich sehr lebhaft, weil Garlands Wagen an dem Morgen, als sie zur Bahn gefahren werden sollte, eine Panne hatte. Er blieb einfach stehen, mitten auf der Straße, nicht weit von meinem Grundstück entfernt. Ich bot ihnen an, sie hinzubringen, aber natürlich lehnte Garland mein Angebot ab. Er ließ das Mädchen samt seinem

Koffer sitzen, bis er mit dem Lastwagen zurück war. Sie sah wie ein trauriges kleines Mädchen aus, obwohl sie damals schon vierzehn war, wie ich vermute. Und sie kam mir so vor, als ob man alles Böse aus ihr herausgeprügelt hätte.«

»Wie lange war sie danach weg?«

»Ein Jahr. Als sie zurückkam, war sie völlig verändert – stiller, beherrschter. Aber immer noch sexuell frühreif, in einer zornigen Art und Weise.«

»Wie meinen Sie das?«

Er errötete und trank den lauwarmen Tee.

»Hemmungslos wie ein Tier. Eines Tages kam sie in meine Pflanzschule und hatte nichts als Shorts und einen BH an. Einfach so. Sie sagte, sie hätte gehört, daß ich eine neue Sorte Bananen gezüchtet habe, und wolle sie sehen. Es stimmte, ich hatte mir mehrere Dwarf Cavendish-Pflanzen aus Florida kommen lassen und ein paar Büschel der schönsten Früchte auf den Markt gebracht, um sie herzuzeigen. Ich wunderte mich, daß sie sich dafür interessierte, zeigte ihr aber die Pflanzen. Sie warf einen oberflächlichen Blick darauf und lächelte lasziv. Dann bückte sie sich, gewährte mir Einblick in ihren Büstenhalter, pflückte eine Banane und begann sie zu essen, in einer gemeinen Art und Weise ...« Er hielt inne, stotterte: »Entschuldigen Sie, Doktor, ich bin dreiundsechzig, stamme also aus einer anderen Generation, und es fällt mir schwer, die Dinge so ungezwungen zu betrachten, wie das heutzutage üblich ist.«

Ich nickte und versuchte, ihm mein Verständnis auszudrücken. »Sie sehen aber wesentlich jünger aus.«

»Gute Gene.« Er lächelte. »Jedenfalls, das ist die Geschichte. Sie hat sich, wie gesagt, beim Essen der Banane in höchst herausfordernder Weise produziert, mich immer wieder angelächelt und gesagt, daß es köstlich sei. Danach hat sie sich die Finger geleckt und ist davongerannt. Dieses Begegnung hat mich beunruhigt, weil ich während ihrer Bemühungen, als Verführerin aufzutreten, den Haß in ihren Augen gesehen habe – eine seltsame Mischung aus Sex und Feindseligkeit. Es ist schwer zu erklären.«

Er trank einen Schluck Tee, dann fragte er: »Hilft Ihnen das irgendwie bei Ihren Ermittlungen?«

Bevor ich antworten konnte, kam die Kellnerin zurück mit der Quittung. Maimon bestand darauf, wenigstens für das Trinkgeld zu sorgen. Es fiel sehr großzügig aus.

Dann gingen wir hinaus auf den Parkplatz. Die Nacht war kühl und voller Wohlgerüche. Maimon schritt so elastisch wie ein Mann, der nur halb so alt wie er war.

Er fuhr einen Chevy-Lieferwagen mit offener Ladefläche. Und der Wagen hatte Normalreifen. Maimon nahm die Schlüssel heraus und fragte: »Möchten Sie vorbeikommen und meine Pflanzschule besichtigen? Ich würde Ihnen gern die interessantesten Exemplare vorführen.«

Er schien sich nach Gesellschaft zu sehnen. Immerhin hatte er an diesem Abend eine Menge Psychosen abladen können, vermutlich zum erstenmal in seinem Leben. So etwas konnte zur Gewohnheit werden.

»Es wäre mir ein Vergnügen. Aber glauben Sie nicht, daß Sie Schwierigkeiten bekommen, wenn man Sie in meiner Gesellschaft sieht?«

Er lächelte und schüttelte den Kopf.

»Wenn ich mich nicht irre, Doktor, ist das immer noch ein freies Land. Ich wohne einige Meilen außerhalb der Stadt, im Südosten. Oben in den Vorbergen, wo sich die meisten größeren Obstplantagen befinden. Ich schlage vor, Sie fahren hinter mir her, aber für den Fall, daß wir uns verlieren, beschreibe ich Ihnen den Weg. Wir unterqueren die Schnellstraße, fahren dann ein Stück parallel dazu und biegen später nach rechts in eine unbezeichnete Straße ab – ich werde langsam fahren und auf Sie warten, damit Sie die Abzweigung nicht verpassen. Am Fuß der Berge geht es dann wieder nach links auf einen alten Versorgungsweg. Zu schmal für Lastwagen und in den Regenzeiten überflutet, aber in dieser Jahreszeit eine praktische Abkürzung.«

Er schilderte noch eine Weile den Weg, bis mir klargeworden war, daß er die Umgehungsstraße meinte, die ich auf der Karte des Countys im Büro des Sheriffs gesehen hatte. Als ich Houten danach gefragt hatte, war er mir ausgewichen und hatte erklärt, die Straße sei von der Ölgesellschaft gesperrt worden Vielleicht zählte er einen Versorgungsweg wie diesen nicht zu den Verkehrsmöglichkeiten seines Bezirks. Oder er hatte mich belogen.

Ich dachte darüber nach, als ich in den Seville eingestiegen war.

20

Die Abzweigung kam überraschend. Der Straße fehlte nicht nur der Wegweiser, sie war eigentlich gar nicht als Straße zu bezeichnen. Ein schmaler Kiesstreifen, auf den ersten Blick nicht viel mehr als eine etwas breitere Furche, ähnlich den vielen, die sich durch diese weite Ebene fruchtbaren Landes schnitten. Wenn man nicht vertraut war mit der Umgebung, mußte man die Zufahrt übersehen. Aber Maimon fuhr langsam, und ich folgte seinen Rückleuchten durch mondhelle Erdbeerfelder. Bald hatten wir die Geräusche der Schnellstraße hinter uns gelassen, und die Nacht war still und funkelte von Faltern und Mücken, die sich im Licht der Scheinwerfer in Spiralbewegungen den Sternen entgegenschwangen und sich hektisch und vergeblich nach der Wärme ferner Galaxien drängten.

Die Berge hingen drohend über uns, grimmige Steinmassen, dunkle Schatten. Maimons Wagen war alt; er ruckte und schlingerte, als sein Fahrer in den niedrigen Gang schaltete und den Anstieg in die Vorberge begann. Ich blieb mehrere Wagenlängen zurück und folgte ihm in eine Dunkelheit, die so dicht war, daß sie fast mit Händen zu greifen war.

Wir fuhren meilenweit bergauf und erreichten schließlich eine Hochebene. Hier bog die Straße scharf nach rechts ab. Auf der linken Seite war ein ausgedehntes Plateau, eine Mesa, umgeben von einem Maschendrahtzaun. Pyramidenförmige Türme erhoben sich aus der Hochfläche, skelettartig und still: die verlassenen Ölfelder. Maimon bog ab und setzte die Fahrt fort.

Auf den nächsten Meilen kamen wir durch Haine, endlose Baumreihen, zu erkennen durch die gezackten Silhouetten des von den Sternen erhellten Blattwerks, das wie Seide glänzte vor dem Samt des Himmels. Zitrusbäume, nach dem Duft zu vermuten, der in der Luft lag. Danach folgte eine Reihe von Gehöften, Bauernhäuser auf kleineren Grundstücken, überschattet von Platanen und Eichen. Nur weniger Lichter brannten; sie wurden zu verwischten Blitzen, als wir daran vorbeifuhren.

Maimon schaltete den Blinker ein, sechzig Meter bevor er nach links in ein offenes Tor einbog. Auf einem bescheidenen Schild über dem Tor stand: *Seltenes Obst und Sämereien Co.* Er hielt vor einem großen zweistöckigen Fachwerkhaus, das von einer breiten Veranda umgeben war. Auf der Veranda befanden sich zwei Sessel und ein Hund. Der Hund kam herbeigelaufen, sprang an Maimon hoch und leckte ihm die Hand, als er aus dem Wagen gestiegen war. Ein Labrador, schwer und wuchtig und von meiner Anwesenheit offenbar wenig beeindruckt. Sein Herr streichelte ihn, ehe sich der Hund wieder auf seinem Verandaplatz schlafen legte.

»Kommen Sie mit zur Rückseite«, sagte Maimon. Wir gingen an der linken Seite des Hauses entlang. An der Rückwand hing ein elektrischer Verteilerkasten. Er öffnete die Tür, betätigte einen Schalter, und im selben Moment leuchteten Serien von Lampen auf, wie choreographiert.

Was sich vor meinen Augen ausbreitete, war so strukturell gegliedert und nativ wie ein Gemälde von Rousseau. Ein Meisterwerk mit dem Titel *Variationen über ein grünes Thema*.

Überall gab es Pflanzen und Bäume, viele in voller Blüte und alle mit dichtem, saftigem Laub. Die größeren waren in Zwanzig- und Dreißig-Liter-Behälter gepflanzt, einige wurzelten auch direkt in der dunklen, fetten Erde. Auf Tischen, geschützt durch dünnen Maschendraht, standen kleinere Pflanzen und Sämlinge in Torftöpfen. Im Hintergrund sah man drei Glashäuser. Die Luft war ein Cocktail aus Mulch und Blütenduft.

Er führte mich durch sein Reich. Ich erkannte die meisten Arten, aber viele Kreuzungen waren mir neu. Es gab ungewöhnliche Sorten von Pfirsichen, Nektarinen, Aprikosen, Pflaumen, Frühäpfeln und Birnen. Vor einem Zaun standen mehrere Dutzend Feigenbäume in großen Pflanztrögen. Maimon pflückte zwei Feigen von einem der Bäume, gab mir eine und steckte sich die andere in den Mund. Eigentlich mochte ich Feigen nie besonders gern, aber höflichkeitshalber aß ich die Frucht. Und ich war froh, daß ich es getan hatte.

»Was sagen Sie dazu?«

»Wundervoll. So süß wie getrocknete Feigen.«

Es freute ihn.

»Himmlisch. Für meinen Geschmack die besten, obwohl manche die Sorte Pasquale vorziehen.«

Und so ging es weiter. Maimon zeigte mir mit unverhohlenem Stolz besondere Hybriden, blieb gelegentlich stehen, um eine Frucht zu pflücken und mich kosten zu lassen. Seine Produkte waren anders als alles, was ich je in den Obstgeschäften gesehen hatte: größer, saftiger, schöner in der Färbung und von wesentlich intensiverem Geschmack.

Schließlich kamen wir zu den Exoten. Viele davon blühten orchideenartig in Schattierungen von Gelb, Rosa, Scharlach und Mauve. Jede Pflanzengruppe war mit einem hölzernen Täfelchen versehen, das in der Erde steckte. Auf dem Schild klebten Farbfotos der Frucht, der Blüte und des Laubs. Unter den Illustrationen standen die botanischen und die landesüblichen Bezeichnungen in sorgfältig gemalten Lettern, dazu geographische, gartentechnische und kulinarische Hinweise.

Es gab Arten, die mir noch einigermaßen bekannt waren: Litchies, ungewöhnliche Kreuzungen von Mangos und Papayas, Loquats, Guaven und Passionsfrüchte, dazu andere, von denen ich noch nie etwas gehört hatte, wie Sapote, Sapodillas, Azerolakirschen, chinesische Datteln, Jabotikaba, Tamarinden und Baumtomaten.

Eine Abteilung beherbergte die rankenden und die Kletterpflanzen: Trauben, Kiwis, Himbeeren und Brombeeren in allen Schattierungen von Schwarz über Rot bis Gold. In der nächsten, die für seltene Zitrusfrüchte vorbehalten war, sah ich Chandler-Pomelos, dreimal so groß wie Grapefruits und dazu zuckersüß, Moro-, Sanguinelli- und Tarocco-Blutorangen mit burgunderfarbenem Fleisch und Saft, Tangerinen, Limequats, süße Limonen und Zitronen von der Sorte ›Buddhas Finger‹, die von der Form her an Hände mit acht Fingern erinnerten.

In den Gewächshäusern befanden sich Sämlinge der empfindlichsten Pflanzen aus der ganzen Sammlung und Ableger, die Maimon von jungen Abenteurern bekommen hatte, Biotechniker, welche die fernen tropischen Regionen unserer Erde nach neuen, brauchbaren Spezies der Flora erforschten. Durch Manipulationen des Lichts, der Temperatur und der Feuchtigkeit hatte er Mikroklimate geschaffen, die optimale Bedingungen für Aufzucht und Vermehrung boten. Bei der Beschreibung seines Lebenswerks wurde Maimon überraschend lebhaft und spickte seinen Bericht immer wieder mit Fachausdrücken, die er mir danach geduldig erklärte.

Die Hälfte des dritten Gewächshauses war mit Stapeln sorgfältig beschrifteter Kartons gefüllt. Und auf einem großen Tisch stand eine Frankiermaschine, daneben lagen Schere, Klebeband und gepolsterte Kuverts.

»Sämereien«, sagte er. »Die Hauptstütze meines Geschäfts. Ich versende in die ganze Welt.«

Er hielt die Tür auf und ging dann mit mir zu einer Gruppe kleinerer Bäume.

»Die Familie der *Annonaceen.*« Er faßte zwischen das Laub des ersten Baums und brachte eine große gelbgrüne Frucht zum Vorschein, die mit fleischigen Stacheln besetzt war. »*Annona muricata*, der Säuerling. Und diese rote Frucht ist *Annona squamosa*, der Eierapfel oder die Annone, in der Lindstromschen Kreuzung. Dieser hier trägt erst im August Früchte, die kernlose, brasilianische Kreuzung. Und diese«, er zeigte auf ein halbes Dutzend Bäume mit hängenden elliptischen Blättern, »sind die Cherimoyas. Ich habe derzeit mehrere Varianten: Booth, Bonita, Pierce, White und Deliciosa.«

Ich streckte die Hand aus und berührte ein Blatt. Die Unterseite war pelzig. Zugleich nahm ich einen orangeartigen Duft war.

»Riecht wunderbar, nicht wahr?« Wieder tastete er zwischen den Ästen. »Und das ist die Frucht.«

Sie sah nicht aus wie der Stoff, aus dem die Träume sind: ein großer kugel- oder herzförmiger Apfel, hellgrün und mit Ausbuchtungen, der ein wenig an einen ledrigen grünen Pinienzapfen erinnerte. Ich berührte sie vorsichtig. Sie war fest und ein wenig rauh an der Oberfläche.

»Kommen Sie mit hinein. Ich schneide uns eine reife Frucht auf.«

Seine Küche war groß, altmodisch und fleckenlos. Der Kühlschrank, der Herd und die Spüle weiß emailliert, der Linoleumboden auf Hochglanz gewachst. Ein Tisch und Stühle aus Bergahornholz beherrschten die Mitte des großen Raums. Ich zog einen Stuhl heraus und setzte mich. Der Labradorhund war hereingekommen und lag jetzt schnarchend vor dem Herd.

Maimon öffnete den Kühlschrank, nahm eine Cherimoya heraus und brachte sie mit zwei Schüsseln, zwei Löffeln und einem Messer zum Tisch. Die reife Frucht war braun gefleckt und weich. Er schnitt sie in der Mitte auseinander, legte jede der Hälften in eine Schüssel, mit der Haut nach unten. Das Fleisch war gelblich-weiß, mit der Farbe und der Konsistenz von frischer Eiercreme.

»Jetzt kommt das Dessert«, sagte Maimon, stach seinen Löffel in die Frucht, hielt ihn kurz hoch und schob ihn dann in den Mund.

Ich drückte meinen Löffel gegen die Oberfläche des Fruchtfleisches. Er glitt leicht hinein. Danach nahm ich ihn heraus und führte den ersten Bissen der Cherimoya an die Lippen.

Der Geschmack war unwahrscheinlich und erinnerte mich an viele andere Früchte, obwohl er sich deutlich von ihnen unterschied: süß, dann herb und wieder süß – so raffiniert und beglückend wie das feinste Konfekt. Es gab viele Kerne, die wie Bohnen aussahen und hart wie Holz waren. Eine Beeinträchtigung, aber erträglich.

Wir aßen schweigend. Ich genoß die Cherimoya, dachte daran, daß diese Früchte den Swopes viel Kummer gebracht hatten, ließ mir davon aber nicht den Genuß verderben und löffelte, bis nichts mehr übrig war als die leere grüne Schale.

Maimon aß langsam und war ein paar Minuten später fertig.

»Köstlich«, sagte ich, nachdem er den Löffel weggelegt hatte. »Wo bekommt man sie?«

»Es gibt zwei Möglichkeiten. Entweder auf spanischen Märkten, wo sie verhältnismäßig billig sind – aber die Früchte sind dort klein und unregelmäßig. Wenn sie in ein gutes Feinkostgeschäft gehen, zahlen Sie fünfzehn Dollar für zwei von brauchbarer Größe, eingewickelt in buntes Papier.«

»Also werden sie doch kommerziell angebaut?«

»In Lateinamerika und in Spanien. Und in begrenztem Umfang auch hier in den Vereinigten Staaten, vorwiegend oben in der Umgebung von Carpanteria. Das Klima dort ist zu kühl für die tropischen Früchte, aber ausgeglichener als hier bei uns.«

»Keine Fröste?«

»Bis jetzt nicht.«

»Fünfzehn Dollar«, dachte ich laut.

»Ja. Es ist bisher keine sehr bekannte oder beliebte Frucht – zu viele Kerne, zu weich. Die Leute haben ja nicht immer einen Löffel zur Hand. Außerdem hat man noch keine Möglichkeiten gefunden, die Blüten maschinell zu befruchten, daher ist die Zucht sehr arbeitsintensiv. Dennoch, die Cherimoya ist eine Delikatesse, und es gibt genügend Liebhaber dafür. Die Nachfrage übersteigt das Angebot. Wenn das Schicksal ihm keinen Streich gespielt hätte, wäre Garland heute eine reicher Mann.«

Meine Hände waren klebrig vom zuckerigen Fruchtsaft. Ich wusch sie in der Spüle. Als ich zum Tisch zurückkehrte, lag der Hund zusammengerollt vor Maimons Füßen, hatte die Augen geschlossen und brummte leise und tief, während ihm der Pflanzer das Fell streichelte.

Eine friedliche Szene, aber ich wurde allmählich unruhig. Ich hielt mich schon zu lange in Maimons Garten Eden auf, wo doch noch so viel zu tun war.

»Ich würde mir gern einmal den Besitz der Swopes ansehen. Ist es eine von den Farmen, an denen wir auf dem Weg hierher vorbeigekommen sind?«

»Nein. Sie wohnen – wohnten noch ein Stück weiter an der Straße. Das, was wir gesehen haben, waren keine richtigen Farmen. Die Grundstücke sind zu klein, um kommerziell genutzt zu werden. Aber ein paar Leute, die in der Stadt unten arbeiten, wohnen gern hier oben. Sie haben mehr Platz und Freiheit und die Möglichkeit, sind nebenbei ein paar Dollar zu verdienen mit den Früchten der Saison: Kürbisse zu Halloween, Wintermelonen für die asiatischen Geschäfte und Restaurants.«

Ich erinnerte mich an Houtens plötzliche Verärgerung, als er von der Farmarbeit sprach, und fragte Maimon, ob der Sheriff schon einmal als Farmer gearbeitet habe.

»In letzter Zeit nicht mehr«, sagte er zögernd. »Ray hatte ein Grundstück, hier in der Nähe. Dort hat er Koniferen gezogen, die er an die Weihnachtsbaumhändler verkaufte.«

»Besitzt er es nicht mehr?«

»Er hat es an ein junges Paar verkauft, nachdem er seine Tochter verloren hatte. Und er ist in eine Pension gezogen, einen Block vom Rathaus entfernt.«

Die Möglichkeit, daß der Sheriff mich belogen hatte, um mich vom Herumschnüffeln in der Gegend abzuhalten, geisterte noch immer durch meinen Kopf. Ich wollte mehr wissen über den Mann, der in La Vista das Gesetz verkörperte.

»Er hat mir erzählt, daß seine Frau an Krebs gestorben ist. Was ist mit der Tochter passiert?«

Maimon zog die Augenbrauen hoch und hörte auf, den Labradorhund zu streicheln. Der Hund bewegte sich und knurrte leise, bis sein Herr weitermachte.

»Selbstmord. Vor vier oder fünf Jahren. Sie hat sich an einer alten Eiche des Grundstücks aufgehängt.«

Er berichtete es so beiläufig, als wäre der Tod des Mädchens keine Überraschung gewesen. Ich machte eine Bemerkung darüber.

»Es war eine Tragödie«, sagte er, »aber keine von den Fällen, in denen man einfach sprachlos ist. Marla ist mir stets als ein sehr schwieriges und belastetes Kind vorgekommen. Nicht hübsch, übergewichtig, extrem schüchtern, keine Freunde. Die Nase stets in einem Buch vergraben. Märchen, damals, als ich sie dabei antraf. Ich habe sie nie lächeln gesehen.«

»Wie alt war sie, als sie starb?«

»Ungefähr fünfzehn.«

Wenn sie am Leben geblieben wäre, hätte sie jetzt im gleichen Alter sein müssen wie Nona Swope. Die beiden Mädchen hatten praktisch nebeneinander gewohnt. Ich fragte Maimon, ob es zwischen ihnen irgendwelchen Kontakt gegeben hatte.

»Das bezweifle ich. Als kleine Kinder haben sie sicher manchmal miteinander gespielt. Aber später nicht mehr. Marla war verschlossen und blieb allein, während Nona mit den wildesten Jungen herumtobte. Es gab kaum zwei Mädchen, die sich im Charakter so sehr unterschieden wie die beiden.«

Maimon stand auf, räumte den Tisch ab und begann das Geschirr zu spülen.

»Der Verlust von Marla hat Ray sehr verändert«, sagte er, drehte das Wasser ab und nahm sich ein Geschirrtuch. »Und die Stadt mit ihm. Vor seinem Tod war er ein Teufelskerl gewesen. Trank gern, lieferte Kraftproben in den Kneipen, war ein Meister im Armdrücken und erzählte oft unanständige Witze. Als sie das Mädchen vom Baum abschnitten, hat er sich von Grund auf verändert. Er ließ sich von niemandem trösten. Zuerst dachten die Leute, es sei der Kummer, und er würde mit der Zeit darüber hinwegkommen und wieder so sein wie früher. Doch das war nicht der Fall.« Er trocknete eine Schüssel ab, bis sie glänzte. »Seitdem kommt mir La Vista etwas düsterer vor. So, als ob alle auf Ray warten, damit er ihnen die Erlaubnis zum Lachen erteilt.«

Er hatte das Phänomen der Massen-Anhedonie beschrieben, einer allgemeinen Freudlosigkeit, der Verleugnung allen Vergnügens. Ich fragte mich, ob vielleicht darin der Schlüssel zu Houtens toleranter Haltung gegenüber den in Selbstverleugnung geübten Berührungs-Leuten lag.

Maimon war mit dem Spülen und Abtrocknen fertig und wischte sich die Hände ab.

Ich stand auf.

»Ich danke Ihnen«, sagte ich, »für Ihre Zeit, für die Führung und die Kostproben. Sie haben hier ein Reich von großer Schönheit geschaffen.« Ich streckte ihm meine Hand entgegen.

Er nahm sie und lächelte.

»Das hat ein anderer geschaffen. Ich stelle es nur zur Schau. War mir ein Vergnügen, mich mit Ihnen zu unterhalten, Doktor. Sie sind ein Mensch, der auch gut zuhören kann. Fahren Sie jetzt noch zu Garlands Grundstück?«

»Ja. Nur um einen Blick darauf zu werfen. Können Sie mir den Weg beschreiben?«

»Sie fahren die Straße weiter, die wir gekommen sind. Dabei kommen Sie an einem Avocadofeld vorbei, das ungefähr eine halbe Meile lang ist. Es gehört einem Ärztekonsortium aus La Jolla, ein Abschreibungsobjekt. Dann geht es über eine überdachte Brücken; darunter befindet sich ein trockenes Flußbett. Nach der Brücke ist es noch eine Viertelmeile. Das Grundstück der Swopes liegt auf der linken Straßenseite.«

Ich dankte ihm noch einmal. Er begleitete mich zur Tür.

»Ich bin vor ein paar Tagen dort vorbeigekommen«, sagte er. »Das Tor ist mit einer Kette und einem Vorhängeschloß gesichert.«

»Ich kann gut klettern.«

»Das bezweifle ich nicht. Aber denken Sie daran, was ich über Garland gesagt habe: Er wollte keine Gesellschaft. Deshalb hat er den Zaun, der sein Grundstück umgibt, mit Stacheldraht gesichert.«

»Können Sie mir keinen guten Rat geben?«

Er tat so, als schaute er den Hund an, und sagte beiläufig: »Neben meiner hinteren Veranda befindet sich ein Geräteschuppen mit allen möglichen Dingen. Kramen Sie ruhig herum, vielleicht finden Sie etwas, was Sie brauchen können.«

Er drehte sich um und ging hinein, während ich mich wieder auf die Rückseite des Hauses begab.

Das, was er als ›alle möglichen Dinge‹ bezeichnet hatte, war eine Auswahl guten Werkzeugs, gesäubert und geölt und teilweise in Lappen verpackt. Ich wählte einen Bolzenschneider mit großer Übersetzung und eine Brechstange und trug beides zum Seville. Dann legte ich das Werkzeug zusammen mit der Taschenlampe aus meinem Handschuhfach auf den Boden im Fond, ließ den Motor an und rollte langsam die Auffahrt hinunter.

Im Rückspiegel sah ich die hellerleuchtete Pflanzschule. Der Geschmack der Cherimoya war noch auf meiner Zunge. Als ich auf die Straße hinauskam, erloschen die Lichter auf dem Grundstück.

21

Ich hatte inzwischen aus mehreren Quellen Eindrücke über die Swopes erhalten, doch sie reichten nicht aus, um mir ein klares Bild von dieser zerstörten Familie zu verschaffen.

Jeder hielt Garland für ungewöhnlich: emotionell unangepaßt, verschwiegen und verschlossen, gegenüber Außenseitern feindselig. Aber für einen Eremiten ging er überraschend aus sich heraus. Beverly und Raoul hatten ihn als einen eigensinnigen, überheblichen und geschwätzigen Menschen geschildert, bis hin zum Rüpelhaften – und keineswegs zurückhaltend gegenüber anderen.

Emma dagegen war beschrieben worden als die unterwürfige Gattin, die nichts zu sagen hatte, geradezu eine Null, außer in der Beurteilung von Augie Valcroix. Der kanadische Arzt hatte sie als eine starke Frau bezeichnet und nicht einmal die Möglichkeit ausgeschlossen, daß sie es war, die das Verschwinden von Woody aus dem Krankenhaus in die Wege geleitet hatte.

Was Nona betraf, herrschte allgemeine Übereinstimmung. Sie war wild, hypersexuell und zornig. Sie mußte schon seit langem so gewesen sein.

Und dann Woody, ein lieber kleiner Junge. Wie man es auch betrachtete, er war das unschuldige Opfer. War es eine Illusion, wenn ich mich an die Vorstellung klammerte, er könnte noch am Leben sein? Gab ich mich einer ähnlichen Verleugnung der Realität hin, wie sie einen brillanten Mediziner zum öffentlichen Ärgernis hatte werden lassen?

Gegenüber Matthias und seiner Sekte empfand ich ein intuitives Mißtrauen; doch bis jetzt war nicht der geringste Beweis erbracht, der meine Intuition gestützt hätte. Valcroix hatte die Berührungs-Sekte besucht, und ich fragte mich, ob es wirklich bei einem Besuch geblieben war, wie er behauptet hatte. Ich hatte ihn mehrmals in einem entrückten Zustand erlebt, der sehr an die Meditation der Sektenmitglieder erinnerte. Jetzt war er tot. Worin bestand die Verbindung, vorausgesetzt, es gab eine?

Etwas anderes kam mir in den Sinn. Matthias hatte behauptet, die Sekte habe ein- oder zweimal Sämereien von Garland Swope gekauft. Aber wenn man Ezra Maimon glaubte, hatte Garland gar nichts zu verkaufen, waren hinter diesem Tor und hinter dem Zaun nichts als ein altes Haus und viele Morgen staubiges Brachland. Ein unwesentlicher Punkt? Vielleicht. Doch wozu hatte Matthias das erzählt, wenn es nicht stimmte?

Viele Fragen, und keine führte weiter.

Es war wie ein Puzzlespiel, an dessen Steinen jemand manipuliert hatte. Wie sehr ich mich auch bemühte, nichts paßte zusammen, und das Ergebnis war unbrauchbar.

Ich kam über die Brücke und verlangsamte die Fahrt. Vor dem Grundstück der Swopes befand sich eine ungeteerte, eingesunkene Auffahrt, die zum verrosteten eisernen Tor führte. Das Doppeltor war hoch – mindestens zwei Meter zwanzig – und mit einer Stacheldrahtrolle gesichert, die noch einen weiteren Meter nach oben ragte, dazu mit Kette und Vorhängeschloß, wie Maimon gesagt hatte.

Ich fuhr hundert Meter weiter, ehe ich eine geeignete Stelle fand, wo ich den Wagen abstellen konnte. Dort parkte ich den Seville mit der Nase so nahe wie möglich an einem Gestrüpp zwischen hohen Eukalyptusbäumen, nahm das Werkzeug und zuletzt die Taschenlampe heraus und ging das kurze Stück bis zum Tor zurück.

Das Schloß war nagelneu. Ich nahm, daß Houten es angebracht hatte. Die Kette war aus plastikumhülltem Stahl. Sie leistete dem Bolzenschneider einen Moment lang Widerstand, dann platzte sie wie ein überhitztes Würstchen. Ich öffnete das Tor, schlüpfte hindurch, schloß es von innen und drapierte die Kette mit dem Schloß so, daß man die Bruchstelle nicht auf den ersten Blick erkennen konnte.

Die Auffahrt zum Haus war gekiest, und meine Schritte gaben Geräusche von sich, die an ein Frühstück mit Corn-flakes erinnerten. Das Licht der Taschenlampe fiel auf ein zweistöckiges Fachwerkhaus, das dem von Maimon ähnlich war. Doch hier schien das Fundament nach unten gesackt zu sein, das Holz war an vielen Stellen gesplittert oder blätterte ab. Das Dach war mit Dachpappe gedeckt, bei der an manchen Stellen der Sand fehlt, so daß der nackte Teer zu sehen war, die Fensterrahmen waren verzogen und schief. Ich stellte meinen Fuß auf die unterste Treppe zur Veranda und fühlte, wie das Holz unter meinem Gewicht nachgab. Trockenfäule.

Ein Käuzchen schrie. Ich hörte das Rascheln von Gefieder, hob den Strahl meiner Taschenlampe in die Richtung und erfaßte den Vogel: ein scharfer Sturzflug, ein hohes Quieken der Beute, und wieder herrschte Todesstille.

Die Haustür war versperrt. Ich überlegte mir, wie ich das Schloß aufbrechen konnte, und kam mir beim Gedanken an einen Einbruch beinahe kriminell vor. Dann schaute ich nach oben, betrachtete das große, verfallene Haus und mußte an das Schicksal seiner Bewohner denken. Hier noch weitere Zerstörung auszuüben wäre ein Akt von gewissenlosem Vandalismus gewesen. Ich entschloß mich, es an der hinteren Tür zu versuchen.

Auf dem Weg dorthin stolperte ich über ein loses Brett, behielt mit Mühe das Gleichgewicht und ging dann an der Seite des Hauses entlang nach hinten. Als ich gerade ein Dutzend Schritte weit gekommen war, hörte ich das Geräusch. Ein unaufhörliches Tröpfeln, rhythmisch und seltsam melodisch.

Es gab einen Verteilerkasten, genau wie bei Maimon und an der gleichen Stelle. Er war zugerostet, und ich benutzte das Brecheisen, um ihn zu öffnen. Dann versuchte ich es mit mehreren Schaltern, ohne Erfolg. Erst mit dem vierten wurde es hell.

Vor mir stand ein Gewächshaus. Ich ging die paar Schritte hin, öffnete die Tür und betrat es.

Lange, schwere Holztische waren der Länge nach hintereinander aufgestellt. Die Glühbirnen, die ich eingeschaltet hatte, schimmerten schwach und bläulich und warfen einen milchigen Schein über die Dinge, die auf den Tischen standen. Oben am Dach waren Kurbeln und Zugseile befestigt, mit denen man die Glasscheiben schrägstellen konnte, damit Luft hereinkam.

Jetzt entdeckte ich auch die Ursache des Geräusches: ein reptilienhaftes System von Bewässerungsrohren, das von altmodischen Schaltuhren betätigt wurde und an Drahtseilen vom metallenen Querträger des Daches herunterhing.

Maimon hatte sich geirrt, wenn er behauptete, daß auf dem Grundstück des Swopes nichts mehr wuchs. Das Glashaus zumindest enthielt eine Vielfalt von Gewächsen. Keine Blumen, keine Bäume. Gewächse!

Wenn mir die Pflanzschule des ehemaligen Rechtsanwalts wie der Garten Eden erschien, so war dies eine Vision der Hölle.

Offenbar hatte man hier große Sorgfalt aufgewendet, um einen Dschungel botanischer Monströsitäten entstehen zu lassen.

Es gab Hunderte von Rosen, die nie zu einem Bukett gebunden werden würden. Die Blüten waren verkümmert und verkrüppelt, ihre Farbe ein tödliches Grau. Jede Blüte war am Rand gezackt und unregelmäßig in der Form, die Blätter bedeckt von einer Schicht, die wie feuchtes Mäusefell aussah. Einige Rosenbüsche hatten fünf Zentimeter lange Dornen, die den Stiel in eine tödliche Waffe verwandelten. Ich bückte mich nicht, um an den Blüten zu riechen, aber der Gestank erreichte mich dennoch, stechend warm und aggressiv ranzig.

Neben den Rosen gab es eine Sammlung fleischfressender Pflanzen. Venus-Fliegenfallen, Sonnentau und andere, die ich nicht kannte. Alle größer und robuster, als ich sie je gesehen hatte. Grüne Mäuler, die weit offenstanden. Saft, der von Fangarmen tropfte. Auf dem Tisch lagen ein rostiges Küchenmesser und ein Stück Fleisch, das in kleine Würfel geschnitten war. Jeder Würfel war durchsetzt von Maden, die meisten davon tot. Eine der fleischfressenden Pflanzen hatte es geschafft, ihr Blütenmaul bis auf den Tisch zu senken und sich einige der weißen Maden mit ihrem widerlich süßen Verwesungsgeruch zu schnappen. Daneben gab es noch mehr Leckerbissen für die Fleischfresser: eine Kaffeekanne, bis obenhin gefüllt mit getrockneten Käfern und Fliegen. Es raschelte in der Kanne, dann kroch ein lebendiges Insekt heraus, ein wespenähnliches Wesen mit einem Scherenmaul und einem geschwollenen Hinterleib. Es starrte mich, dann summte es davon. Als es zur Tür hinausgeflogen war, rannte ich hin und schlug sie zu, daß die Glasscheiben zitterten.

Dazu tropfte es ständig von oben herab, und durch die Bewässerung blieb alles kräftig und lebensfähig ...

Mir war übel geworden. Mit weichen Knien ging ich weiter. Es gab eine Sammlung von Bonsai-Oleanderbüschen, Blätter, die zu Pulver zerstampft in hohen Blechtonnen aufbewahrt wurden. Offenbar hatte man das Pulver an Feldmäusen auf seinen Giftgehalt getestet. Von den Mäusen war nicht viel mehr als die Knochen und die Zähne übrig, umgeben von Fetzen des im *rigor mortis* erstarrten Fleisches. Den Rest hatte man benutzt, um Paletten mit Pilzen zu düngen. Eine jede Palette war sorgfältig beschildert: *Amanita muscaria. Boletus miniato-olivaceus. Helvella esculenta.*

Die Pflanzen in der nächsten Abteilung sahen frisch und saftig aus, waren aber nicht weniger tödlich: Schierling, Fingerhut, schwarzes Bilsenkraut, Tollkirsche. Ein prächtiges Schlinggewächs entpuppte sich als Giftefeu.

Es gab auch Obstbäume. Scharf und säuerlich riechende Orangen und Zitronen, zu scheußlichen, verwachsenen Krüppeln gestutzt und gezogen. Ein Apfelbaum, beladen mit mißgestalteten Tumoren, welche die Früchte darstellten. Ein Granatapfelbusch, überzogen mit einem schleimigen Gelee. Fleischfarbene Pflaumen mit Kolonien sich windender Maden. Obst, das auf dem Boden verfaulte. Und so weiter und so fort: der stinkende, abstoßende Alptraum einer Pflanzschule.

Und dann, überraschend, etwas anderes:

Am Ende des Gewächshauses stand ein einzelner Baum in einem handbemalten Tontopf. Gut geformt, gesund, auffallend normal. Aus dem Abfall und dem Schmutz, der den Boden des Gewächshauses bedeckte, war ein Hügel aufgehäuft worden, und der Tontopf mit dem Baum stand darauf, erhöht, als wäre er ein Gegenstand der Verehrung.

Ein wunderschön aussehender Baum mit hängenden elliptischen Blättern und Früchten, die an ledrig-grüne Pinienzapfen erinnerten.

Als ich wieder draußen war, holte ich erst einmal gierig frische Luft. Hinter dem Gewächshaus war ein Streifen Brachland, das an der schwarzen Mauer des Waldes endete. Ein gutes Versteck, dachte ich, und bahnte mir mit dem Licht der Taschenlampe einen Weg zwischen den massiven Stämmen der Redwoodbäume und Tannen. Der Waldboden, eine weiche Decke von abgefallenen Nadeln und Humus, federte unter meinen Füßen. Kleine Tiere flohen vor mir in die Büsche. Aber zwanzig Minuten Suchen brachten nicht die geringste Spur einer menschlichen Behausung.

Ich ging zurück zum Haus und schaltete das Licht im Gewächshaus aus. Das Vorhängeschloß an der hinteren Haustür hing an einem dünnen Verschlußbügel, der beim leichtesten Ansetzen des Brecheisens nachgab.

Ich betrat das dunkle Haus durch einen kleinen Innenhof, der in eine große, kalte Küche führte. Strom und Wasser waren abgestellt. Das Gewächshaus hing offenbar an einem eigenen Stromkreis. Ich benutzte die Taschenlampe bei meinem Weg durch das Haus.

Die Räume im Parterre waren muffig und dürftig möbliert; an den Wänden fehlten Bilder oder Fotografien. Ein ovaler, handbestickter Teppich bedeckte den Boden im Wohnzimmer. An der einen Wand standen ein Sofa, das wie aus einem Second-Hand-Laden aussah, und zwei Klappstühle aus Aluminium. Das Eßzimmer war ein Aufbewahrungsort für Pappkartons, gefüllt mit alten Zeitungen und gebündeltem Feuerholz. Bettlaken dienten hier als Vorhänge.

Oben gab es drei Schlafzimmer, ein jedes mit rustikalen Möbeln und gußeisernen Betten ausgestattet. Das Zimmer, das Woody gehört hatte, zeigte noch einen Hauch von Fröhlichkeit: eine Spielkiste neben dem Bett, Plakate seiner Superhelden an den Wänden, ein Souvenir-Wimpel über dem Kopfbrett.

Auf Nonas Kommode standen Parfümflakons aus geschliffenem Glas und Flaschen mit allen möglichen Lotionen. Die Kleidungsstücke in ihrem Schrank bestanden überwiegend aus Jeans und dünnen Oberteilen. Ausnahmen waren eine kurze Kaninchenfelljacke, wie sie die Huren auf den Straßen Hollywoods bevorzugten, und zwei duftige Partykleider, das eine rot, das andere weiß. Die Schubladen waren vollgepackt mit Nylons und Unterwäsche und rochen nach getrocknetem Lavendel. Aber wie bei den unteren Räumen war auch ihr privater Lebensbereich ohne jegliche persönliche Note. Kein Album, kein Tagebuch, keine Liebesbriefe oder

Souvenirs. Ich fand ein zerknittertes, liniertes Notizbuch in der untersten Kommodenschublade. Es war vergilbt und wies hundertmal dasselbe zusammengesetzte Wort auf: *Scheiss-Madronas*. Wie eine Strafarbeit in der Schule.

Das Schlafzimmer der Eltern lag zum Gewächshaus hin. Ich fragte mich, ob sie morgens aufgewacht waren, hinuntergeschaut hatten auf diese Mutationskammer und sich über das freuten, was sie dort geschaffen hatten. Hier standen zwei Einzelbetten mit einem Nachttisch dazwischen. Die restliche Bodenfläche war wieder mit Pappkartons zugestellt. Einige enthielten Schuhe, andere Handtücher und Bettwäsche, wieder andere nichts als weitere Pappkartons. Ich öffnete den großen Wandschrank. Die Garderobe der Eltern war bescheiden, unansehnlich, längst aus der Mode und bewegte sich in Farbtönen zwischen Schwarz, Grau und Braun.

An der Decke des Wandschranks befand sich eine kleine Falltür. Ich fand einen Hocker hinter einem angeschimmelten Wintermantel, stieg hinauf und streckte mich, um gegen die Falltür zu drücken. Sie öffnete sich mit leisem Zischen, und durch die Öffnung glitt automatisch eine Schiffsleiter herunter. Ich prüfte sie, fand sie sicher genug und kletterte nach oben.

Der Dachboden war so groß wie die Gesamtfläche des Hauses, gut und gern einhundertzwanzig Quadratmeter. Und er war zu einer Bibliothek umgestaltet worden, wenn auch nicht gerade zu einer eleganten.

Bücherregale aus Sperrholz waren an allen vier Wänden befestigt. Vor einem der Fenster stand eine Art Schreibtisch, aus billigem Holz zusammengenagelt, und vor dem Schreibtisch ein Klappstuhl aus Metall. Der Boden war von Sägemehl bedeckt. Ich schaute mich nach einem anderen Raum um, fand aber keinen. Die Fenster waren klein und mit Holzleisten eingefaßt. Es hatte nur eine Möglichkeit gegeben, die Bretter hier heraufzuschaffen: durch die Falltür von unten. Sie waren offenbar erst hier oben zu Regalen und zum Schreibtisch zusammengenagelt worden.

Ich ließ das Licht der Taschenlampe über die Bücherrücken gleiten, die in den Regalen standen. Außer einer Sammlung von dreißig Jahresbänden Reader's Digest und einem Regal mit *National Geographics* handelte es sich ausschließlich um Werke, die sich mit Biologie, Gartenbau und verwandten Themen befaßten. Es gab Hunderte von Zeitschriften der landwirtschaftlichen Fakultät der Universität in Riverside, gebundene Drucksachen aus dem Landwirtschaftsministerium der Bundesregierung in Washington und Stapel von Sämereikatalogen. Eine Reihe übergroßer, ledergebundener Einzelbände der *Enzyklopädie der Früchte*, in England im Jahr 1879 gedruckt und mit handkolorierten Lithographien gedruckt. Reihen wissenschaftlicher Texte über Pflanzenpathologie, Bodenbiologie, Wald- und Forstwirtschaft, Genforschung. Ein Führer für Wanderer: *Bäume in Kalifornien*. Komplette Jahressammlungen von *Horticulture* und *Audubon*. Kopien von Patentschriften über landwirtschaftliches Gerät.

In vier Fächern des Regals, welches dem Schreibtisch am nächsten stand, fanden sich Loseblattsammlungen in blauen Ringheftern, die mit römischen Zahlen numeriert waren. Ich nahm Band I heraus.

Das Deckblatt trug das Datum 1965. In dem Hefter befanden sich dreiundachtzig handbeschriebene Blätter. Die Schrift des Verfassers war schwer zu entziffern – ungelenk, mit starker Linksneigung, von wechselnder Intensität. Ich hielt die Taschenlampe mit der einen Hand und blätterte mit der anderen um, bis ich mir ein Bild machen konnte.

Kapitel eins war eine Zusammenfassung von Garland Swopes Plan, der Cherimoya-König zu werden. Er benutzte tatsächlich diesen Begriff und hatte sogar kleine

Krönchen an den Rand des Textes gemalt. Er umriß die Eigenschaften der Frucht und merkte vor, sie auf ihren ernährungswissenschaftlichen Wert überprüfen zu lassen. Das Kapitel endete mit einer Liste von Adjektiven, wie sie benutzt werden sollten bei der Beschreibung für zukünftige Bezieher: sukkulent, saftig, läßt das Wasser im Mund zusammenlaufen, erfrischend, himmlisch, überirdisch.

Der Rest des ersten Bandes und die nächsten neun folgten diesem Muster. Swope hatte im Laufe von zehn Jahren achthundertzwanzig Seiten Text zum Lob der Cherimoya verfaßt, dabei die Wachstumsfortschritte eines jeden Baumes in seiner Plantage notiert und Pläne zur Marktbeherrschung ausgearbeitet. ›Reichtum? Ruhm? Was ist wichtiger? Egal, wir werden beides erringen.‹

In einem der Bände steckten die Rechnung einer Druckerei und eine Musterbroschüre mit überschwenglicher Prosa und Farbfotos, die den Text illustrierten. Ein Foto zeigte Swope, der eine Handvoll der exotischen Früchte in dic Kamera hielt. Als junger Mann erinnerte er an Clark Gable: groß, kräftig, mit dunklem, welligem Haar und einem dünnen Schnurrbart. Darunter wurde er als weltbekannter Gartenbauexperte und botanischer Forscher bezeichnet, der sich auf die Züchtung seltener nahrhafter Pflanzen spezialisiert hatte, mit dem Ziel, dem Hunger auf der Welt ein Ende zu setzen.

Ich las weiter. Es gab ausführliche Beschreibungen von Kreuzungsexperimenten zwischen der Cherimoya und anderen Annonazeen. Swopes Sucht nach minutiös genauen Aufzeichnungen und Berichten schien zwanghaft gewesen zu sein; er listete jede mögliche klimatische und biochemische Veränderung auf. Am Schluß freilich verließ er den wissenschaftlichen Boden mit der Bemerkung, daß ›keine Hybride die Perfektion der *a. cherimoya* erreicht‹. Sein Optimismus fand ein abruptes

Ende in Band zehn. Das erste Kapitel begann mit einem Zeitungsausschnitt, in dem der ungewöhnliche Frost beschrieben wurde, welcher den Cherimoya-Hain zerstört hatte. Es gab Beschreibungen der landwirtschaftlichen Schäden, die durch die kalten Winde entstanden waren, und der vermuteten Preiserhöhungen für Lebensmittel – alles Ausschnitte aus Zeitungen, die in San Diego erschienen waren. Der *Clarion* von La Vista hatte einen höchst betrüblichen Bericht über das Schicksal der Swopes veröffentlicht. Die nächsten zwanzig Seiten des zehnten Bandes waren mit fahrigen, obszönen Kritzeleien gefüllt, wobei das Papier oft bis zum Zerreißen beansprucht worden war; der Kugelschreiber war zu einer Waffe geworden, die auf das Papier einstach und versuchte, es zu zerreißen.

Dann folgten neue Experimentaldaten.

Während ich die Seiten umblätterte, begann ich nach und nach Garland Swopes Faszination für das Groteske, für die Mißgeburten und die Todesbringer zu begreifen. Es fing an mit theoretischen Bemerkungen über Mutationen und ausschweifenden Hypothesen über deren ökologischen Wert. Und mitten im elften Band stand die erschreckende Antwort, die Swope auf seine Fragen gefunden hatte:

›Die dem Sinn des Lebens zutiefst widerstrebenden Mutationen einer ansonsten zahmen Spezies sind der Beweis für einen grundlegenden Haß des Schöpfers, der sich gegen seine Geschöpfe richtet.‹

Die Notizen wurden immer zusammenhangloser und wirrer, je komplizierter die Materie war, mit der sich Swope befaßte. Manchmal war seine Handschrift so fahrig, daß man sie kaum entziffern konnte, aber ich kam doch dem meisten auf den Grund: Berichte über Gifttests mit den jeweils tödlichen Mengen für Mäuse, Tauben und Spatzen; die sorgfältige Auswahl deformierter Früchte zur genetischen Kultur; das Aussondern des

Normalen und die Unterstützung des Fehlerhaften. Das alles war Teil einer geduldigen, methodischen Suche nach dem äußersten Horror auf dem Gebiet des Gartenbaus.

Und dann entdeckte ich eine bemerkenswerte Wende bei meiner Reise durch Swopes schriftlich niedergelegte Gedanken. Im ersten Kapitel von Band zwölf schien er seine Besessenheit fürs Morbide aufgegeben und wieder begonnen zu haben, an den Annonazeen zu arbeiten, wobei er sich auf einige Spezies konzentrierte, die Maimon nicht erwähnt hatte: *annona zingiber.* Er hatte eine Reihe von Befruchtungsexperimenten durchgeführt und jeweils sorgfältig Datum und Tageszeit vermerkt. Aber kurz danach wurden diese neuen Studien wieder verdrängt durch Berichte über Arbeiten mit tödlich giftigen Pilzen, Fingerhut und Dieffenbachia. In einem Abschnitt betonte er hämisch die neurotoxischen Qualitäten der letzteren, wobei er in einer Fußnote den populären Namen der Pflanze, Stummholz, mit ihrer Eigenschaft, die Stimmbänder zu lähmen, in Beziehung setzte.

Der Wechsel zwischen seinen Mutationsstudien und der Arbeit an der neuen Annona setzte sich im Lauf des dreizehnten Bandes bis zum fünfzehnten fort.

In Band sechzehn wurden die Notizen wieder etwas optimistischer, als Swope sich über die Schöpfung einer ›neuen Kulturvarietät‹ ausließ. Dann, so plötzlich, wie sie aufgetaucht war, wurde *a.zingiber* wieder fallengelassen mit der Bemerkung: ›Zeigt zwar robustes Wachstumspotential, ihr fehlt jedoch jeglicher sonstiger Nutzen‹. Ich quälte meine schmerzenden Augen noch durch weitere hundert Seiten dieses Dokuments des Wahnsinns, dann legte ich den letzten Band beiseite.

Die Bibliothek enthielt mehrere Bücher über seltene Früchte, darunter einige wunderschöne, in Asien veröffentlichte Ausgaben. Ich sah sie alle durch, fand aber nirgends einen Hinweis auf *annona zingiber.* Dann suchte ich in den Regalen nach brauchbaren Nachschlagewerken und zog zuletzt einen dicken Band mit Eselsohren heraus, der den Titel *Botanische Systematik* trug.

Die Antwort stand am Ende dieses Lexikons der botanischen Begriffe. Es dauerte eine Weile, bis ich die volle Bedeutung dessen begriff, was ich soeben gelesen hatte. Eine unaussprechliche Folgerung, aber auf erschrekkende Weise logisch.

Als ich es allmählich kapierte, ergriff mich eine heftige Klaustrophobie, und zugleich versteifte ich mich vor innerer Spannung. Schweiß lief mir über den Rücken. Mein Herz schlug heftig, meine Atmung hatte sich beschleunigt. Dieser Raum, dieses Haus, dieses Grundstück war ein Ort des Bösen, und ich mußte hinaus, mußte fort von hier.

In hektischer Eile packte ich mehrere der Loseblatthefter in einen Karton, trug ihn und mein Werkzeug hinunter, schob die Schiffsleiter nach oben, schloß die Schranktür und lief auf den Treppenabsatz hinaus. Schwer beladen taumelte ich die Treppe hinunter und ließ den kalten Wohnraum mit vier langen Schritten hinter mir.

Nachdem ich eine Weile mit dem Riegel herumgefummelt hatte, gelang es mir, die vordere Haustür zu öffnen. Anschließend stand ich auf der halbverfallenen Veranda, bis ich wieder halbwegs normal atmete.

Stille schlug mir entgegen. Nie zuvor hatte ich mich so verlassen und einsam gefühlt.

Ohne mich umzudrehen, machte ich mich auf die Flucht.

22

Wie alle anderen hatte ich Raouls Überzeugung, daß Woody Swope von den Sektenmitgliedern entführt worden sei, als unwahrscheinlich abgetan. Jetzt war ich mir nicht mehr so sicher.

Ich hatte keine mißgestalteten Pflanzen in den Gärten der ›Zuflucht‹ gesehen, und das bedeutete, daß Matthias log, wenn er behauptete, den Swopes Sämereien abgekauft zu haben. Oberflächlich betrachtet eine alberne Lüge, die nichts bezweckte. Aber notorische Lügner durchsetzten ihre Geschichten häufig mit Halbwahrheiten, um sie näher an der Wirklichkeit zu halten. Hatte der Guru eine nebensächliche Verbindung zwischen seiner Gruppe und der Familie Swope erfunden, um damit einer tiefergehende Beziehung zu verschleiern?

Diese offensichtliche Lüge wollte mir nicht aus dem Kopf gehen, vor allem im Zusammenhang mit meinem ersten Besuch der ›Zuflucht‹, der mir im Rückblick verdächtig gut organisiert erschien. Matthias war allzu entgegenkommend gewesen, was mein Eindringen dort betraf, zu nachgiebig und zu kooperativ. Für eine Gruppe, die mir als äußerst zurückgezogen beschrieben worden war, schienen mir die Berührer überraschend aufgeschlossen gegenüber einem Fremden, der obendrein noch erklärte, ihnen auf die Finger schauen zu wollen.

Hatte die großzügige Aufnahme bedeutet, daß es bei ihnen nichts zu verbergen gab? Oder war ihr Geheimnis so gut versteckt, daß sie eine Entdeckung nicht zu befürchten brauchten?

Ich dachte an Woody und leistete mir den Luxus einer immer unwahrscheinlicher werdenden Hoffnung: daß der Junge vielleicht doch noch am Leben war und gerettet werden konnte. Aber wie lange noch? Sein Körper war ein biochemisches Minenfeld, das jeden Augenblick hochgehen konnte.

Wenn Matthias und seine Sekte den Jungen irgendwo auf ihrem Besitz versteckt hielten, war eine spontane Inspektion durchaus angebracht.

Houten war auf dem Weg zur ›Zuflucht‹ durch La Vista gefahren und an einer Gabelung außerhalb der Stadtgrenze rechts abgebogen. Ich wollte möglichst nicht gesehen werden und wenn ich mich recht an die Straßenkarte des Countys im Büro des Sheriffs erinnerte, war die Straße, auf der ich mich befand, der andere Ast der Gabelung. Ich fuhr also mit abgeschalteten Scheinwerfern weiter, bog an der Gabelung scharf links ab und war kurz danach in der Nähe des ehemaligen Klosters.

Wieder versteckte ich den Seville unter hohen Bäumen und ging zu Fuß bis zum Tor. Den Bolzenschneider hatte ich unter den Gürtel gesteckt, die Taschenlampe war in meiner Jackentasche und die Brechstange unter einem Ärmel verborgen. Bei einem Gewitter hätte ich die Blitze magisch angezogen.

Meine Hoffnung auf unbemerktes Eindringen wurde durch ein männliches Sektenmitglied zunichte gemacht, das innerhalb des Tores patrouillierte. Sein weißes Gewand leuchtete in der Dunkelheit und bauschte sich beim Auf- und Abgehen. An der Schärpe, die er sich um die Taille gebunden hatte, hing ein Proviantbeutel aus Leder.

Aber ich war längst über den Punkt hinaus, an dem ich noch hätte umkehren können. Rasch legte ich mir einen Plan zurecht. Ich bewegte mich vorsichtig auf das Tor zu. Bei näherem Hinsehen erkannte ich, daß es sich bei dem Wachmann um Bruder Baron handelte, der früher Barry Graffius geheißen hatte. Das war mir sehr willkommen. Ich bin von Natur aus kein gewalttätiger Mensch und spürte deutliche Gewissensbisse wegen meines Vorhabens, aber wenn es jemand nicht anders verdient hatte, dann Graffius. Das vertrieb zwar nicht mein Schuldbewußtsein, reduzierte es jedoch auf ein erträgliches Maß.

Ich paßte meine Schritte den seinen an und näherte mich so. Dann lud ich mein Werkzeug ab, wartete, hinter hohem Gebüsch versteckt, und beobachtete ihn durch die Zweige. Er ging ein paar Minuten lang weiter auf und ab und machte es mir schließlich sehr leicht, als er stehenblieb und sich am Hintern kratzte. Ich zischte leise – er hörte das Geräusch und versuchte, dessen Quelle zu entdecken. Kam näher an das Tor heran und schaute heraus, wobei er wie ein Kaninchen schnüffelte.

Ich hielt den Atem an, bis er wieder weiterging, dann stehenblieb – diesmal absichtlich –, um zu lauschen. Ich zischte. Er griff unter sein Gewand, zog eine kleine Pistole hervor, trat auf das Gitter zu und zielte mit der Waffe in die Richtung, wo er das Geräusch vermutete.

Ich wartete, bis er noch dreimal stehengeblieben war und gelauscht hatte, bevor ich erneut zischte. Diesmal stieß er einen gedämpften Fluch aus und drückte den Bauch gegen die Eisenstangen des Gitters, die Augen weit aufgerissen vor Argwohn und Angst. Er bewegte die Hand mit der Waffe in einem Halbkreis wie eine Panzerkanone.

Als der Lauf in die entgegengesetzte Richtung zeigte, stürzte ich mich mit einem Satz auf ihn, packte seinen rechten Arm und riß ihn durch die Stangen nach draußen. Eine scharfe Drehung, so daß er einen Schmerzensschrei ausstieß und die Waffe fallenließ. Ich senkte meine Faust in seinen Solarplexus, und als ihm die Luft wegblieb, wandte ich noch einen kleinen Trick an, den mir Jaroslav beigebracht hatte. Ich packte ihn am Hals, tastete nach der richtigen Stelle, fand sie und drückte seine Halsschlagader zu.

Es wirkte prompt. Graffius wurde schlapp und verlor die Besinnung. Zugleich wurde sein Körper schwer; ich konnte ihn nicht mehr halten. Also ließ ich ihn vorsichtig zu Boden gleiten. Es war nicht ganz leicht durch das Gitter hindurch, aber mit einiger Mühe gelang es mir, ihn umzudrehen und die Schnur seines Vorratsbeutels von der Schärpe zu lösen. Meine Beute: eine Rolle Pfefferminzbonbons, eine kleine Plastiktüte mit Sonnenblumenkernen und ein Schlüsselbund.

Ich ließ ihm den Proviant, nahm die Schlüssel und sperrte das Tor auf. Nachdem ich das Werkzeug und seine Pistole an mich genommen hatte, ging ich hinein und versperrte das Tor wieder.

Graffius auszuziehen war schwerer, als ich dachte. Ich benutzte seine Kleidungsstücke, um ihn an Armen und Beinen zu fesseln. Als ich fertig war, atmete ich heftig. Ich achtete noch darauf, daß er durch die Nase genügend Luft bekam, dann steckte ich ihm eine seiner Socken als Knebel in den Mund.

Er würde früher oder später wieder zu sich kommen, und ich wollte nicht, daß er zu früh gefunden wurde, also nahm ich ihn auf die Schulter und schleppte ihn ein Stück weg, wobei ich in das Sukkulentenbeet trat. Die fleischigen Pflanzen knirschten und wurden von meinen Füßen zermatscht. Es fühlte sich kalt und feucht an, sogar durch die Hosenbeine.

Ich schleppte Graffius bis zum Waldrand, ging noch ein paar Meter weiter und lud ihn zuletzt zwischen zwei Redwoodbäumen ab.

Dann sammelte ich mein Werkzeug ein und näherte mich der ›Zuflucht‹.

Ein blaßgelbes Licht leuchtete über der Tür der Kirche. Das Kruzifix schien hoch über dem Turm zu schweben. Zwei männliche Sektenmitglieder patrouillierten in Zehnminutenabständen vor dem Eingang.

Ich ließ mir Zeit beim Überqueren des Viadukts, bückte mich, um nicht entdeckt zu werden, und versteckte mich hinter den Pfeilern des Laubengangs. Auf der rechten Seite des Hauptgebäudes unterbrach ein Tor die hohe Mauer zwischen den Häusern. Als die Gelegenheit günstig war, lief ich darauf zu, stellte fest, daß die Holztür unversperrt war, und ging hindurch.

Ich gelangte in einen der vielen kleinen Höfe, die mir bei meinem ersten Besuch aufgefallen waren, ein grasbewachsenes Rechteck, das an drei Seiten von Nelkenbeeten eingefaßt wurde. Die Kirchenwand bildete die vierte Seite. Am Ende des Rasens war eine Sonnenuhr mit Messingdach.

Die Vorhänge hinter den Fenstern der Empore waren zugezogen, aber durch eines fiel ein Lichtstreifen heraus und beleuchtete das Gras. Ich versuchte hineinzuschauen, aber die Fenster waren zu hoch, die Mauer zu glatt und ohne Halt zum Klettern.

Ich suchte nach etwas, worauf ich mich stellen konnte, sah aber nur die Sonnenuhr. Sie war aus massivem Stein und vermutlich viel zu schwer, als daß ich sie unter das Fenster hätte schleppen können. Um den unteren Teil hatten sich Wurzeln geschlungen. Ich bewegte den Stein hin und her, bis er sich gelockert hatte; dann rollte ich ihn über das Gras bis zu der Stelle unter dem Fenster, stellte mich auf die Sonnenuhr und schaute durch die Öffnung im Brokatvorhang hinein.

Der hohe Kuppelbau war hell erleuchtet. Die biblischen Deckenfresken wirkten lebhaft und beinahe kitschig bunt. Matthias saß in der Mitte, nackt und im Schneidersitz auf einer dickgepolsterten Matte. Sein Körper war mager wie der eines Fakirs. Weitere Matten waren ringförmig an den Wänden der Kirche ausgelegt. Auf ihnen hockten die Sektenmitglieder in ihren weißen Kutten, die Männer zur Linken, die Frauen zur Rechten.

Der Holztisch, der bei meinem ersten Besuch im Mittelpunkt des Kultraums gestanden hatte, war jetzt hinter den Platz des Gurus geschoben worden. Einer der Männer – der schwarzbärtige Hüne aus dem Obstgarten – stand daneben. Auf dem Tisch waren mehrere rote Porzellanschüsseln aufgebaut. Ich fragte mich, was darin sein mochte.

Matthias meditierte.

Die Anhänger warteten schweigend und geduldig, während ihr Hirte sich in eine innere Welt zurückzog, mit geschlossenen Augen, die Handflächen gegeneinandergepreßt. Er bewegte sich hin und her und summte, wobei sein Penis steif zu werden begann und sich allmählich aufrichtete. Die anderen starrten auf das schwellende Glied, als ob es etwas Heiliges wäre. Als es voll erigiert war, öffnete er die Augen und erhob sich.

Dann faßte er nach seinem Geschlechtsteil und betrachtete seine Anhänger mit autoritativer Selbstgefälligkeit.

»Laßt uns beginnen mit der Berührung!« donnerte er mit seiner tiefen, metallischen Stimme durch den Raum.

Eine Frau erhob sich; sie war um die Vierzig, etwas dicklich und blond. Jetzt ging sie demütig auf den Tisch zu. Der Schwarzbärtige legte einen goldenen Strohhalm auf eine der Schüsseln. Die Frau bückte sich hinunter und steckte das Röhrchen in die Nase, atmete dann ein und inhalierte das Pulver in ihre Nasenhöhlen.

Das Kokain mußte von erstklassiger Qualität sein. Es begann sehr rasch zu wirken. Die Frau geriet in Verzükkung, grinste, begann zu kichern und machte ein paar Tanzbewegungen.

»Magdalene«, rief Matthias.

Sie ging zu ihm hin, warf die weiße Kutte von sich, unter der sie nackt war, und stand dann vor ihrem Meister. Ihr Körper war rosig und fett, die Hinterbacken waren uneben und mit blauen Adern marmoriert. Sie kniete nieder und nahm ihn in sich auf, wobei ihre Brüste bei jeder Bewegung hüpften. Matthias lehnte sich zurück, schob den Unterleib nach vorn und knirschte vor Lust mit den Zähnen. Sie bediente ihn, bis er sie bei den Haaren packte, ihren Kopf zurückriß und ihr andeutete, daß sie gehen solle.

Sie erhob sich, ging zur linken Seite der Kirche und blieb dort völlig entspannt vor den Männern stehen.

Matthias nannte einen Namen. »Luther.«

Ein kleiner Mann, glatzköpfig und gebückt, mit grauem Vollbart, stand auf und entkleidete sich. Auf das Kommando seines Meisters ging er zum Tisch und nahm eine gewaltige Nase voll Kokain in Empfang. Eine weitere Szenenanweisung von Matthias brachte ihn und die fette Frau in die Mitte des Raums. Dort sank die Frau vor dem Mann auf die Knie, erregte ihn, so gut sie konnte, und legte sich dann auf den Rücken. Der Glatzkopf bestieg sie, und die beiden kopulierten in wilder Raserei.

Die nächste Frau, die eine Prise Kokain zu sich nahm und dann vor dem Guru kniete, war groß, grobknochig und sah wie eine Mexikanerin aus. Sie wurde gepaart mit einem untersetzten, bebrillten Mann, der an einen pensionierten Buchhalter erinnerte. Bald danach gesellten sie sich zu dem ersten Paar beim horizontalen Tanz auf dem Kirchenboden.

Die dritte Frau war Delilah. Ihr Körper wirkte erstaunlich jung, schlank und fest. Matthias beschäftigte sich länger mit ihr als mit ihren beiden Vorgängerinnen und ließ dann noch vier Frauen dazukommen. Sie bedienten ihn wie Drohnen eine Bienenkönigin. Schließlich ließ er von ihnen ab und bestimmte ihre Partner.

Innerhalb von zwanzig Minuten war ein Vermögen an Kokain geschnupft worden, und das Ende war noch nicht abzusehen. Ich bemerkte, wie mehrere eine zweite und dritte Portion erhielten, alles nach Matthias' Kommando. Als die erste Schüssel leer war, legte der Hüne den Strohhalm einfach auf die zweite.

Die Matten war inzwischen mit einer sich windenden

Masse von Leibern bedeckt. Die Szene war sexuell völlig gefühllos und ohne Spontaneität, ein gedankenloses Ritual, kodifiziert und choreographiert nach den Launen eines Größenwahnsinnigen. Ein Nicken von Matthias, und seine Gefolgschaft warf sich vor ihm auf den Boden. Die Bewegung einer Augenbraue, und sie seufzten und stöhnten. Ich mußte unwillkürlich an die Maden denken, die sich blind in die Fleischbrocken auf dem Tisch in Garland Swopes Gewächshaus gebohrt hatten.

Ich hatte genug gesehen, kletterte von der Sonnenuhr hinab und ging verstohlen zur Tür. Die Wachposten näherten sich von rechts, braunbärtige Männer mit grimmigen, verschlossenen Gesichtern, in Gänsemarsch und Gleichschritt hintereinander. Ich duckte mich in den Schatten, bis sie vorbei waren. Als sie um die Ecke verschwunden waren, rannte ich über den Hof auf die vordere Tür zu, öffnete sie einen Spalt, lugte hinein und stellte fest, daß die Eingangshalle leer war. Hinter der Tür zur Sakristei hörte man entferntes, gedämpftes Stöhnen und das rhythmische Klatschen von Fleisch auf Fleisch.

Links war der Korridor, der vor dem Büro von Matthias endete. Ich lief nach rechts und wäre in meiner Eile beinahe über eine Kübelpalme gestolpert. Der Korridor war leer. Ich kam mir so auffällig vor wie eine Kakerlake auf einem Kühlschrank. Wenn man mich entdeckte, war ich ein toter Mann: Ich war immerhin Zeuge ihrer Koksorgie gewesen. Da ich unmöglich wissen konnte, wie lange es drüben in der Kirche noch weitergehen würde oder ob die Wachen das Innere der Gebäude in ihren Rundgang einbezogen, war höchste Eile geboten.

Ich durchsuchte die Wäschekammer, die Küche, die Bibliothek der Sektenmitglieder und sah mich nach verborgenen Gängen, falschen Wänden, geheimen Treppen und Tapetentüren um. Aber ich fand nichts dergleichen.

Mit einem Hauptschlüssel, den ich an Graffius' Schlüsselbund entdeckt hatte, führte ich anschließend eine ergebnislose Durchsuchung sämtlicher Räume durch. Auf halbem Weg gab es falschen Alarm: eine plötzliche Bewegung unter der Decke einer der Pritschen. Einen herzlähmenden Augenblick lang glaubte ich, meine Suche sei zu Ende. Aber unter der Decke lag ein dicker, beharrter Kerl mit einer hochroten Nase und offenem Mund: ein Sektenmitglied, das seine Erkältung ausschlief. Der Mann bewegte sich beim Licht meiner Taschenlampe, ließ einen Wind fahren und drehte sich zur Seite. Ich ging leise weiter.

Der nächste Raum war der von Delilah. Sie hatte ein paar ihrer alten Kritiken und Presseberichte aufbewahrt; sie lagen ganz unten in einer Schublade mit einfacher Baumwollunterwäsche. Abgesehen davon war ihr Schlafquartier so spartanisch wie das der anderen.

Ich ging von Raum zu Raum und überprüfte noch ein Dutzend Zellen, bis ich zu der kam, die Matthias gehörte, wie ich mich erinnerte. Die Tür ließ sich mit keinem der Schlüssel öffnen.

Also nahm ich das Brecheisen zu Hilfe. Das Schloß war ziemlich massiv und gab erst nach, als dic Tür splitterte. Jeder, der draußen vorbeiging, mußte den Schaden auf den ersten Blick sehen. Ich schlich hinein, bis aufs äußerste angespannt.

Alles war wie bei meinem ersten Besuch. Eine Zelle, genau wie die anderen, nur daß hier zusätzlich ein kleiner Bücherschrank stand. Die Decke niedrig, der Raum kühl. Die Wände und der Boden nackter Stein. An der einen Wand ein hartes, schmales Bett, bedeckt mit einer rauhen, graufarbenen Decke.

Das bescheidene Domizil eines Mannes, der die Freuden des Fleisches zugunsten derer des Geistes aufgegeben hatte.

Ein Asket. Und verlogen bis ins Mark.

Denn bei diesem Mann konnte von geistigen Interessen keine Rede sein. Noch vor Minuten hatte ich beobachtet, wie er eine Kirche entweihte, trunken vor Macht und eiskalt wie Luzifer. Die Bücher auf den Regalen schienen meinen Blick zu erwidern. Es war, als ob sie spöttisch grinsten. All die ehrenwerten Schwarten über Religion, Philosophie, Ethik und Moral …

Schon einmal an diesem Abend hatten Bücher ein Geheimnis enthüllt. Vielleicht waren sie ein zweites Mal dazu imstande.

Ich räumte die Regale aus und überprüfte jeden einzelnen Band, schüttelte ihn, suchte nach falschen Rükken, ausgehöhlten Seiten, nach handschriftlichen Hinweisen an den Rändern.

Nichts. Die Bücher waren jungfräulich, die Einbände steif, die Seiten frisch und unberührt.

Kein einziges Buch war jemals gelesen worden.

Der leere Bücherschrank begann zu schwanken. Ich hielt ihn, bevor er umkippte. Und dabei fiel mir etwas auf.

Der Teil des Bodens, auf dem der Bücherschrank stand, war deutlich mit einer rechteckigen Fuge markiert; die Fliesen waren hier eine Spur heller als die anderen.

Ich schob den Bücherschrank zur Seite, kniete mich hin, leuchtete mit der Taschenlampe auf die Stelle am Boden und ließ die Finger über die Fuge gleiten. Ein Ausschnitt im Steinboden. Ich drückte dagegen. Die Platte bewegte sich ein wenig.

Ich brauchte eine Weile, bis ich den richtigen Ansatzpunkt fand. Dann trat ich auf eine Ecke des Rechtecks, und die Platte bewegte sich, so daß ich die Brechstange in die breiter gewordene Ritze schieben konnte. Nun drückte ich dagegen, die Platte hob sich, und ich stieß sie zur Seite.

Das Loch war etwa dreißig mal vierzig Zentimeter groß, einen Meter tief und mit Beton ausgekleidet. Zu klein, um eine Leiche zu verstecken. Aber groß genug für andere Dinge.

Ich fand Plastiksäckchen, die mit schokoladenfarbenem und cremeweißem Pulver gefüllt waren: schneeiges Kokain und eine bräunliche Substanz, die ich als mexikanisches Heroin identifizierte. Eine Dose aus Metall, voll mit klebrigem, dunklem Harz – Rohopium. Mehrere Pfund Haschisch in folienverpackten Behältern von der Größe einer Badeseife.

Und ganz unten ein Aktenordner.

Ich las darin und steckte ihn dann unter mein Hemd. Inzwischen hatte ich mehr Fracht bei mir als der Southern Pacific. Ich knipste die Taschenlampe aus und lugte hinaus auf beide Seiten des Korridors. Hörte Stimmen. Am Ende des Korridors war eine Tür, die ins Freie führte. Ich rannte darauf zu, so schnell ich konnte, und hechtete nach draußen mit schmerzenden Lungen.

Jetzt strömten die Sektenmitglieder aus der Sakristei, die meisten von ihnen immer noch nackt. Ich gelangte bis zum Brunnen, ohne gesehen zu werden, und versteckte mich unter einer der großen Eichen. Matthias kam heraus, umgeben von Frauen. Eine wischte ihm die Stirn. Eine andere – Maria, die großmutterhafte Frau, die am Tag meines ersten Besuchs vor der Tür in der Empfangshalle gesessen hatte – massierte ihm den Nakken. Matthias, der all diese Liebesdienste nicht zu bemerken schien, führte die Gruppe zum Rasen und ließ sie dort niedersetzen. Fünf Dutzend Menschen gehorchten und fielen zusammen wie Blasebälge ohne Luft. Sie waren keine zehn Meter von mir entfernt.

Matthias wandte den Blick zu den Sternen empor. Er murmelte etwas, schloß dann die Augen und begann wortlos zu singen und zu summen. Die anderen fielen ein. Es klang barbarisch und atonal, ein wilder Singsang, leidenschaftlich und heidnisch. Als er mehr und mehr anschwoll, rannte ich zum Viadukt und von dort direkt zum Tor.

Graffius lag ein paar Meter von der Stelle entfernt,

wo ich ihn deponiert hatte, wand sich wie ein Wurm und versuchte sich zu befreien. Ich überzeugte mich davon, daß er genügend Luft bekam, und überließ ihn seinem Schicksal.

23

Zwar hatte ich nicht gefunden, was ich suchte, aber mit Swopes Aufzeichnungen und der Akte, die ich aus der Zelle des edlen Matthias hatte mitgehen lassen, war immerhin genügend Material vorhanden, das ich vorzeigen konnte. Kein Zweifel, daß meine Diebstähle gegen alle Regeln für die Beschaffung von Beweismaterial verstießen, aber was ich dabei entdeckt hatte, reichte bestimmt aus, um eine Aktion in Gang zu bringen.

Es war kurz nach zwei Uhr morgens. Ich setzte mich hinter das Steuer des Seville, vollgepumpt mit Adrenalin und überwach. Während ich den Motor anließ, versuchte ich meine Gedanken zu organisieren: Ich würde erst einmal bis Oceanside fahren, dort ein Telefon suchen und Milo anrufen. Wenn er noch in Washington war, würde ich mich mit Del Hardy in Verbindung setzen. Es würde nicht allzu lange dauern, um die zuständigen Behörden zu informieren, und mit etwas Glück konnten die Ermittlungen der Polizei noch vor Tagesanbruch beginnen.

Jetzt war es wichtiger denn je, daß ich mich nicht in La Vista blicken ließ. Also wendete ich und fuhr wieder bis zur Abzweigung, von dort auf die Umgehungsstraße, wo ich die Scheinwerfer ausschaltete und im Dunkeln weiterrollte. Ich kam am Grundstück der Swopes vorbei, dann an Maimons Pflanzschule, an den kleineren Behausungen und den Zitrushainen und hatte eben die Hochfläche in den Vorbergen erreicht, als vor mir ein anderer, aus Westen kommender Wagen auftauchte.

Ich hörte ihn, bevor ich ihn sah. Auch er hatte die Scheinwerfer ausgeschaltet. Der Mond schien hell genug, daß ich das Fabrikat erkennen konnte, als er rasch an mir vorbeifuhr. Das neuere Modell eines Corvette, dunkel, möglicherweise schwarz, die Motorhaube dicht über dem Boden. Dazu hörte ich das Grollen eines starken Motors, sah den Heckspoiler, die funkelnden großen Räder.

Als ich schließlich auch noch die breiten Reifen sah, änderte ich schlagartig meinen Plan.

Der Corvette fuhr nach links. Ich überquerte die Kreuzung, bog rechts ein und folgte ihm dann, wobei ich großen Abstand hielt, um nicht gehört zu werden. Es war ziemlich mühsam, aus dieser Entfernung und im Dunkeln das schwarze Chassis vor mir auszumachen. Wer auch immer am Lenkrad saß, er kannte sich aus und fuhr wie ein wildgewordener Teenager, schleuderte um die Kurven, ohne zu bremsen, und beschleunigte, daß der Motor aufheulte und der Drehzahlmesser die roten Zahlen erreichte.

Die geteerte Straße war zu Ende; jetzt ging es über einen Schotterweg weiter. Der Corvette schluckte die Stöße der Schlaglöcher und kam zügig wie ein Wagen mit Vierradantrieb voran. Die Radaufhängung des Seville ließ die Lenkung flattern, aber ich blieb dran. Der andere Wagen verlangsamte das Tempo an der abgesperrten Einfahrt zu den Ölfeldern, wendete scharf und fuhr dann am äußeren Rand der Mesa entlang. Dabei beschleunigte er wieder und brauste dicht am Zaun entlang, wobei er einen dünnen Schatten auf den Maschendraht warf.

Die verlassenen Ölfelder erstreckten sich meilenweit, einsam wie eine Mondlandschaft. Die Fossilien von

Traktoren und Lastwagen erhoben sich aus den Senkgruben. Reihe für Reihe schlafender Bohrlöcher, markiert von Gitterpyramiden, die aus der gequälten Erde aufragten, schufen die Illusion einer nächtlichen Skyline.

Von einem Augenblick zum anderen war der Corvette plötzlich verschwunden. Ich bremste sofort, aber behutsam und schaute nach vorn. Im Maschendrahtzaun war ein Loch, breit genug für einen Wagen. Der Zaun war zerfetzt und rollte sich rings um das Loch, als wären die Maschen von gewaltigen Scheren aufgetrennt worden. Reifenspuren drückten sich deutlich im Schlamm des Untergrunds ab.

Ich fuhr durch das Loch im Zaun, parkte hinter einem verrosteten Bohrturm, stieg aus und inspizierte die Umgebung.

Die Reifen des Corvette hatten einen Doppelwurm entstehen lassen, der sich durch konvexe Metallwände schlängelte: Öltonnen, die hier aufgestapelt waren und eine hundert Meter lange Barriere bildeten. Die Nachtluft stank nach Teer und verbranntem Gummi.

Der Korridor endete auf einer Lichtung. Mitten auf der freien Fläche stand ein alter, auf Blöcken aufgebockter Wohnwagen ohne Räder. Durch das einzige, vorhangverhangene Fenster drang schwacher Lichtschein heraus. Die Tür bestand aus nacktem Sperrholz. Ein paar Meter daneben stand der schlanke schwarze Wagen.

Die Tür auf der Fahrerseite ging auf. Ich drückte mich flach gegen die Öltonnen. Ein Mann stieg aus, beide Arme bepackt, die Schlüssel an den Fingerspitzen baumelnd. Er trug die vier Einkaufstüten, als ob sie federleicht wären, stand vor der Tür des Wohnwagens, klopfte erst einmal, dann dreimal, dann noch einmal und ging schließlich hinein.

Er blieb etwa eine halbe Stunde dort, kam wieder heraus mit einer Axt, die er neben sich in den Corvette legte, und setzte sich hinters Lenkrad.

Ich wartete zehn Minuten, nachdem er davongefahren war, ehe ich zu der Tür ging und sein Klopfen imitierte. Als sich nichts rührte, wiederholte ich das Klopfzeichen. Die Tür ging auf. Ich schaute in weit auseinanderliegende Augen von mitternächtlichem Schwarz.

»Wieso kommst du schon so bald ...« Der breite Mund erstarrte vor Überraschung. Sie versuchte mir die Tür vor der Nase zuzuschlagen, aber ich hatte meinen Fuß schon dazwischengestellt und drückte dagegen. Dann war ich drinnen, und sie wich vor mir zurück.

»Sie!« Das Mädchen funkelte mich aus wilden Augen an und sah wunderschön aus. Das flammend rote Haar war hochfrisiert und mit Nadeln festgesteckt. Ein paar feine Strähnen hatten sich gelöst und umgaben wie ein feiner Halo den langen, geschmeidigen Hals. Zwei dünne goldene Ringe zierten die Ohrläppchen. Die junge Frau trug abgeschnittene Jeans und eine weiße Bluse, welche die Taille freiließ. Ihr Bauch war sonnengebräunt und flach, die Beine glatt und lang, die Füße nackt. Finger- und Zehennägel hatte sie jadegrün lackiert.

Der Wohnwagen war in zwei Räume unterteilt. Wir befanden uns in einer engen gelben Küche, in der es nach Schimmel roch. Eine der Einkaufstüten war bereits ausgeleert, die drei anderen standen auf der Theke. Das Mädchen langte in die Spüle, plötzlich hatte sie ein Brotmesser in der Hand.

»Machen Sie, daß Sie rauskommen hier, sonst ersteche ich Sie. Ich schwöre es!«

»Legen Sie das Messer weg, Nona«, sagte ich leise. »Ich bin nicht hier, um Ihnen weh zu tun.«

»Bockmist! Genau wie die anderen.« Sie umklammerte den Plastikgriff des Messers mit beiden Händen. Die gezackte Klinge beschrieb einen etwas zittrigen Bogen. »Raus!«

»Ich weiß, was man Ihnen angetan hat. Hören Sie mir zu.«

Sie schaute mich überrascht an und schien sich ein wenig zu entkrampfen. Einen Moment lang dachte ich, ich hätte sie beruhigt. Dann kam ich einen Schritt näher. Ihr junges Gesicht verzerrte sich vor Schmerz und Wut. Sie atmete tief ein und ging einen Schritt auf mich zu, wobei sie das Messer auf mich richtete.

Ich wich dem Stoß aus. Das Messer stach ins Leere, dorthin, wo zuvor mein Thorax gewesen war, und bewegte sich dann ungeschickt nach vorn. Ich packte Nona am Handgelenk, drückte und schüttelte es.

Das Messer fiel klirrend auf den schmutzigen Linoleumboden. Jetzt ging sie mit ihren langen, grünen Fingernägeln auf meine Augen los, aber ich bekam ihre Arme zu fassen. Sie war zart gebaut, die Knochen unter der glatten, weichen Haut wirkten zerbrechlich. Doch der Zorn verlieh ihr zusätzliche Kraft. Sie trat mit den Füßen und spuckte, und dann gelang es ihr, bis zu meinem Kinn vorzudringen – auf der empfindlichen Seite. Gleich danach fühlte ich, wie ein warmer Strom über mein Gesicht nach unten lief; erst danach spürte ich den scharfen Schmerz. Burgunderrote Flecken breiteten sich auf dem Boden aus.

Ich riß ihr die Arme zur Seite. Sie versteifte sich und starrte mich mit dem Entsetzen eines in die Enge getriebenen Tieres an. Plötzlich riß sie den Kopf nach vorn. Ich wich zurück, um nicht gebissen zu werden. Ihre Zunge kam schlangenartig hervor und fing mit der Spitze einen Blutstropfen auf. Dann leckte sie sich die Lippen und zwang sich zu einem Lächeln.

»Ich mache alles für dich«, sagte sie mit rauher Stimme. »Wenn du danach weggehst und mich in Ruhe läßt.«

»Deshalb bin ich nicht hier.«

»Wenn du wüßtest ... Wenn ich will, fühlst du Dinge, von denen du noch nicht einmal geträumt hast.« Es war ein Dialog aus einem miserablen Pornofilm, aber sie nahm ihre Sache ungemein ernst und drückte ihre Hüfte gegen die meine. Danach streckte sie noch einmal die Zunge vor und machte eine große Schau daraus, wie sie den Blutstropfen schluckte.

»Hören Sie auf«, sagte ich und bog meinen Kopf zurück.

»Ach, komm schon.« Sie wand sich in meinem Griff. »Du bist ein starker Kerl. Die schönen blauen Augen und die dichten dunklen Locken. Wette, du machst es gut, wie?«

»Genug, Nona.«

Sie zog eine Schnute und drückte sich wieder an mich. Ihre Haut war mit einem billigen Cologne getränkt.

»Sei doch nicht so wütend, Blauauge. Es ist doch nichts Schlimmes dabei.« Sie klimperte mit den Wimpern. »Ich zieh mich aus, und du kannst alles mit mir machen. Und dann mach' ich dich fertig, wie du es nie erlebt hast.«

Wieder versuchte wie, das Blut an meiner Wange abzulecken. Ich ließ ihr eines Handgelenk los und gab ihr eine Ohrfeige.

Sie taumelte rückwärts, wie betäubt, und schaute mich überrascht wie ein kleines Mädchen an.

»Sie sind ein menschliches Wesen«, sagte ich. »Kein Stück Fleisch.«

»Ich bin nichts als eine Hure!« schrie sie, zerrte an ihrem Haar und riß sich die langen ingwerfarbenen Strähnen los.

»Nona ...«

Sie zitterte und formte die Hände zu Klauen. Doch diesmal waren sie gegen ihr eigenes Fleisch gerichtet, schienen bereit, dieses wunderschöne Gesicht zu zerkratzen und aufzureißen.

Ich packte sie wieder und hielt sie fest. Sie kämpfte, fluchte und explodierte schließlich in heftigem Schluchzen. Danach schien sie sich einzurollen und zu schrumpfen, während sie still an meiner Schulter weinte. Als keine Tränen mehr kamen, sank ihr Kopf betäubt gegen meine Brust, und ihr Körper wurde schlaff.

Ich trug sie zu einem Stuhl, setzte sie, wischte ihr das Gesicht mit einem Papiertaschentuch ab und preßte ein zweites gegen die Wunde an meinem Gesicht. Sie hatte fast aufgehört zu bluten. Ich hob das Messer auf und warf es wieder in die Spüle.

Sie starrte auf den Tisch. Ich nahm ihr Kinn in meine Hand, hob den Kopf nach oben. Die tintenschwarzen Augen waren glasig und konnten sich nicht auf ein Objekt konzentrieren.

»Wo ist Woody?«

»Da drüber«, sagte sie tonlos. »Er schläft.«

Sie erhob sich unsicher. Ein halb zerfetzter Duschvorhang aus Plastik teilte die beiden Räume des Wohnwagens. Ich ging mit ihr hinüber.

Der hintere Raum war muffig, schwach erleuchtet und mit Flohmarktmöbeln ausgestattet. Die Wände waren mit falscher Birke furniert und wiesen unzählige Kratzer auf. Der Kalender einer Tankstelle hing schief an einem gebogenen Nagel. Auf einem Plastiktisch stand ein Digitalradiowecker. Auf dem Boden lag ein Stapel Jugendzeitschriften. Ein blaues Veloursofa war zu einem Doppelbett ausgeklappt.

Woody schlief unter einer ausgeblichenen grünen Decke, und seine kupferfarbenen Locken breiteten sich auf dem Kissen aus. Neben dem Bett stand ein Nachttisch mit Comicheften, einem Spielzeug-Lastwagen, einem angebissenen Apfel und einem Fläschchen mit Tabletten. Vitamine.

Der Junge atmete regelmäßig, aber mühsam. Seine Lippen waren geschwollen und trocken. Ich berührte seine Wange.

»Er ist sehr heiß«, sagte ich.

»Es wird bestimmt besser«, verteidigte sie sich. »Ich gebe ihm Vitamin C dafür.«

»Hat es denn geholfen?«

Sie wandte sich ab und schüttelte den Kopf.

»Er muß unbedingt in ein Krankenhaus, Nona.«

»Nein!« Sie beugte sich hinunter und nahm seinen kleinen Kopf in ihre Arme. Drückte ihre Wange an die seine und küßte seine Lider. Er lächelte im Schlaf.

»Ich rufe einen Krankenwagen.«

»Wir haben kein Telefon hier«, erklärte sie mit kindischem Triumph. »Gehen Sie und suchen Sie eins. Wenn sie zurückkommen, sind wir längst weg.«

»Er ist schwerkrank und hat hohes Fieber«, sagte ich geduldig. »Jede Stunde Verzögerung bringt ihn in größere Gefahr. Wir fahren zusammen, in meinem Wagen. Packen Sie Ihre Sachen.«

»Sie tun ihm doch nur weh!« schrie sie. »Genau wie vorher. Sie stecken ihm Nadeln in die Knochen und sperren ihn in dieses Plastikgefängnis.«

»Hören Sie mir zu, Nona. Der Junge hat *Krebs*. Er wird daran zugrunde gehen, wenn Sie nichts unternehmen.«

Sie wandte sich ab.

»Das glaube ich nicht.«

Ich hielt ihre Schultern.

»Sie müssen es glauben. Es ist wahr.«

»Warum? Weil dieser Mex-Doktor es gesagt hat? Er ist wie alle anderen. Man kann ihnen nicht trauen.« Sie stemmte eine Hand in die Hüfte, wie sie es auf dem Korridor im Krankenhaus getan hatte. »Warum soll er Krebs haben? Er hat nie geraucht oder sonst irgendwelche Gifte bekommen. Er ist doch noch ein Kind.«

»Auch Kinder bekommen Krebs. Tausende, jedes Jahr. Niemand weiß, warum, aber es ist so. Aber man kann fast alle behandeln und einigte sogar für immer heilen. Woody gehört zu ihnen. Geben Sie ihm eine Chance.«

Sie zog störrisch die Stirn in Falten.

»Dort vergiften sie ihn nur.«

»Man braucht starke Medikamente, um die Krankheit abzutöten. Ich behaupte nicht, daß es schmerzlos sein wird, aber medizinische Behandlung ist das einzige, was sein Leben retten kann.«

»Hat Ihnen der Mex-Doktor den Auftrag gegeben, mir das zu sagen?«

»Nein. Das sage *ich* Ihnen. Sie brauchen nicht zurückzugehen zu Doktor Melendez-Lynch. Wir finden auch einen anderen Spezialisten. In San Diego.«

Der Junge stöhnte im Schlaf. Sie lief zu ihm hin, sang ein leises, wortloses Wiegenlied und streichelte ihm das Haar. Woody beruhigte sich.

Sie wiegte ihn in den Armen. Ein Kind, das ein Kind in den Armen hält. Ihre makellosen Züge bebten, sie war dem Zusammenbruch nah. Dann kamen plötzlich wieder die Tränen, in einem Gießbach, der ihr übers Gesicht strömte.

»Wenn wir in ein Krankenhaus gehen, nehmen sie ihn mir weg. Ich kann mich hier viel besser um ihn kümmern.«

»Nona«, sagte ich und legte all mein Mitgefühl in meine Stimme, »es gibt Dinge, die nicht einmal eine Mutter für ihr Kind tun kann.«

Das Schaukeln hörte einen Moment lang auf, dann wurde es fortgesetzt.

»Ich war heute abend im Haus Ihrer Eltern. Ich habe das Gewächshaus gesehen und die Notizen Ihres Vaters gelesen.«

Sie schaute mich überrascht an, hatte offenbar nie etwas von seinen Notizen gehört oder gesehen. Aber sie unterdrückte die Überraschung und tat so, als höre sie mir gar nicht zu.

Ich fuhr fort, leise auf sie einzureden. »Ich weiß, was Sie durchgemacht haben. Es fing an mit dem Tod der

Cherimoyas. Ihr Vater war vermutlich schon immer unausgeglichen, aber der Mißerfolg und die Hilflosigkeit haben ihn endgültig fertiggemacht. Er hat versucht, die Dinge wieder unter Kontrolle zu bringen, indem er Gott spielte. Und er schuf sich seine eigene Welt.«

Sie versteifte sich, zog sich von dem Jungen zurück, legte seinen Kopf wieder auf das Kissen und ging hinaus. Ich folgte ihr in die Küche und behielt das Messer im Auge, das immer noch in der Spüle lag. Sie streckte sich und holte eine Flasche Southern Comfort von einem hohen Regal herunter, schenkte eine Kaffeetasse halb voll, lehnte sich gegen die Theke und schluckte. Da sie offenbar harte Drinks nicht gewohnt war, schnitt sie eine Grimasse und begann dann heftig zu husten.

Ich klopfte ihr auf den Rücken und führte sie zu einem Stuhl. Sie nahm die Flasche mit. Ich setzte mich ihr gegenüber und wartete, bis sie aufgehört hatte mit dem Husten, ehe ich fortfuhr.

»Es begann als eine Serie von Experimenten. Unheimliche Experimente, bei denen er mit Inzucht arbeitete und komplizierte Veredelungsmethoden anwandte. Dabei blieb es für eine Weile – unheimlich, aber nicht kriminell, bis er merkte, daß Sie zur Frau heranwuchsen.«

Sie schenkte wieder Bourbon in die Tasse, warf den Kopf in den Nacken und kippte den Alkohol hinunter: die Karikatur einer hartgesottenen Säuferin.

Früher einmal war sie alles andere als hartgesotten gewesen. Ein hübsches kleines Mädchen, so erinnerte sich Maimon an sie, lächelnd und freundlich. Die Probleme hatten angefangen, als sie um die zwölf Jahre alt war. Und der Anwalt hatte nicht gewußt, warum.

Aber ich wußte es.

Sie hatte die Pubertät drei Monate vor ihrem zwölften Geburtstag hinter sich gebracht. Swope hatte es an dem

Tag, als er es entdeckte, in seinen Notizen vermerkt: ›Heureka! Die Annona hat eine Blüte angesetzt. Es mangelt ihr an intellektueller Tiefe, aber was für eine körperliche Perfektion! Das ist wirklich erstklassiges Material …‹

Er war fasziniert gewesen von der Verwandlung, die mit ihrem Körper vor sich ging, hatte alles in botanischen Begriffen beschrieben. Und während er ihre Entwicklung beobachtete, hatte ein gespenstischer Plan in seinem zerstörten Geist Gestalt angenommen.

Ein Teil seines Wesens war noch organisiert und diszipliniert. So analytisch wie bei Mengele, dem KZ-Arzt. Die Vorführung wurde mit der Präzision eines wissenschaftlichen Experiments vorbereitet.

Der erste Schritt bestand darin, daß er das Opfer entmenschlichte. Um die Gewalttat zu rechtfertigen, ordnete er sie neu ein: Das Mädchen war nicht mehr seine Tochter, nicht einmal mehr eine Person. Nur das Exemplar einer neuen Spezies. *Annona zingiber.* Die ingwerfarbene Annona. Ein Stempel, der befruchtet werden mußte.

Als nächstes kam die semantische Verdrehung der ungeheuerlichen Tat selbst: Die täglichen Ausflüge in den Wald hinter dem Gewächshaus waren keine Inzesthandlungen, sondern ein neues, interessantes Projekt. Die Untersuchung der elementarsten Form von Inzucht.

Jeden Tag hatte er gewartet, bis sie aus der Schule kam, hatte sie an der Hand genommen und sie ins Dunkel geführt. Die Decke auf dem Boden ausgebreitet, der weich war von Tannennadeln. Ein beiläufiges Abtun ihrer Proteste.

Die Abende waren der Aufzeichnung der Daten und Fakten gewidmet: Er kletterte hinauf in den Speicher und notierte jede Vereinigung in seiner Loseblattsammlung, sparte kein Detail aus. Genau wie bei jedem anderen seiner Experimente.

Wenn man den Notizen glauben konnte, hielt er seine Frau über den Fortgang des Experiments auf dem laufenden. Anfangs hatte sie vielleicht schwach protestiert, dann geschwiegen und seinen Anordnungen Folge geleistet.

Es war kein Versehen, daß das Mädchen schließlich geschwängert wurde. Im Gegenteil, es war Swopes letztes Ziel gewesen, geplant und kalkuliert. Er war geduldig und methodisch vorgegangen, hatte gewartet, bis sie ein wenig älter war – vierzehn –, um sie so zu befruchten, daß die Gesundheit des Fetus in optimaler Weise gewährleistet war. Er überprüfte und notierte ihren Menstruationszyklus, um den Zeitpunkt des Eisprungs genau festlegen zu können. Und er hielt sich mehrere Tage davor vom Geschlechtsverkehr zurück, um die Zahl der Spermen zu erhöhen.

Es hatte schon beim erstenmal geklappt. Er hatte gejubelt, als ihre Monatsblutungen ausblieben, als ihr Leib zu schwellen begann. Eine *neue Kulturvarietät* war geschaffen.

Ich berichtete ihr, was ich wußte, wobei ich es vorsichtig ausdrückte und hoffte, daß mein Mitgefühl dabei deutlich wurde. Sie hörte mit ausdruckslosem Gesicht zu und trank Bourbon, bis ihr die Augenlider zufielen.

»Er hat sie zu seinem Opfer gemacht, Nona. Hat Sie mißbraucht und weggeworfen, als das Experiment vorüber war.«

Sie nickte kaum merklich.

»Sie müssen völlig verstört gewesen sein, als sie merkten, daß Sie in Ihrem Alter schwanger waren. Und als Sie weggeschickt wurden, um das Kind heimlich auszutragen und zu gebären.«

»Ein Haufen Lesben«, murmelte sie, und ihre Worte klangen schleppend.

»Im Madronas?«

Sie trank einen Schluck.

»Scheiße, ja. Das Schweiß-Madronas-Heim für verdammte, verfickte kleine Mädchen. In Schweiß-Mexiko.« Ihr Kopf fiel auf die Seite. Sie griff nach der Flasche. »Große, fette Mex-Fotzen, schreien uns an und kommandieren – auf scheiß-mexikanisch! Und schikanieren uns. Und sagen, daß wir Dreck sind. Huren.«

Maimon hatte sich lebhaft an den Morgen erinnert, als sie die Stadt verließ. Hatte geschildert, wie sie mit ihrem Koffer auf der Straße wartete. Ein erschrecktes kleines Mädchen, dem man alle Bosheit ausgeprügelt hatte. Das für die Sünden der anderen büßen sollte.

Als sie zurückkam, war sie verändert, hatte er gesagt. Stiller, zurückhaltender. Aber zornig.

Jetzt begann sie zu sprechen, leise, betrunken.

»Es hat so furchtbar weh getan, den kleinen Jungen herauszudrücken. Ich habe geschrien, und sie haben mir den Mund zugehalten. Ich habe gedacht, es zerreißt mich. Als es vorbei war, haben sie mich den Kleinen nicht einmal halten lassen. Sie haben ihn mir einfach weggenommen. Mein Baby, und sie haben es mir weggenommen. Ich hab' mich mühsam hochgesetzt, damit ich es anschauen kann. Es hat mich fast umgebracht. Er hatte rotes Haar, genau wie ich.«

Sie schüttelte verwundert den Kopf.

»Ich dachte, ich könnte ihn behalten, als ich wieder heimgekommen bin. Aber *er* hat gesagt, das sei ausgeschlossen. Und daß ich gar nichts bin. Nur ein Gefäß. Komisches Wort für Fotze. Zu nichts gut, außer zum Fikken. Und er hat mir gesagt, ich bin gar nicht wirklich seine Mama. *Sie* hat so getan, als wenn sie seine Mama wäre. Und ich war die Fotze – verbraucht, also fort in den Abfalleimer. Zeit, daß die Erwachsenen sich darum kümmern ...«

Sie legte den Kopf auf den Tisch und begann zu wimmern.

Ich massierte ihr den Nacken, sagte beruhigende Dinge. Selbst in diesem Zustand reagierte sie deutlich auf die Berührung eines Mannes, hob das Gesicht und zeigte mir ein trunkenes, lockendes Lächeln, beugte sich nach vorn, um mir einen Blick auf ihre Brüste zu gönnen.

Ich schüttelte den Kopf, und sie wandte sich beschämt ab.

Sie tat mir so unendlich leid, daß es fast schmerzte. Ich hätte ihr hilfreiche Worte sagen können, aber jetzt mußte ich sie erst einmal manipulieren. Der Junge nebenan brauchte Hilfe. Ich war bereit, ihn gegen ihren Willen mitzunehmen, wollte aber eine neuerliche Entführung vermeiden, wenn es möglich war. Wegen Woody und Nona, seiner Mutter.

»Nicht Sie haben ihn aus dem Krankenhaus geholt, Nona. Sie lieben ihn zu sehr, als daß sie ihn in so große Gefahr bringen würden.«

»Das stimmt«, sagte sie mit nassen Augen. »*Sie* hat es getan. Damit ich nicht mehr seine Mama sein kann. In all den Jahren habe ich es zugelassen, daß sie mich wie Abfall behandelt haben. Ich bin ihnen aus dem Weg gegangen, und sie haben ihn aufgezogen. Ich hab' ihm nie etwas gesagt, weil ich Angst hatte, er könnte ausflippen. Es wäre zuviel gewesen für ein kleines Kind. Und ich bin die ganze Zeit innerlich gestorben.« Sie hob eine schlanke Hand ans Herz, langte mit der anderen nach dem Glas und trank es aus.

»Aber als er dann krank geworden ist, da hab' ich es nicht mehr ausgehalten. Es war, als ob ich einen Haken geschluckt hätte und ein anderer zupft an der Angelschnur. Ich mußte mein Recht beanspruchen. Ich hab' darüber nachgedacht, hab' mit ihm in der Plastikzelle gesessen und ihn im Schlaf angeschaut. Mein Baby. Und da hab' ich mich entschlossen, es zu tun. Endlich! Hab' gewartet, bis sie eines Abends in dem Motel gehockt haben, und ihnen gesagt, daß das mit den Lügen jetzt ein Ende hat, daß es schon zu lange gegangen ist. Daß meine Zeit gekommen ist. Und daß ich mich jetzt selbst um mein Baby kümmern werde.

Sie haben – *er* hat nur gelacht. Hat mich schlecht gemacht, gesagt, daß ich nicht imstande bin dazu, daß ich nichts bin als ein Stück Scheiße. Ein verdammtes Scheißgefäß. Ich sollte gefälligst verschwinden und es damit für alle besser machen. Aber diesmal hab' ich es nicht geschluckt. Der Schmerz in meinem Hals war zu stark. Ich hab' ihnen alles zurückgegeben, hab' ihnen gesagt, daß sie der letzte Dreck sind. Gemeine Sünder. Daß der Kr…, die Krankheit Gottes Strafe ist für das, was sie getan haben. Und daß *sie* diejenigen sind, die nicht imstande sind, ein Kind großzuziehen. Ich wollte es allen sagen, den Ärzten und den Schwestern. Dann würden sie sie rausschmeißen und das Baby seiner richtigen Mutter übergeben.«

Die Hände, mit denen sie das Glas hielt, zitterten. Ich trat hinter ihren Stuhl und hielt ihre Hände mit den meinen fest.

»Es war mein Recht!« schrie sie plötzlich, riß den Kopf herum und bettelte um Bestätigung. Ich nickte, und sie warf sich an meine Brust.

Beim Besuch von Baron und Delilah hatte Emma Swope sich beklagt, daß die Krebstherapie die Familie zerbrechen würde. Die Sektenmitglieder hatten geglaubt, sie meinte damit die körperliche Trennung durch den Aufenthalt des Jungen in der Strömungskammer. Aber die Frau hatte sich über einen viel ernsteren Bruch beklagt, einen, der die Familie so irreparabel trennen würde wie das Messer des Fallbeils, das den Kopf vom Körper trennt.

Vielleicht hatte Emma Swope damals eingesehen, daß die Wunde zu tief war, um jemals heilen zu können. Aber sie und ihr Mann hatten versucht, sie wenigstens zuzupflastern. Um das Bekanntwerden des entsetzlichen Geheimnisses zu verhindern, entführten sie den Jungen und machten sich auf und davon ...

»Sie haben ihn hinter meinem Rücken weggeholt«, sagte Nona, drückte dabei meine Hand und grub ihre grünen Nägel in mein Fleisch. Wieder begann der Zorn in ihr zu kochen. Ein dünner Schweißfilm stand auf dem schönen, üppigen Mund. »Wie verdammte Diebe. *Sie* als Röntgenärztin verkleidet. Mit einer Maske vor dem Mund und einem Mantel, den sie aus dem Wäschekorb gestohlen hat. Fährt mit ihm im Lastenaufzug hinunter und rennt davon, durch den Hinterausgang. *Diebe!* – Ich komme in das Motel, und da sind sie alle drei. Mein Baby liegt auf dem Bett, so klein und hilflos. *Sie* haben ihr Zeug gepackt und noch gemein gelacht darüber, daß sie so leicht rausgekommen sind mit meinem Baby. Daß keiner sie erkannt hat hinter der Maske, weil ihr niemand jemals in die Augen geschaut hat. Und dann haben sie auf das Krankenhaus geschimpft. Er hat dauernd geredet, über den Smog und solchen Scheiß. Nur um zu rechtfertigen, was sie getan haben.«

Sie hatte mir ein Stichwort geliefert. Jetzt war es an der Zeit, mein Angebot zu wiederholen. Sie zu überzeugen, daß sie ruhig und friedlich mit mir kommen konnte, wenn ich ihren Jungen zum Wagen trug.

Aber bevor ich einen Ton herausbrachte, wurde die Tür des Wohnwagens aufgerissen.

24

Doug Carmichael stand geduckt in der Tür wie bei einem Kommandotrupp in einem Bruce-Lee-Film. In der einen Hand, die er in den Raum hereinstreckte, hielt er ein Gewehr, die andere hatte eine zweischneidige Axt umspannt, als wäre sie ein Stück federleichtes Balsaholz. Doug trug ein schwarzes, netzartiges Turnhemd, das seine überentwickelten Muskeln zur Geltung brachte. Auch die Beine waren kräftig und muskulös; mit gekräuseltem blondem Flaum bedeckt, steckten sie in einer engen weißen Badehose. Seine Knie waren knotig und mißgestaltet – die berühmten Surferknoten. An den großen, groben Füßen trug er Strandsandalen aus Gummi. Der rötlichblonde Bart war kurz geschnitten, das dichte Haar sorgfältig gefönt.

Nur die Augen hatten sich verändert seit meiner ersten Begegnung mit ihm. An dem Nachmittag in Venice hatten sie die Farbe eines wolkenlosen Himmels gehabt. Jetzt schaute ich in zwei endlos tiefe schwarze Löcher: weit aufgerissene Pupillen, umgeben von dünnen Eisringen. Verrückte Augen, die sich in der Küche des Wohnwagens umsahen, auf die Flasche, dann auf das betrunkene Mädchen und schließlich auf mich richteten.

»Ich sollte Sie auf der Stelle umlegen, weil Sie ihr das verdammte Gift gegeben haben.«

»Das war ich nicht. Sie hat es sich selbst beschafft.«

»Maul halten!«

Nona versuchte sich aufzurichten. Sie schwankte benommen.

Carmichael zielte mit dem Gewehr auf mich.

»Setzen Sie sich auf den Boden. Rücken zur Wand, die Hände unter den Körper. In Ordnung. Bleiben Sie so, sonst muß ich Ihnen leider weh tun.«

Und zu Nona: »Komm her, Schwester.«

Sie kam an seine Seite und lehnte sich an den mächtigen Körper. Er legte beschützend einen massigen Arm um sie. Den Arm, mit dessen Hand er die Axt hielt.

»Hat er dir etwas getan, Baby?«

Sie schaute mich an, wußte, daß sie über mein Schicksal entschied, überlegte sich die Antwort und schüttelte dann den benebelten Kopf.

»Nee, der is' okay. Nur geredet. Er will Woody ins Krankenhaus bringen.«

»Kann ich mir denken«, spottete er. »Typisch! Noch mehr Gift, und dazu gepfefferte Rechnungen.«

Sie schaute zu ihm hoch.

»Ich weiß nich', Doug, das Fieber ist noch nicht besser.«

»Hast du ihm das Vitamin C gegeben?«

»Ja, genau wie du es gesagt hast.«

»Und was ist mit dem Apfel?«

»Er hat ihn nicht essen wollen. War zu schläfrig.«

»Versuch's noch mal. Wenn er den Apfel nicht mag, dann soll er Birnen essen und Pflaumen. Orangen sind auch da.« Er bewegte den Kopf in Richtung Einkaufstüten, die immer noch auf der Theke standen. »Das Obst ist ganz frisch. Gerade erst gepflückt und ungespritzt. Gib ihm Obst und noch etwas Vitamin C, dann geht das Fieber herunter.«

»Der Junge ist in Lebensgefahr«, sagte ich. »Er braucht mehr als Vitamine.«

»Ich hab' gesagt, Sie halten den Mund. Oder soll ich sie gleich hier fertigmachen?«

»Ich glaube, er meint es gut«, sagte das Mädchen demütig.

Carmichael lächelte sie mit echter Wärme und einer Spur von Herablassung an.

»Du gehst am besten wieder hinüber zu dem Kleinen, Schwester. Sieh zu, daß er ordentlich ernährt wird.«

Sie wollte etwas sagen, aber Carmichael zeigte ihr die weißen Zähne in einem breiten Grinsen und nickte dazu. Gehorsam verschwand sie hinter dem Duschvorhang.

Als wir allein waren, stieß er mit dem Fuß die Tür des Wohnwagens zu und baute sich dann mir gegenüber auf, den Rücken zur Theke. Ich starrte in die Mündung der doppelläufigen Flinte – eine tödliche Acht.

»Ich werde Sie töten müssen«, sagte er ruhig und zuckte dann mit den Schultern, als wollte er sich entschuldigen. »Es ist nichts Persönliches, verstehen sie? Aber wir sind eine Familie, und Sie stellen eine Bedrohung für uns dar.«

Das letzte, was ich zeigen wollte, war Arroganz und Besserwisserei. Aber sein psychisches Radar war kurzgeschlossen und konnte unversehens losgehen: die brisante Apparatur des echten Paranoikers. Er kniff wütend die Augen zusammen, senkte die Flinte und zielte damit auf die Stelle über meiner Nasenwurzel. Dann zog er die gewaltigen Schultern nach vorn und starrte bedrohlich zu mir herunter.

»Wir *sind* eine Familie. Und wir brauchen keinen Bluttest, um es zu beweisen.«

»Natürlich nicht«, stimmte ich ihm zu, und mir war, als steckte mir ein Kloß im Hals. »Es kommt nur auf die emotionelle Bindung an.«

Er schaute mich argwöhnisch an, als wollte er sich vergewissern, daß ich ihn nicht spöttisch oder herablassend behandelte. Ich zeigte ihm eine Maske der Aufrichtigkeit, fror meine Miene in diesem Zustand ein.

Die Axt schwang lose hin und her, wobei die eine Schneide über den Boden kratzte.

»Genau. Es kommt nur auf das Gefühl an. Unsere Gefühle sind in Schmerzen gehärtet worden. Drei gegen die Welt. Unsere Familie ist das, was sie sein soll: eine Zuflucht gegen allen Wahnsinn da draußen. Eine Oase der Sicherheit. Das ist schön und kostbar. Und ich muß diesen Zustand erhalten.«

Ich wußte nicht, wie ich entkommen konnte. Vorläufig bestand so gut wie keine Chance, es sei denn, es gelang mir, auf Zeit zu spielen. Und das war nur möglich, wenn ich ihn reden ließ.

»Ich verstehe. Dann sind Sie das Familienoberhaupt.«

Die blauen Augen leuchteten auf wie Glasflammen.

»Das einzige, das es für sie je gegeben hat. Die zwei anderen waren übel, Eltern nur dem Namen nach. Sie haben ihre Rechte mißbraucht. Haben versucht, die Familie von innen her zu zerstören.«

»Ich weiß, Doug. Ich war heute abend drüben in ihrem Haus. Ich habe das Gewächshaus gesehen und in Swopes Aufzeichnungen gelesen.«

Von einer Sekunde zur anderen erschien ein schrecklicher Ausdruck auf seinem Gesicht. Er hob den Arm und schwang die Axt in einer Parabel, ließ sie dann auf die Theke krachen. Der Wohnwagen erbebte, als das Plastik splitterte. Die Geste war für ihn völlig mühelos gewesen; er hatte den anderen Arm mit der Flinte nicht einen Millimeter bewegt. Hinter dem Vorhang entstand Unruhe, aber das Mädchen war nicht zu sehen.

»Ich wollte diese verdammte Burg heute nacht vernichten«, flüsterte er und riß die Schneide der Axt aus der Theke. »Damit. Ich wollte alle verdammten Fenster einschlagen. Das Haus Brett für Brett abreißen und den Rest bis auf die Grundmauern niederbrennen. Aber als ich hingekommen bin, hab' ich gesehen, daß jemand an dem Schloß herumgefummelt hat, also bin ich hierher zurück. Mein Glück.«

Er atmete tief ein und stieß dann zischend die Luft aus. Die Atemtechnik des Gewichthebers. Dazu schwitzte er heftig und kochte innerlich vor Erregung. Ich kämpfte meine Angst nieder, zwang mich, klar zu denken. Ich mußte seine Aufmerksamkeit auf die Verbrechen der Swopes richten, mußte ihn auf diese Weise von mir ablenken.

»Es ist wirklich ein böser Ort«, sagte ich. »Kaum zu glauben, daß die Menschen so sein können.«

»Nicht für mich, Mann. Ich hab' das alles erlebt, genau wie die Schwester. Mein Alter hat mich schikaniert und geschlagen und gesagt, daß ich Scheiße bin – jahrelang. Und das Luder, das sich meine Mutter genannt hat, das hat dabeigestanden und zugesehen. Ein anderes Kino, aber der gleiche Film. Als ich vorhin sagte, wir sind in Schmerzen gehärtet, da hab' ich das auch so gemeint.«

Als er über die schlechte Behandlung sprach, die er erduldet hatte, beantwortete er damit manche Frage, die ich mir über ihn gestellt hatte: die mangelhafte Entwicklung der Persönlichkeit, der Exhibitionismus, der Haß und die Panik, wenn er über seinen Vater sprach.

»Es ist Bestimmung, das mit Nona und mir«, sagte er mit zufriedenem Lächeln. »Keiner von uns hätte es allein geschafft. Wie durch ein Wunder sind wir zusammengekommen. Und zu einer Familie geworden.«

»Seit wann sind Sie eine Familie?« fragte ich.

»Seit Jahren. Ich bin immer im Sommer hergekommen und hab' auf diesem Bohrfeld gearbeitet, Schwerstarbeit, das Bohren nach Öl. Der alte Schweinehund hatte große Pläne mit dem Feld. Carmichael Oil sollte das Land vergewaltigen und jeden Tropfen Öl herauspressen. Leider war es trocken wie die Titten einer toten Frau.« Er lachte und schmetterte die Axt auf den Boden.

»Ich habe die Arbeit gehaßt. Sie war dreckig, entwürdigend und langweilig, aber er hat mich dazu gezwungen. Jeden Sommer, wie eine Sträflingsarbeit. Wann immer ich konnte, hab' ich mich davongeschlichen, bin auf verborgenen Pfaden durch die Wälder gewandert, habe saubere Luft geatmet. Und mir überlegt, wie ich es ihm heimzahle. Und eines Tages, auf einer meiner Wanderungen, habe ich sie getroffen. Sie war sechzehn und das schönste Mädchen, das ich je gesehen habe. Sie hat auf einem Baumstumpf gesessen und geheult. Hat mich gesehen und Angst bekommen, aber ich hab' ihr gesagt, daß es okay ist. Statt davonzulaufen, statt zu reden, hat sie einfach angefangen ...« Das adrette Gesicht verzerrte sich vor Zorn. »Vergessen Sie, was ich früher über sie gesagt habe, Mann – ich hab' sie nie berührt. Die Geschichte, die ich Ihnen und dem Polizisten erzählt habe, über die Sache im Auto, das war natürlich Bockmist. Ich hab' das nur so gesagt, um Sie loszuwerden.«

Ich nickte. Inzwischen bot sich eine andere Erklärung dafür: Wunschdenken. Mittlerweile hatte er seine sexuellen Impulse gegenüber dem Mädchen, das er seine Schwester nannte, weitgehend zurückgedrängt, und ich hoffte, daß es dabei blieb.

»Weil ich anders zu ihr gewesen bin als die anderen Männer, ist das zwischen uns etwas ganz Besonderes geworden. Statt über sie herzufallen, hab' ich ihr zugehört. Habe mir angehört, was sie bedrückte: ihre Schmerzen und ihre Not. Ich habe ihr von den meinen erzählt. Den ganzen Sommer über haben wir uns getroffen und miteinander geredet. Und den nächsten Sommer. Inzwischen freute ich mich, wenn ich wieder hierherkam, um auf den Ölfeldern zu arbeiten. Wir haben uns mit der Zeit immer besser kennengelernt und gemerkt, daß wir beide eigentlich das gleiche durchgemacht haben und einander ähnlich waren: zwei Hälften einer Person. Die männliche und die weibliche Komponente. Bruder und Schwester, aber noch viel mehr. Verstehen Sie, was ich meine?«

Ich bemühte mich, verständnisvoll dreinzuschauen, und wollte ihn nicht in seinem Redefluß unterbrechen. »Sie haben eine Identität gebildet. Wie Zwillinge.«

»Ja, genau. Es war wundervoll. Aber dann hat der alte Schweinehund die Bohrungen eingestellt und alles hier dichtgemacht. Ich bin trotzdem hergefahren. An den Wochenenden. In den Ferien, eine Woche oder länger. Hab' hier drinnen gepennt – es war der Wohnwagen des Wachmanns. Ich hab' für sie gekocht. Ihr gezeigt, wie man kocht. Ihr bei der Hausarbeit geholfen. Ihr das Autofahren beigebracht. Nachts sind wir lange spazierengegangen.

Und immer haben wir geredet. Wie wir unsere Eltern töten, unsere Wurzeln vernichten wollten. Und neu beginnen, eine neue Familie gründen. Wir machten Picknick in den Wäldern. Ich wollte, daß der Kleine mitkommt, damit auch er ein Teil der Familie wird. Aber sie haben ihn nicht aus den Augen gelassen. Sie hat viel von ihm erzählt, und davon, wie sie ihr Recht behaupten wollte. Ich sagte ihr, sie sollte das tun, sprach mit ihr über Emanzipation. Wir machten Pläne für den nächsten Sommer. Wir drei auf einer Insel. Oder in Australien. Ich hab' schon Prospekte gesammelt, um den besten Ort für uns rauszusuchen, da ist er krank geworden.

Sie hat mich angerufen, sobald sie in Los Angeles waren. Ich sollte helfen, ihr einen Job besorgen, vielleicht als Assistentin bei einer Quizshow oder so, aber ich sagte ihr, daß man dafür gute Verbindungen braucht. Außerdem habe ich damals schon für Adam & Eve gearbeitet. Also hat die Rambo uns zusammenarbeiten lassen. Das ging wunderbar; die Szenen sind uns prima gelungen. Wir brauchten nicht einmal zu proben, weil jeder von uns wußte, was der andere dachte. Wir haben schöne Trinkgelder bekommen, und ich hab' sie ihr zum Verwahren gegeben.

Dann eines Abends ruft sie mich an, total in Panik, sagt, daß sie die Eltern zur Rede gestellt hat und daß sie danach den Jungen aus dem Krankenhaus entführt haben. Ich muß ehrlich sagen, mir hat der Gedanke auch nicht gefallen, daß er in einem Krankenhaus sein sollte; aber jetzt hab' ich befürchtet, daß sie über die Grenze verschwinden und ihn irgendwo hinschleppen, damit sie ihn nie wiedersieht.

Also fahre ich hin und komme in dem Augenblick, als sie am Aufbrechen sind. Swope ist aus der Tür gekommen, als ich aufgemacht hab'. Ich hab' ihn nie zuvor gesehen, wußte aber, was für ein Dreckskerl er war. Er hat das Maul aufgerissen, und ich hab' ihm ein Ding auf die

Schnauze gegeben. Da ist er erst mal weggetreten. Dann ist die Frau rausgekommen, hat mich angeschrien, und ich hab' ihr auch eins verpaßt, gegen die Schläfe.

Da lagen alle zwei, waren erst mal für 'ne Weile hinüber. Der kleine Junge war wie betäubt und hat im Schlaf gemurmelt. Nona ist auf einmal ganz wütend geworden und hat das Zimmer kurz und klein geschlagen. Ich hab' sie beruhigt und ihr gesagt, sie solle erst mal hierbleiben und auf mich warten. Dann hab' ich die zwei Bewußtlosen in den Corvette gepackt; sie auf den Rücksitz, ihn nach vorne, bin zum Strand von Playa Del Rey gefahren, und als ein Flugzeug drübergebraust ist, hab' ich sie abgeknallt. Anschließend hab' ich sie zu einer Stelle im Benedict Canyon gebracht, die ich kenne, und hab' sie dort eingebuddelt. Sie haben es nicht anders verdient.«

Er ließ die Axt wie einen Majorettenstab in der Luft wirbeln und kaute dann an einem strohblonden Haar seines Schnurrbarts.

»Die Polizei hat noch die Reste eines anderen Leichnams dort gefunden«, sagte ich. »Die Leiche einer Frau.« Ich ließ die Frage im Raum stehen.

Er grinste.

»Ich weiß, was Sie jetzt denken, aber – nein. Ich hätte meine Mama gern dort eingescharrt, aber sie hat es mir nicht gegönnt und ist nach einem Schlaganfall vor zwei Jahren im Bett gestorben. Das hat mich total wütend gemacht, denn ich hatte es schon jahrelang geplant ... Es gibt noch Platz für den Alten, und den füll' ich eines Tages auf. Aber sie ist mir entwischt. Dann hatte ich Glück. Ich hatte einen späten Auftritt bei Lancelot, und die alte Ziege in der ersten Reihe war wirklich heiß auf mich. Hat mir Zehndollarscheine in den Slip gesteckt und meine Knöchel geleckt. War übrigens Ärztin. Radiologin. Seit ein paar Monaten geschieden und auf eine wilde Nacht aus. Sie ist in meine Garderobe gekommen, voll besoffen, hat mich befummelt und verdammt starke Signale ausgesendet. Mich hat das richtig abgetörnt, und ich wollte sie eigentlich rausschmeißen. Aber als ich dann das Licht angeschaltet hab', da ist es mir klargeworden: Sie hätte die Zwillingsschwester meiner Alten sein können. Das gleiche vertrocknete Gesicht, die gleiche Stupsnase, die gleichen Allüren einer reichen alten Kuh.

Ich hab' gelächelt, hab ›Komm rein, Schätzchen‹ gesagt und sie gebumst, direkt in der Garderobe. Die Tür war nicht einmal zugesperrt, jeder hätte reinkommen können. Ihr war das egal. Sie hat einfach den Rock hochgehoben und sich draufgesetzt. Später sind wir zu ihr gefahren, ein Penthaus, Eigentumswohnung natürlich, im Marina-Viertel. Da haben wir es noch mal gemacht, und dann hab' ich sie im Schlaf erwürgt.« Er riß die Augen weit und unschuldig auf. »Ich hatte das Grab schon ausgesucht. Jemand mußte es ausfüllen.«

Er lehnte die Axt an den Herd, langte mit seiner freien Hand in eine der Einkaufstüten und nahm einen großen Pfirsich heraus.

»Mögen Sie auch einen?«

»Nein, danke.«

»Sie sind gut. Auch für Sie. Kalzium, Natrium, viel A und C. Eine wunderbare Henkersmahlzeit.«

Ich schüttelte den Kopf.

»Wie Sie meinen.« Er biß in die Frucht und leckte sich dann den Saft von den Spitzen seines Schnurrbarts.

»Ich bin keine Bedrohung für sie«, sagte ich und wählte meine Worte sehr sorgfältig. »Ich will nur ihrem kleinen Bruder helfen.«

»Wie denn? Dadurch, daß Sie ihn mit allen möglichen Giften vollpumpen lassen? Ich hab' alles gelesen über das Zeug, daß sie bei ihm ausprobieren wollen. Von dem Scheißdreck bekommt man erst recht Krebs!«

»Ich will nicht lügen und Ihnen weismachen, daß die Medikamente, die er braucht, harmlos sind. Es sind starke – nun ja – Gifte, wenn man sie so nennen will. Aber sie sind notwendig, um den Tumor zu vernichten.«

»Ich finde, das ist alles ein Haufen Scheißdreck.« Er biß die Zähne zusammen, und seine Barthaare richteten sich auf. »Sie hat mir alles von den Ärzten dort erzählt. Wieso sollten gerade Sie anders sein?«

Er hatte den Pfirsich aufgegessen und warf den Kern in die Spüle. Dann nahm er eine Pflaume aus der Tüte und aß sie ebenfalls.

»Kommen Sie jetzt«, sagte er schließlich und nahm wieder die Axt in die Hand. »Stehen Sie auf. Bringen wir es hinter uns. Ich wollte, ich hätte Sie schon beim erstenmal erwischt, mit der Flinte. Sie hätten nicht einmal gewußt, was mit Ihnen passiert. Jetzt werden Sie ein bißchen leiden, weil Sie wissen, was passiert, und weil Sie darauf warten müssen.«

25

Ich ging zur Tür. Der Lauf des Gewehrs drückte gegen meinen Rücken.

»Machen Sie sie langsam und vorsichtig auf«, befahl Carmichael. »Heben Sie dann die Hände über den Kopf und gehen Sie geradeaus.«

Ich gehorchte ihm etwas schwankend und hörte das Rascheln des Duschvorhanges, dann Nonas Stimme.

»Du brauchst ihm nichts zu tun, Doug.«

»Geh wieder hinein. Laß mich das machen.«

»Aber wenn er recht hat? Woody ist so heiß, als ob er von innen verbrennt ...«

»Ich hab' gesagt, ich mach' das!« fuhr der blonde Mann sie an. Offenbar war er mit seiner Geduld am Ende

Ihre Reaktion darauf, die ich nicht sehen konnte, ließ seine Stimme wieder weicher werden.

»Tut mir leid, Schwester. Es ist nicht leicht, und wir sind alle gestreßt. Wenn ich mit ihm fertig bin, setzen wir uns hin und rasten aus und nehmen B-zwölf. Und dann zeig' ich dir, wie man den Kleinen abkühlt. In ein, zwei Wochen ist er gesund, und wir hauen hier ab. In einem Monat um diese Zeit bringe ich ihm bei, wie man wellenreitet.«

»Doug, ich ...«, begann sie. Ich hoffte, sie würde weiter für mich bitten und ihn dabei genügend ablenken, daß ich es wagen konnte, loszurennen. Aber sie brach mitten im Satz ab. Gedämpften Schrittes folgte das Rascheln des Vorhangs, der zugezogen wurde.

»Weiter«, sagte Carmichael, jetzt wütend über ihre leise Rebellion, und er drückte es aus, indem er mir den kalten Stahl in die Nierengegend rammte.

Ich stieß die Tür auf und trat hinaus in die Dunkelheit. Der chemische Gestank in der Luft schien stärker geworden zu sein, die Düsterkeit der Mesa bedrückender. Die leeren Gehäuse der ungenutzten Bohrtürme bildeten riesige, rostende Gerippe, die sich ergeben und still auf dem verwüsteten Terrain ausbreiteten. Ein Platz, so häßlich, daß man hier nicht einmal sterben wollte.

Carmichael trieb mich durch den Korridor der aufgestapelten Öltonnen. Meine Augen richteten sich von der einen auf die andere Seite, suchten nach einem Fluchtweg, aber die schwarzen Zylinder bildeten hohe metallene Barrikaden, und es gab keine Lücken dazwischen.

Ein paar Meter vor dem Ende des Durchgangs begann er zu sprechen und ließ mir die Wahl zwischen verschiedenen Möglichkeiten.

»Ich kann es tun, wenn Sie stehen, knien oder auf dem Boden liegen, wie ich es bei den Swopes gemacht habe. Wenn es Ihnen unangenehm ist, still dazuliegen, können Sie auch rennen und sich dadurch ablenken von dem, was kommt. Ich sage Ihnen nicht, wie viele Schritte ich Ihnen gebe, und Sie können so tun, als wäre das ein ganz gewöhnlicher Lauf. Vielleicht so was wie ein Marathonlauf. Ich werde ganz *high* beim Laufen. Sie vielleicht auch, und ich nehm' eine volle Ladung, dann merken Sie nichts mehr. Das ist wie eine große Flutwelle.«

Meine Knie knickten ein.

»Kommen Sie, Mann«, sagte er. »Fallen Sie nicht gleich auseinander. Treten Sie mit Haltung ab.«

»Es wird ihnen nichts nützen, wenn Sie mich umbringen. Die Polizei weiß, daß ich hier bin. Wenn ich nicht zurückkomme, werden sie hier überall nach mir suchen.«

»Keine Angst. Sobald Sie aus dem Weg sind, hauen wir ab.«

»Der Junge kann in seinem Zustand nicht reisen. Sie werden auch ihn umbringen.«

Der Doppellauf stieß schmerzhaft gegen mein Rückgrat.

»Ich brauch' Ihren Rat nicht. Ich kann mich selbst um alles kümmern.«

Wir gingen schweigend weiter, bis wir das Ende des Korridors aus Blech erreicht hatten.

»Also, wie hätten Sie's gern?« fragte er. »Im Stehen oder Laufen?«

Hundert Meter flaches, leeres Gelände lagen vor mir. Die Dunkelheit bot vielleicht etwas Schutz beim Laufen, aber dennoch würde er mich ohne Mühe abknallen können. Erst dahinter erhoben sich Hügel aus Metall – Eisenplatten, Drahtrollen, der Bohrturm, hinter dem ich den Seville geparkt hatte. Ein spärlicher Schutz, aber wenn es mir gelang, dort erst einmal in Deckung zu gehen, hatte ich Zeit, mir einen Plan zu überlegen …

»Lassen Sie sich ruhig Zeit«, sagte Carmichael gleichmütig und genoß sichtlich seine Rolle.

Er hatte diese Szene schon öfters gespielt und bemühte sich sehr, sie kühl und diszipliniert über die Bühne zu bringen. Aber ich wußte, daß er so labil war wie eine Tonne Nitroglyzerin, und wenn ich ihn provozierte, zündete ich damit vielleicht die Lunte. Es kam jetzt darauf an, daß ich versuchte, ihn abzulenken. Wenn seine Wachsamkeit nachließ, gelang es mir vielleicht, zu fliehen. Oder ihn anzugreifen. Es war ein tödliches Spiel – ein einziger Wutausbruch konnte dazu führen, daß er den Finger krümmte. Aber ich hatte an diesem Punkt ohnehin nicht mehr viel zu verlieren, und die Vorstellung, mich passiv zur Schlachtbank führen zu lassen, war mir höchst unangenehm.

»Haben Sie sich entschieden?«

»Das mit der Entscheidung ist doch Bockmist, Doug, und das wissen Sie so gut wie ich.«

»Was?«

»Ich habe gesagt, es ist Bockmist, und Sie sind ein verdammter Scheißkerl.«

Knurrend drehte er sich herum, warf die Flinte weg, packte mich am Hemd und zog mich zu sich heran. Dann hob er die Axt und hielt sie in der Luft.

»Eine Bewegung, und ich schneid' Sie in Scheiben wie ein Stück Käse.« Er keuchte vor Zorn, sein Gesicht glänzte vom Schweiß. Sein muskelbepackter Körper verströmte einen animalischen Geruch.

Ich rammte ihm das Knie hart in den Unterleib. Er jaulte vor Schmerzen und ließ reflexartig mein Hemd los. Ich stieß ihn von mir, landete selbst am Boden, rutschte rückwärts wie ein Krebs und zerkratzte mir dabei die Knie und die Handflächen. Während ich mich wieder hochkämpfte, trat ich mit dem einen Fuß auf etwa Glattes, Rundes. Eine große Metallfeder. Sie begann zu rollen, und ich verlor dabei das Gleichgewicht und fiel flach auf den Rücken.

Carmichael hechtete vorwärts und atmete heftig wie

ein Kind, das aus einem Alptraum erwacht. Die Schneide der Axt funkelte im Mondlicht. Gegen die Schwärze des Himmels sah der muskulöse Kerl riesig aus, wie ein Fabelwesen.

Ich stieß mich hoch und kroch weg von ihm.

»Sie haben nichts als ein großes Maul«, keuchte er. »Keine Klasse, kein Stil. Ich wollte Ihnen Gelegenheit geben, in Frieden zu sterben. Ich wollte fair sein, aber das war Ihnen egal. Jetzt wird es weh tun. Jetzt mach' ich Sie damit fertig.« Er packte die Axt, um seine Drohung zu unterstreichen. »Langsam. Ich mach Sie zu Abfall, Stück für Stück. Zuletzt werden Sie um eine Kugel betteln.«

Eine Gestalt tauchte hinter den Öltonnen auf.

»Wirft die Axt weg, Doug.«

Sheriff Houten sprang in den Zwischenraum, und sein 45er Colt war wie eine nickelplatinierte Hand, die sich Carmichael entgegenstreckte.

»Wirf sie weg«, wiederholte er und zielte mit der Waffe auf Carmichaels Brust.

»Laß uns in Ruhe, Ray«, erwiderte der blonde Mann. »Ich muß erst das, was wir begonnen haben, zu Ende bringen.«

»Aber nicht so.«

»Es gibt keinen anderen Weg«, beharrte Carmichael.

Der Polizeibeamte schüttelte den Kopf.

»Ich hab' gerade mit einem gewissen Sturgis bei der Mordkommission von Los Angeles telefoniert. Er hat nach dem Doktor hier gefragt. Jemand hat ihn in der Nacht von vorgestern auf gestern beschossen, aber dabei den Falschen getroffen. Seit gestern ist der Doktor verschwunden. Jetzt sucht man nach ihm. Ich dachte mir gleich, daß er irgendwo hier in der Gegend sein müßte.«

»Er versucht, meine Familie zu zerstören, Ray. Du selbst hast mich vor ihm gewarnt.«

»Du bist verwirrt, mein Junge. Ich hab' dir gesagt, daß er nach der Umgehungsstraße gefragt hat, also solltest du dir ein anderes Versteck suchen. Deshalb habe ich dich gewarnt – natürlich dachte ich nicht im Traum daran, daß du ihn daraufhin umbringen wolltest. Laß jetzt endlich die Axt los, dann können wir in Ruhe darüber reden.«

Er zielte mit dem Dienstrevolver auf Carmichael und schaute zu mir herunter.

»Verdammt blöd von Ihnen, Doktor, hier herumzukriechen.«

»Das war mir lieber als im Stehen abgeknallt zu werden. Abgesehen davon: Drüben im Wohnwagen ist ein kleiner Junge, der dringend in ärztliche Behandlung muß.«

Er schüttelte wild den Kopf.

»Der Junge wird sterben.«

»Das ist nicht wahr, Sheriff. Er kann behandelt und wahrscheinlich geheilt werden.«

»Das hat man bei meiner Frau auch gesagt. Ich hab' es zugelassen, daß man sie aufgeschnitten und mit Gift gefüllt hat, aber der Krebs hat sie trotzdem aufgefressen.« Jetzt richtete er die Aufmerksamkeit wieder auf Carmichael.

»Ich hab' dich bis zu einem bestimmten Punkt unterstützt, Doug, aber jetzt gehst du zu weit. Leg die Axt auf den Boden.«

Die zwei Männer schauten sich in die Augen. Ich ergriff die Gelegenheit, mich aus der Reichweite der Axt zu rollen.

Carmichael sah es und holte aus.

Der 45er gab einen Feuerstoß von sich. Carmichael wurde nach hinten gerissen und schrie vor Schmerzen. Er hielt eine Hand zur Seite; das Blut lief ihm zwischen den Fingern hindurch. Kaum zu glauben, aber er ließ den Griff der Axt noch immer nicht los.

»Du – du hast mich getroffen«, murmelte er in ungläubigem, kindlich klagendem Ton.

»Das ist nur eine Fleischwunde«, sagte Houten ruhig. »Die wirst du überleben. Jetzt laß endlich diese verdammte Axt los, Junge.«

Ich stand auf und näherte mich der auf dem Boden liegenden Flinte, hielt mich dabei aber außerhalb der Reichweite des blonden Mannes.

Die Tür des Wohnwagens ging auf, und weißes Licht ergoß sich über den Weg. Nona kam heraus und rief Carmichaels Namen.

»Nimm die Flinte, Schwester!« stieß Carmichael zwischen den vor Schmerz zusammengebissenen Zähnen hervor. Die Hand, mit der er die Axt hielt, zitterte. Die andere an seiner Seite war glänzend rot von der Handwurzel bis zu den Fingerspitzen. Blut lief klebrig über seinen Knöchel und tropfte zu Boden.

Das Mädchen blieb abrupt stehen und schaute mit weit aufgerissenen Augen den Morast an, der sich zwischen Carmichaels Füßen scharlachrot färbte.

»Du hast ihn umgebracht!« kreischte sie, lief auf Houten zu und schlug blindlings auf ihn ein. Er wehrte sie ab, während er den Verwundeten nicht aus den Augen ließ. Sie warf sich gegen ihn. Schließlich schubste er sie so heftig zur Seite, daß sie rückwärts taumelte, das Gleichgewicht verlor und zu Boden fiel.

Ich rutschte näher zu der Flinte hin.

Nona stieß sich hoch.

»Du dreckige alte Sau!« schrie sie den Sheriff an. »Du solltest uns helfen, und jetzt hast du ihn umgebracht!« Houten schaute mit versteinerter Miene an ihr vorbei. Plötzlich warf sie sich Carmichael vor die Füße. »Nicht sterben, Doug, Bitte. Ich brauche dich so sehr.«

»Nimm die Flinte!« schrie er.

Sie schaute ihn verdutzt an, nickte und ging dann auf die Waffe zu. Sie war ihr näher als ich, und außerdem hielt ich den Zeitpunkt für gekommen, mich aus dem Zentrum des Geschehens zu entfernen. Während sie sich bückte, tauchte ich ab, um anschließend davonzuhechten.

Carmichael sah mich aus den Augenwinkeln, wirbelte herum und holte mit der Axt aus, wollte mich am Arm treffen. Ich zuckte zurück, gerade noch im rechten Augenblick. Er stöhnte vor Schmerzen, seine Wunde begann stärker zu bluten, dann holte er noch einmal aus und verfehlte mich um Zentimeter.

Houten duckte sich, hielt den 45er mit beiden Händen fest und schoß Carmichael in den Hinterkopf. Das Geschoß trat am Hals heraus. Der blonde Mann schlug sich die Hand vor die Kehle, holte tief Luft, gurgelte und sank zurück.

Das Mädchen hob die Flinte auf und faßte sie wie ein erfahrener Schütze. Dann starrte sie auf den Körper, der am Boden lag. Carmichaels Glieder zuckten, und sie sah gebannt zu, bis er sich nicht mehr rührte. Ihr Haar hatte sich inzwischen ganz gelöst und wehte in der nächtlichen Brise, ihre Augen waren vor Entsetzen weit aufgerissen und standen voller Tränen.

Dann wandte sie den Blick von Carmichael ab, richtete die Waffe auch mich, schüttelte den Kopf, drehte sich um und zielte auf den Sheriff.

»Du bist genau wie die anderen«, hielt sie ihm entgegen.

Bevor er etwas erwidern konnte, richtete sie ihre Aufmerksamkeit wieder auf den Toten und begann auf ihn einzureden, in einer seltsamen Singsang-Sprechweise.

»Er ist wie die anderen, Doug. Er hat uns nicht geholfen. Er stand nicht auf unserer Seite, wie du vielleicht gedacht hast. Er hat es getan, weil er ein verdammter Feigling ist. Weil er Angst hatte, ich würde seine schmutzigen Geheimnisse verraten.«

»Still, Mädchen«, warnte der Sheriff.

Sie achtete nicht auf ihn.

»Er hat mit mir gebumst, Doug, genau wie all die anderen dreckigen, ekelhaften Kerle. Als ich noch ein kleines Mädchen war. Nachdem das andere Ungeheuer mich kaputt gemacht hatte. Der Hüter der Gesetzes!« Sie lachte höhnisch. »Ich hab' ihm eine Kostprobe gegeben, und er hat alles aufgeleckt, konnte nicht genug davon kriegen. Mußte es jeden Tag haben. In seinem Haus. In seinem Wagen. Er hat mich abgeholt, wenn ich von der Schule heimgekommen bin, und ist mit mir in die Hügel gefahren, um es mit mir zu treiben. Na, was hältst du jetzt von unserem alten Freund Ray, Doug?«

Houten brüllte ihr zu, sie solle den Mund halten. Aber seiner Stimme fehlte es an Überzeugungskraft, und er schien zusammenzusacken, sah plötzlich geschrumpft und hilflos aus, trotz der großen Schußwaffe, die er in der Hand hatte.

Sie sprach weiter auf den Toten ein und schluchzte dazu.

»Du warst so gut und hast ihm vertraut, Doug ... Du hast gedacht, daß er unser Freund ist, daß er hilft, uns zu verstecken, weil er von den Ärzten genausowenig hält wie wir ... Aber das war nicht alles. Er hätte uns von einer Minute zur anderen aufgegeben, aber ich habe ihm gedroht, daß ich ihn bloßstelle, wenn er das tut ... Daß ich allen erzählte, wie er mit mir gebumst hat. Und wie er mir das Kind gemacht hat.«

Houten schaute auf seinen Colt. In seinem Kopf entstand ein schrecklicher Gedanke, aber er verscheuchte ihn. »Nona, du willst doch nicht ...«

»Er glaubt, daß er Woodys Daddy ist, weil ich ihm das all die Jahre erzählt habe.« Sie strich über das Gewehr und kicherte. »Und jetzt? Vielleicht sage ich die Wahrheit, vielleicht auch nicht. Vielleicht weiß ich es selber nicht einmal. Wir haben nie einen Bluttest machen lassen, um es herauszufinden, was, Ray?«

»Du bist verrückt«, sagte er. »Du gehörst eingesperrt.« Und zu mir: »Sie ist wahnsinnig. Das sehen sie doch, oder?«

»Wirklich?« Sie krümmte den Finger um den Abzug und lächelte. »Was verrückt ist und was nicht, müßtest du am besten wissen. Alles, was es über verrückte kleine Mädchen zu wissen gibt. Wie über die kleine, verrückte fette Marla, die immer allein dagesessen hat, hin und her geschaukelt ist und blöde Gedichte geschrieben hat. Sie hat mit sich selbst geredet, sie hat sich in die Hose gemacht und sich wie ein Baby verhalten. *Sie* war doch verrückt, Ray, oder nicht? Fett, häßlich und nicht richtig im Kopf.«

»Halt den Mund!«

»Halt du deinen, du alte Sau!« schrie sie plötzlich. »Wer bist du, daß du mir sagst, was ich tun soll? Du hast mich Tag für Tag gebumst, und du hast mich aufgebockt.« Sie lächelte gespenstisch. »Oder nicht? Das hab' ich jedenfalls der verrückten Marla gesagt. Du hättest den Blick in ihren kleinen Schweinsäuglein sehen sollen. Ich hab' ihr alles erzählt, sämtliche Details. Daß du immer mehr hast haben wollen. Du, unser *Sheriff*. Das arme Ding muß sich sehr darüber aufgeregt haben, denn am nächsten Tag hat sie einen Strick genommen ...«

Houten stieß einen Schrei aus und kam auf sie zu.

Sie lachte und schoß ihm ins Gesicht.

Er sank zusammen wie ein nasses Papiertaschentuch. Sie stand vor ihm und zog noch einmal durch. Hatte Mühe, das Gleichgewicht zu halten nach dem Rückstoß, und feuerte zum dritten Mal auf ihn.

Ich nahm ihre steifen Finger von der Flinte und ließ die Waffe zwischen die beiden Toten fallen. Nona leistete keinen Widerstand. Sie legte ihren Kopf an meine Schulter und zeigte mir ein wunderschönes Lächeln.

Ich nahm sie mit und sah mich nach dem El Camino um. Der Wagen war nicht schwer zu finden. Houten hatte ihn direkt vor dem Loch im Zaun geparkt. Ich setzte mich hinein, ließ Nona nicht aus den Augen und benutzte das Funkgerät, um meine Meldungen durchzugeben.

26

Am Spätnachmittag eines stillen Sonntags stand ich auf dem Rasenstück gegenüber dem Eingang zur ›Zuflucht‹ und wartete auf Matthias. Backofenheiße Winde hatten die Südhälfte des Staates seit sechsunddreißig Stunden ohne Unterbrechung heimgesucht, und obwohl es bis zum Sonnenuntergang nicht mehr lange dauern konnte, ließ die Hitze noch keineswegs nach. Schweißverklebt, mit heftigem Juckreiz am Oberkörper und viel zu dick angezogen in Jeans, einem Chambray-Hemd und einer Kalbslederjacke, suchte ich den Schatten der alten Eichen, die den Brunnen umgaben.

Er kam aus dem Hauptgebäude, umgeben von einem Kokon seiner Anhänger, warf einen Blick in meine Richtung und bat die anderen, sich zu entfernen. Sie gingen zu einer kleinen Anhöhe innerhalb des Geländes, setzten sich und begannen zu meditieren. Er kam langsam und bedächtig näher, dabei richtete er den Blick zu Boden, als suche er etwas im Gras.

Schließlich standen wir uns Auge in Auge gegenüber. Statt mich zu begrüßen, ließ er sich auf den Rasen nieder, nahm die Lotosstellung ein und strich sich über den Bart.

»In dem Gewand, daß Sie anhaben, sehe ich keine Taschen«, begann ich. »Jedenfalls sind sie nicht groß genug, daß Sie eine beträchtliche Summe in bar einstecken könnten. Ich hoffe, das soll nicht bedeuten, daß Sie meinen Anruf nicht ernst genommen haben.«

Er ignorierte mich und starrte in die Ferne. Ich schaute mir das ein paar Minuten lang an, dann machte ich ihm klar, daß mein Vorrat an Geduld allmählich verbraucht war.

»Lassen Sie den Guru-Quatsch, Matthews. Zeit, endlich über geschäftliche Dinge zu reden.«

Eine Fliege ließ sich auf seiner Stirn nieder und spazierte flink am Rand der kraterförmigen Narbe entlang. Es schien ihm nichts auszumachen.

»Dann sagen Sie mir erst mal, um welches Geschäft es sich handelt«, erwiderte er.

»Ich dachte, ich hätte mich schon am Telefon deutlich genug ausgedrückt.«

Er pflückte ein Kleeblatt und zwirbelte es zwischen seinen langen Fingern.

»In einigen Dingen zweifellos. Sie haben unter anderem gestanden, daß Sie in unseren Besitz eingedrungen sind, Bruder Baron niedergeschlagen haben und sich obendrein eines Einbruchs in die Gebäude und in mein Privatgemach schuldig gemacht haben. Unklar ist mir nach wie vor, worin die Grundlage für irgendwelche geschäftlichen Beziehungen zwischen Ihnen und mir besteht.«

»Und dennoch sind Sie hier und hören mir zu.«

Er lächelte.

»Ich rühme mich, jeden, der das wünscht, unvoreingenommen anzuhören.«

Ich drehte mich um, war bereit zum Gehen. »Ich habe zwei ziemlich unangenehme Tage hinter mir, Matthews, und meine Toleranzgrenze für solchen Bockmist ist dementsprechend niedrig wie selten zuvor. Das, was ich in Händen habe, kann warten. Wenn Sie erst darüber nachdenken wollen, bitte sehr. Aber dann müssen Sie pro Tag mit tausend Dollar Verzugszinsen rechnen.«

»Setzen Sie sich«, sagte er.

Ich ließ mich ihm gegenüber im Gras nieder, verschränkte die Beine und setzte mich darauf. Der Boden war heiß wie ein Waffeleisen. Das Jucken an Brust und Bauch hatte sich verstärkt. In der Ferne, auf ihrem Hügel, verbeugten sich die Sektenmitglieder.

Seine Hand, die bisher den Bart gestreichelt hatte, strich jetzt über das Gras.

»Am Telefon haben Sie von einer beträchtlichen Summe gesprochen«, sagte er.

»Hundertfünfzigtausend Dollar. Drei Zahlungen von jeweils fünfzigtausend. Die erste heute, die beiden anderen im Abstand von jeweils sechs Monaten.«

Er bemühte sich sehr um eine amüsierte Haltung.

»Wieso, um alles in der Welt, nehmen Sie an, daß ich Ihnen soviel Geld bezahlen sollte?«

»Für Sie ist das ein Trinkgeld. Wenn die Party, die ich vorgestern abend beobachtet habe, für Ihre Sekte typisch ist, dann schaufeln Sie und ihre Zombies sich monatlich mindestens ebensoviel Geld in Form von Kokain in die Nasen.«

»Wollen Sie damit behaupten, wir benutzen illegale Drogen?« fragte er spöttisch.

»Gott bewahre! Kein Zweifel, daß Sie das Zeug inzwischen weggeräumt haben, an irgendeinen anderen, sicheren Platz. Einer Polizeikontrolle könnten Sie bestimmt mit Gelassenheit entgegensehen. Genau wie damals, als ich zum ersten Mal hiergewesen ist. Aber ich habe Polaroidfotos von Ihrer Party, die gut in ein Pornomagazin für Altersheime passen würden. All diese verbrauchten Körper, wie sie sich quälen und schinden, dazu Schüsseln voller Schnee und Strohhalme in den Nasenlöchern. Ganz zu schweigen von ein paar sehr deutlichen Fotos, die das Versteck unter ihrem Bücherschrank zeigen.«

»Fotos von Erwachsenen, die nach freiem Willen Sex betreiben«, rezitierte er, und es klang wie da Plädoyer eines Anwalts, »Schüsseln auf dem Tisch, deren Inhalt nicht festzustellen ist. Und ein paar Plastikbeutel. Das ergibt nicht viel. Bestimmt nichts, was hundertfünfzigtausend Dollar wert wäre.«

»Und wieviel ist es Ihnen wert, einer Mordanklage zu entgehen?«

Er verengte die Augen, sein Gesicht nahm plötzlich einen völlig veränderten, wilden und wölfischen Ausdruck an. Er versuchte, mir so lange in die Augen zu sehen, bis ich meinen Blick senkte, doch es gelang ihm nicht. Das Jucken war inzwischen fast unerträglich geworden, und die Konzentration auf diese Visage von ungeschminkter Brutalität bot willkommene Abwechslung.

»Weiter«, sagte er.

»Ich habe die Akte dreifach kopiert, einer jeden Kopie ein Blatt mit Erläuterungen beigefügt und sie an getrennten, sicheren Orten hinterlegt. Zusammen mit den Fotos und entsprechenden Anweisungen an mehrere Anwälte für den Fall meines vorzeitigen Ablebens. Bevor ich die Akte kopierte, habe ich sie mehrmals gelesen. Wirklich eine faszinierende Geschichte.«

Er schaute mich gefaßt an, aber seine rechte Hand verriet ihn. Die knochigen weißen Finger krallten sich in die Erde und rupften eine Handvoll Gras aus.

»Mit allgemeinen Andeutungen kommen wir nicht weiter«, flüsterte er rauh. »Wenn Sie etwas zu sagen haben, sagen Sie es.«

»Also schön«, antwortete ich. »Gehen wir zurück, etwas mehr als zwanzig Jahre. In die Zeit, als Sie noch nicht im Traum an diesen Guru-Schwindel dachten. Sie sitzen in Ihrer Kanzlei am Camden Drive. Eine unauffällige kleine Frau namens Emma sitzt Ihnen am Schreibtisch gegenüber. Sie ist den ganzen Weg von einem Kaff namens La Vista nach Beverly Hills gefahren und hat Ihnen hundert Dollar für eine vertrauliche juristische Beratung gezahlt. Viel Geld, damals.

Emmas Geschichte ist traurig, und Sie halten sie vermutlich für ein drittklassiges Melodrama. Gefangen in einer lieblosen Ehe, hatte sie Trost in den Armen eines anderen Mannes gesucht. Eines Mannes, der sie Dinge fühlen ließ, von denen sie bis dahin nicht einmal geträumt hatte. Die Affäre war himmlisch, eine echte Zuflucht aus ihrem trübseligen Dasein. Doch dann wurde sie von ihrem Liebhaber schwanger. Entsetzt verbarg sie es, solange sie konnte, und als es nicht mehr zu übersehen war, teilte sie ihrem Mann mit, daß es sein Kind sei. Der Betrogene war begeistert, wollte es mit ihr feiern, und als er die Flasche Champagner entkorkte, ist sie vor Schuldgefühl fast gestorben.

Sie dachte an eine Abtreibung, hatte aber Angst davor. Sie betete um eine Fehlgeburt, doch ihre Gebete wurden nicht erhört. Sie fragen die Frau, ob sie mit ihrem Liebhaber über das Problem gesprochen hat, und sie verneint, entsetzt über die Vorstellung. Er ist eine Stütze der Gesellschaft, ein Deputy-Sheriff, der in dem Kaff das Gesetz vertritt. Obendrein ist er verheiratet, und seine Frau ist selbst schwanger. Warum also zwei Familien zerstören? Außerdem hat er sie schon längere Zeit nicht mehr besucht und sich nicht mehr gemeldet, was ihren Verdacht bestärkt, daß die Beziehung von seiner Seite aus rein sexuell gewesen ist. Fühlt sie sich verlassen? O nein! Sie hat gesündigt, und nun wird sie dafür bezahlen.

Mit dem Fetus im Leib wächst die Last ihres Geheimnisses. Sie lebt die Lüge achteinhalb Monate lang, bis sie es nicht mehr aushält. Eines Tages, als ihr Mann gerade unterwegs ist, nimmt sie den Bus und fährt nach Norden, nach Beverly Hills.

Und nun sitzt sie in Ihrer großen, auf Hochglanz polierten, eleganten Kanzlei und ist völlig aus ihrem eigenen Element gerissen. Sie ist verwirrt und entsetzt, und die Entbindung steht in wenigen Wochen bevor. Sie hat ihre Möglichkeiten in vielen schlaflosen Nächten durchdacht und ist schließlich zu einer Entscheidung gekommen. Sie kann den Zustand nicht ertragen und will heraus. Eine schnelle, reibungslose Scheidung, ohne viele Erklärungen. Dann nichts wie weg aus dem Kaff, das Kind allein entbinden, vielleicht in Mexiko, zur Adoption freigeben und ein neues Leben beginnen, fern vom Ort ihrer Verfehlung. Sie hat von Ihnen in einer Illustrierten gelesen und ist sicher, daß Sie der richtige Mann sind für die Ihrer Meinung nach schwierige Aufgabe.

Während Sie ihr zuhören, wird Ihnen klar, daß hier von einer schnellen und glatten Lösung nicht die Rede sein kann. Dieser Fall verspricht tatsächlich unangenehm zu werden. Das hätte Sie nicht daran gehindert, ihn zu übernehmen, denn die schwierigen Fälle bringen das meiste Honorar. Aber Emma Swope ist nicht der Typ von Mandantin, wie Sie ihn sich vorstellen. Unansehnlich und provinziell. Und vor allem: Sie riecht nicht gerade nach großem Geld.

Sie nehmen ihren Hunderter und raten ihr von einer Inanspruchnahme Ihrer Dienste ab. Erklären ihr vielleicht, daß sie mit einem Anwalt am Ort besser bedient wäre. Emma geht, mit verheulten Augen und hochschwanger, und Sie stecken die Akte weg, haben sie bald vergessen.

Jahre später schießt Sie jemand in den Schädel, und Sie entschließen sich, eine neue Karriere zu beginnen. Sie haben zuvor schon genug Beziehungen zum großen Geld geknüpft, das in Los Angeles fast immer auch den Rauschgifthandel einschließt. Ich weiß nicht, wer zuerst darauf gekommen ist, Sie oder einer von den großen Hintermännern, aber Sie haben sich jedenfalls entschlossen, von nun an das ganz große Geld zu machen als Mittelsmann für Koks und Heroin. Daß es sich dabei um illegale Machenschaften handelt, verstärkt für Sie noch den Reiz, denn Sie sehen sich selbst als Opfer, als einer, den das System, welchem er treu diente, im Stich gelassen hat. Der Deal mit Rauschgift ist Ihre Art, sich an der Gesellschaft, am System zu rächen. Und das Geld und die damit verbundene Macht sind auch nicht zu verachten.

Damit das Unternehmen Erfolg hat, brauchen Sie einen Stützpunkt in der Nähe der mexikanischen Grenze und eine gute, sichere Fassade. Ihre neuen Partner schlagen eines der kleinen Städtchen im Agrarland südöstlich von San Diego vor: La Vista. Sie wissen, daß dort ein altes Kloster vor der Stadt zum Verkauf angeboten ist. Abgeschieden und still. Ihre Partner haben das Kloster schon seit einiger Zeit im Auge gehabt, doch zunächst mußte eine Möglichkeit geschaffen werden, um die Neugier der Einheimischen abzulenken. Sie betrachten die Landkarte, und dabei fällt Ihnen etwas ein. Die Kugel vor dem Gerichtsgebäude hat ihrem Gedächtnis nicht geschadet. Also zurück zu den Akten. – Wie finden Sie das bisher?«

»Sprechen Sie weiter.« Seine Handfläche war feucht und grün; er hatte den Grasbüschel zu einem Ball zusammengepreßt.

»Sie hören sich ein bißchen um und finden heraus, daß Emma Swope nicht zu einem anderen Anwalt gegangen ist. Ihr Besuch bei Ihnen war ein einmaliger Ausbruch, die einzige Initiative in einer ansonsten schüchternen und zurückhaltenden Existenz gewesen. Sie kehrte zu ihrem Mann zurück, schluckte ihr Geheimnis, versuchte damit zu leben. Und gebar eine wunderschöne rothaarige Tochter, die zu einem wilden Teenager heranwächst. Der Liebhaber der Mutter ist auch noch in der Gegend; er versucht, dem Recht in La Vista Geltung zu verschaffen. Aber inzwischen ist er nicht mehr Deputy, sondern der Ober-Honcho des Distrikts. Der Mann, zu dem ein jeder aufblickt. So mächtig, daß er tonangebend ist in der Stadt. Wer den Sheriff in der Tasche hat, bekommt überall Freifahrttickets.«

Alle Spuren der Heiterkeit waren aus dem langen, bärtigen Gesicht gewichen. Er strich sich wieder über den Bart, kaute dann einen Grashalm und spuckte ihn aus.

»Schäbige kleine Leute mit ihren miesen kleinen Intrigen«, zischte er wütend. »Und glauben auch noch, daß ihr Leben in irgendeiner Weise bedeutungsvoll ist.«

»Sie haben ihm eine Kopie von der Akte geschickt, haben ihn zu einem Gespräch nach Beverly Hills eingeladen und rechneten wohl damit, daß er Sie ignorieren oder sagen würde, Sie sollen zum Teufel gehen. Was hätte ihm schlimmstenfalls passieren können? Ein kleiner Skandal? Vorzeitige Pensionierung? Aber er war da, gleich am nächsten Tag, nicht wahr?«

Matthias lachte laut. Es war kein angenehmes Lachen.

»Früh am Morgen«, sagte er und nickte. »In dieser lächerlichen Cowboyaufmachung. Er versuchte sich als Macho zu geben und zitterte dabei in seinen Stiefeln. Dieser Narr.«

Er genoß die Erinnerung.

»Sie haben sofort gewußt«, fuhr ich fort, »daß Sie bei ihm einen wunden Punkt berührt hatten. Sicher, worum es wirklich ging, haben Sie erst im darauffolgenden Sommer herausgefunden, als das Mädchen bei Ihnen arbeitete, aber Sie brauchten den Grund für seine Angst nicht zu wissen, um daraus Kapital schlagen zu können.«

»Er war ein Bauernschädel«, sagte Matthias. »Er wäre auf jeden Bluff hereingefallen.«

»Der darauffolgende Sommer muß für Sie sehr interessant gewesen sein«, sagte ich. »Immerhin wurde Ihre nagelneue Sozialstruktur von einer Sechzehnjährigen bedroht.«

»Sie war eine kleine Nymphomanin«, sagte er verächtlich. »Und sie war scharf auf ältere Männer. Ich habe Gerüchte gehört von dem Augenblick an, seit sie bei uns war. Einmal hab' ich sie erwischt, wie sie in der Küche an einem Sechzigjährigen Fellatio ausgeführt hat. Ich habe ihr die Leviten gelesen und Houten gerufen. Als sie einander gegenüberstanden und sich anschauten, wußte ich, warum ihn diese Unterlagen, die ich ihm gezeigt hatte, in einen großen Wackelpudding verwandelten. Er hatte, ohne es zu wissen, mit seiner eigenen Tochter gebumst. Jetzt war ich ganz sicher, daß er mir gehörte. Für immer. Und von da an hab' ich ihn zwingen können, mir zu helfen.«

»Das muß Ihnen sehr gelegen gekommen sein.«

»Außerordentlich«, gestand er grinsend ein. »Wenn mal wieder streng kontrolliert wurde an der Grenze, zum Beispiel vor irgendwelchen Wahlen, ist er selbst nach Mexiko gefahren und hat die Ware für uns abgeholt. Nichts ist besser als der persönliche Schutz unserer Freunde und Helfer.«

»Wirklich eine fabelhafte Organisation, die Sie da aufgebaut haben«, sagte ich. »Und erhaltenswert. Wenn ich Sie wäre, würde ich die hundertfünfzigtausend als überaus günstigen Sonderpreis betrachten.«

Er verlagerte das Gewicht, und ich nahm die Gelegenheit wahr, die Beine anders übereinanderzuschlagen. Mir war der untere Fuß eingeschlafen, und ich schüttelte ihn sachte, um die Blutzirkulation wieder in Gang zu bringen.

»Was ich bisher gehört habe, sind reine Vermutungen«, erwiderte er kühl. »Nichts, was einen solchen Handel wert wäre.«

»Das ist noch nicht alles. Sprechen wir von Doktor August Valcroix. Ein Übriggebliebener aus den sechziger Jahren, ein begeisterter Anhänger einer der jeweiligen Situation angepaßten Moral. Ich weiß nicht, wie Sie beide aneinandergeraten sind, aber wahrscheinlich hat er oben in Kanada gedealt und ein paar Ihrer Partner gekannt. Er wurde zu einem Ihrer Verkäufer und übernahm die Verteilung im Krankenhaus. Gibt es ein besseres Aushängeschild als einen vertrauenswürdigen Doktor der Medizin?

Wie ich es sehe, dürfte er auf zweifache Weise in den Besitz der Ware gekommen sein. Manchmal ist er hierhergefahren, um sie abzuholen, unter dem Vorwand, ein Seminar zu besuchen. Wenn das nicht bequem war, schickten Sie das Zeug per Kurier zu ihm. Zum Beispiel Graffius und Delilah, als sie angeblich die Swopes besuchten. Ein Freundschaftsbesuch – nach dem Rauschgifttransport. Auch wenn Melendez-Lynch das annahm, hatten Sie nichts zu tun mit der Entführung oder auch nur mit der Skepsis der Swopes gegenüber der Behandlung von Woody.

Valcroix war kein besonders wertvoller Vertreter der Spezies Mensch, aber er konnte den Patienten und ihren Angehörigen zuhören und brachte sie dazu, daß sie sich ihm gegenüber aufschlossen. Er benutzte dieses Talent, um sie zu verführen und manchmal auch zu heilen. Er hatte gute persönliche Beziehungen zu Emma Swope – nur er hat sie als starke Persönlichkeit beschrieben, nicht als unbedeutende Sklavin ihres Mannes. Denn er wußte etwas über sie, was sonst keiner wußte.

Die Diagnose Krebs bei einem Kind kann eine Familie zerstören und althergebrachte Verhaltensmuster völlig ändern. Ich habe das oft genug erlebt. Für die Swopes war der Streß unerträglich geworden; er machte aus Garland einen aufgeblasenen Idioten und aus Emma ein Wesen, das viel dasaß und über die Vergangenheit nachdachte. Natürlich hat Valcroix sie in einem Augenblick angesprochen, als sie besonders verwundbar war. Sie suchte einen Zuhörer für ihre Selbstanklagen und beichtete ihm alles, weil er ihr gegenüber als mitleidiger und verständnisvoller Mensch aufgetreten war.

Jeder andere hätte ihr Geständnis als eine traurige Geschichte unter vielen angesehen und alles für sich behalten. Aber für Valcroix hatte die Information großen persönlichen Wert. Wahrscheinlich hatte er Houten immer schon beobachtet und sich gefragt, warum er so bereitwillig mit Ihnen zusammenarbeitete. Jetzt wußte er es. Und er war ein im Grunde unmoralischer Mensch – vertrauliche Mitteilungen bedeuteten ihm nichts. Als seine Zukunft als Arzt in ein zweifelhaftes Licht geriet, fuhr er hierher, konfrontierte Sie mit dem, was er wußte, und verlangte ein größeres Stück vom Kuchen. Sie haben es ihm vermutlich zugestanden und ihn anschließend mit Rauschgift betäubt, bis er einschlief. Einer Ihrer Getreuen ist mit ihm dann die halbe Strecke nach Los Angeles zurückgefahren – bis zu den Docks von Wilmington. Ein zweiter fuhr hinterdrein. Dann wurde ein tödlicher Unfall inszeniert, abgewartet, bis alles erledigt war, und die beiden Helfer machten sich mit dem zweiten Wagen aus dem Staub. Technisch ist das nicht schwer zu bewerkstelligen. Man braucht nur ein Brett zwischen den Sitz und das Gaspedal zu klemmen …«

»Sie sind dicht dran«, unterbrach ihn Matthews und lächelte. »Wir haben einen Ast benutzt. Von einem Apfelbaum. Organisch, verstehen Sie. Er ist mit achtzig gegen den Pfeiler gerast. Barry hat gesagt, daß er hinterher wie ein Tomatenomelett ausgesehen hat.« Er leckte sich den Schnurrbart und schaute mich mit Nachdruck an. »Er war auch so ein habgieriges Schwein.«

»Wenn mich das abschrecken soll, vergessen Sie's. Hundertfünfzig. Davon gehe ich nicht ab.«

Der Guru seufzte.

»Genaugenommen sind hundertfünfzigtausend lächerlich«, sagte er. »Und ich könnte sie ohne weiteres bezahlen. Aber wer sagt denn, daß es damit zu Ende ist?

Ich habe Erkundigungen über Sie eingeholt, Delaware. Sie waren ein Top-Mann auf Ihrem Gebiet, aber jetzt arbeiten Sie nur noch unregelmäßig. Trotz Ihrer offensichtlichen Faulheit lieben Sie das gute Leben. Das macht mir Sorgen. Nichts unterstützt die Gier mehr als eine beträchtliche Lücke zwischen Wollen und Haben. Ein neues Auto, teure Ferien, die Anzahlung auf eine Luxuseigentumswohnung in Mammoth, und alles ist weg. Dann stehen Sie erneut hier und strecken die Hand aus.«

»Ich bin nicht habgierig, Matthews, nur einfallsreich. Wenn Sie sich ausführlich genug erkundigt hätten, müßten Sie wissen, daß ich ein paar gute Investitionen gemacht habe, die sich immer noch bestens auszahlen. Ich bin fünfunddreißig und charakterlich gefestigt; ich lebe sehr gut ohne Ihr Geld und könnte das auch in Zukunft tun. Aber mir gefällt der Gedanke, einem das Fell über die Ohren zu ziehen, der in dieser Kunst selbst ein Meister ist. Als eine einmalige Handelsbeziehung. Sobald die hundertfünfzig sicher in meiner Hand sind, werden Sie nie wieder etwas von mir hören oder sehen.«

Er wurde nachdenklich.

»Lassen Sie auch über zweihundert in Kokain mit sich reden?«

»Ausgeschlossen. Das Zeug rühre ich nicht an. Ich akzeptiere nur Barzahlungen.«

Er schürzte die Lippen und zog die Stirn in Falten.

»Sie sind ein hartgesottener Schweinehund, Doktor. Sie haben den Killerinstinkt, was ich rein theoretisch bewundere. Barry hat sich in Ihnen völlig geirrt. Er meinte, daß Sie ein aufrechter, grundanständiger Mensch sind und so selbstgerecht, daß einen das große Kotzen überkommt. In Wirklichkeit sind Sie ein echter Schakal.«

»Barry war immer ein miserabler Psychologe. Er hat die Menschen nie verstanden.«

»Aber Ihnen gelingt das offenbar auch nicht.« Er stand plötzlich auf und gab den Anhängern oben auf dem Berg ein Zeichen. Sie erhoben sich gleichzeitig und kamen herunter, ein Bataillon in Weiß.

Ich stand ebenfalls auf.

»Sie machen einen Fehler, Matthews. Ich habe auch für diese Möglichkeit meine Vorkehrungen getroffen. Wenn ich bis acht nicht in Los Angeles zurück bin, werden meine hinterlegten Umschläge geöffnet. Einer nach dem anderen.«

»Sie Idiot!« fuhr er mich an. »Als Anwalt habe ich Leute wie Sie durchgekaut und ausgespuckt. Die Schädelschrumpfer waren am leichtesten zu terrorisieren. Einen habe ich mal auf dem Zeugenstand so traktiert, daß er sich in die Hose gemacht hat. Ein ordentlicher Professor, ob Sie's glauben oder nicht. Ihr einfältiger Versuch, mich aufs Kreuz zu legen, ist ausgesprochen lächerlich. In wenigen Minuten werde ich wissen, wo jede einzelne Ihrer Kopien aufbewahrt ist. Barry hat den Wunsch geäußert, selbst das Verhör leiten zu dürfen. Ich halte das für eine hervorragende Idee. Sein Vergeltungsdrang ist ziemlich robust. Er ist ein gefährlicher kleiner Schleimer, aber für diesen Job bestens geeignet. Es wird ziemlich qualvoll werden, Delaware. Und wenn die Information in meinen Händen ist, lassen wir Sie einfach fallen. Ein bedauerlicher Unfall mehr oder weniger – wen kümmert's?«

Die Sektenmitglieder kamen näher, grimmig und gefühllos wie Roboter.

»Rufen Sie sie zurück, Matthews. Tauchen Sie sich nicht noch tiefer hinein.«

»Qualvoll«, wiederholte er und winkte sie näher heran.

Sie bildeten einen Kreis um uns. Ausdruckslose Gesichter von Menschen in mittleren Jahren. Kleine, zusammengepreßte Münder. Leere Augen. Leere Köpfe ...

Matthias wandte mir den Rücken zu.

»Und wenn es noch mehr Kopien gibt? Solche, von denen ich Ihnen nichts gesagt habe?«

»Good-bye, Doktor«, sagte er zornig und verließ die Runde.

Die anderen traten zur Seite, um ihn hinauszulassen, und schlossen sofort wieder den Kreis. Ich sah Graffius. Sein schwächlicher Körper zitterte vor Erwartung. Auf seiner Unterlippe stand ihm der Geifer. Als wir uns in die Augen sahen, bleckte er haßerfüllt die Zähne.

»Packt ihn«, befahl er.

Der schwarzbärtige Riese kam auf mich zu und faßte einen meiner Arme. Ein anderer großer Mann mit muskulösem Körper und Zahnlücken packte mich am anderen Arm. Graffius gab das Signal, und sie schleppten mich auf das Hauptgebäude zu, wobei uns zwei Dutzend Leute folgten und einen wortlosen Totengesang anstimmten.

Graffius lief an meiner Seite und schlug mir mehrmals ins Gesicht. Kichernd vor Bosheit berichtete er über die Party, die er zu meinen Ehren geplant hatte.

»Wir haben ein neues künstliches Halluzinogen, daneben ist LSD wie Kinder-Aspirin, Alex. Das spritze ich dir direkt in die Vene, danach noch eine Ladung Methedrin. Das wird dann so, wie wenn man immer wieder in die Hölle eintaucht.«

Er hatte noch mehr zu sagen, aber seine kleine Ansprache wurde unterbrochen durch eine plötzliche, kurze Salve aus mehreren Schußwaffen, welche die Stille zerriß. Die zweite Salve dauerte länger: das unmißverständliche Bellen von Scharfschützengewehren.

»Was zum Teufel ...«, schrie Graffius.

Die Prozession kam zum Stehen.

Von nun an schien alles wie im Zeitraffertempo zu gehen.

Der Himmel dröhnte. Wirbelnde Hubschrauberblätter und blinkende Lichter zersprengten die hereinbrechende Dämmerung. Zwei Hubschrauber erschienen über unseren Köpfen, aus einem kam die dröhnende Stimme:

»Hier spricht Agent Siegel vom Bundesamt zur Bekämpfung des Rauschgifthandels. Die Schüsse waren eine Warnung. Sie sind von einem dichten Polizeikordon umzingelt. Lassen Sie Doktor Delaware frei, und legen Sie sich mit dem Gesicht nach unten auf den Boden.«

Die Mitteilung wurde wiederholt.

Graffius begann plötzlich, Unverständliches zu schreien. Die übrigen Sektenmitglieder standen wie angewurzelt da, schauten zum Himmel hinauf und waren völlig verblüfft.

Die Hubschrauber befanden sich dicht über den Baumwipfeln.

Agent Siegel von der Rauschgiftfahndung wiederholte erneut sein Kommando. Die Sektenmitglieder leistete ihm keine Folge – aus lähmendem Entsetzen, nicht aus Trotz.

Einer der Hubschrauber zielte mit einem gebündelten Scheinwerferstrahl auf die Gruppe. Das grelle Licht blendete. Als sich die Sektenmitglieder die Hände vor die Augen hielten, begann die Invasion.

Scharen von Männern in Kampfjacken und mit Maschinenpistolen in Händen näherten sich von allen Seiten wie Ameisenheere.

Eine Gruppe tauchte unterhalb des Viadukts auf. Sekunden später war eine zweite Gruppe hinter dem Hauptgebäude und trieb eine Herde von Sektenmitgliedern vor sich her. Eine dritte kam von den Feldern herauf und stürmte die Kirche.

Ich versuchte mich zu befreien, aber der Schwarzbärtige und der mit den Zahnlücken hielten mich wie unter einem Schock fest. Graffius zeigte auf mich und zitterte wie ein Affe, den man auf Speed gesetzt hat. Er rannte auf mich zu und drohte mir mit der Faust. Ich stieß mit meinem rechten Fuß nach ihm und traf ihn genau in die Mitte der Kniescheibe. Er jaulte auf und begann einen einbeinigen Beschwörungstanz. Die beiden großen Männer schauten sich idiotisch an und wußten nicht, wie sie sich verhalten sollten. Aber schon Sekunden später nahm man ihnen die Entscheidung aus den Händen.

Wir waren umzingelt. Die Gruppe vom Viadukt hatte einen hermetischen Ring um den Kreis der Sektenmitglieder gebildet. Sie setzte sich aus Beamten verschiedener Dienstbereiche zusammen: Agenten von der Rauschgiftfahndung, Männer der Staatspolizei, County-Sheriffs und mindestens ein Kriminalbeamter aus Los Angeles, den ich erkannte. Dennoch funktionierte alles so glatt, als ob es sich um eine gemeinsam trainierte Einheit handelte.

Ein Beamter mit einem Zapata-Schnurrbart bellte das Kommando »Hinlegen!« Und diesmal leisteten sie ihm augenblicklich Folge. Die beiden großen Männer ließen meine Arme los, als hätten sie einen elektrischen Schlag erhalten. Ich trat zur Seite und beobachtete die weiteren Aktionen.

Die Sektenmitglieder mußten die Beine spreizen und wurden von den Angreifern sorgfältig durchsucht, jeweils zwei Beamte für einen Gefangenen. Danach legte man ihnen Handfesseln an. Anschließend wurden sie Mann für Mann von ihrer Gruppe getrennt, wie Perlen, die man von der Schnur zieht, und man informierte jeden einzelnen über die ihm zustehenden Rechte. Zuletzt wurden sie mit gezückten Schußwaffen in Haft genommen.

Abgesehen von Graffius, der schreiend und um sich stoßend weggezerrt wurde, leisteten die Männer und Frauen der Berührungs-Sekte keinen Widerstand. Betäubt von Angst und Verwirrung, gehorchten sie den Anweisungen der Polizei und schlurften als Prozession der Verlorenen in die Gefangenschaft, ein Zug, der abwechselnd von den kreisenden Hubschraubern erhellt wurde.

Die schwere Tür des Hauptgebäudes öffnete sich und stieß eine zweite Welle von Gefangenen und Wächtern aus. Als letzter kam Matthias, bewacht von mehreren Beamten. Er ging mit hölzernen Bewegungen, und seine Lippen bewegten sich unablässig. Aus der Entfernung sah es aus, als spreche er gerade sein Schlußplädoyer, doch das Geräusch der Hubschrauber erstickte jeden anderen Laut, und es gab niemand, der ihm zugehört hätte.

Ich sah zu, wie er abgeführt wurde, und als dann auf dem Gelände allmählich Ruhe einkehrte, wurde ich mir wieder der Hitze bewußt. Ich zog meine Jacke aus, warf sie zu Boden und knöpfte gerade mein Hemd auf, als Milo herüberkam, in Begleitung eines Mannes mit Habichtsnase und schwarzen Schatten um Wangen und Kinn. Dieser Mann trug einen grauen Anzug, ein weißes Hemd und eine dunkle Krawatte unter seiner Kampfanzugjacke und bewegte sich mit militärischer Disziplin. Am Vormittag hatte ich ihn als humorlosen, aber äußerst zuverlässigen Beamten kennengelernt: der kalifornische Leiter des Bundesamts für die Bekämpfung des Rauschgifthandels, Severin Fleming.

»Tolle Schau, Alex.« Mein Freund klopfte mir auf den Rücken.

»Lassen Sie sich helfen, Doktor«, sagte Fleming und nahm mir den kleinen Sender-Recorder ab, den er mir Stunden zuvor mit Leukoplast auf die Brust geklebt hatte. »Hoffentlich war es nicht allzu unbequem.«

»Es hat teuflisch gejuckt.«

»Das tut mir leid. Wahrscheinlich haben Sie eine empfindliche Haut.«

»Er ist ein empfindlicher Mensch, Sev.«

Fleming gestattete sich ein Lächeln und konzentrierte sich dann auf das Minigerät.

»Sieht so aus, als wäre das Ding in Ordnung«, erklärte er und steckte das Gerät in seine Lederhülle. »Der Empfang im Wagen drüben war hervorragend. Wir haben eine erstklassige Kopie machen können. Eine Staatsanwältin ist dabeigewesen, und sie meint, daß sie damit durchaus etwas anfangen kann. Noch einmal, Doktor, vielen Dank. Bis später, Milo.«

Er schüttelte uns die Hände, salutierte und ging dann weg, wobei er das Gerät wie ein Neugeborenes in Händen hielt.

»Du entwickelst ständig neue Talente«, sagte Milo. »Jetzt wird dich Hollywood mit Angeboten überhäufen.«

»Schon möglich«, sagte ich und massierte meinen Brustkorb. »Sie sollen sich an meinen Agenten wenden. Wir können uns dann in der Polo Lounge besprechen.«

Er lachte und zog seine Kampfanzugjacke aus.

»In dem Ding komm' ich mir vor wie das Michelin-Männchen.«

»So gut möchtest du wohl mal aussehen!«

Wir gingen zusammen zum Viadukt. Der Himmel war still und dunkel geworden. Hinter dem Tor brummten Motoren. Wir kamen auf die Brücke, traten auf kühlen Stein. Milo langte nach oben, pflückte eine Traube vom Spalier und steckte sie sich in den Mund.

»Durch deine Hilfe sieht jetzt alles wesentlich günstiger aus, Alex«, sagte er. »Sicher, sie hätten ihn vielleicht bei der Rauschgiftsache festnageln können. Aber die Mordanklage macht ihn erst richtig fertig – da kommt er nicht mehr raus. Das, zusammen mit dem Niedergang von Prinz Stinker, ergibt eine recht erfolgreiche Wochenbilanz für unsere Seite.«

»Großartig«, sagte ich müde.

Ein paar Meter danach fragte er: »Bist du okay, Kumpel?«

»Es wird schon werden.«

»Denkst du an den Jungen?«

Ich blieb stehen und schaute ihn an.

»Mußt du gleich in deine Dienststelle zurückfahren?«

Er legte seinen schweren Arm auf meine Schulter, lächelte und schüttelte den Kopf.

»Wenn ich zurückkomme, wartet ein Berg von Papierkram auf mich. Der kann ruhig noch etwas länger warten.«

27

Ich stand in einiger Entfernung und schaute durch die Wand aus Plastik.

Der Junge lag auf dem Bett, still, aber wach. Seine Mutter saß neben ihm und wirkte fast wie eine Puppe in Raumanzug, Handschuhen und Maske. Ihre Blicke wanderten durch den Plastikwürfel, dann richteten sich die dunklen Augen kurz auf das Gesicht des Jungen, schließlich auf die Seiten des Buches, das sie in der Hand hielt. Er versuchte sich aufzusetzen, sagte etwas zu ihr. Sie nickte und hielt ihm eine Tasse an die Lippen. Das Trinken erschöpfte ihn im Nu; er legte sich wieder zurück auf die Kissen.

»Hübsches Kind«, sagte Milo. »Wie groß ist seine Chance? Was sagt der Doktor?«

»Er hat eine starke Infektion, aber er bekommt intravenös hohe Dosen von Antibiotika, und man glaubt, die Infektion so in den Griff zu bekommen. Der Tumor hat sich vergrößert – er beginnt gegen das Zwerchfell zu drücken, was gar nicht gut ist –, doch bisher gibt es keine Anzeichen für irgendwelche weiteren Schädigungen. Morgen beginnen sie mit der Chemotherapie. Im ganzen gesehen ist die Prognose gut.«

Er nickte und ging dann hinüber in den Stationsraum der Schwestern.

Der Junge schlief jetzt. Seine Mutter küßte ihn auf die Stirn, zog ihm die Decke hoch und schaute wieder auf das Buch. Blätterte darin, legte es weg und begann dann, in dem Plastikwürfel Ordnung zu machen. Zuletzt setzte sie sich wieder neben das Bett, faltete die Hände auf dem Schoß, blieb bewegungslos sitzen und wartete.

Die beiden Justizbeamten kamen aus dem Stationsraum. Der Mann war dicklich und in mittleren Jahren, die Frau klein und zierlich und blond gefärbt. Er schaute auf seine Armbanduhr und sagte zu seiner Partnerin: »Es ist Zeit.« Sie ging zu der Strömungskammer und klopfte gegen die Plastikwand.

Nona blickte auf.

Die Frau sagte: »Es ist Zeit.«

Das Mädchen zögerte, beugte sich über das schlafende Kind und küßte es mit plötzlich erwachter Intensität. Der Junge sagte etwas und rollte sich dann auf die andere Seite. Die Bewegung ließ das Infusionsstativ, an dem die umgekippten Flaschen hingen, vibrieren, und sie hielt es fest, strich dann dem Jungen übers Haar.

»Kommen Sie jetzt, Honey«, sagte die Justizbeamtin.

Das Mädchen versteifte sich und stolperte aus der Strömungskammer. Sie nahm Maske und Handschuhe ab und ließ den sterilen Anzug auf die Füße hinunterrutschen. Darunter trug sie einen Overall. Auf den Rücken waren mit einer Schablone die Buchstaben EIGENTUM DES GEFÄNGNISSES IM SAN DIEGO COUNTY aufgemalt worden, dazu eine Seriennummer. Ihr rotes Haar hatte sie nach hinten zu einem Ponyschwanz frisiert. Die goldenen Ringe in ihren Ohren fehlten. Ihr Gesicht wirkte schmaler und älter, die Wangenknochen traten deutlicher hervor, die Augen lagen tiefer in den Höhlen. Die Gefängnisblässe bleichte allmählich den goldenen Schimmer ihrer Haut. Sie war immer noch wunderschön, aber es zeigten sich erste Beeinträchtigungen wie bei einer am Vortag geschnittenen Rose.

Sie legten ihr Handfesseln an – sehr sachte, wie ich meine –, und führten sie zur Tür. Als sie an mir vorbeikam, begegneten sich unsere Blicke. Die dunklen Augen schienen zu schmelzen und feucht zu werden. Dann verhärtete sich ihr Ausdruck; sie hielt den Kopf hoch und ging hinaus.

28

Ich fand Raoul in seinem Labor, wo er auf einen Computerbildschirm starrte, der Reihen polynomischer Werte über einer mehrfarbigen Graphik zeigte. Er murmelte etwas auf spanisch, prüfte ein paar ausgedruckte Blätter, kehrte dann zur Tastatur zurück und tippte rasch eine neue Folge von Zahlen ein. Bei jeder zusätzlichen Eingabe veränderte sich die Höhe der einzelnen Graphiksäulen. Das Labor war ungelüftet und von säuerlichen Dämpfen erfüllt. Im Hintergrund klickten und summten High-Tech-Geräte.

Ich nahm einen Hocker, stellte ihn neben den seinen, setzte mich und sagte »Hallo!«

Er begrüßte mich mit einer Abwärtsbewegung seiner Mundwinkel und setzte die Arbeit am Computer fort. Die Blutergüsse auf seinem Gesicht waren teils purpurn, teils grün geworden.

»Du weißt es also«, erklärte er.

»Ja, sie hat es mir gesagt.«

Er tippte und hämmerte dabei wütend auf die Tastatur ein. Die Graphik veränderte sich.

»Meine Moral war nicht besser als die von Valcroix. Sie ist hereingekommen in einem hautengen Kleid, hat mit dem Hintern gewackelt und es unter Beweis gestellt.«

Ich besuchte ihn in seinem Labor mit der Absicht, ihn zu trösten. Es gab Dinge, die ich hätte sagen können. Daß Nona zu einer Waffe geworden war, einem Instrument der Rache, mißbraucht und ausgenutzt, bis Sex und Zorn sich untrennbar miteinander verbunden hatten – und daß man sie dann losgelassen hatte auf eine Welt aus schwachen Männern, wie eine Rakete, die dazu bestimmt war, allen ins Herz zu zielen. Ich hätte ihm sagen können, daß er zwar einmal einen Fehler gemacht hatte, aber daß das keineswegs all das Gute auslöschen würde, was er bis dahin getan hatte. Daß mehr gute Arbeit geleistet werden mußte, und daß die Zeit die Wunden heilen würde.

Aber die Worte hätten hohl geklungen. Er war ein stolzer Mann, der ein einziges Mal vor meinen Augen sein Gesicht verloren hatte. Ich war Zeuge gewesen, wie er zerfetzt und zerschunden und halbverrückt in einer stinkenden Haftzelle gelegen hatte, von dem Zwang besessen, seinen Patienten wiederzufinden. Dieser Zwang war durch sein Schuldgefühl ausgelöst worden, durch die fälschliche Annahme, daß seine Verfehlung – zehn wollustverblendete Minuten mit der gierig vor ihm knienden Nona – die Entführung des Jungen und die Unterbrechung der Behandlung verursacht hatte.

Mein Besuch bei ihm war ein Fehler, wie mir sehr schnell klar wurde. Das, was uns an freundschaftlichen Gefühlen verbunden hatte, war aufgebraucht, und damit auch meine Überzeugungskraft, mit der ich ihn hätte trösten können.

Wenn es eine Erlösung für ihn gab, mußte er sie selbst finden.

Ich legte meine Hand auf seine Schulter und wünschte ihm alles Gute. Er zuckte mit den Achseln und starrte auf den Bildschirm.

Als ich ihn verließ, hatte er die Nase auf einen Stapel

von Daten gesenkt und fluchte laut über eine ihm unverständliche Abweichung bei seinen Zahlengruppen.

Ich fuhr auf dem Sunset Boulevard langsam in Richtung Osten und dachte über den Begriff ›Familie‹ nach. Milo hatte mir einmal gesagt, daß der Beistand bei familiären Auseinandersetzungen zu den gefürchtetsten Amtshandlungen der Polizeibeamten zählte, denn sie drohten stets in Gewalttaten von überraschender, ja nicht selten mörderischer Intensität auszuarten. Und ich hatte einen guten Teil meines Lebens damit verbracht, für die in Unordnung geratenen Beziehungen, gärenden Feindseligkeiten und erstarrten Gemütsbewegungen, wie sie bei gestörtem Familienleben charakteristisch waren, brauchbare und praktikable Lösungen zu finden.

Sicher, es war leicht, zu behaupten, daß nicht viel dagegen unternommen werden konnte. Daß die Fesseln des Bluts die Seele erwürgten.

Aber mir war bewußt, daß die Realität des Polizeibeamten vom täglichen Kampf gegen das Böse beeinflußt wurde, und die des Psychotherapeuten durch zu viele Begegnungen mit dem nackten Wahnsinn.

Es gab auch Familien, die funktionierten, Familien, die Gefühle hegten und Liebe schenkten. Die Plätze im Herzen schufen, wo die Seele eine Zuflucht fand.

Bald würde ich mich mit einer wunderschönen Frau auf einer tropischen Insel treffen. Wir würden darüber sprechen.

Roman eines rätselhaften Verbrechens

Als Band mit der Bestellnummer 10944 erschien:

Ein Selbstmord und ein Doppelmord schrecken die Bewohner von Los Angeles auf. Ein kleines Mädchen könnte vielleicht die Fäden zusammenknüpfen, wenn es sich mit Hilfe des Psychologen an die schrecklichen Dinge erinnerte, die es gesehen hat. Als Dr. Delaware sein Ziel endlich erreicht, zeigt sich die Polizei merkwürdig desinteressiert – und Dr. Delaware gerät in ein Netzwerk des Bösen . . .

BASTEI LÜBBE